让日常阅读成为砍向我们内心冰封大海的斧头。

[加]
约翰·欧文
John Irving
著

彭燕
译

The
Water-Method
Man

a novel

国文出版社
·北京·

献给夏拉

致谢

作者谨此感谢导演欧文·克许纳,欧文令作者在1969年和1970年获得了不可多得、激动人心的电影经验。作者也对洛克菲勒基金会在1970年和1971年对他提供的慷慨捐助表示谢意。

作者对唐纳德·哈林顿深表感激。本书中的一个重要章节来自他的贡献。

目录

第 1 章　酸奶和大量的水 ⋯⋯ 001

第 2 章　战时建筑 ⋯⋯ 010

第 3 章　旧的任务和水暖工的消息 ⋯⋯ 014

第 4 章　爱荷华州夜间仪式 ⋯⋯ 019

第 5 章　现在已成梦境 ⋯⋯ 023

第 6 章　最后一章的前奏 ⋯⋯ 028

第 7 章　拉尔夫·帕克电影公司 ⋯⋯ 033

第 8 章　其他一些旧邮件 ⋯⋯ 043

第 9 章　老鼠、乌龟和鱼第一 ⋯⋯ 055

第 10 章　别忽略某些数据 ⋯⋯ 062

第 11 章　圣母大学 52 分，爱荷华大学 10 分 ⋯⋯ 073

第 12 章　你想要小孩吗 ⋯⋯ 086

第 13 章　还记得梅里尔·奥沃特夫吗 ⋯⋯ 100

第 14 章　打那当打的架 ⋯⋯ 119

第 15 章	还记得爱上比姬的时刻 ……130
第 16 章	父与子（两种）；
	不受欢迎的儿媳和没有父亲的朋友 ……151
第 17 章	反思失败的喝水疗法 ……176
第 18 章	漫长又糟糕的一天 ……185
第 19 章	格雷斯人中的阿克塞鲁夫 ……209
第 20 章	他的动向 ……225
第 21 章	家庭电影 ……234
第 22 章	无精打采地追着奥沃特夫 ……238
第 23 章	过分针对自己 ……252
第 24 章	胸口中箭你能走多远 ……258
第 25 章	准备等拉尔夫来 ……267
第 26 章	"Gra! Gra!" ……272
第 27 章	这一桩跟那一件到底什么关系 ……282

第 28 章　哈希什到底怎么了 ……… 290

第 29 章　丑蛙到底出了什么事 ……… 296

第 30 章　梅里尔·奥沃特夫到底怎么了 ……… 302

第 31 章　一部硫喷妥钠电影 ……… 311

第 32 章　另一个但丁，别样的地狱 ……… 320

第 33 章　欢迎加入金棒会 ……… 345

第 34 章　为了艺术的生活：

　　　　《多瑙河底的坦克序曲》 ……… 355

第 35 章　老萨克被打败！比姬胖了！ ……… 372

第 36 章　阿克海特疑心重重！

　　　　特林佩尔慢慢刹车！ ……… 382

第 37 章　对《操蛋人生》的褒奖

　　　　——观众狂热，批评家赞誉 ……… 394

第 38 章　老朋友们聚首，庆祝感恩节 ……… 409

第1章

酸奶和大量的水

是她的妇科医生把他推荐给我的。太讽刺了，纽约最好的泌尿科医生居然是个法国人。让·克劳德·维吉农博士只接受预约。于是我跟他约好时间。

"比起巴黎，你更喜欢纽约？"我问他。

"在巴黎，我还是敢开车的。"

"我父亲也是泌尿科医生。"

"那他大概是个二流医生，"维吉农答道，"他连你到底有什么问题都搞不清楚。"

"非特异性[1]的。"我对自己的病史很了解。有时候是非特异性尿道炎，还有一次是非特异性前列腺炎。我还得过淋病——但那是另一个故事。还有一次只是感染了普通的细菌。但总是非特异性的。

"在我看来，特异性是很明确的。"维吉农说。

---

[1] 非特异性，医学用语，指病症不一定和特定疾病或身体组织有关，也就是查不出原因的。若无特殊说明，本书注释均为译者注。

"不，"我回答，"有时对青霉素有反应，有时用磺胺类药就能好。还有一次，吃呋喃旦啶治好了。"

"你瞧，不是这样吧？"他说，"呋喃旦啶对尿道炎和前列腺炎不起作用[1]。"

"你瞧，是这么回事，"我答道，"那一次是别的毛病。是非特异性的。"

"特异性的。"维吉农坚持，"泌尿道是最特异性不过的。"

他就证明给我看。我躺在检查床上，努力保持镇定。他递给我一个逼真的塑料乳房。我还从来没见过这么可爱的宝贝：肤色和质地足可以假乱真，甚至连凸起的乳头都很完美。

"我的天……"

"随便亲，"他说，"就当我不在。"

我握紧这个完美的乳房，一直看进它的"眼睛"里。我敢肯定，父亲绝没有这样的新式武器。当你勃起时，那根恐怖的玻璃管更容易插进去。我记得自己扯紧肌肉，努力不掉眼泪。

"非常典型的特异性。"让·克劳德·维吉农说。当我告诉他，有乳房在手，乳头可以想怎么亲就怎么亲，这多少有点不寻常时，他狡猾地用法语回了我。

维吉农对我的诊断，从历史视角看才更好理解。撒尿时感觉异样而痛苦，对我来说不算什么新鲜事。

我在五年里有过七次难言之隐。一次是淋病，但那是另一个故事了。通常情况是，早晨起来这玩意儿会缩成一团。小心捏一捏可以让

---

[1] 本书出版时，部分字体跟正文字体有做区别，主要是为了突出人物心情的变化、主人公思维的跳跃、某些特殊含义、一些情节突然转场（意识流文风）等，也给读者以更多的理解空间。

它恢复原状，或者说几乎可以恢复原状。排尿常常让我发怵，总有新鲜的感觉，甚至吓我一跳，而且也很花时间——一整天都在等下一次是什么时候。性生活往往难以启齿。高潮是真正意义上的高潮。你会慢慢地到达，就像缺乏润滑的超大号滚珠轴承走了很长的一段，令人惊讶的是居然走到了。过去我曾完全放弃这种历险。于是只有借酒浇愁，然后排尿会像火烧：不舒服的循环。

诊断总是"非特异性"的。到底是不是某种亚洲新性病的某种可怕变异，倒也从没得到证实。只能说是"某种感染"，并且小心地避免指出是什么感染。反正各种药都试过，最后总有一种能治。《家庭医学百科全书》提示这可能是模模糊糊的前列腺癌的不祥征兆，但医生总说我年纪还太轻，不太会得这种病。我也总表示同意。

现在，轮到让·克劳德·维吉农用玻璃管对付这倒霉的病症。说得具体点，是一种先天缺陷。也不奇怪——我早就怀疑过自己有好几种先天缺陷。

"你的泌尿道是一条弯弯曲曲的羊肠小道。"

我相当坦然地接受了这个消息。

"美国人在'性'这事上太蠢了。"维吉农说。凭我的经验，我感觉很难反驳。"你们以为什么都可以一洗了之。你以前不知道吧？每一个没有暴露在外的腔体内都藏着几百种无害的细菌，而阴道是最厉害的宿主。我说的'无害'，可不是对你。正常的阴茎可以把细菌冲掉。"

"但是，我那条弯弯曲曲的羊肠小道不行？"我问，同时想着犄角旮旯里藏着大概成百种细菌，它们过着怎样隐秘的生活。

"你瞧，"维吉农说，"这还不是特异性的？"

"你建议怎么治疗？"我仍然紧握着那只塑料乳房。坚不可摧的塑料乳头给了我勇气。

"你有四种选择。"维吉农说，"有很多药，总有一种治得好。如果是像你这种尿道，五年病七次也不新鲜，而且疼得也不厉害，对吧？你可以忍受这点偶尔的不便，照常做爱，照常嘘嘘，对吧？"

"我现在有了新生活，"我答道，"我想要改变。"

"那就别过性生活了，"维吉农说，"你可以考虑自慰。洗洗手。"

"我不想要那么大的改变。"

"厉害啊！"维吉农叫起来。他高大英俊，又自信坚强。我紧紧握住塑料乳房。"厉害，太厉害了……你是我遇到的第十个面临这种选择的美国人，每一个人都拒绝了前两种办法。"

"究竟厉害在哪儿？"我问道，"这些办法一点也不吸引人。"

"美国人哪！"维吉农提高了声音，"我在巴黎当医生的时候，有三个病人就忍了。还有一个，他岁数也不算老——干脆放弃了性生活。"

"我还没听到另外两种选择。"我说。

"我讲到这儿总喜欢停一下，"维吉农博士说，"我喜欢来点悬念，猜猜你会选哪种。在美国人这儿我还从没有失过手。你们这些美国人总是那么有规律。你们总想改变，从不肯接受自己天生的样子。至于你？我都能看出来。你一定会选喝水疗法！"

我觉得医生的语气很刺耳。手里握着塑料乳房，我下了决心，喝水疗法不适合我。

"当然这也不是万全之策。"维吉农说，"最多算是折中吧。以前你可能五年得七次，现在可能是三年得一次。仍然有概率患病，但稍微健康一点，如此而已。"

"我不喜欢。"

"可是你还没试过呢，"他耐心道，"很简单。你要在做爱之前大量喝水。做爱以后也要大量喝水。另外别贪杯。酒后细菌可是会撒欢的。我们法国军队对付淋病有个绝妙的治愈方法——给患者吃青霉素，正常剂量。然后等他们告诉你觉得自己好了，再让他们在睡前灌三杯啤酒。早上要是能排尿了，再吃一些青霉素。你只需要大量喝水。你的尿道弯弯曲曲的，需要尽量多用水冲。性生活之后记得起来排尿就行。"

我手里握的毕竟也只是塑料乳房。我问道："你想让我在膀胱充满的时候发挥雄性功能吗？那样很疼的。"

"是不一样，"维吉农点了点头，"但是你会有更强大的勃起。你以前不知道吧！"

我又问他第四种选择。他诡秘地笑了。

"做个简单的手术，"他说，"小手术。"

我的大拇指指甲掐进塑料乳头里。

"很简单，我们帮你疏浚一下，"维吉农说，"拓宽你的羊肠小道。连一分钟都用不了。当然我们会让你睡一觉。"

我的手里拿着的是愚蠢可笑的人造乳房，显然是冒牌货色。我放下了它。"一定会有点疼，"我说道，"我是说手术之后。"

"大约48小时。"维吉农耸了耸肩。对他来说，似乎没有什么疼痛不可忍受。

"你难道能让我睡上48小时吗？"我问道。

"十个人里十个都这么问！"维吉农叫道，"他们总是问这个！"

"48小时？"我好奇道，"我怎么嘘嘘呢？"

"你能嘘多快就多快。"他边说边戳了戳检查床上竖起的乳头，仿佛那是个按钮，按一按就可以召唤护士和麻醉师，送上光可鉴人的手术刀，好让他执行这个伟大的外科手术。我简直想象得出来：细长形的"转刀公司"管道疏通机，长长的管子一样的刀锋，就像微型的七鳃鳗的嘴。

让·克劳德·维吉农博士审视着我，仿佛在看他笔下的一幅尚未完成的作品。"你选喝水疗法？"他充满兴趣地猜道。

"十个人里都能猜得中。"我说道,当然只是为哄他开心,"你的病人难道真有选手术的吗?""只有一位,"维吉农答道,"我从一开始就知道,他一定会选手术的。他是个科学、务实、容不得冒冒失失的人。在检查床上唯有他对塑料乳房嗤之以鼻。"

"一个坚强的人。"我评论。

"一个靠谱的人。"维吉农答道。他点燃了一根味道呛人的深色高卢人香烟,面无惧色地重重抽了一口。

后来我践行他的喝水疗法,并琢磨他的四种方案,忽然想到了第五种可能:法国医生都是江湖骗子,我应该问问别人的意见,问很多人,任何别人的意见……

我又给维吉农医生打了电话,这时我手里握着一只真实的乳房。我告诉他,应该让他的患者知道还有这样的第五种可能。

"太厉害了!"他叫道。

"我才不信呢。你猜十个人都猜得中?"

"十个人里十个都这么说!"他大声喊道,"而且永远都是在检查的三天之后。你的电话来得正是时候!"

我在电话这一头静静地听。我手里的乳房感觉像塑料的,但只是在这静默的片刻。当维吉农的话一股脑冲我来的时候,它很快恢复了生气。

"这事可不能寻求别人的意见。别拿自己开玩笑。你的尿道很复杂,这的的确确就是事实。我甚至可以给你画一张地形图,按着比例……"

我挂断了电话。"我从来就不喜欢法国人,"我对她说,"你的妇科医生多半不怀好意,推荐了这么一个虐待狂。他痛恨美国人,你知道。就是因为这个他才来到这里,带着他那根可恨的玻璃管……"

"妄想狂。"她说,眼睛已经闭上。她属于不爱说话的那种人。"废话罢了。"她哼了哼。她听到废话会通过姿势表达她的想法——用手背抬一下一侧的乳房。她的乳房很圆润饱满，但确实需要戴个胸罩。我非常喜欢她的乳房，让我奇怪的是维吉农医生那个塑料玩意儿怎么会对我有影响。如果再给我一次机会，我绝不会再接受它。好吧，也许我会。她永远不会需要这种装置。她是一个靠谱、务实、不容闪失、依靠直觉的人。给她四种方案，她一定会选手术。我知道，我问过她。

"外科手术。"她是这么告诉我的，"如果能够通过手术解决，就做手术。"

"喝水疗法也不坏。"我告诉她，"我喜欢喝水，而且多喝水，从很多方面都对我有好处。我还能有更强大的勃起。你不知道吧？"

她抬起手背，一只乳房随之挺立起来。我真的很喜欢她。

她的名字叫"Tulpen"。德语中的意思是郁金香，但她父母给她起名字的时候其实不知道那是德语，也不懂是什么意思。她的父母是波兰人，他们安详地在纽约去世，然而郁金香却是在闪电战的时候在伦敦郊外的一所皇家空军医院里出生的。那里有个很善良的护士叫郁金香。郁金香的父母喜欢这个护士，以为她是瑞典人，再说他们也想要忘记关于波兰的一切。直到郁金香在布鲁克林上高中学德语，她才发现这个名字究竟是什么意思。她回到家告诉父母，他们这才吃了一惊。当然不是因为这件事他们才去世，或者什么的。但这就是事实。这些都不重要，只是一些无关的事实。但是郁金香是从那时起才话多起来，这也是事实。除此之外，事实不多。

她就是我的榜样，所以我也从事实开始讲起：我的泌尿道是一条弯弯曲曲的羊肠小道。

事实就是事实。郁金香非常诚实。我就不那么诚实。说真的，我很会撒谎。真正了解我的人会越来越不信任我。他们往往会觉得我说的每句话都是谎言。但现在我说的是事实！只要记得：你不懂我。

每当我这样胡言乱语的时候，郁金香就会用手背托起她的乳房。

我的天哪，到底我们之间有哪些共通之处呢？我只说事实。名字是事实。郁金香和我的名字都起得很随意。她的名字起错了，这对她不重要。我有好几个名字，像她一样，这几个名字都是偶然的。我爸妈给我起名弗雷德，可是除了我爸妈几乎没人叫我弗雷德，这在他们看来也无关紧要。比姬叫我博格斯[1]，这可是我的发小和最亲的朋友库思的发明。他抓住我耍赖的时候给我起了这个名字，从此就叫开了。大多数朋友叫我博格斯，而比姬也在那时认识了我。梅里尔·奥沃特夫到现在还是失踪人口，他叫我博格。像所有的名字一样，叫这叫那总是有些模模糊糊的理由。拉尔夫·帕克叫我桑普－桑普。我讨厌这个名字。而郁金香喊我的姓——特林佩尔。我知道为什么，姓是名字里最接近于事实的那一部分，男人的姓一般不会变化。所以，大多数时候，我是弗雷德·"博格斯"·特林佩尔。这是一个事实。

事实被我一点点地吐露出来，所以我一遍遍地重复，好让自己不至于迷路。现在有两个事实：第一，我的泌尿道是一条弯弯曲曲的羊肠小道。第二，郁金香和我的名字都起得很随意。别的我就想不到了。

不过等一等！我还有第三个事实要讲。第三，我相信仪式感！我是说，在我的生活中一直都有像喝水疗法这样的存在；一直都有各种仪式。没有哪个仪式能延续很久（我的确告诉过维吉农我有新生活，想要改变，这是真话），但我一直是从一种仪式换到另一种仪式。现在是喝水疗法。也许用历史的视角看待我的这些仪式，需要一点时间，但喝水疗法已经很清楚了。每天清晨郁金香和我分享一套程序，勉强算是仪式。虽然有了喝水疗法这个事迫使我早起——晚上也还要起夜，但郁金香和我把这个仪式坚持了下来。是这样：我起床后嘘嘘，

---

[1] 原文为 Bogus，意为"假冒的，伪造的"。

刷牙，然后喝很多很多水。她煮起咖啡，再放一摞唱片。我们回到床上一起喝酸奶。永远是酸奶。她用一只红碗，我用一只蓝色碗，如果碗里的酸奶口味不同，两个人经常会来回地换着喝。有点变化的仪式才是最好的，而酸奶恰好就是那种健康有机的食物，最适合清晨的口气。我们不说话。这对郁金香来说不新鲜，但连我也很少聊天。只是听唱片，喝酸奶。我认识郁金香的时间不长，但很显然她已经习惯了这种仪式。我给她这个仪式贡献了一点点自己的内容：两个人的酸奶都喝完的时候，我们会做爱，一做就是很久。这时，咖啡也煮好了，我们接着喝咖啡。但是只要唱片还在放，我们就不说话。因为喝水而引起的唯一变化是微不足道的，发生在做爱之后，喝咖啡的时候，那就是我需要起来嘘嘘，然后喝很多很多的水。

我跟郁金香住在一起不久，但是我有种感觉，哪怕我跟她在一起生活很多很多年，也不会更深入地了解她。

郁金香和我都是28岁，但是她比我成熟。她已经过了那个念念不忘要说自己的年纪。

我们住的是郁金香的公寓，里面所有的物品都是她的。我把我的东西和我的小孩，都留给了我第一个也是唯一的妻子。

我跟维吉农博士说我有了新生活。我说用历史的视角看待我的这些仪式，需要一点时间，但我也说了我不是那么诚实。但郁金香很诚实。她帮助我厘清一切头绪，而她做的只是用手背托起她一侧的乳房。没过多久，我就学会在放唱片的时候保持沉默。我学会了只说那些必要的话（但那些了解我的人往往会说，即使现在我也在说谎。可恶，这么悲观地看我）。

我的泌尿道是一条弯弯曲曲的羊肠小道，现在里面有酸奶，还有大量的水。我要坚持除了事实别的什么都不说。我想要改变。

第 2 章

战时建筑

弗雷德·博格斯·特林佩尔有许多乐趣,比如他喜欢回忆糖尿病人梅里尔·奥沃特夫。在爱荷华的那段期间,他对奥沃特夫的记忆尤为甜蜜。奥沃特夫的一些话甚至被录了下来,足可以证明这事的准确性。

他这样地逃避现实。特林佩尔边听着梅里尔在维也纳说的话,边从爱荷华的窗口看出去——透过生锈的纱窗,透过一只胖胖的纺织娘的翅膀,他看到一辆慢慢移动的卡车,车上到处是粪便,车里塞满了猪。在猪呼噜呼噜的抱怨声之上叠着梅里尔在普拉特公园[1]所作的一首小曲子。梅里尔声称这是后来他引诱维也纳童声合唱团的歌唱老师瓦格·霍特豪森用的。背景音乐来自普拉特公园的卡丁车赛道,而梅里尔曾经是 20 圈的纪录保持者,也许这个纪录他仍然保持着。

磁带的声音有些失真。此刻梅里尔正在讲他游泳的故事,说在多瑙河河底有怎样一个大坦克。"只有在满月时才能看见,你必须用自己

---

[1] 维也纳的一座公园。

的背挡住月亮,"梅里尔说,"这样才能形成剪影。"然后,"你想办法弓起背,把脸保持在水面大约六英寸以上,同时一直看着陆地上格拉哈福茨地窖的码头。如果你想办法保持这个姿势不扰动水面,如果风也不激起一点涟漪,这时,坦克的炮筒就会转到那个地方,你会发觉你几乎可以用手摸到,或者它能够完美对准你,刚好可以把你炸掉。从格拉哈福茨地窖码头那里拉一条直线,坦克的顶舱就会打开,或者在水中震动,或仿佛打开了一样。但只有在我能够把脸保持在水面六英寸以上才可以……"接着他说他会想到自己的糖尿病,宣称这个费力的动作总会影响他的血糖。

博格斯·特林佩尔转了一下倒带的按钮。装满猪仔的卡车已经开走了,但是在纱窗的另一侧,纺织娘仍在展开比东方丝绸更精致完美的翅膀,而特林佩尔透过这层美丽动人的纱,看到已经退休的邻居费奇先生正在他那修剪得过于整齐的枯草坪上,唰啦啦的一层一层地扫过,直到连最后一只蚂蚁也无处遁形。只有透过纺织娘的翅膀看费奇先生的动作,才勉强可以忍受。

那辆汽车这会儿费了好大劲爬到路牙上——就是费奇先生冲着挥舞着耙的那辆——车里是特林佩尔的老婆比姬[1]、儿子柯尔姆,还有三个备胎。特林佩尔注视着汽车,想着三个备胎不知道够不够用。他的脸贴在纱窗上,吓跑了纺织娘。它突然扇起的翅膀又吓坏了博格斯——他失去了平衡,脑袋顶开了窗口里已经锈烂的纱窗。他赶紧拉回身子,却顶得窗框也松开了——他的妻子也被吓了一跳,因为她看见她丈夫不知为何,以腰为支点,摇摇欲坠地悬在窗台边。

"你在做什么?"比姬冲他尖叫道。

---

[1] 比姬的英语为 Biggie,这其实是绰号,意为"圆胖的";昵称为 Big,意为"巨大的",译为"比格"。

然而特林佩尔用脚够到了磁带录音机，就像拖着锚一样拖过来。他跪在控制台上，重新找到了平衡。录音机被弄得晕头转向：一只膝盖指挥它全速快进，另一只膝盖则告诉它正常放音。磁带里，梅里尔·奥沃特夫的声音尖厉地喊："格拉哈福茨码头的坦克顶舱就会打开，或者在震动……"

"怎么回事？"比姬问道，"你在干什么？"

"我在修理窗纱。"特林佩尔答道，然后向费奇先生挥手让他放心，对方也冲他挥着草耙。无论是窗边的摇摇欲坠，还是心慌意乱的尖叫，费奇先生对邻居这所房子各种失衡之处已经见怪不怪了。

"好吧，"比姬说，抬起一边屁股好让柯尔姆坐她身上，"尿布还没弄好。得有人去洗衣房把尿布从烘干机里取出来。"

"我去我去，比格，"特林佩尔说，"先让我把窗纱修好。"

"这可不简单！"费奇先生靠着草耙，大声说，"战时建筑！"他声嘶力竭，"可恶的战时建筑！"

"窗纱吗？"特林佩尔从窗口喊道。

"你的整所房子！"费奇先生大喊，"所有这些大学里建起来的平房！都是战时建筑！便宜无好货！女人做的活！垃圾！"但是费奇先生并非有意让人难堪。任何事物与"二战"哪怕只是有一丝一缕的联系，都会激起他的怒火。费奇先生生不逢时，就算是战争爆发的那个时候他也太老了，去不了战场，只能在后方与女人缠斗不休。

在前廊上，费奇小个子的老婆躲在透明的窗帘后面瑟瑟发抖。"你是不是又想得中风了，费奇？这是第五次！"

特林佩尔检查朽烂的窗纱时，发现费奇的指责不无几分道理。木头摸上去就像海绵，窗纱已经朽坏了，一碰就烂。

"博格斯，"比姬说道，叉开腿站在人行道上，"我来补窗纱，你不擅长这种活计。"

特林佩尔缩回身子，把录音机放到书架上层安全的地方，看着在透明窗帘后面的费奇太太正朝费奇先生招手让他回家。

后来，特林佩尔去把尿布取回来。回家的时候车子右侧的前照灯掉了下来，又被他开车碾过去。他一边换着前轮胎一边好奇："有谁会觉得自己的车子比我的更糟。我肯定毫不犹豫跟他换。"

但特林佩尔觉得他真正想知道的是，坦克的顶舱里到底有没有人。或者说，那里到底有没有坦克？梅里尔·奥沃特夫真的见过吗？还是说，他甚至不会游泳？

第 3 章

旧的任务和水暖工的消息

博格斯・特林佩尔
爱荷华大街 918 号
爱荷华州爱荷华城
1969 年 9 月 20 日

卡斯伯特・班纳特先生
管理员 / 皮尔斯伯里庄园
疯狂印第安人角
缅因州乔治敦岛

亲爱的库思:

  皮尔斯伯里一家现在已经把所有的水暖工作交给了你,你那 17 间浴室维护得如何呢?

  你有没有选好,这个冬天将睡在哪一间主卧,欣赏什么样的海景?

  你说服了皮尔斯伯里一家,我们住在船屋不会惹出是非,比姬和我对此非常感激。库思，这一周对我们来说能很好地恢复活力，能够离开我的生身父母，也是放松。

我们和父母度过的这个假期多少有点奇怪。野猪头度假村的夏天景象没有什么不同，对快要死的人来说这里是很好的疗养院。他们似乎认为在夏天的海风里呼哧呼哧地喘三个月能够让他们的肺再熬上一个冬天。对我父亲来说，夏天就是旺季。他曾告诉我一个关于衰老的道理：人老膀胱先老。而新罕布什尔州的海岸简直是泌尿科医生的天堂！

不过，老头子能在七八月份打开地下室给我们住，还真是了不起。自从我被剥夺继承权之后，母亲显然是想孙子了。他们提出为我们提供夏天的住处，一定是因为妈妈想见柯尔姆，而不是想见比姬和我。而我的父亲也不再严格执行之前的最后通牒——切断我的财源，虽说不管是通融还是切断财源都一样令我反感，而且我住在地下室还要付他房租。

当我们动身回到这里时，这位可亲可敬的医生发表了一番演说："让我们就此别过吧，弗雷德。四年来你都要自食其力，我得说，我很敬佩你。等你拿到了博士文凭，成绩也都很好，我想你母亲和我也许可以帮助你和比姬以及小柯尔姆建一个自己的小窝。柯尔姆可是个好小子。"

然后妈妈（趁着父亲没在看）亲了亲比姬，我们又卷起铺盖回到了爱荷华城。在换过三个轮胎、两个风扇皮带之后，我们又回到了战时建筑的一层楼里。老头子甚至连高速路费都不肯给一个子儿。

说到这里，我得说一些重要的事，库思——如果你有余力的话。我们光是过路费就花了20块，我甚至还没有还上7月去东边旅行花的信用卡。我们在印第安纳州密歇根城住了几晚假日酒店，这意味着我的海湾信用卡可能要提前退役了。

但是，在这片密布的阴云之下仍有一线阳光。我的论文委员会主席沃尔夫勒姆·霍尔斯特博士给了我一些比较文学研究生院小金库里的钱，他坚持称之为小金库。我挣得的那一部分是通过给学德语的一年级新生放磁带。我的办公室同事，也是实验室里跟我一起放磁带的人，是个叫赞瑟的心眼多多的书虫。他对博尔格兹（Borgetz）的诠释和"超级直译"在这个月的《语言学家》上受到赞誉。我把这个假期写的大部分论文给赞瑟看，他一下午就看完了，告诉我他觉得没有人会出版。我问他《语言学家》的发行量有多少，然后我们俩就不讲话了。语言实验室轮到我监考，结束之后，我故意把磁带归错了档。我知道下一个监考的人是赞瑟。他知道我最喜欢的磁带放在哪儿，他在那儿给我留下一张字条："我知道你干了什么。"我也给他留了张字条："没人知道你干了什么。"现在我俩已经无法沟通。

就算这样，这也还是一小笔钱，而我也从中分了一杯羹。比姬回医院去做她原先的活计，从早晨6点到中午，每周五天，给老人倒便盆。柯尔姆由我来带。每天比姬离开的时候，这小崽子就起床了。我会在床上挡他挡到大约7点。之后他不断地报告说马桶出了问题，让我不得不起身再去给水暖工克罗茨打电话。

我们已经没少麻烦克罗茨了。这个夏天我当上了二房东，把房子转租给暑期补"世界文化"这门课的三个足球运动员。我知道足球运动员一定都很野蛮，可能打坏椅子或者把床睡塌。我甚至做好了心理准备，在屋里找到一个被强暴的遭难女孩，但我敢肯定运动员都很干净。你知道——运动员嘛，不停地洗澡除臭。我很肯定他们不会忍受脏乱差的环境。

行吧，我们的房间倒是很干净，甚至连一个被强暴的女孩也没有。只有比姬的一条内裤被钉在我们屋的门上，三个运动员中识字多的那位贴了一张字条说"多谢了"。比姬愤愤不平，她明明把我们的衣服收拾得好好的，而现在单单只是在脑海里想象足球运动员翻动过她的内衣，就让她坐卧不安。但我却备受鼓舞：这间公寓平平安安地经受住了折腾，而且运动员也用奖学金付了租金。可从那以后我们的管子就开始堵。比姬得出一个结论：屋子里这么干净，是因为足球运动员们把讨厌的东西都从下水道冲走了。

克罗茨用他的管道疏通机沿着下水道通了四次，掏出来不少东西。其中有六只运动员的袜子，三个完整的土豆，一个压碎的灯罩，还有一个小女孩的胸罩，显然**不属于**比姬。

我给体育部打了电话抱怨了一顿。一开始他们深表关切。一个男士说："当然，要是我们的男孩子给当地房东惹了麻烦，这可不合适。"他说这件事他会管。接着他问我叫什么，我的房子具体在哪里。我只得坦白，说房东其实不是我，而是我租下来，又在暑期转租给运动员的。他问道："原来你也是**学生**？"我本应该看出来苗头不对，他会搪塞，可是我只是说："对，我在念比较文学博士。"他答道："那好吧，孩子，让你的房东写一份书面的投诉。"

既然我的房东告诉我，转租的行为需要由我自己来承担，所有的管道疏通费用自然也都算在我头上。相信我，库思，疏通管道可是很花钱的。

我想你知道我是什么意思……如果你有余力的话。

我打心眼里认为你那种活法才对。做那个照顾别人的，而不是被照顾的，才更有意义。不过谢天谢地，这是我要忍受的最后一年了。我父亲曾说："拿到博士学位，你就有了可靠的饭碗。但每个专业人士都必须经受这个训练的过程。"

我的父亲——我相信他一定也跟你说过，他是在**完成大学和医学院的学业之后**，在实习之后，在新罕布什尔州的野猪头**站稳了脚跟之后**，才跟母亲结婚的。在临海的罗金汉姆医院，他是唯一的泌尿科医生。在跟亲爱的母亲订婚六年之后，在自慰了2190个夜晚之后，他才决定时机已经成熟，是时候结婚了。

今年夏天我对他说："你看看库思。他的余生吃穿不愁。一年里头九个月独占一栋别墅，费用不需要他操心。只需要在三个月的暑期里头给皮尔斯伯里一家打扫卫生，整理他们宽敞的庭院，给船补洞，擦洗汽车，而且他们待他如同自己的家人。你再能干，比得过他吗？"

我父亲答道："然而库思没有一份职业。"

行吧，比姬和我都认为你在我们眼里就够职业了。

请帮我把17个浴室的马桶都通一遍。

爱你的，

博格斯

第4章
爱荷华州夜间仪式

自从他的父亲剥夺了他的继承权，他就学会了积累一些小小的不公，希望有朝一日它们累积成巨大的伤口，让他能毫无自责地为之献身。

博格斯来回扳动录音机的开关。"积累一些小小的不公，"他对着麦克风一点也不肯定地说，"我在小小的年纪就学会了自怜。"

"什么？"比姬说道——她昏昏沉沉的低沉声音从门厅传过来。

"没什么，比格。"他跟她喊道，发现他把这句话也录进去了。他一边抹去录音，一边努力思索，他从哪里学到了这种自怜？他仿佛听见父亲说："从病毒传染的。"但博格斯相信，这一切都是他虚构出来的。"都是我一手造就。"他带着惊人的自信说。接着发现这句话没录进去。

"什么是你一手造就？"比姬问道。她在卧室里突然清醒过来。

"没什么，比格。"她居然惊讶于他自己能一手造成些什么，这种反应叫他很痛苦。

他把几缕头发从控制面板上拂下来，接着小心翼翼地用手指在额头上摸索。这段时间以来他都在怀疑，他的发际线会越来越后移，直到最后大脑也会暴露在外。但这是什么严重的耻辱吗？

他对着麦克风录下这句话："沉湎于小伤感、小情绪是危险的。"

可是当他想要回放的时候，却发现这句宣言不知怎么跟他父亲在医院做的报告前后合到了一起。当时，这位可敬的医生在野猪头的书斋里，比姬和他的母亲充当现场观众，听着这一天的见闻。博格斯相当肯定他曾消除了这一段讲话，但很显然还是留下了一点点。也许他父亲的某些话能够自我复制，博格斯相信，这并非无稽之谈。

"沉湎于小伤感、小情绪……膀胱很容易被传染，虽然主要的问题在于肾部的并发症。"

暂停，倒带，消磁。

博格斯紧张地笑了笑，然后录下："我心意已决 —— 在尿尿的时候要多加小心。"

博格斯看到费奇先生的房子亮起灯，而这时午夜早已过了。费奇先生迈着小碎步走下厅堂，身上穿着宽条纹睡衣。他的膀胱大概是老了，博格斯想道。但费奇先生出现在前廊上，借着附近街灯的光照，他的脸色看起来灰白。费奇先生可不能让他的草地没人管！他担心夜里有片叶子垮下来！

但是费奇先生只是站在前廊上，脸抬起来，思维已经越过了他的草地。在他回到屋里之前，他抬头看了看亮灯的窗户，博格斯正一动不动地坐在那里。接着他们向彼此挥手致意，费奇先生悄无声息地走到幽暗的过道上，熄灭了灯。

这是夜晚的偶遇。

博格斯记得柯尔姆在野猪头萌出一颗新牙。柯尔姆出牙的时候总是很惨，他会让比姬和博格斯的母亲夜不能寐。有一次博格斯来解救她们，却又悄悄翘班去了海滩，经过一个个暗淡无光的农舍，直到他闻到埃尔斯贝丝·马尔卡斯的前廊上大麻的味道。埃尔斯贝丝让她的父母兴奋不已！博格斯和她从小一起长大（有一次躺在吊床里）。而现在她已经是大学教师，是本宁顿的"女诗人"，她毕业三年之后回到了本宁顿教书。

"简直就是乱伦，说真的。"她有一次告诉比姬。

比姬说："我真的不懂这些，真的。"

博格斯想道，现在的儿童是否能被父母接纳，关键在于你能不能成功地让你的父母兴奋起来。他尝试猜想自己在这方面有多少把握。他穿着博士袍，在毕业典礼上发表讲话，然后强迫他的父亲抽起大麻！

博格斯悄悄走近想看一看这个两代人之间的奇景，但马尔卡斯家很昏暗。埃尔斯贝丝看到博格斯蹲着的身体侧影映着暗蓝色的海面，于是从吊床上起身。埃尔斯贝丝·马尔卡斯矮胖、油腻，光着身子湿答答地坐在吊床上抽大麻。

他俩隔着窗台，彼此有一段安全距离。博格斯谈论着柯尔姆晚上磕破新牙的习惯。后来有那么一阵，他本可以悄然无声地离去——趁着她去房子里取她的子宫帽的时候。这个古老的玩意儿让他动容，他想象里面塞满橡皮擦、铅笔和邮票——女诗人的工具，她还需要一整桌子的寄托，他便心醉神迷，不想从她身边离开。

他隐约在想，他会不会再从埃尔斯贝丝那里染上好久之前染上的病。但在吊床里他只是表达了失望，为何她在屋子里戴上了子宫帽。"你为什么想看？"她问道。

他不能提到什么橡皮擦、铅笔和邮票，甚至是一首没写完的诗撕下的一角。毕竟，对于一个女诗人，她甚至可以让她的词句孕育出什么。

但他从未喜欢过埃尔斯贝丝的诗。

后来,他沿着海滩走了几乎一英里,才投入海中,确保她不会听到他溅起来的水花,而受到冒犯。

博格斯告诉磁带录音机:"我决心为了礼貌而向前一步。"

晨光落在费奇先生精心修剪过的草坪上,博格斯看到老人又在前廊上轻手轻脚地来回走,呆呆地看着什么。博格斯想道,我还有什么未来可言,如果费奇先生到了他这个年龄仍然失眠?

第 5 章
现在已成梦境

我已经不会失眠了。郁金香不会允许我失眠。她知道不能让我顺着性子胡闹。我们合理地安排睡眠，做爱，然后睡觉。如果她发现我没睡着，就再做爱。尽管喝了很多水，我却睡得很好。这样，只在白天我才会忙着找事做。

我曾经忙得不可开交。对，我是个研究生，正在修比较文学的博士学位。我的论文委员会主席和我父亲都认同：人得专业化。有一次柯尔姆生病了，我父亲却不肯给他开处方。"泌尿科医生又不是儿科医生，对吧？"好吧，谁又能说得过他呢？"去看儿科医生。你难道不是研究生？你当然知道专业化有多重要。"

我的的确确是知道的。我的论文委员会主席沃尔夫勒姆·霍尔斯特博士承认，他还从未接触过我选的如此专业化的题目。

我承认，我的论文题目很少见。我的论文原本应当是《阿克海特和古诺》的原创翻译，这是一首用古低地诺尔斯语写的歌谣。事实上，我这个译本是唯一的译本。知道古诺尔斯语[1]的人不多。古东诺尔斯语和古西诺尔斯语[2]的一些讽刺诗里曾经提到过，但却对它十分轻视。古东诺尔斯语是一门已死亡的语言，后来发展成北日耳曼语，又逐渐演变成了冰岛语和法罗语。古西诺尔斯语也已经消亡，逐渐发展成北日耳曼语，又发展成瑞典语和丹麦语。但死得最彻底的是原先的古低地诺尔斯语，它最后湮没，没有发展成任何一门语言。唯一用这门原始语言写过的就是歌谣《阿克海特和古诺》。

我想要把这首歌谣作为某种古低地诺尔斯语的词源学字典，包含在我的论文当中。也就是一本解释这种语言的起源字典。霍尔斯特博士对这样的字典很感兴趣，他认为这在词源学中可能会派上用场，所以才认可了这个论文主题。他真实的想法是这首歌谣纯属垃圾，虽然要他证明这一点很难。霍尔斯特博士对古低地诺尔斯语一无所知。

一开始我感觉词典这块非常难。古低地诺尔斯语很老很老，起源已经很模糊。往前看一看瑞典语、丹麦语和挪威语才能知道古诺尔斯语的词汇会演变成哪些意思。我发现这些词实际上是古西诺尔斯语和古东诺尔斯语糟糕的发音变种。

接着，我找到一个办法可以简化词典的这部分。恰恰因为谁也不懂古低地诺尔斯语，我其实可以以假乱真。我发明了许多词源。这也让《阿克海特和古诺》的翻译变得容易了。我编造了许多词。要想区分出真的和编造的古低地诺尔斯语，实际上非常困难。

沃尔夫勒姆·霍尔斯特博士一直都不知道其中的区别。

但是我完成论文很有难度。我想辩解一下，我是出于对主要人物

---

[1] 古诺尔斯语是北日耳曼语的一个分支，发展成了现在的北日耳曼语支：冰岛语、法罗语、丹麦语、挪威语和瑞典语。讲古诺尔斯语的主要是斯堪的纳维亚的居民及他们的海外被殖民者。
[2] 古东诺尔斯语和古西诺尔斯语，以及古哥得兰语，都是古诺尔斯语的方言。

的热爱才不想这样编下去。这是一个非常私人的爱情故事，没有人懂它。我想说，我真心实意地觉得《阿克海特和古诺》应当有一点私人空间，所以才不想再编了。但任何哪怕是认识我一点点的人都会说，我在无耻地撒谎。他们会说，我不想再编下去的原因很简单：我恨《阿克海特和古诺》，要么就是因为我无聊，要么就是因为我懒，或者是我编了这么多古低地诺尔斯语，以致连故事都理不顺了。

他们说的话有几分真实，但《阿克海特和古诺》深深感动了我，这也是事实。当然这首歌谣的确很糟糕。比如，很难想象能有人把它唱出来。而且它也太长了。此外，我曾经形容歌谣的韵律和韵法"多种多样，非常灵活"。但实际上它完全没有韵法可言。只是在勉强能押韵之处押上了韵。而且这位古低地诺尔斯语的不知名作者一点也不通韵律（顺便提一句，我猜想这个作者其实是农妇）。

人们对这段历史时期的歌谣有个错误的预设：因为歌谣的主题总是国王和王后、王子和公主，所以作者也一定是皇族贵胄。但农夫农妇也会写这些国王和王后的故事。认为国王和王后高人一等的不只是皇族，身为农人自然也是这么认为的。我怀疑有相当一部分人仍然这样认为。

但阿克海特和古诺超脱了这种想法。他们彼此相爱，对抗这个世界。他们令人肃然起敬。这个世界也是可敬畏的，我觉得我懂得这个故事。

一开始我还是忠于原文的。前面的51诗节都是直译，直到第120节，我的译文跟原文还算是贴得挺近的，只不过加了些自己的细节。接下来的150节，我就开始放飞自我了。我在第280节停下来，再次尝试直译，只是因为想看一看我是否还有感觉。

Gunnel uppvaktat att titta Akthelt.

Hanz kniv af slik lang.

Uden hun kende inde hunz hjert

Den varld af ogsa mektig

译文：

古诺喜欢看着阿克海特

他的刀子很长。

但她心里知道，

这个世界很强。

我读到这段糟糕的诗节便停下了，放弃了《阿克海特和古诺》。霍尔斯特博士看到这一节哈哈大笑，比姬也是。但我笑不出来。这个世界很强——我能看到一切都是写好的命运，作者在努力预示无可避免的厄运！阿克海特和古诺显然正在走向悲剧。我早就知道，只是不想看到悲剧的发生。

假的！他们会跟我大喊，那些认识我已久的人。老博格斯的自作多情，他周围的一切在他眼里都有悲情色彩。这个世界太强大——对他来说！他看到自己正在走向悲剧，我们认识的人里只有他看烂片居然看得下去还喜欢得不得了，只有他会看烂书看到伤心流泪——但凡这个东西能和他扯得上一点点关系！脑里有屎！心里有病！你以为他为什么叫博格斯？难道是因为他说真话吗？

别去理他们，那些没心没肺的蠢货[1]。我现在待在另一个世界[2]。

当我把 280 节拿给郁金香看的时候，她仍然那样庄严。她把脑袋贴到我的胸膛仔仔细细地听着，接着又让我听她的心跳。她意识到我很脆弱的时候，总是会这样。如果她很感动，她也不会讽刺地把乳房翻过来。

"很强？"她问道。我听着她的心跳，点了点头。

"Mektig."我说道。

"Mektig?"她喜欢这个单词的发音，于是来回地玩味。我很喜欢古低地诺尔斯语的一个地方就是可以玩味词句。

就是这样。喝酸奶和大量的水。外加某种来得刚是时候的同情。我没问题。一切都在慢慢理顺。当然，我的泌尿道确实是成问题的，但总的来说事情都在慢慢理顺。

---

1 蠢货，原文为 schlubs，意第绪语，意为愚蠢而没有吸引力的人。
2 世界，原文为 varld，瑞典语，意为世界。

第 6 章

最后一章的前奏

博格斯·特林佩尔
爱荷华大街 918 号
爱荷华州爱荷华城
1969 年 10 月 2 日

卡斯伯特·班纳特先生
管理员 / 皮尔斯伯里庄园
疯狂印第安人角
缅因州乔治敦岛

我亲爱的库思：

　　收到了你热情洋溢的支持和最慷慨的支票。比姬和我被爱荷华州银行和信托公司的人狠狠地折腾了一圈。我很高兴能把支票啪地拍在他们脸上。如果比姬跟我有朝一日成了有钱人，你会成为我们的荣誉管理员。事实上，我们的确很想好好照顾你，库思，让你在漫长孤独的冬天能够吃饱,让你在睡前把浓密的长发梳够四十下,而且让你被海风吹拂的床上有个年轻火热的女孩。事实上,我的确知道有个年轻火热的女孩,她的名字叫莉迪亚·金德。真的!

我在语言实验室里认识的她。她在修一年级的德语课,但对其他不感兴趣。她昨天来找我,叽叽喳喳地问:"特林佩尔先生,难道没有唱歌的磁带吗?我是说,这些对话我都知道。就没有什么德语歌谣吗?哪怕是歌剧也可以。"

我拖住了她,给她一页一页地翻看所有的听力素材。她哀叹语言实验室及生活本身是如何地缺乏音乐。她就像脚边的猫一样轻手轻脚,担心裙子可能会扫到你的膝盖。

莉迪亚·金德想要有人在她耳边轻轻弹唱德语歌谣。哪怕是**歌剧**!库思。

我对新的工作不抱有任何这种音乐之类的幻想,这是份迄今为止最令我耻辱的工作:在爱荷华橄榄球赛场上卖纪念章、三角旗和牛铃铛。我拉着胶合板制成的展示板在体育馆里巡回,从一处门拉到另一处门。木板很宽,带个黑板架式的架子,很容易斜过来,一阵风就可以把它吹倒,小小的金色橄榄球会有擦痕,纪念章容易碎,三角旗会起皱被弄污。我能拿到佣金,所售商品金额的10%。

"鹰眼[1]纪念章,1美元一个!2美元一个牛铃铛!大徽章只要75美分!夫人,带金色橄榄球的别针只要1美元!小孩们很喜欢!这小球恰好可以含在嘴里!不,先生,铃铛没有坏!只是有点弯。这些铃铛是弄不坏的。会一直响一直响。"

我是可以免费看球,但我恨橄榄球,更别说还要穿着带肥大零钱

---

[1] 爱荷华大学的橄榄球队名为鹰眼。徽章的形状为鹰眼。

兜的亮黄色围裙。我衣服上还贴着一个闪闪发光的大标志,写着:鹰眼公司——冲啊,飞鹰!每一个标志还有编号。我们在体育场里靠编号交流。最好的位置竞争火热。周六的时候第368号曾对我说:"这是我的地盘,510号。靠边点好吗?"他戴着领带,上面是红色的橄榄球图案。他卖出去的三角旗、徽章和牛铃铛比我多得多。我挣到的钱才刚刚够给比姬吃三个月的避孕药。

给爱荷华州加油吧,库思。也许下一次比赛我挣的钱足够给自己结扎。

有人告诉我如果爱荷华州赢了球赛,我们卖出去的玩意儿就会多得多。球迷是什么心理状态,鹰眼公司的纪念品专卖经理弗雷德·帕夫早已在赛前预备会上给我们讲清楚了。他告诉我们,爱荷华人都很骄傲,只有赢得比赛,他们才会愿意在天线上挂这些队旗,在衣服上别满纪念章和别针。"没有人愿意跟失败者扯上瓜葛。"帕夫说。他还特地对我说:"你知道吗?我们都叫弗雷德。怎么样,够酷的吧?"

"我认识华盛顿斯波坎的另一个弗雷德,"我告诉他,"或许我们应当推出什么活动。"

"有幽默感!"弗雷德·帕夫嚷道,"你在这里一定会如鱼得水。跟粉丝打交道幽默感不可缺少。"

我要让大伙儿知道,库思,你有比这些爱荷华州人更忠诚不移的粉丝。比姬和我可欣赏你的照片了,就跟需要你的钱差不多。比姬尤其喜欢你的《自画像·海草》。说实在的,我怀疑邮寄这样的照片是不合法的。我倒也不是在羞辱你的身体,只是我个人更喜欢《八号死海鸥》。

请你到暗房随便看看,冲洗一张这样的照片给我。事实上,是创作一张照片,以我为主题。让我俯卧在那里,面色枯黄,把我的手按照合适的方法折叠，把准备好的棺材放在旁边，把棺材打开，好等着我随时入瓮，我随时都可能被那舒适的天鹅绒衬里引诱进去。把底片销毁。只冲印8英寸×10英寸大小的照片。请通过二次曝光在这幅图片上叠加我家人的面孔，比姬严肃而沉痛，但并无怨怼；柯尔姆玩着棺材装饰精良的扶手。请让我父亲和母亲两人的脸曝光不足。让我父亲的嘴错一下位，哦不，**模糊处理**。他会对着死者高谈阔论。下面写一句话："一个专业人士必须经受他的训练……"然后用黑色垫板封好，把整个照片寄到爱荷华州大学商务办公室，再写一张简短的字条，说逝者因未能付清学费而致歉。学费又被提高了，由研究生院的理事投票决定，加上了一笔额外的娱乐费用——无疑是用来支付足球鞋防滑钉和返校日的游行花车的费用。游行花车上，数百万朵黄色玫瑰，组成庞大的带穗玉米。

你能有间暗房很幸运，库思。我仿佛能看见你在暗室那可怕的安全灯下赤裸着身子，泡在化学药水里，冲洗照片，放大照片，你把自己印在一张干净的白色相纸上。有那么一天，如果真有那么一天，你一定要教我摄影。那种掌控的感觉让我心醉神迷。我记忆犹新，你冲洗着相纸，影像从水中浮现，慢慢成形，太了不起了！简直让我受不了！就像有无数的阿米巴变形虫[1]一样的东西拥进去，最后组成了一个人。

我在翻译《阿克海特和古诺》第38节时想起了这个画面。这一节的最后一个词很让我为难：Klegwoerum。我的论文委员会主席觉得应当翻译成"肥沃的"，我说是"多产的"。我的朋友拉尔夫·帕克提议"疯长的"。而比姬说其实无所谓。比姬说的话很有道理，虽然很伤人。

---

[1] 阿米巴变形虫如果挨饿，可以发出化学信号，让同类到某个地点集合，不用多长时间，4万~6万个单细胞聚在一起，整体移动，形如脱壳的蜗牛。

不过,我觉得她是在开玩笑。这不像她,但医院里有个八十多岁的老人趁着她倒便盆的时候非礼她,她就往心里去了。不过你知道吗,比姬从来不哭。你知道她会做什么吗?她发现指甲旁的倒刺时,会慢慢地把倒刺沿着指节往下扯。我记得她曾把一根倒刺一直扯到了第一个指节处下面。比姬会流血,但她从来不哭。

库思,我一直觉得跟你很亲近,自从我从埃尔斯贝丝那里染上你染给她的淋病之后。要么就是我们俩都从埃尔斯贝丝身上染的。究竟是谁先染给谁,我一直觉得这对我们的友谊无关紧要。

不论怎样,把所有的17间浴室里的马桶[1]都替我冲了吧。每当想到世上有不被男用护裆[2]塞住的马桶,我都会深深地感到庆幸。选一个多雾的晚上,开开所有的窗户——雾天声音能够最好地从水面上传过来,然后冲了它!我会听见你的成功,为此欢欣鼓舞。

比姬让我问候你。她正在厨房里撕手指上的倒刺。她很忙,否则我会让她剥一根倒刺放到信里,象征她的特林佩尔式坚韧,勇敢地从爱荷华直奔缅因州。

爱你的,
博格斯

---

1 原文为 john,亦有嫖客的意思。
2 前文(第3章)有提到博格斯自家的马桶被三个运动员的各种杂物堵了,此处为呼应。

第 7 章
拉尔夫·帕克电影公司[1]

郁金香和我在工作。她承担剪辑,实际上拉尔夫自己就是剪辑师,不过郁金香可以帮他。她也可以做一些暗房里的工作,尽管拉尔夫也是冲印师。我既不懂冲印,对剪辑也所知甚少。我是负责声效的,把音乐录进去。如果有同期声,我负责整理;如果有旁白,我把声音加进去。如果需要幕后的声音,我会制作出来;如果有讲述者,我往往是那个讲述的人。我有嘹亮宽阔的嗓音。

等我拿到电影的时候基本上已经拍完了,大多数用不了的胶片已被剪掉,镜头的顺序基本上按照拉尔夫想要的排好了——至少是粗略地排好了——按照拉尔夫最终的剪辑顺序。拉尔夫几乎就像一支单人乐队,郁金香和我只是提供一些技术性的帮助。脚本和摄影都是拉尔夫筹备的,这是他的片子。不过郁金香和我技术很强,还有拉尔夫粉丝会的小孩肯特帮着跑腿。

---

[1] 原文完整标题为"拉尔夫·帕克电影公司,纽约州克里斯托弗街道109号,邮政编码10014"。

郁金香和我不是拉尔夫·帕克粉丝会的成员，叫肯特的那个孩子也算是支单人乐队。我不是想暗示拉尔夫·帕克的电影无人问津。他的处女作《团队这件事》拿到了国家学生电影节的大奖。我的嘹亮宽阔的嗓音也在那部电影里。拉尔夫拍这部电影时还是爱荷华电影摄影工作坊的研究生。

我遇到他是在语言实验室里。不放磁带的空闲时间里，我在给大一新生编辑德语磁带，他就像一个浑身是毛的人拖着脚闯进来。他看起来可能20岁，也可能40岁；可能是学生，也可能是老师；可能是托洛茨基派或阿米什人的农场主；可能是人类或者动物；可能是背着镜头和曝光表从冲洗店里跑出来的贼；可能是在狂暴的打斗之后吃掉摄影师的一只熊，这只熊朝我走来。

那会儿我还在翻译《阿克海特和古诺》。我感觉，仿佛是对上了阿克海特的父亲老萨克。他慢慢走近，身上一股麝香味。成百上千道霓虹色的光从他的镜头上、皮带搭扣上和经过抛光的零件上闪现。

"你是特林佩尔？"他问道。

我想，换作一个聪明人可能就彻底坦白了——承认这些翻译都是骗人的，祈祷让老萨克回到坟墓里。

"Vroog etz?[1]"我问道，只是想试探试探。

"很好。"他咕哝着。他听懂了！他就是老萨克！但他只是说"拉尔夫·帕克"。一只嫩白的手从异常厚实的连指手套里拿出来，把这玩意儿从袖口里朝我推过来，"你说德语，对吗？你也懂磁带？"

"对的。"我小心谨慎地答道。

"你做过配音吗？"他问道，"我在拍片子。"变态，我想，想让我

---

[1] 古低地诺尔斯语。特林佩尔误以为对方是老萨克，所以用古低地诺尔斯语与其交谈，进行试探。

出演他的色情电影。"我需要德语的配音。"他说,"在英语叙述当中时不时插进去几句机智的德语。"

我知道这些拍电影的学生。有一次我路过班尼家,从窗户里看见他们大打出手,有个女孩的胸罩被扯掉,她护着她的胸部。我跑进去帮助那个女孩,结果却把摄影师从滑动轨道上撞了下来,我的脚绊到延长电线,撞倒了一个手里拿着麦克风的人。然后女孩疲惫地说:"嘿,放松点。只不过是拍电影。"她瞧了我一眼,仿佛在说:"就是因为你这样的傻瓜,我今天已经穿了第四套胸罩了。"

"好吧,如果你喜欢摆弄磁带和录音机,"拉尔夫·帕克说,"混音,打乱时间,你知道,声音蒙太奇。只是有一些东西我想做,然后你可以随便玩——想怎么玩都可以。也许你可以给我一些想法……"

他的话真的如一声惊雷。想想,一个卖橄榄球队徽章的,居然有人说我会有想法!

"嘿,"拉尔夫·帕克看着我说,"你也讲英语的,对吗?"

"你付多少钱?"我问道。他重重地把厚实的手套摔在磁带架上,震得一卷带子像被砸晕的鱼一样落下来。

"付你钱!"他大声道,然后狠狠地耸了一下肩膀,挂在脖子上的变焦镜头抖了一抖。我突然想起老萨克怒发冲冠的场景。

虽然早已年迈,体衰
箭镞深深扎进他的胸膛
那胸膛比古尔克的酒桶还宽还厚
萨克大步走向行刺的弓箭手
用他自己的弓弦把弓箭手勒死

又用他厚厚的手掌,如此坚硬

他曾用这手掌拉过一百匹马的缰绳
萨克让箭深入自己的胸膛
又把箭从背上拔出，大声呻吟

箭杆还带着老人黏稠的鲜血
萨克狠狠地杀死了叛徒古尔克——开膛的
一刀！伟大的萨克要感谢格沃夫
赐福面前血的盛宴

就这样，拉尔夫·帕克在语言实验室的听力间雷霆万钧，一群一年级的德语系新生在门后被吓得瑟瑟发抖。他还在大着嗓子滔滔不绝。

"我的天！难道我应该给你付钱？付钱让你经历这么好的事？多么宝贵的机会！瞧，特林佩尔。"——我的不忠实的学生们一阵窃笑，"你应该付我钱，因为我给了你机会！我才刚刚起步，我自己甚至都不拿工资！我卖了1500面可恨的橄榄球赛三角旗，才买得起广角镜头，你却想要一边有宝贵的经历，一边还拿钱！"

"等一等，帕克！"我叫他。他朝门口走去，学生们慌忙散了。

"去你的，桑普-桑普！"他大喊，然后恶狠狠地朝一年级德语系新生说："我说，去他的！"有一阵，我能感到他们莫名的恐惧，担心他们会催我，出于一时的冲动遵守他的指令。但我追上了他，发现他正在大厅的饮水喷泉那里大口大口地喝水。

"我不知道你卖过橄榄球赛三角旗。"我说道。

后来，帕克对我玩出的音轨很满意，告诉我有朝一日他会付钱。"等我可以给自己发工资，桑普-桑普，我就给你算一份工钱。"

拉尔夫·帕克的确说到做到。《团队这件事》获得了不错的成绩。电影里有个地方——班尼家里那群醉醺醺的人唱起了《霍斯特·威塞尔之歌》[1]，那是我的主意。还有爱荷华州大学数学系开会那一部分，德语声音混了进去，字幕写着：首先用正规的法院令逮捕他们，然后开始逮捕很多人，只能进行集体审判，这样他们会非常担心进集中营，就不会再在乎你是否有法院令了，如果这样的话……

这算是部宣传电影。邪恶在于集体针对个人固有的敌意。但这不是一部政治电影，所有团体都一样被歪曲了。敌人可以是任何统一的团体，甚至是教室里频频点头的一群人："是的，是的，我明白，我同意，是长官！"

每个人都认为《团体这件事》"富有新意"。针对它只有一个重大不满——拉尔夫收到来自俄亥俄州哥伦布德国美国学会的一封信，说电影是反德国的，翻出一些陈年旧事说个没完。他们说团体不是只属于德国的概念，而且团体本身也没有任何问题。他们称拉尔夫为"疯子"。信没有任何人的署名，没有真人的署名，只是盖了一个油墨章，上面写着**德国美国学会**。

"又一个团体，"拉尔夫说，"大概有五百人写了那封信。去他的，桑普-桑普，我没有那个意思。我是说，我都不知道自己什么意思……"

拉尔夫到现在还是这样，这也是他的电影受到的最主要的批评所在。他的电影总被称为"富有新意"，经常被说是"不做作"，而且总是"很真实"。但比如《纽约时报》却指出它"缺乏某种决心……他不能忠于某一个视角"。《乡村之声》认为，"这些视角总是努力做到个人化，真实和新鲜，但帕克不能真正对待这些问题……对行动进行简单的呈现就让他感到足矣"。我觉得对我来说这也足矣。

"去他的！"拉尔夫说，"它们只不过是电影罢了，桑普-桑普。"

事实上，正是因为拉尔夫的电影缺乏"意义"，我却尤为觉得耳目

---

[1] 1930—1945年的纳粹党党歌。

一新。

《团队这件事》是他唯一的宣传片，也是唯一获奖的片子。他的后两部电影我没有参与，我当时打算抛弃我的妻子，连同我的头脑。

拉尔夫走上了漫长的逃亡之旅，从爱荷华到纽约。《软泥》拍的是一支摇滚乐队。软泥当时正在巡演，拉尔夫跟着他们到处跑。给女孩们做采访，拍给彼此剪头发的男人们，拍女孩们组织的大腿摔跤比赛，拍胜者赢得的奖品。电影的高潮是乐队主唱的狗被扩音器意外电死了，因此，乐队取消了整整一周的音乐会。出于同情，粉丝们捐了大约50条狗。"它们都是些很可爱的狗，"主唱说，"但没有一条狗能像'软泥'一样。"软泥也是那条狗的名字。

第三部电影是关于小小的巡回马戏团。拉尔夫跟着马戏团的同时，不停地一夜留情。有很多胶片拍的是帐篷搭起来又被拆掉，以及对高空秋千的女孩的采访。

"马戏团是不是完蛋了？"

"我的天……怎么会这样想？"

还有一段很长的花絮，是关于饲养大象的饲养员怎样被大象踩到，然后失去了三根手指头。

"你仍然喜欢大象吗？"

"当然，我爱大象。"

"甚至爱那只踩坏你手的大象？"

"尤其爱那只大象。它并不是故意踩我的手。我只是不巧把手放在那里，让它踩到了。它本来就会踩到那里，而且大象也很难过。"

"大象感到很难过？它知道踩到了你的手？"

"它当然知道。我大喊：'你踩到我的手了！'对，它当然知道了，它很难过。"

接着又有一系列关于大象的片段，努力去表现大象有多难过。我觉得那是拉尔夫拍得最糟糕的片子,我甚至连片名都不记得了。

不过,现在有我回来负责声效,他的电影应该会变好一点——至少在声音方面。我们正在做一部名为《到农场去》的电影,拍的是嬉皮士公社"自由农场"。自由农场的农场主想要所有人利用土地——任何土地。他们认为财产私有权是胡说八道,土地应当免费提供给那些能开发利用土地的人。他们遇到了一些麻烦——来自佛蒙特的一些真正的农场主,他们认为私有财产很好。自由派的农场主想要告诉那些真正的农场主,他们没有获得免费的土地就是听凭别人的宰割。两边眼看就要打起来了。而这个地区还有一所小小的自由艺术学院,它让整个情况变得更加尴尬。拉尔夫每个周末都北上佛蒙特看看有没有真的打起来。他回来的时候就带来整卷整卷的胶片,很多很多盘的磁带。"还在酝酿。"他说。

"等到冬天来的时候,"我告诉他,"也许这些孩子将会饥寒交迫,然后一走了之。"

"那我们就拍这个。"他答道。

"也许不会有冲突。"我提出。

"也许不会有。"拉尔夫说,然后郁金香用手背轻轻碰了碰乳房。

这惹恼了拉尔夫。我去纽约的时候,郁金香已经在为拉尔夫工作。拉尔夫给了她这个机会,是因为她愿意跟他睡觉。哦,那是很久以前了。郁金香对电影剪辑一无所知,但拉尔夫教了她。她学会了之后,就不肯再跟他睡觉了。但拉尔夫没有开除她,因为她已经是个出色的剪辑师了。但有时候拉尔夫会很抓狂。"你跟我睡觉只是为了得到这份工作。"他对她抱怨。

"但不跟你睡你就不会给我这份工作。"郁金香泰然自若地反驳。"你难道不喜欢我的成果?"她问他,"我喜欢这份工作。"

他们陷入了互不理解的僵局。

那个叫肯特的跑腿小孩则是另一个故事。

郁金香和我在暗房里一边小口小口地喝咖啡,一边在想甜甜圈怎么还没来。

郁金香目前在修剪拉尔夫的一些剧照,刚从干燥箱上拿下来,在用大的裁纸机剪裁。咔嚓!已经两周没有该死的比姬的一点音信。学校里其他孩子对柯尔姆好吗?他还咬不咬人?

"出什么问题了?"郁金香问道。

"我的鸡鸡,"我答道,"我想是又粘住了。可怕的喝水疗法……"

"去看看大夫,特林佩尔,"她漫不经意地说,"做手术。"

裁纸机咔嚓咔嚓响着,我满脑子都是要把维吉农杀掉的想法。

肯特进来了。"嗨!"嗨你自己吧,肯特。"嗨,你看到新的胶片了吗?他现在动真格了。"

"动什么真格了?肯特。"

"新片子里光线很好。现在那里的天越来越冷了,甚至天气也在催逼他们。总要有人先动起手来。我是说,连摄影机都等不及了。"

"那不意味着这就一定会发生,肯特。"

拉尔夫从外面进来,呼哧带喘,一身寒气。海豹皮的靴子,厚实的手套,爱斯基摩风的雪大衣,虽然现在还只是秋天。要想象拉尔夫在热带气候是什么样子很难,他需要改变他棕熊的形象。也许他可以穿柳条和稻草编的衣服,用芦苇缠上,像个巨大的篮子!

"嗨!"肯特对他说,"我昨晚看了《白色膝盖》。"

"谁的?"拉尔夫问。我们都知道肯特不懂什么。

"你知道。《白色膝盖》,"肯特坚持,"是格朗茨的最新电影。"

"是啊,是啊。"拉尔夫一边应和着,一边解下手套,脱掉靴子,从羊毛大衣里解脱出来。

"是啊,又是一部烂片!"肯特说,"多多少少都是一样的,就像他早期的那些破玩意儿，沉重，你明白吧！"

"对对。"拉尔夫说道，摆脱了大衣自由自在。他左顾右盼。缺了什么东西。

"我今天早上看了你新拍的片子，"肯特对他说。拉尔夫在想，缺了什么？"太棒了，拉尔夫。"肯特告诉他，"连该死的天气……"

"肯特？"拉尔夫问道，"甜甜圈呢？"

"我在等你过来。"肯特说，脸红了。

"两个果酱的，一个奶油泡芙，"拉尔夫说，"郁金香？"

"两个奶油泡芙。"

"桑普－桑普？"

"一个油炸面包圈。"

"要两个奶油泡芙，两个果酱甜甜圈，一个油炸面包圈，肯特。"

当肯特出发去跑腿的时候，拉尔夫问我们："格朗茨到底是谁？"

"我一点也不懂。"郁金香答道。

"《白色膝盖》，"我说，"天晓得……"

"肯特抽烟吗？"拉尔夫问道。谁也不知道。"好吧，如果他不抽烟，那他应该试试；如果他抽，他应该戒掉。"

肯特回来了。他就像装满秘密和信息的宝藏。

"两个果酱甜甜圈，两个奶油泡芙，一个油炸面包圈。"

"谢谢。"

"谢谢。"

"谢谢，肯特。"

"沃德尔的新片周五晚上上映，在贝波那里。"肯特告诉我们。

"撑不了一星期。"我告诉他，然后看着郁金香：谁是沃德尔？

她回了我一个眼神，仿佛是问贝波又是哪儿？

"是的，对。"拉尔夫说道。

我们看着肯特填满咖啡壶。"别搞得水都进不去，肯特。"郁金香说。

拉尔夫很显然对他的两个果酱甜甜圈很不自在。"红果冻，"他一边说，一边用手指头谨慎地戳戳，"我喜欢紫色的。"

"葡萄的，拉尔夫。"我说道。

"是啊，葡萄的。"他说，"这红色的玩意儿没法吃。"

肯特很担心。"我听说马可去海边了，"他告诉我们，"拍暴动。"

"油炸面包圈怎么样？桑普-桑普？"

"做得很好，拉尔夫。"

"两个面包圈，肯特。"拉尔夫说："你能不能再吃一个，桑普-桑普？"

"不行，"郁金香说，"他已经在发胖了。"

"再来三个油炸面包圈。"拉尔夫一边说，一边戳着讨厌的红色果酱。

"你已经胖得不可救药了，"郁金香对他说，"特林佩尔还有得救。"

"三个油炸面包圈，肯特。"拉尔夫说。

肯特打开门时，某种沉默的争执逃脱了出去。拉尔夫听着肯特笨重的脚步声在人行道上慢慢消失。某种心领神会的特别的东西好像只容我们的耳朵去听。我们总是能听出来。拉尔夫尽可能地避免跟肯特有什么个人交集。我猜想是某种职业性的自我保护吧。

"天哪，桑普-桑普，"他说，把我和郁金香拉到他宽广的臂弯里。"天啊，你真应该看看我昨天晚上遇到的女人。"但他的眼睛在看着郁金香，等她用手背把一侧乳房托起来。她对他的情绪很微妙。她转过身去，朝门的方向走过去，胳膊肘在她身后微微抬起来。

"我看到了！"拉尔夫喊道。但她已经走了，剪辑室的门关上，留下我跟拉尔夫·帕克一起。他虽然（也许正因为）从来不知道自己在说什么，却是地下电影的先锋。

我们等着油炸面包圈。

第 8 章
其他一些旧邮件

弗雷德·特林佩尔
爱荷华大街 918 号
爱荷华州爱荷华市
1969 年 10 月 3 日

汉伯尔石油与炼制公司
790 号邮箱
俄克拉荷马州塔尔萨

尊敬的先生：

  我收到了您的提醒。在这方面，我的确认为我能借到钱是"荣幸"，我也打算尽可能地避免您提到的那种"尴尬"。

  我在信里附上 3 美元的支票。我欠的钱就减少到 44.56 美元，这部分我当然很快就会寄过去。你知道，我的儿子病得很严重。

　　　　　　　　　　　　万分感激的，

　　　　　　　　　　　　弗雷德·特林佩尔

　　　　　　　　　　（埃索卡 # 657-679-896-22）

　　　　　　　　　＊　　＊　　＊

　　　　　　　　　　　　　　弗雷德·特林佩尔
　　　　　　　　　　　　　　爱荷华大街918号
　　　　　　　　　　　　　　爱荷华州爱荷华市
　　　　　　　　　　　　　　1969年10月3日

哈里·埃斯蒂斯先生
藏品部
辛克莱精炼公司
1333邮箱
伊利诺伊州芝加哥

尊敬的埃斯蒂斯先生：

　　您将收到随信附上的15美元支票。我知道这在您眼中只是杯水车薪，但在我这里已经是竭尽全力，尽管我还有94.67美元没有偿还。我也能"理解"你的担心，我极力克制自己。我本想回击你无礼的来信，但我控制住了冲动。

　　我们双方都很清楚，您的公司并不像其他一些公司那样家喻户晓。长期以来，我跟其他信用卡公司始终维持着很好的合作。我建议，也许您的公司可以效仿他们展现出的乐观和宽容，这将使您获益。或许您不懂得是什么成就了那些知名的公司？我可以告诉您，就是耐心。

　　唉，倘若我们在个体身上推崇的优点能够更多地体现在我们的从商原则里,我敢肯定我们每个人都会对彼此更中意。

  当您的公司面世时,我对其寄予厚望,那只又大又温暖的绿色恐龙深入人心。我仍然抱有最高的期待,那就是你们最终将会忠于形象,不负使命。

充满敬意的,

弗雷德·特林佩尔

(辛克莱卡 #555-546-215-91)

*   *   *

弗雷德·特林佩尔

爱荷华大街 918 号

爱荷华州爱荷华城

1969 年 10 月 3 日

爱荷华-伊利诺伊天然气和电力公司

杰弗逊大街 520 号

爱荷华州爱荷华城

尊敬的先生们:

  随信附上 10 美元,以减少我所欠的余额。我意识到,这样的话,你们就可以重新评估我的情况,当然这需要额外的服务费。我将负责地承担这笔费用,但我真诚地希望,你们能够认识到,我是认真打算偿还债务的,好让贵公司不至于中止我的服务。

  谈到您们的服务,我要诚恳地说,在我妻子和我所了解的范围内,爱荷华-伊利诺伊提供的电力服务是最棒的。说真的,以前我们住的地方总是停电。

我们也对你们的政策心怀感激——无论市中心办公室还是电力中心，都给那些有父母陪伴的小孩提供棒棒糖。

充满谢意的，
弗雷德·特林佩尔

* * *

弗雷德·特林佩尔
爱荷华大街918号
爱荷华州爱荷华城
1969年10月3日

西北贝尔电话公司
林街南302号
爱荷华州爱荷华城

尊敬的阁下：

关于我目前的35.17美元欠款，除非您消除16.75美元这笔费用以及相应税款，否则我一分钱也不打算还。这笔费用涉及我往缅因州乔治敦岛打的一通电话，然而我从没打过这通电话。我不认识缅因州乔治敦岛的任何人，而且据我所知，乔治敦岛也没有人认识我。这样的事发生不止一次了。如果您记得，先前也曾有一张类似的账单，说我跟奥地利维也纳的某人通话1小时45分钟，您最终承认是弄错了，是我们的两户合用电话出了错。关于共用电话的另外一家，我还可以另写一封信。但您先前声称是"海外电缆运营商的错误"，这个说法我不太满意。不管怎样,不应由我来告诉您,我究竟欠您多少钱。

坦率的,

弗雷德·特林佩尔

(电话号码:338-1536)

* * *

弗雷德·特林佩尔

爱荷华大街918号

爱荷华州爱荷华城

1969年10月3日

米洛·库比克先生

人民市场

道奇街660号

爱荷华州爱荷华城

尊敬的库比克先生:

您这里的肉的确有大城市的风范,是令人念念不忘的厨房里的味道!您这里是爱荷华城中唯一一家能买到像样的动物腰子、舌头、血肠的商店。琳琅满目的小瓶小罐,还有充满异国风情的小罐头,都印着翻译文字。我们尤其喜欢蔬菜炖肉佐以梅铎酱汁。库比克先生,我们两口子可以用您的开胃小菜做出一顿大餐。

希望您能原谅我们这个月毫无节制地享受您的优质肉品。随信附上10美元支票,但还清其余的23.90美元只需要再等很短的一段时间。

您放心,下个月我们将会细心地制定预算,在这些美丽的诱惑面前保持自主。

诚实的，
弗雷德和苏·特林佩尔

＊　＊　＊

弗雷德·特林佩尔
爱荷华大街918号
爱荷华州爱荷华城
1969年10月3日

穆林·山威先生
爱荷华州银行和信托公司总裁
克林顿街400号
爱荷华州爱荷华城

山威先生：

随信附上卡斯伯特·班纳特先生寄给我的支票，250美元，有给银行的背书签字，存在我的账户（活期存款账户：951348）里。这笔钱应该足以偿还我微不足道的欠款。

我真的非常诧异，银行居然认为可以拒付我妻子给衣服商萨姆纳·坦普尔的支票。就算你们付了这张支票，加上服务费我也只会欠不到3.80美元。这本来是举手之劳，可以让我可怜的妻子不至于要在电话里跟坦普尔先生撕破脸，为了微不足道的一笔小钱毫无必要地争执。

我唯一能想到的是，你们还在因为我的助学贷款问题找麻烦。不管你们出于何种理由，我都很想把户头转到街对面的爱荷华第一国家银行去。如果你们继续这样怀疑我，我一定会这样做。我根本不知道自己已经透支。你们瞧，我一有收入马上就还上了。

真诚的，
弗雷德·特林佩尔

* * *

弗雷德·特林佩尔
爱荷华大街918号
爱荷华州爱荷华城
1969年10月3日

西尔斯·罗巴克公司
中央州办事处
第一大道&卡洛纳街
爱荷华州锡达拉皮兹

尊敬的西尔斯公司：

去年6月我为妻子买了一台Model X-100型超标准真空吸尘器，在你们的爱荷华州销售部的提议下，我决定按西尔斯便捷分期付款计划支付。

我无须多说，到了现在，这个所谓的优惠付款计划的高额服务费令我很是惊讶！目前，我唯一想知道的是你们的记录中，我究竟付过多少钱，每个月的便捷分期账单里为何没有包含当前的欠款。我每个月都收到这个便捷的信封，里面只有一张纸写着，应付5美元。

但是这每月5美元，我好像已经支付了很久。到底还要再付多长时间？相信你们也能够理解，在收到通知说明我到底欠多少钱之前，我决定不再付款。

我想给你们提个建议，好不至于玷污你们在普通人当中建立的良好声誉。首先要提醒一下：西尔斯体量很大，名声甚广，遍及广泛的年轻家庭，深入人心，若是忘记或践踏"小人物"的简单需求，那将是很遗憾的。毕竟，难道不是我们这些"小人物"成就了伟大的西尔斯？

一个忧心忡忡的小人物，
弗雷德·特林佩尔
（便捷分期付款计划，支票号 No.314-312-54-6）

*　　*　　*

弗雷德·特林佩尔
爱荷华大街918号
爱荷华州爱荷华城
1969年10月3日

消费者联盟
《消费者报告》编辑办公室
纽约州弗农山

最敬爱的先生：

我曾与一众非营利组织打过交道，请让我告诉你，你们是多么高贵善良，在资本主义处处冒头之际能带来怎样的宽慰。

经验使然，请允许我说，我完全支持1968年贵联盟揭发我们周围虚假广告的这一举动。应当祝贺贵联盟。继续给他们制造麻烦！千万别被收买！

但我恕难同意贵联盟对西尔斯公司的意见。贵联盟列出他们大多数产品和服务为"不错"到"很好"。我非常信任贵联盟的研究，也愿意承认贵联盟的资源比我要丰富得多。但我觉得贵联盟应该加上消费者对某个X-100型超标准吸尘器的反馈。贵联盟有没有考察过这个机械奇迹？贵联盟可以用西尔斯的便捷付款计划买一个。

贵联盟的工作非常有益，很了不起，我真的不愿意看到这种疏漏损害贵联盟的信誉。

你们的非营利同盟，
弗雷德·特林佩尔

* * *

弗雷德·特林佩尔
爱荷华大街918号
爱荷华州爱荷华城
1969年10月3日

商务办公室
爱荷华大学
爱荷华州爱荷华城

敬爱的商务办公室：

我本月恐将被迫承担5美元的学费滞纳金。

然而，虽然我打算接受这笔5美元的费用，但是我将从学费账单里扣除5美元，即新增的娱乐费（刚好是5美元），我不愿承担这5美元的责任。

我是一名研究生，已经26岁。我已结婚，育有一子。我到爱荷华大学来学习，不为参加任何形式的所谓"娱乐"。让那些想要享受乐趣的尽管付钱，我没有享受到半点乐趣。

我声明这一点的唯一原因，是不希望在您最终收到我支付的学费时有任何误解，仿佛我无视缴纳滞纳金的要求。**那**5美元我会支付，但我不会把另外5美元算到我的支票里。（支票将很快奉上。）

这样的确**有点**混乱，毕竟有好几笔5美元牵涉进来，但我想我已经说得很清楚了。

严肃的，

弗雷德·特林佩尔

（学号 23345G）

* * *

弗雷德·特林佩尔
爱荷华大街918号
爱荷华州爱荷华城
1969年10月3日

爱荷华大学
教职求职服务部
学生会大楼
爱荷华大学
爱荷华州爱荷华城
关涉人：弗洛伦斯·马尔什夫人

亲爱的马尔什夫人：

之前我向您支付了一笔服务费，因此我认为您的服务至少应当是合情合理的。可是您信中随附的"可申请职位"并没有让我感到合情合理。我明确说明了我的能力、我感兴趣的领域、我的学位，以及我希望在哪里（这个国家的哪个地区）寻求教职。

关于当前的信息，我不想跟阿肯色州克罗斯社区学院的面试官会面——"提供幸福枫叶校区的职位，每年薪水5000美元，教授五个一年级新生讨论组修辞学"。你难道觉得我是疯了吗？

我已经说得很清楚：新英格兰，科罗拉多或加州北部，一所有机会教授一年级以上水平课程的学院，薪水至少应当达到6500美元，外加搬家费用。

我得说，您提供的服务可真不理想。

遗憾的，

弗雷德·特林佩尔

*　　*　　*

弗雷德·特林佩尔
爱荷华大街918号
爱荷华州爱荷华城
1969年10月3日

希夫 & 赫普
贷款专员，农场和城镇
69号美国国道西
爱荷华州马伦戈

亲爱的希夫和赫普先生：

先生们，我再重复一下：目前我还不能支付到期的利息。请不要再给我寄送关于著名的"提高利率计划"的信件，还有你们含含糊糊的"请警察"的威胁。

你们想怎么做就怎么做吧。我是打算想怎么做就怎么做。

真诚的，

弗雷德·特林佩尔

* * *

弗雷德·特林佩尔
爱荷华大街918号
爱荷华州爱荷华城
1969年10月3日

艾迪逊＆海尔希债务催收
达文波特街456号
爱荷华州得梅因
关涉人：罗伯特·艾迪逊先生

亲爱的波比：

突击一下。

祝顺利，

弗雷德·特林佩尔

第9章
老鼠、乌龟和鱼第一

现在账单由郁金香负责了,我连支票本的影子都见不到。当然,我是挣钱的,每星期或者十来天,我都会问她,我们经济状况如何?

"你饿肚子吗?"她问道,"是不是酒不够喝?"

"当然,我不缺什么……"

"那么,有什么需要吗?"

"呃,也不是……"

"那么,经济状况就是没问题的。"她说,"我不需要更多的钱。"

"我很好。"我告诉她。

"是不是有什么东西你想买来着?"

"不,不,郁金香——真的,我很好。"

"好吧,我没问题。"她坚持道。我努力克制自己,别再提起这些。

可是我真的不敢相信!"我们还有多少钱?"我问她,"我是说,只需要了解大概的数字……"

"比姬需要钱吗?"

"不,不,郁金香,比姬什么也不需要。"

"你想给柯尔姆送点什么——卡车,船,还是什么东西?"

"卡车,船?"

"某些特别的玩具,是这样吗?"

"我的天,别纠结了,"我说道,"我只是想知道……"

"说真的,特林佩尔,你有什么话就该说出来。"

的确,我应当只说事实。这是她真正的意思。

但是说实在的,我认为这种回避事实的习惯虽然跟我总是撒谎有关,但更是因为我不相信事实有任何举足轻重的意义。我认为在我的生活里,数字从来没有意义。

我妈妈曾有给我写信的习惯,她会问我们缺不缺东西。她很关心我们有没有专门给柯尔姆准备炖肉锅。如果我们有的话,就没问题。我父亲也提到要有雪地轮胎,有的话,我们整个冬天都会很开心。我想也许是因为我父母的朋友在问我们过得如何,所以我父亲会提到我们冬天的驾车之旅,我母亲会提到炖肉锅,要不然他们该怎么回答呢?

最近我还跟父亲在电话里简短地聊了聊。他问我怎么应付开销。"签支票。"我告诉他。(我猜郁金香正是这样应付的。)"你不应该随信附现金。"他还问我对生活的态度,仿佛这就是他想问的全部——而且知道这些,也就知道我过得如何了。

仪式比事实更能揭露问题!

比如,我曾经把磁带录音机放在身边,而且视如密友。我也给妻子写信,我是说,我还和比姬住在一起的时候会给她写信。当然我从没有把信交给她。因此,那些算不得是真正的信;比起信,写信的仪式才更重要。

我曾经给郁金香看过一封。

想着你,柯尔姆——我唯一的孩子。还有你,比姬,那些医院的罩袍不适合你。

你每天六点起床的样子:优美、强壮、坚决地扑向闹钟;温暖的身体倒在我身上。

"改天,比格。"我咕哝着。

"哦,博格斯,"你说,"还记得我们在卡普兰是怎样醒来的?"

"窗户外面堆满了雪,"我机械地咕哝着,"有些堆到窗框底下,有一缕吹到窗台上……"

"还有早饭的味道!"你嚷嚷着,"所有的雪具和靴子都在楼下的大厅……"

"轻一些,比格,"我说道,"你会把柯尔姆吵醒……"他这会儿忽然开始咕咕叫,声音从他的房间沿着走廊传来。

"我走了以后别大声吼他。"比格你是这么说的——然后你起床,给我掖掖被子离开了。你那对大乳房轻快地跳过冰冷的地板,傲然挺翘着朝黎明看过去,越过客厅指向厨房窗户的方向。(至于这个方向又象征了什么,我却想不出来。)

然后,比格,你的胸罩裹住你,就像马嚼子控制住了马。那件可恶的医院罩袍皱巴巴、冷冰冰地罩住你,我的比格就消失了,被麻醉被消毒,穿得就像葡萄糖罐一样毫无曲线。而今天早上再有一会儿,你就会把葡萄糖罐倒过来,一滴滴地把糖分和力气输送给年迈的老人。

你在医院的咖啡厅一边随便吃几口,一边跟其他护士、护工聊天。她们说着自己的丈夫昨晚几点到家。我知道你会告诉她们:"我的博格斯正在和我们的柯尔姆一起睡觉。昨晚他就睡在我身边。"

但昨天晚上,比格,你说:"你父亲是个王八蛋。"

而我从未曾听到你这样用这个词。我当然认可,你还问:"他希望你向他证明什么呢?"

"证明我可以跌个狗吃屎。"

"好吧,你现在就是在吃屎。"比格你说,"他还想要怎样?"

"他一定是在等着,"我说,"等我告诉他,他其实一直都没看错。他希望我双手双脚爬过去亲吻他的鞋子——他那涂了鞋粉的医生鞋子。"然后我该说这句话,"父亲,我想成为一个有专长的人。"

"这一点也不好笑,博格斯。"你说。我一直以为不管世事如何,我总能看到你笑,比格。

"最后一年了,比格,"我告诉你,"我们要回欧洲去。你可以再去滑雪了。"

可你只是说:"去他的。"我从没听过你这样说话。

然后你在床上在我身边翻了个身,从后向前翻着一本滑雪杂志,虽然我已经告诉过你一百遍,这样看书不好。

你看书的时候,比格,就把下巴放在高高的胸上,你那浓密的金黄色齐肩长发盖住面颊,我唯一能看到的是尖尖的鼻尖,从头发当中微微露出来。

但你翻看的总是滑雪杂志,对吗,比格?或许你不是有意刁难,只是想提醒我剥夺了你的一切?当你看到阿尔卑斯山的场景迎面而来,你说:"瞧呀,博格斯。我们难道没有去过那里?那不是靠近采尔,还是——哦不不!玛丽亚采尔,难道不是?瞧瞧,多少人拥出火车。天哪,看看那座山,博格斯……"

"好吧,我们现在身处爱荷华,比格,"我提醒你,"明天我们开车去玉米地玩。我们找个小山。也许更好找的是一头野猪,猪背正好成了缓坡。我们用泥巴裹满猪身,我可以支起它的鼻子,你可以从猪耳朵之间滑过去,一直滑到尾巴。当然算不上滑雪,不过……"

"我不是意有所指,博格斯,"你会说,"只是想让你看看景色而已。"

可是我为什么纠缠你呢?

我没完没了:"我可以用车带着你,比格。你应该滑过玉米秸秆,比野鸡跑得还快!明天我干脆在雪佛兰上装好四轮驱动。"

"得了吧。"你说,你听起来很疲倦。床边的灯闪了几下,发出噼啪声,然后灭了。你在黑暗中轻轻地说:"你付电费了吗,博格斯?"

"只是保险丝。"我告诉你,然后离开你在我们床上睡出的温暖凹陷,蹑手蹑脚地走到地下室。我来了倒也刚好,因为我今天还没有弹开捕鼠夹,是你坚持要放捕鼠夹的,但我并不想捉住那只老鼠,所以我再次放了老鼠一条生路,并换了保险丝——这根保险丝总是毫无理由地坏掉。

在楼上,比格,你冲我大声喊:"好啦!灯又亮了!你说对啦!"仿佛我施了什么魔法。等我回来找你,你却已经把强壮的金色胳臂抱起,被子下面的脚还在踢蹬,"别再看书了。"你说,眼神凌厉,笨重的脚飒飒地快速摆动。

啊,比格,我知道,你对我的用意都是最好的。我也知道,你练习脚部动作,其实是出于滑雪老手的习惯,这个练习对脚腕很有好处。你骗不了我。

我告诉你:"我一会儿就过来,比格。先让我看看柯尔姆是否安好?"

我总是看着他入睡。我最在意的是,孩子们都很脆弱,看上去很容易受伤。"柯尔姆,我晚上起身,会来看看你有没有停止呼吸。"

"说真的,博格斯,他是个很健康的孩子。"

"我敢肯定,比格。可是他看上去那么小。"

"对于他这个年龄的小孩,他个头不小。"

"我知道,我知道,比格。我并不是这个意思……"

"好吧,别吵醒他,你非要看他不可的话。"

某些晚上,我会喊起来:"瞧瞧,比格!他死了!"

"老天,他在睡觉!"

"可是你瞧瞧他躺在那里的姿势,"我坚持说道,"他脖子断了!"

"你自己就是那样睡的。博格斯……"

好吧,有其父必有其子;我敢肯定在睡梦里我完全可以跌断自己的脖子。

"回来睡觉,博格斯。"我听见你照例在喊我。

并不是说我回来得很勉强,只是我需要看好炉子,炉上的长明火总会灭掉。而且炉子的声音总是很奇怪,总有一天我们醒来时会发现自己已被烤成面包干。门上的锁也需要检查。爱荷华州的野猪和玉米很多——或者说可能很多。

"你到底要不要上床睡觉?"你喊着。

"我来了,我已经在来的路上,比格!"我答应着。

博格斯·特林佩尔就在那里来回检查,没完没了。你可以说他过了今天没有明天,但绝不能说他厌倦生活。

爱荷华城

1969 年 10 月 5 日

郁金香对于我写出来但却不会寄给任何人的信无感。"我的天,你一点也没变。"她说。

"我有了新的生活,"我答道,"我是改过自新了。"

"以前你担心有老鼠,"她说,"现在担心的是乌龟和金鱼。"

她说的还真在点子上。我的沉默让她微笑了,然后她轻轻地用手背托起乳房。有时我真想抽她!因为她这个举动。

但她说的是真的。我的确担心乌龟和金鱼。当然不是像以前担心老鼠那样。那只老鼠朝不保夕,我有责任让它不至落入比姬的陷阱。但我搬进去时,郁金香已经在养金鱼和乌龟了。她的床三面都有齐腰高的书架,我们被词语包围着。而在书架的顶端,在我们的周围形成U型水池的,则是汩汩流水的鱼缸,整晚整晚都在冒泡泡。她用水下霓虹射线点亮鱼缸。我承认起来尿尿的时候这灯的确很有用。

但是要适应床四周的氛围还需要时间。如果半梦半醒的时候,你会真的感觉自己身处幽暗的水下,乌龟和金鱼在你周围游来游去。

她用绳子拴着一大块牛排喂乌龟,整晚乌龟都啃着这一块可触却仿佛不可及的食物。到早上,牛排已经变成灰色,毫无生气。然后,郁金香会把它拿走。谢天谢地,她一周只喂一次乌龟。

有一次,我以为楼上的邻居在制造炸弹(他晚上会搞一些用电的东西,能听见奇怪的嗡嗡声和噼噼啪啪的声音,鱼缸的灯也会暗下去)。如果这个人的炸弹爆炸,那么鱼缸里的水足以把我俩淹死在睡梦中。

有一天晚上,我在想着这种可能,考虑要不要给让·克劳德·维吉农医生打电话。我要抱怨:喝水疗法并不管用。但更重要的是,我想听一听自信的男性的声音。也许我可以问问他为何如此自信。但我想,如果能找个办法吓他一跳,扰乱一下他的自信,也许能让我开心得多。我谋划在深夜里给他打电话。"是维吉农医生吗?"我会问他,"我的阴茎刚刚脱落了。"我只是想听听他会说些什么。

我告诉了郁金香我的计划。"你知道他会说什么?"她答道,"他会说:'把它放在冰箱里,然后一早跟我的秘书约个时间。'"

虽然我猜想她是对的,但我很高兴她没有把乳房翘起来。她很善解人意,不会那样做。那是唯一一次,她关上了照鱼缸的灯。

第 10 章
别忽略某些数据

一想起可爱的小莉迪亚·金德,他就心痛。她陶醉于初阶德语课程,甚至想让他用母语哼民谣甚至歌剧给她听。他有求必应,甚至专门给她录了盘磁带——声音低沉的博格斯·特林佩尔唱起他最爱的歌谣哄她沉迷其中。这将是一份惊喜。

一天下午,他在语言实验室里把磁带给了她。

"这是专门给你的,金德小姐。录了我会的一些歌谣……"

"啊,特林佩尔先生!"她答道,然后迫不及待地戴上耳机。他看着她那小巧的脸上大大的眼睛专注地盯着听力室的墙边。一开始她的表情充满渴望,然后她漂亮的脸庞挑剔地皱起来,停下了磁带——打乱了他的节奏!——倒回去,然后又暂停了。她记了几笔笔记。他转过身去问她哪里出了问题。

"这儿错了,对不对?"她指着她清秀的字迹问道,"不是 mude,而是 müde。唱歌的人每次都会把元音变音弄错。"

"我就是唱歌的人。"他的语气很受伤。年轻人的苛求令人很难接受。他很快解释了一下:"我最擅长的外语不是德语。我其实更了解斯堪的纳维亚的语言,比如古低地诺尔斯语。恐怕我的德语有点荒废了。我还以为你会喜欢那些歌曲。"他对这没心肝的孩子一腔怨愤。

可是接着她又仿佛鸟儿歌唱般高亢地袅袅道,似乎捏着嗓子,又像正被亲吻。"哦,特林佩尔先生。这盘磁带太美了。只是可惜读错了müde。我非常喜欢这些歌。你的嗓音嘹亮宽阔。"他想,宽阔的嗓音?

但他只是说:"你可以把磁带拿走。是你的。"然后就退了出去,留下她在听力室,这会儿她戴着耳机一阵恍惚。

晚饭时间到了,他关上语言实验室的门,她在他身后蹦蹦跳跳地跟上来,但小心地不让自己飘飘的裙角碰到他的身体。

"去协会吗?"她像鸟儿一样叽叽喳喳。

"不去。"

"我也不去。"她说。他想着,她吃东西就像鸟儿啄食,从这里跳到那里,飞遍整个城镇。

他只是问道:"你去哪里?"

"哦,哪儿都去,哪儿也都不去。"她边答边玩着头发——轻飘飘的、美丽的、紧张的头发。他沉默不语,她开始恳求他:"跟我说说,古低地诺尔斯语是什么样的?"

他给她念了几个词:Klegwoerum, vroognaven, okthelm, abthur, uxt。他觉得她在微微发抖。她那微微闪耀的小裙子严实地裹住她,然后一阵风又把衣衫吹荡起来。他希望她的问题是真诚的。

特林佩尔总是口是心非,所以也怀疑别人的动机。他的动机仿佛深不见底。他在头脑里想着如何欺哄这个乡下孩子,而他的妻子——含辛茹苦的女士,忍辱负重的夫人——却忍受着平淡得不能再平淡的境遇。

比姬在A&P[1]超市里结账，在标着少于八件商品的结账通道里排队等待，手里的东西不到八件，她买不起更多。她懒散地靠着空荡荡的购物车，感受到某种古老的运动员精神在她胸中涌动：一种想去参加回旋滑雪赛的冲动。她把脚紧紧地并在一起，一只脚在另一只脚前头，把重量放在高山滑降上，轻屈膝盖，锁定跳跃的姿势。她依然靠在购物车旁，平行转弯往前。在她后面，一个胖胖软软毫无身材的大妈怒视比姬大幅度的摇摆动作。比姬穿着弹力裤，臀部浑圆又结实。大妈的丈夫克制住不去看她，假装也感到非常愤慨。柯尔姆坐在比姬的购物车里，已经打开了一包通用磨坊牌麦片圈。

现在轮到跟收银员对决。收银员要应付周五晚上的大采购，本来已经很累，满身是汗，险些忘记留心比姬的支票，但这个名字是很难忘的。特林佩尔是个令人起疑的信号。收银员核对过一份来头不妙的名单说："夫人，请稍等吧。"

她带来了经理。他穿着一件免熨的短袖夏季衬衫，又薄又透，连胸脯上仿似阴毛的几根汗毛都透了出来。"您在我的这份名单上，女士。"他说。

比姬猛地平行转弯。"什么？"她问。

"您的名字在这份名单上。"经理说，"您的支票是一张废纸，不如清空您的车子吧……"

"我的支票当然管用，"比姬告诉他，"算了吧。后面所有人都等着呢。"不过他们这会儿不介意等了；一桩丑事等着被曝光。也许那个瞪眼怒视的妻子和丈夫终于证明了自己——毫无身材可言的大妈也许在想，我的屁股可能已经垮到膝盖了，但我的支票呱呱叫。

---

[1] A&P：全称 The Great Atlantic and Pacific Tea Company，指大西洋和太平洋食品公司，是美国一家连锁超市。

"请清空您的车子，特林佩尔太太。"经理说道，"我们欢迎您在这里购物，但请使用现金。"

"好呀，那么把我的支票兑了吧。"比姬说，她总是有那么点迟钝。

"您看，女士，"经理得到了鼓励，他感觉那一队排队的顾客都站在他这一边。柯尔姆正把一包通用磨坊麦片圈倒在地上，"您有没有现金可以付这包麦片呢？"经理问比姬。

然而比姬坚持："瞧瞧你，你自己……我的支票是管用的……"但是经理已经三下五除二挤过人群来到她面前，开始清空她的购物车。当他把柯尔姆和麦片圈分开时，这孩子开始哇哇大哭，而比姬——她比经理整整高了两英寸，抓住这个颐指气使的浑蛋，揪住他的免熨的短袖夏季衬衫，或许还顺势拽住了他酥脆的胸毛。比姬一把把他推到柜台前面，从购物车里把柯尔姆抱出来，然后让他跨在自己浑圆挺翘的屁股上，又用空下来的手，拿回了麦片圈。

"这是我最后一次在这堆垃圾里挑东西。"她说着从收银员那里抢过支票本。

"现在给我出去。"经理悄声说，但他是在对柯尔姆说话，而不是比姬。

她说："那就别挡道……"经理努力给她让道，紧紧地靠在柜台上，比姬从他身边挤过去，屁股狠狠别了一下。两个人狭路相逢，你很少能见到有人能和比姬挤在同一条如此狭窄的过道里。

她很好地保持住了自己的尊严，走出呼呼作响的电动门，大摇大摆地穿过停车场，身后一路都是麦片圈。如果她心里有在想什么的话，也许是在想：倘若我脚下有滑雪板，那我就会在通道里抬起前轮，漂亮地转个弯。我的滑雪板要磨得很锋利，割开他的免熨衬衫，用板子一侧把这个狗东西的乳头割下来。

但她只是告诉博格斯，钱出了麻烦以后她所想到的根源："是你的父亲，那个王八蛋……"

……

等回到家，柯尔姆在麦片当中爬行。我们卧室的灯噼噼啪啪，闪了闪，然后灭了。比姬仿佛没注意到那是唯一一盏灭掉的灯，其余都还亮着。"他们把电断了！"她喊着，"我的上帝啊，博格斯，你还以为他们会等到天亮再断电，对吗？"

"可能只是灯泡坏掉了，比格，"我告诉她，"要不就是可恨的保险丝。"我笨手笨脚想要跟她扭打让她开心，但她仿佛才意识到可怜的柯尔姆把麦片圈弄得一团糟。她一把把我推开，只剩下我一个人去检查黑魆魆的地下室。

走下潮湿的石头台阶时，我记起来必须弹开捕鼠夹，这样老鼠才不会被砍头。我朝比姬喊："我们这只老鼠可真聪明，比格。它再次弹开了捕鼠夹，却没有被逮到。"

但是这一次我发现老鼠实际上自己弹开了捕鼠夹——偷走了奶酪但却没有留下那颗柔软的小头。想到它冒这样的风险就让我直出冷汗，我悄声对地下室里头说道："瞧，小老鼠，我是来帮你的。耐心点，让我弹开捕鼠夹。别冒这种风险，还有很多美好的东西在等你。"

"什么？"比姬从楼上喊道。

"没什么，比格，"我回她，"我只是在骂那只该死的老鼠！它又一次逃脱了！"

保险丝已经换了，比姬朝我喊说："知道了，灯又亮了。"过了很久，我还缩在保险丝盒旁边。我可以听到外面的墙上电表嘀嗒的声音。我想我听到老鼠的小心脏在怦怦跳。它在想，我的天，这些可怕的设陷阱的人现在准备干什么？所以我朝黑暗里悄声说："别担心，我是站在你这边的。"说完这些，老鼠的心跳声仿佛停下了。我几乎就要喊出来，那种恐惧和我以为柯尔姆在睡梦中停止呼吸的恐惧几乎一模一样。

比姬大喊："你在那里干吗呢，博格斯？"

"没干什么，比格。"

"好久了，你什么都没做吗？"

我发现自己出了神。真的已经很久了！没有真正能称为受难或者受苦的时刻，其实有的只是些微的疼痛，甚至有时挺刺激。夜晚的这些小事都微不足道——似乎并没有发展成"巨无霸"，或是最终产生很严重的后果，但却完完全全让我的生活颠倒，我只能围着它们转。没完没了，却不足为外人道地烦心。

"博格斯！"比姬喊道，"你到底在做什么？"

"真的没什么，比格！"我再次朝上面喊，这一次说的是实话。或者是我更明白了什么都不做是什么感觉。

"你一定是在做什么！"比姬喊道。

"没有，比格，"我朝楼上大喊，"我没在做什么，真的，不骗你！"博格斯·特林佩尔现在没在撒谎。

"撒谎！"比姬大喊，"你在跟那只可恨的老鼠玩呢！"

老鼠？我思索着。你还在那儿吗？我希望你没有跑到楼上，以为这是千载难逢的机会。你在地下室会更安全。铤而走险的老鼠。这里没有任何微不足道的事。

就是这样！我反感的是楼上的生活充斥着微不足道的小事——错误的判断，但又算不得是罪过。我从来没有遇到过很严重的情况；我的生活中没有像躲捕鼠陷阱一样至关重要的事情，或失去而无法挽回的东西。

"博格斯！"比姬尖叫，我听见她在床上使劲折腾。

"我搞定了！"我朝楼上喊，"我这就来！"

"老鼠吗？"比姬说。

"老鼠?"

"你逮到了老鼠?"

"不,我的天,不是老鼠。"我答道。

"老天,那到底是什么?"比姬问道,"你花了这么半天时间到底搞定了啥?"

"什么也没搞定,比格,"我答道,"什么也没有,不骗你……"

……

又一晚的魔幻时刻。特林佩尔来到窗前向外看。这个时刻引诱着草坪看护人老费奇离开他的床,例行公事地从前门踱步到走廊。也许他烦恼的是又一个爱荷华的秋天,所有这些不吉利的濒死时刻一个个来到。

然而今晚费奇先生并没有起来。特林佩尔轻轻地将耳朵贴着战时建筑的围挡,听到灯芯草的树叶突然沙沙作响,在昏黄的灯光下,看到秋天的瓦砾堆在风中忽闪忽现。费奇先生在睡梦中死掉了!他的灵魂有片刻的抗拒,再一次整理他的草地!

博格斯不知道他是否应当给费奇家打电话,看看谁会来接电话。

"费奇先生刚刚死掉了。"特林佩尔说道。但比姬已经学会睡觉时听见他的声音而无动于衷。博格斯内心有所触动:可怜的费奇。他记得他曾问过费奇先生,他说他在国家统计局工作。现在你也终于变成了一个数字,费奇先生。

特林佩尔试着想象费奇先生在统计局的漫长生涯里激动人心的时刻。他沉着地坐在话筒后面,心想统计局应该会希望他简洁客观。他发誓只说最关键的数据,然后打开录音机的录音键,开始录制:

"弗雷德·'博格斯'·特林佩尔,1942年3月2日出生于海边的罗金汉医院，朴次茅斯，新罕布什尔州；由他的父亲埃德蒙·特林佩尔医生 —— 泌尿科医生和替补小儿科医生亲自接生。

"弗雷德·'博格斯'·特林佩尔于1960年毕业于埃克塞特学院；他是'区别'（学院里的德语电影协会）的副会长；《阴部》（学院的地下文学刊物）诗歌编辑；他赢得了田径赛（撑竿跳）和摔跤的校级优秀运动员称号（但是由于注意力不集中，本应打败对手，得分遥遥领先的时候，他却发现自己莫名其妙地被钉在地上）。特林佩尔的成绩和标化考试分数？平淡无奇。

"他以运动员的奖学金（摔跤项目）入学匹兹堡大学。校方认为他具有'丰富的'潜力，可惜的是专注力不足，他必须学习克服。学年结束时他离开了匹兹堡大学，奖学金也随之废除。他的摔跤成绩？也很平庸。

"他就读于新罕布什尔大学。专业？没有申明。他在学年结束时离开。

"他就读于奥地利维也纳大学。专业？德语。专注力呢？好吧，他遇到了梅里尔·奥沃特夫。

"他重新就读于新罕布什尔大学，毕业并获得德语学士学位。校方认为他具有'丰富的'外语天赋。

"他被爱荷华大学录取，在比较文学研究生院学习。1964年1月到9月，为了去奥地利进行研究，他被授予了全额学分。他致力于发现并证明萨尔茨堡和蒂罗尔州的方言歌谣和民俗故事其实是古低地诺尔斯语的后来者，是通过早先的北日耳曼部落运动传播过去的。但他发现完全没这回事。不过，他进一步与梅里尔·奥沃特夫进行了接触，并在奥地利阿尔卑斯山麓的卡普兰村，遇到了美国滑雪队的队员，且让她怀孕了。她的名字叫苏·'比姬'·库夫特，来自佛蒙特州甘纳瑞。

"他回到美国，在野猪头把这位胖墩墩的怀孕的运动员介绍给父亲。他的父亲很喜欢称苏·'比姬'·库夫特为'巨大的金色德国战舰'，但反对的态度丝毫没有动摇，甚至得知比姬的父亲是德裔佛蒙特州人之后也没有动摇。

"弗雷德·'博格斯'·特林佩尔的父亲切断了他的生活来源，直到他能够证明自己肩负得起对未来的责任。"

1964年9月，他们在佛蒙特州东甘纳瑞结婚。苏·"比姬"·库夫特被迫用一把剃刀割开她母亲（和她母亲的母亲）的结婚礼服，然后把一块合适的有弹性的布料衬进去，这样才能遮住几个月的孕肚。比姬的父亲因为她毁掉滑雪运动员的前程而感到很难过。比姬的母亲则认为女孩本来就不应该滑雪，但她对毁了那件婚纱感到很难过。

"特林佩尔回到爱荷华大学，继续撰写能被通过的博士论文，主题是萨尔茨堡和蒂罗尔州的方言歌谣和民俗故事与古低地诺尔斯语之间的关联。他获准回到奥地利继续研究这一有意思的信息。他也确实这么做了，在他头胎儿子出生时被吓坏了之后。（1965年3月，他第一次看到褴褛中血迹斑斑的儿子后被吓晕过去，因而需要在爱荷华大学医院住院治疗。'是个男孩！'护士一边告诉他，一边抱起刚刚从分娩室出来的热腾腾、湿漉漉的宝宝。'他会活下来吗？'特林佩尔一边问道，一边软塌塌地倒在了地上。）

"实际上，他回到奥地利想重温与妻子的旧梦，找老友梅里尔·奥沃特夫叙旧。但这两样都没能实现，于是他再次回到爱荷华州，宣称他已经证明自己的博士论文不成立，将另拟新的博士论文主题。就这样，他开始翻译由古低地诺尔斯语写的《阿克海特和古诺》。他已经翻译了将近四年……

"他仍在找机会跟他父亲的收入和解。他仍然怀疑自己的孩子能不能活下来。他还在跟自己争辩——跟一个前职业运动员结婚是否明智，毕竟她能做的仰卧起坐比他这个男人还多。比如，他很怕跟她摔跤,怕他本想把她打一顿,可是却莫名其妙地被她钉在地上。他告诉她自己曾经是个撑竿跳高运动员,而她却说她也曾尝试撑竿跳。他太怕了,不敢去问他俩谁跳得高……"

……

而偏偏在这个戏剧性的时候,磁带猛地到头了,机器呼呼作响,抽风一样地脱离了卷轴,刺啦啦!刺啦啦!

"博格斯?"比姬从卧室里发出叹息。

"没什么,比格。"

他等待着睡意重新向她袭来,再悄悄回放他录下的内容。他发现这些内容缺乏客观,拖沓冗长,自欺欺人,缺乏理性。他意识到,费奇先生和统计局会驳回以欺瞒成性的特林佩尔为内容的所有信息,而且根本不会建立这个名字下的条目。他探出头去看费奇先生黑暗中的房子,想起费奇先生已经死了,莫名地松了口气,上床睡觉。但到早晨,柯尔姆跳上他的胸膛。他转过头,眯起眼看着卧室窗外。看到幽灵般的费奇先生正在草地上干活,特林佩尔听任他的孩子跌到了地板上。

"我的天,博格斯!"比姬说,朝哭得声音又高又尖的孩子弯下身去。

"费奇先生昨晚死了。"博格斯告诉她。

比姬无动于衷地看着窗外说:"那他今天早上看来状态更好了。"

所以已经是早晨了,特林佩尔做出这个判断,努力让自己醒来。他看着比姬重新回到床上,跟柯尔姆躺在一起。

那么,如果比姬不在医院,他想到,那今天应该是周六。如果是周六的话,就是我卖橄榄球赛三角旗、别针、纪念章和牛铃铛的时候。要是爱荷华队再输球,我就换一个能赢球的学校……

躺在身边的妻子突然开始打孩子，闹得天翻地覆；比姬又坐起身，他转身想趁她离开之前用鼻子蹭蹭她的胸脯，可是只抓住了她的胳膊肘。

他睁开眼睛。一切都不是看起来的那样。怎么可能有上帝呢？他努力记起上一次他相信神的时候。是在欧洲？当然上帝的法力一定可以无远弗届。但不是在欧洲，不管怎样，至少当比姬跟我在一起时欧洲没有上帝。

然后他记起梅里尔·奥沃特夫。他想，那大概是最后一次上帝在身边吧。他相信，无论梅里尔去到哪里，上帝都与他同在。

第 11 章
圣母大学 52 分，爱荷华大学 10 分

上帝或许死了，这我可不知道，但圣母大学 11 人[1]中仿佛有某个阴森可怕的 12 号队员在暗中发力，让场上的局势朝着对他们有利的方向发展。甚至在比赛开始之前，我就能感到某种神奇的力量，相信他们会必胜。我每卖出一面爱荷华大学的三角旗，就有两面圣母大学的旗子卖出，这是个明确的信号——这球场上遍布信仰的力量；要么，就是出于某种悲观情绪——主场队伍的支持者表现出的某种防御，他们害怕出现最糟糕的结果，不愿让别人看到自己举着爱荷华大学的旗帜，这样只会更丢脸。他们空着手源源不断地涌入体育场，低调地戴着绿色领带，或者穿一双绿色袜子。倘若爱荷华队输了，他们总可以自称爱尔兰人而脱身于是另一队的支持者，不至于因为鹰眼徽章或牛铃铛而受到牵连。

---

[1] 原文是 Our Lady's Eleven，美国印第安纳州圣母大学的橄榄球队的别称。在该大学早期的橄榄球比赛中，最初的几支队伍都只有 11 名球员，因此得名"圣母大学 11 人"。

哦，对了，你可以通过纪念品的售卖发现：爱尔兰战士[1]——圣母玛丽亚的队伍，教皇的斗士——有点特别的优势。

但因为一场属于我自己的灾难——我错过了比赛，没有受到这个打击。

我背着尴尬的胶合板制展示板（一摁就开的搭扣在背后支撑着画板架，但整个玩意儿非常脆弱，风一吹就倒），在球门区的门旁边兜售我的玩意儿。只有学生和最后一刻买票的人会坐到球门区，所以它不是个能向那些最慷慨的三角旗、徽章和牛铃铛买主开放的纪念品专卖柜台。

我刚刚卖到第六面圣母大学的三角旗，就看到小莉迪亚·金德，跟在她那愣小子男朋友的后面。我发誓，当时猎猎的风都停了一秒，满是她头发的香气。我停下了疯狂的叫卖，不再单调地重复"三角旗！徽章！牛铃铛！坐下就不想起的体育场坐垫！防雨帽！想支持爱荷华还是圣母大学，说出来！"

我看着莉迪亚像只花蝴蝶一样飘过去，她的男朋友在一旁拖着脚，风把她送到他怀里，他俩有说有笑。如果让她看见我的脸冻得发蓝，缩在花哨的展示板旁边，用粗鲁的英语叫卖着垃圾玩意儿，舌尖上轻快的古低地诺尔斯语不见丝毫踪影，那我可再也忍受不了了。

我飞快地躲到展示板后，让背部靠住展示板，风却使出令人惊恐的本事，让一切失去平衡。为了以防万一，我解下恶心的鹰眼公司的身份牌501号，把它和黄色零钱围裙塞进我的风雪大衣的侧边口袋里，然后偷偷躲在展示板后面。她的愣小子宣称："嗨，你知道吗，莉迪，没有人看这个破摊。我们拿个别针。"接着我听见她在窃笑。

但愣小子并没有掌握从布带上解下别针的本事，而展示板上满是

---

[1] 爱尔兰战士（The Fighting Irish），圣母大学的橄榄球队队名。

别针的布带缠得一圈一圈的。他一定急于完成这个任务然后逃跑,因为我能感觉到他在生拉硬拽,我必须得抱住画架才不至于让整个展示板塌下来。接着我听见布带撕裂的声音,然后从余光里看到一串爱荷华队的徽章在风里啪嗒嗒地飞扬。对,要么是风,要么是风加上莉迪亚·金德的男朋友最后狠狠的一下拉扯,我能感觉到自己失去了平衡,同样在风中摆荡的还有我的自尊。展示板塌了。

"小心!"声音洪亮的莉迪亚叫了一声,"塌到你身上了!"但愣小子没能及时撤回去,他被掉下来的七英尺长的长方形板子绊住了,他还以为那只是很轻的胶合板,漫不经心地抬起一只手准备接住,但他不知道的是,我在板子后面压向他,堪比180磅的木筏。板子和我的重量把他压到水泥地上,他发出一声惨叫,我感到板子沿着我的脊柱裂开了。我能感觉到他在我身下有气无力地抓了几下板子,但我毫不在意,只是看着莉迪亚。

"Klegwoerum[1],"我告诉她,"Vroognaven okthelm abthur, awf?"

她目瞪口呆地看着我,而展示板还在我身下挣扎。我换了一种语言,用含含糊糊的德语对她说:"你今天过得好吗?我希望你还好。"

板子下面传来一声闷哼。我慢慢坐起身,摆出高傲的姿态,仿佛刚刚被粗鲁地吵醒,有点过分严肃地质问:"这到底是怎么回事,莉迪亚?"

她马上开始辩解,说道:"木板翻了。"仿佛我不知道似的。我站起身,愣小子从我那一堆破烂玩意儿里穿出来,仿佛一只被压扁的小螃蟹。

"你到底在这里干什么?"我问他,只是为了占据上风。

"见鬼!"他叫嚷起来,"我只是想取一枚垃圾别针!"

---

1 古低地诺尔斯语,为作者虚构的语言。

我摆出一副近乎父亲的慈祥的姿态挽起莉迪亚的手臂，一字一顿地朝跪在那里的愣小子说："注意你的用词，孩子……"

"什么？"他像拉警报一样叫道，"难道这是你的板？"

"特林佩尔先生负责管理我的语言实验室。"莉迪亚冷冰冰地告诉他，仿佛这样就能切断我跟这些廉价玩意儿的任何关联。

但愣小子一点也不相信。他站起身，显然疼得厉害，开始反驳："那么，你在这块该死的板后面做什么呢？"

"这个……卖东西的……"我说道，"卖东西的需要离开一会儿。我刚好经过，就自告奋勇提出来帮他看摊。"我急于让这段寻根究底的谈话转个向，于是向愣小子指出这个卖东西的人看到展示板变成这样肯定会很难受。难道这愣小子不认为他应当弥补一下自己的过错吗？

这是多么重大的时刻。莉迪亚·金德崇拜我，爱慕着我——我这样一个有天赋、有品位的人，身手不凡却心甘情愿给低微的摊贩提供帮助。一个人文主义者闯入了年轻的莉迪亚的生活！在这个高光时刻，我甚至也屈尊扶起了展示板摆正，愣小子在旁边生着闷气，一边把别针从口袋里摸出来一边说："得了，莉迪，我们要错过比赛了。"

然而接着我就看见了弗雷德·帕夫——明察秋毫的鹰眼公司优惠销售主管，正好巡视到球门区门口。当然是来看看东西卖得如何。他发现了我和我那四分五裂的板子；而且我也没有戴着正规的标识别针，也没穿着扎眼的黄色零钱围裙。

"我说，你的小男友说得对，"我迅速地对莉迪亚说，"赶快走吧，要不就错过开赛了。"

但她的敬仰之情压倒了理智，只是两眼发直地看着我。

"走吧！"我恳求他们，愣小子抓住莉迪亚的胳膊肘。

然而已经太晚了，弗雷德·帕夫已经到了。我闻得到粗花呢正在靠近的味道，听得到双下巴抖来抖去。他极有运动员范儿，除臭、擦粉，健壮如牛，大口喘着气，快步潜行来到我身边。

他大喊道："特林佩尔！好吧，你的鹰眼别针去哪儿了，伙计？！你的零钱围裙呢？还有你那见鬼的板怎么了？"我简直没法抬眼看他，这个家伙轻快地捋着拖在地上的整串徽章。当他看见那条被撕开的精美的布条时，深吸了一口气，这口气还带着香味。我简直没法说一句话。弗雷德·帕夫重重地摇了一下我的肩膀。"特林佩尔？"他亲切地称兄道弟。真让我受不了，他拍拍我，就像在安慰一只受伤的狗。他在我的风雪大衣里摸索着，找出了可怕的证据——我装零钱的黄色围裙和我的身份牌501号。"弗雷德？"他温和地问道，"弗雷德，好伙计，你这是怎么啦？"

"哈？"愣小子嚷道，"他就是卖东西的！"

这时帕夫偏偏还在问："弗雷德，这几位是不是想买什么？难道你今天不卖东西吗？"

假使莉迪亚也在嘲笑我，我本来是可以忍得了的。要是她真的是愣小子的忠心伴侣，我本来可以忍受这种耻辱。但我能感觉到她在我身边抖了一下，仿佛是同情。

她说："哦，特林佩尔先生。你不应该觉得丢脸。有些人就是得干活，我觉得你很厉害，真的！"

就是这样愚蠢而纯洁的同情让我很受伤。

帕夫说："我的天，弗雷德。振作点。"连帕夫也来！他居然会担心出了什么问题。（在我们入职培训的时候，他告诉我们他会照看所有的"伙计"，但我一直不相信，以为他只是说说！）这让我难以承受。

他们都围着我，帕夫和莉迪亚，然后在我的展示板前头还有那个奸笑的愣小子！我可以受得了他的嘲笑！但在他身后，我发誓，还有一大群人在聚集。在赛前看到这么好看的场面，比半场表演还要有趣。乌合之众只会有乌合之众的想法。要是他们在半场的时候能把卖东西的人都拿出来秀，喂给爱荷华的野猪，让他们用可笑的滑雪板防卫自己，那可是真正好看的半场娱乐！

我夺路而逃。

我抓起我的那些玩意儿，带着板子猛冲向还在呻吟的愣小子，接着闯进凶猛的人群，我转了一下板，就像拿着一把大刀从人群中穿过。我又转了一下板，把它背在背上，俯下身去努力向前冲；我的盔甲保护我不受来自后方的袭击。我看到前方惊慌万分的面孔逼近，避开我冲出去的方向，我后面满是各式各样的骂人话。我的盔甲时不时被打，但更多的是屡屡被拣。我后面的手快把我的纪念品拣干净了！他们就像掠食的鸟儿，这儿抓一个纪念章，那儿搜走一面三角旗。还出现可怕的金属声：我所有的牛铃铛被一下子抢光了。

转过得分区球门最后一道弯，我看到一个吓得目瞪口呆的校园警察，但已经太迟，躲不开了。我只能低下头，听见他深深吸了口气，看到他发青的脸从我面前倒下，在我抽搐的膝盖之间晃来晃去。不知怎的，我居然躲开了，没有踩到他的胸牌。我继续奔跑，等着他的子弹穿透我的盔甲，把我的脊椎击碎。但我安全抵达主场队伍门口时，什么事也没有发生。我提心吊胆地想道，也许是我的展示板把他的脑袋削掉了；也许当我看到他的头落下时，头跟身子是分离的。

我跌跌撞撞地闯进了体育馆的纪念品专卖店，在展示板的压力下沉重地跪坐下来。有人好心地帮我把展示板拿掉。是368号，戴着他的橄榄球赛领带。"我的天哪，501号！"他说，看着我空空如也的展示板，"你真的把东西都卖掉了！你的台子在哪儿？"

其他人向我身边围过来。负责统计的人开始计算我的展示板，确定销售额和百分比。我太虚弱了，没法解释。他发现我只剩下一面三角旗和四个"加油鹰眼"的纪念章；"卖出"了所有的带金色橄榄球的小小的爱荷华别针以及所有的牛铃铛。接着宣布，我"卖出了"三百多美元的东西。他还在算我将得到的一笔堪称奇迹的"佣金",这时我把实际收入递给了他:12.75 美元。

"我的东西被抢光了,什么也不剩。"我承认道,"他们把我抢了。"

"他们?"368 号一脸惊愕。

"一群暴徒,"我呻吟着,努力站起身来,"疯狂的粉丝。"我告诉他们。

他们扶住我;那种关切让我心碎。

"501 号,"368 号说,"你是说他们拿走了你所有的东西?"我疲倦地指了指我破烂的展示板和鲜血淋漓、沾满石沙的膝盖。

但我感觉到风又往我这里吹,该动身了。弗雷德·帕夫很快就会回到这里。我头顶上是呼啸的人群,开赛时间到了。大多数小摊贩散开了,连 368 号这个最热忱的迷弟也打算离开。其实我已经做出手势,告诉他我没事,他无须留下来帮助我。

"我们一定得做点什么。"他自言自语,但其实他的心已经飞到开球回攻那里。要不是我这么疲惫,我会告诉他一定要让所有小贩加入工会。我会告诉他分享利润是怎么回事,告诉他无产阶级受到的损害,给戴着橄榄球赛领带的商贩来点启蒙。一年级的马克思主义教本!全世界的小商贩,联合起来!

但就在这时,深入得分区五码的地方,圣母大学队开球,回攻手也就是 25 号选手,稳稳地接到了球,就像被魔杖点了一下。368 号说:"每个展示板应该有两个人守着。"

"那样的话,佣金就得平分。"负责计算的人说。

"我的天,"368 号说,"你应该把佣金翻倍。别跟我说卖这些垃圾玩意儿不赚钱……"368 号无疑是个商科专业的,他的橄榄球赛领带不知是在哪儿淘到的便宜货。

但是我的思绪被打断了。头顶上的体育馆山崩海啸一般。圣母大学队的25号冲过中锋，越过本队的40号——身材高大、戴着金色头盔的保护神。我们的368号沿着边线冲到体育馆地下，直奔最近的斜坡，而负责计算收入的则冲到专卖店后头的一个地牢一样的入口。

我很希望自己能有圣母大学队25号那样的速度，可是我没有，我及时地躲开了。这一次的人群更密集。错过开赛的人群像流水一样涌出大门口。对裹得严严实实的一个来回潜行者的骑跨阻挡，使得我被挤出了地下疯狂的人群，挤出了媒体区大门，就像圣母大学队的25号一样自由，他发现自己在场上孤身一人，穿过中场，只有一个爱荷华前锋落在他后面追赶，面前是有如空门的爱荷华队球门区。主场的咆哮被阻止了，尖声的欢呼从狂热的天主教徒中响起。爱尔兰战士队的乐队奏出爱尔兰风味的欢快曲调。

我干脆跑掉了，沿着另外那个球门区，离开25号刚才造成伤害的地方，离开那个我怀疑已经掉了脑袋的校园警察躺着的地方，离开那些预备役军官训练团的志愿者正在集结的地方。他们准备把我赶出去。我成功地穿过了校内的橄榄球场，只是把我的膝盖狠狠地撞在了所有停驶车辆的保险杠上，而且还得避开预备役军官训练团的停车管理员怀疑的目光，他把写着"军警"两字的头盔压得很低，几乎看不见眼睛。他们只是帮忙停车，为何要戴着"军警"两个字？

接着，我穿梭在空荡荡的校园北部，经过静得吓人的学校医院，缓缓地来到爱荷华河旁边。在儿童医院的门口，几个农人张手舞脚躺在皮卡的车篷和前挡泥板上，等着他们的妻子——她们已经进去接受大学提供的社会服务：治疗猪咬、流产和无数不知为何由牲畜传染给农民及其家人的稀奇古怪的疾病。

我漫无目的地跑了一会儿，脑海里满是柯尔姆被失心疯的母猪撕咬到失去知觉的可怕画面。这些母猪连自己的猪崽都不放过。

经过男生宿舍的四方院子，我只听见一部留声机在响，挑衅地放着斯卡拉蒂[1]的羽管键琴，比破碎的花窗玻璃更刺耳，也更有灵性。他显然不是个球迷。一个人影也没有，没有人发现我停下来听了一会儿，接着听到后面的脚步声，我又跑了起来。

后面的脚步声很拖沓，仿佛已经精疲力竭。也许是那个倒立的校园警察，摇摇欲坠的脑袋只有一根筋连着。就算是这样，他也不可能像我这样身心交瘁。我停下来，等着后面的脚步声跟上来，一只手轻轻扶住我的肩膀，我跪了下来；用前额感受着四方院子的宿舍被太阳晒热的水泥地面，斯卡拉蒂的曲子仿佛穿透我的脊椎，这只手也仿佛穿透了我的身体。我看到一双美丽而瘦弱的腿。当这双腿觉察到我的目光，双腿合上了，膝盖弯下来，就像婴儿两瓣粉嫩的小屁股。一只柔弱的手努力想把我的头扶起来。我顺势抬起头。我把我的被石子磕得坑坑洼洼的下巴放在她的裙褶里。

莉迪亚·金德轻轻地黯然道："哦，特林佩尔先生。"接着，她用稍微轻快点的声调说了一句德语，"你现在怎么样？希望好一点了……"

但是我根本无法回应她那银铃一般的德语。我决定用古低地诺尔斯语回应。"Klegwoerum。"我用嘶哑的声音告诉她。她那冰冷而硬邦邦的小手沿着我的风雪大衣领子伸进来，尽可能温柔地摸了摸我的脖子和后背。

接着，我们周围那庞然高耸却几乎空无一人的宿舍里，羽管键琴被什么打断了。最后一节和弦在我头顶上盘旋了很久，我险些以为它会在我俩头顶上爆炸。我扶着莉迪亚，跟她一起站起来，我让她靠向我跟我齐平。她身上脂肪很少，我扶着她的脊椎，几乎可以感觉到她的心跳。她抬起头，年轻的脸上淌着一脸的泪水——那样一张棱角分

---

[1] 多梅尼科·斯卡拉蒂，意大利作曲家，羽管键琴演奏家。其奏鸣曲多为羽管键琴而作。

明的脸。如果我有这么一张棱角分明的脸，我晚上睡觉都会害怕翻身，担心碰掉一个角。然而她却把这么一张脆弱的脸朝我抬起来。

我的八字胡承受不了这样的目光，于是我迅速地吻了她一下。她的嘴唇一直在抖，所以我就退后了一步，扶住她的手。我扶着她一起走，把她朝我身边拉近了一些。我们沿着通往河边的木头栈道走下去，我能感觉到她纤瘦而棱角分明的胯部在轻轻顶我。她努力调整角度，让她轻盈的步子能够跟上我熊一样摇摇摆摆的脚步。我们走过河边，往城镇里去。无声地配合了一会儿，最后，我们的脚步合拍了。

我看见我们俩的影子映在商店的橱窗上，我们的影子和人体模特重叠在一起，这个模特穿着印花内裤和同样花色的胸衣，胳膊上挂着小包。接着我们的影子又变了，在下一个橱窗里，我们的影子和闷闷不乐的喝啤酒的人重叠在一起，弹子机的霓虹灯一闪一闪，我们的影子映在玩弹子的人宽阔的背上。下一帧，我们的影子叠在虚空上——这是一个空荡荡的暗淡橱窗，只有在我们的影子一角有个指示，写着"吉屋出租"。我读了整整两遍，才意识到我已经停下了脚步，我们的脸映在这家商店的橱窗里，她的脸和我的紧贴在一起。她惊讶地瞧着自己，但很开心。

瞧瞧我！我的头发乱糟糟的，眼神疯狂，嘴角控制不住地咧开。我龇牙咧嘴，面容扭曲而紧绷，面上斑斑点点的红色就像握紧的拳头。在我们的脸后面是一小拨人，慢慢聚集起来，停下来，眯眼观察店面橱窗，想看看是什么吸引了我们的视线。但是刚刚看到我们截然不同的两张脸，他们就匆匆忙忙往前走，几乎是夺路而逃，仿佛是我歪斜的五官让他们心生惧意。

"我随时可以来见你，"莉迪亚朝人行横道说，"只需要告诉我何时。"

"我会给你打电话。"

"或者你也可以给我留张字条，"她说，"……在语言实验室。"

"好的，留张字条。"我一边答道，一边想：老天爷！在语言实验室里留张字条？

"或者随便什么。"

"当然，随便什么。"我说道，她扭捏了一下，等我再次拉起她的手。

然而我并没有这样做。我露出笑容，橱窗里映出一张被解剖完的脸，笑容就像骷髅的笑容一样。接着我看到她从马路牙子上唰地离开，向人行道磨磨蹭蹭地走过去，转过身朝我挥手。我看着橱窗里的自己僵硬地抬起手臂，从手肘那里慢慢抬起，仿佛帮助我活动的金属丝上得过紧，或者绕到了一起。

接着，我在她身后漫不经心地拖着脚步，仿佛对她招摇的臀部毫不在意，但我发现人们都在盯着我的膝盖。当我蹲下身要整理被撕碎的布、血迹和碎石子时，她从我的视野里消失了。

好吧，同情和安慰这玩意儿很奇怪，就像喝酒，越喝越想。

我回到家回到比姬身边时，发现她在浴室外面的走廊里，弯着腰笨拙地挪来挪去，没有穿胸罩，套着我的T恤衫，穿着我的一条牛仔裤——穿在她身上太紧，连拉链都拉不上去。柯尔姆正在我们之间的走廊里玩耍，专注地想把两辆卡车撞在一起。而比姬正忙着把一桶氨水清洁剂从浴室里推出来，突然发现我正在看她，那一刻仿佛她的力量已征服了我，令我只得目瞪口呆地看着她，仿佛她是一头丑陋吓人的野兽，能把我囫囵吞下。

"你在那里呆头呆脑地看什么呢？"她问道。

"没什么，比格。"我答道。但我已经意识到停留在脑海里的橱窗中的自己，我不敢看她。

"很抱歉我的形象不够美，配不上你。"她说，我畏惧地缩回去。她往前走了一步，朝着客厅用脚推着氨水桶。她需要弯下身子，把她的一只乳房斜到身侧——一只在她身侧，另一只得意扬扬地直对着我，仿佛我被吓得还不够轻。

她说："博格斯？你到底是怎么了？是不是他们取消了比赛？"她用宽厚的手掌托起我的脸问道。

接着我看到她张大了嘴巴。一开始，我以为是我在橱窗里的骷髅脸吓到了她，并没意识到她是怒气冲冲地盯着我——直到这一刻，我用舌头舔过干枯的嘴唇，才觉察到，莉迪亚·金德浅橙色的唇膏留在了我的嘴角和胡楂上：柑橘色的爱。

"你个浑蛋！"比姬大喊，从桶里拿出湿透的抹布，重重地扫过我的脸，又利落地擦过我的嘴唇。鼻子被氨水的味道熏得很难受，也许是这使得我的眼睛被刺激得开始流泪。

我号啕大哭，"我丢了工作，比格。"她茫然地瞪着我，我又说一遍，"我丢了工作，比格。我丢了那份该死的活……"我感觉到自己软软地跪了下来，我红肿的膝盖在短短的一天里承受了太多。

比姬在我身边扫来扫去，但我搂住她的腰，抱着她一遍遍地说："我丢了那份工作，那份该死的工作！"她却咔的一下把膝盖合到一起，磕到了我的下巴。我咬到舌头，感觉到腥甜的血流过喉咙。我又一次抱住她，摸索着她的脸。她忽然蹲下身，靠近我，用她另一种特有的比姬式口吻，安详平静地说："博格斯，这份工作对你有什么意义呢？我是说，这是份糟糕的工作，难道不是吗？而且挣的钱那么少，还没见着一毛钱的影子就全花光了……对不对，博格斯？"

氨水的味道太冲了。我完全说不出话，只能抓住比姬的T恤衫擦一擦我血迹斑斑的嘴。比姬把我紧紧压在她身上，她很结实，我几乎找不到能从哪儿插进去，但是我找到了平时的最合适的地方，把我自己蜷缩在她胸部和大腿之间，放任她对我柔声深沉的安慰："没事的，博格斯。真的，没关系。都会好的……"

我本来也许会反驳她的看法，然而我看到柯尔姆，他已经玩够了卡车相撞，悄悄地来到我们俩这里，很好奇他的母亲在照顾的到底是什么无助的小动物。我把脸埋在比姬身子里，感觉到柯尔姆在轻轻捅我的后背、耳朵和脚，看我到底是不是伤到了哪儿。可是就算要了我的命，我也说不出具体伤到哪里。

"我给你准备了一样礼物……"比姬浑厚的嗓音传到了客厅那头，又返回来，流入我的耳朵。她把礼物递过来。没来由的不忠的人为丢掉工作获得的礼物！柯尔姆玩着商标，而我把匈牙利文翻译过来。比姬送的是我最喜欢的、佐以梅铎酱汁的蔬菜炖肉，一个珍贵的八盎司罐头，出自人民市场的难民美食家——米洛·库比克之手。他逃离了布达佩斯，带走的唯有记忆，以及一罐罐这样那样的蔬菜炖肉。感谢上帝，他逃出来了！如果换了我当时在布达佩斯，兜里肯定装一罐腌猪肉，裤裆里藏一小杯辣椒粉，我知道自己一定会被逮到。

第 12 章
你想要小孩吗

郁金香早早回了家，但博格斯和拉尔夫·帕克在克里斯托弗街工作室待到很晚，来回调整《到农场去》的电影声效。

被称为"自由农场"的嬉皮士社区占领了属于当地文理学院大约四公顷未开发的土地。他们种了一片花园，并请来当地真正的农场主分享他们的收成。学院管事的要求自由农场离开，但自由农场却回应说他们只是用了闲置无用的土地。整个佛蒙特州到处都是土地不够种的农民，而放任土地闲置无用是对整个人类的犯罪。自由农场会占据学院的土地，直到猪把人赶走。

拉尔夫放映了最新进展的一些镜头，博格斯则调整音轨。

（中景；没有同期声；室内，白天；百货店。自由农场的成员买东西，沿着货架之间的走廊散开，拿起一些东西又放回去，仿佛这些食品和五金工具是不可多得的礼物）

讲述者（博格斯的旁白）：自由农场的成员买麦芽、蜂蜜、糙米、牛奶、橙子、苹果酒、卷烟纸，玉米芯烟斗，以及骆驼牌[1]，万宝路，云斯顿，好彩，沙龙……

（中景；同期声；室外，白天；百货店。自由农场的成员漫无目的地在涂满迷彩的大众运货小卡车周围闲逛，车停在商店外面。拎购物袋的男孩把长头发扎成马尾，穿着农场主的工装连体裤。他在口袋里摸来摸去，把东西一样样拿出来）

男孩：谁的沙龙？（他拿出那盒香烟）说话！谁有沙龙香烟？

接着他们看了拍本地大学的校长的场景。校长对这部电影很有用，因为他明显地预示了接下来将发生的一切。

（中景，活动场景；没有同期声；室外，白天；大学校园。我们跟着学校校长穿过停车场，走上一条穿过校园百货商店的路。他一身装束很精干，亲切地向几个经过的学生点头示意）

讲述者（博格斯的旁白）：校长43岁，离过婚，现在又结了婚，是耶鲁大学植物学博士。他育有四个子女，是州民主党委员会的主席……

（校长跟着一群学生走进一座楼，学生径直走了进去，但校长停下来蹭了蹭鞋子）

---

1 骆驼牌，万宝路，云斯顿，好彩，沙龙，均为香烟品牌。

讲述者（旁白）：他反对让警察到校园里来维持秩序。虽然他坚定地相信财产私有制，而且曾一再要求自由农场离开，但他不愿叫警察……

（中近景；同期声；室内，白天；校长办公室。校长直接对镜头讲话）

校长：为什么叫警察？那些真正的农场主会负责管这些……

新的影片拍的主要是自由农场的领导者，他叫莫里斯。有天晚上许多真正的农场主来到自由农场，狠狠地揍了他一顿。警察讯问了莫里斯不知名的女友，她目击了整个过程。

（中景；同期声；室内，夜晚；警察局。莫里斯的女朋友穿着农场工装连体裤，丰满柔软的乳房裹在旧 T 恤衫里。我们曾见过莫里斯穿这件 T 恤衫。女孩在跟警局里的警官说话，警官的秘书在记摘要）

女孩：……那时候我不知道他们把莫里斯怎么了，因为他们中的一个把我打趴下了。你知道，他们说了些下流的话，其中一个人把手伸到我身子底下。我趴在那儿，他掐了我的胸部，很显然这才是他们的目的，当然是这样。就是这么回事。他们假装恨我们，但实际上想要侵害我们，天哪。当然他们还打了我，把我打趴下，等等，但他们真正想要的是占便宜。你知道，他们的妻子总是戴着胸罩，穿着紧身衣，头发上别着卷发夹——他们当然会随时随地想乱搞。但他们的确觉得我们是个威胁——至少对莫里斯他们是这种反应……

警官：他们到底对莫里斯是什么反应？

女孩：他们把他揍得很凶，我的天。

警官：莫里斯是不是挑衅了？

女孩：莫里斯？开玩笑吧！你说莫里斯自找苦头吃！莫里斯根本不懂如何挑衅……

接着是一些阴沉的镜头：被揍了一顿后的莫里斯，正在住院接受牵引治疗。结果是，其他的自由农场成员不得不寻求警局的保护，因为真正的农场主再次突袭，用猎枪打掉了所有的西红柿。而"警察保护"必然意味着警方把所有的自由农场成员从自由农场驱逐出去。

莫里斯出院的时候，绕着空荡荡的自由农场的村子验视一番，他追问城镇上所有的农场主他们到底会不会打死人，还是随着时间也许能慢慢适应自由农场的存在。尽管问这些都没有意义，因为自由农场不存在了，但显然得到答案对于莫里斯很重要。

（中景，淡入，渐渐隐去；没有同期声，背景音乐；室外，白天；村里的消防站。莫里斯拄着拐杖，跟他的女友在一起。他们在跟消防站长聊天，但没有同期声。背景音乐是尼尔·杨[1]的《淘金热之后》。虽然一直是莫里斯在说话，但消防站长不停地看莫里斯的女友。中景，没有同期声；背景音乐；室外，白天，农场主的房子。莫里斯和他的女友在跟真正的农场主聊天，他有可能参与了打人。女孩抬起她的胸

---

[1] 尼尔·杨，加拿大摇滚歌手。《淘金热之后》是他的作品。

部,仿佛是在说那次被揸的经历。莫里斯很友好,但农场主很谨慎。中景,没有同期声,背景音乐;室外,白天;百货店。莫里斯和他的女友坐在百货店的台阶上。他们在喝百事可乐,莫里斯说得很起劲,但女孩似乎已经听够了。另一个角度——把孩子们的迷彩大众运货小卡车拍进去了。同期声,音乐淡出。莫里斯和他的女友正要离开。他们坐进卡车。莫里斯直接对着镜头说话,他的女友帮他拿着拐杖)

莫里斯:他们不会用枪射杀我们的。也许会再揍一顿,但他们绝不会枪杀我们。我觉得这样一来我们之间的距离缩短了,现在有一些交流。(他回头看女友)你可以感觉到,对吗?

女孩:他们有可能会一枪爆头的,莫里斯……

电影计划是最后用大学校长的评论作为结语。

(中景,移动中;同期声;室外,白天,父母日的野餐;镜头摇过铺得整整齐齐的野餐垫,摇过许多对穿着利落、整齐的父母,所有的人都在微笑,点头致意,校长一个个转过去,就像教皇在赐福。他正在吃炸鸡,而且吃得很优雅。摄影机慢慢切近,从他的肩膀上切近。他突然转身,面对镜头。开始他有些惊讶,但随后就开始展示魅力,严肃地说话,仿佛给古老而不倦的话题带来新的内容)

校长:你们知道是什么鼓舞了我吗?哪怕周围发生这样的事情。好,我可以告诉你们一些关于这些孩子的事……真的,非常鼓舞人心。他们生活着、学习着,就是这样,是真的……这令我感到鼓舞。他们就是生活着、学习着,就像所有的孩子,无论何时,无论何地……

接着，肯特拿着啤酒和乳酪进来了。很多新片段都是他拍的，他迫不及待想看看自己做得如何。

"你们已经在放了？"他问道。

"糟透了，"拉尔夫说，"整个玩意儿都很糟糕。"

"确实不太好。"特林佩尔同意。

肯特拆开了乳酪的包装，仿佛那是他奄奄一息的心脏。"镜头拍得很糟糕吗？"他问道。

"整个片子都很糟糕。"拉尔夫说。

他们坐在那里，思考到底是哪里出了问题。

"是那个该死的镜头，对不对？"肯特说。

"是整个故事的概念。"拉尔夫说。

"这些人物很无聊，"特林佩尔说，"一眼就看穿了。"

"他们很简单，"拉尔夫说，"人物没有任何复杂的地方。"

"那个女孩说她的乳头那个地方还不错吧？"肯特说，"那个很不错，对不对？"

"玩政治、装可爱、破幽默感会让片子无论怎么看都无可救药，"拉尔夫说，"至少一部分原因是这样。"

"我能看一眼片子吗？求你。"肯特说，"至少看看这该死的玩意儿。"

"你甚至不会喜欢你拍的镜头，肯特。"拉尔夫说。

"你不喜欢吗，拉尔夫？"

"我哪儿也不喜欢。"拉尔夫说。

"剪辑怎么样？"肯特问。

"郁金香不在这里的时候问剪辑这不公平。"特林佩尔说。

"不管怎么样，还没真正剪辑完，肯特。"拉尔夫说。

"是啊，老天爷，肯特。"特林佩尔说。

"好的，桑普－桑普，"肯特说，"声音怎么样？"

"足够好,"拉尔夫说,"从技术上说,桑普-桑普表现得越来越好。"

"对,"特林佩尔说,"是我的想象力走进了死胡同。"

"对。"拉尔夫说。

"这样,"肯特说,"我能不能自己看看这该死的影片?"

于是留下肯特在工作室自己倒带,他俩走出门来到克里斯托弗街,准备去"新政"咖啡馆喝一杯咖啡。

"我唯一想做的只是在电影里描述一些值得描述的东西,"拉尔夫说,"我痛恨结论。"

"我不相信所谓的结局。"特林佩尔说。

"对对,"拉尔夫说,"就是很好的描述。但必须是个人的描述。所有其他的都是报告文学。"

"如果新政关门的话,"特林佩尔说,"我一定会抓狂。"

不过咖啡馆开着。他们坐下,要了两杯加柠檬皮和朗姆酒的意式浓缩。

"我们放弃这部电影吧,桑普-桑普,"拉尔夫说,"总是老一套。我拍的所有片子都是外向的,我需要做一部内倾的。"

"好吧,这取决于你,拉尔夫。"特林佩尔说。

"你真是有一堆的想法,桑普-桑普,这就是为什么你这人这么刺激。"

"这是你的电影。"

"但如果下一部由你来拍,桑普-桑普,你会拍什么?"

"我没有想法。"特林佩尔盯着咖啡杯里的柠檬皮说。

"但是你有什么感觉,桑普?"拉尔夫问他。

特林佩尔用手盖住杯子。"热,"他说,"这一会儿,我感觉到热。"

我有什么感觉?后来他自己问自己。他摸黑穿过郁金香的公寓,光脚丫恰好碰到她的衣服。

一只胸罩,我感觉到我左脚下面有个胸罩。还有疼?对,疼;我的右胫咔嗒碰到卧室的椅子:疼是从这儿来的。

"特林佩尔?"郁金香在床上转过身说。他从郁金香身边缓缓爬过去,伸手够她,握住她的手。

但她没有回应。

接着,他们躺在那里,让水族缸冰冷的霓虹灯光一圈圈地打在身上。奇怪的鱼在他们周围飞快地游动,迟缓的海龟浮到水面,然后倒下去,又沉到边上。特林佩尔躺在那里,试图想到生活的其他可能性。

他看见一条很小的透明的松石绿的鳗鱼,体内的器官清晰可辨,不知怎么也运转正常。它的一个器官长得像小小的摭子。它狠狠地沉下去,然后吸上来。接着鳗鱼的嘴就打开,喷出很小很小的一个泡泡。泡泡浮到水面上,其他鱼观察一番,推来挡去,有时就把泡泡捅破了。一种语言形式?特林佩尔有些好奇。这个泡泡,是一个单词还是一整句话?也许是一整段话!一个小小的透明的松石绿"诗人"向他的世界宣读美好的诗句!特林佩尔正想问郁金香,这条奇怪的鳗鱼是怎么回事,她却先开了口。

"比姬今晚给你打了个电话。"她说。

特林佩尔真希望此时自己可以吐出一个可爱的完美的泡泡。"她想要怎么样?"他问道,他羡慕鳗鱼简单轻松的交流。

"她想跟你说话。"

"她没有留一句话吗?柯尔姆没事儿,对吧?"

"她说他们周末要出去,"郁金香对他说,"所以如果你打电话,没人接也不要担心。"

"所以,她打电话就是为了说这个。"特林佩尔说,"她没有说柯尔姆有没有问题?"

"她说，你通常会周末去电话。"郁金香说，"我以前不知道。"

"好吧，我是从工作室给她打电话，"特林佩尔说，"就是为了跟柯尔姆说说话。我猜想你不愿意听到……"

"你想柯尔姆了，特林佩尔？"

"对，我想柯尔姆。"

"但你不想她？"

"比姬吗？"

"对。"

"不，我不想，"特林佩尔回答，"我不想比姬。"

一阵沉默。他上下扫视水族缸，想找到那条喋喋不休的鳗鱼，但却找不到。换个泡泡话题，他想道。快点。

"拉尔夫想放弃那部电影。"他说，但她一直盯着他。

"你知道，《到农场去》，"他说，"新拍的片子很糟糕。整个想法都很简单幼稚……"

郁金香说："我知道。"

"他已经跟你说过了？"特林佩尔问道。

"他想做一部个人风格的电影，"她说，"对吗？"

"对。"他说。他伸手想摸她的胸，但是她躲开了，把脊背冲着他，把自己裹成一个球。

"复杂的，"郁金香说，"内倾的，非政治的电影。更私人化的，对吧？"

"对的。"特林佩尔说，有些担心了，"我猜他跟你说的比跟我说的还多。"

"他想拍一部关于你的片子。"郁金香说。

"我？"他说，"我有什么可拍的？"

"一些个人风格的东西。"她对着枕头含含糊糊地说。

"你说什么？！"特林佩尔大叫。他坐起身，粗暴地把她翻个身，让她躺在自己的腿上。

"关于你的婚姻如何破裂，"郁金香说，"你知道，好的描述？还有关于我们的相处……现在。"她继续说，"还要采访比姬，她是怎样忍受的。你明白的？还要采访我，关于我的想法……"

"好吧，你怎么想的？"他大喊起来，非常生气。

"我觉得听起来还不错。"

"对谁来说？"他恶狠狠地问，"对我吗？就像什么心理治疗？就像去找该死的心理治疗师？"

"这可能也不算很糟糕的想法，"她说着坐起身，轻轻摸摸他的大腿，"我们会得到足够的钱，特林佩尔……"

"老天爷！"

"特林佩尔！"她说，"如果你真的不惦念她，这样做又有什么坏处？"

"这跟有没有坏处无关。"他说，"我现在有了新生活，为什么要往回看？"

"什么样的新生活？"她问道，"你快乐吗，特林佩尔？你有方向吗？还是你很满意现状？"

"我有了你。"

"你爱我吗？"她问道。这时他想到用松石绿的鳗鱼吐个泡泡作为回应——可怕的漩涡从水底升起，其他的鱼避之唯恐不及。

"我不愿意和任何别的人在一起。"他说。

"可是你很想柯尔姆。你想你的儿子。"

"对。"

"好吧，你还可以再要一个儿子，你知道，"她气冲冲地说，"你想要个小孩吗，特林佩尔？我是说，我可以生一个，你知道的……"

他震惊地看着她。"你想要个宝宝？"

"你想要吗？"她冲他嚷道，"我可以给你生一个，特林佩尔，但你必须真正想要。你得告诉我，你从我这里想得到什么，特林佩尔。你不能住在这里，却像一个我完全不认识的陌生人！"

"我不知道你想要个宝宝。"

"我不完全是这个意思，特林佩尔。"

"我是说，"他解释，"你仿佛很独立，很冷淡——仿佛你不想让我太接近你。"

"这不是你想要的吗？"

"不不，这跟我想让你怎样无关。"

"那么你想让我怎样？"郁金香问道。

"这……"他摸索着词句，这个泡泡太沉重了，升不到水面，"你想怎么样就怎么样，郁金香。"

但是她转开了身。"你想要君子之交，对吗？"她说，"两人保持距离，不要承诺，自由之身……"

"该死！"他说，"你真的想要宝宝？"

"你先决定，"她说，"我得见着兔子才能撒鹰。我可以付出，特林佩尔。我可以承诺。"她朝他看去，"但是你能吗？"

特林佩尔站起身，在水族缸周围盘来盘去，透过水族缸看着郁金香。一条鱼沿着她的乳沟猛突下去，水草在她大腿上飘荡。

"你什么也不做，"郁金香对他说，"你活得毫无方向、毫无计划，甚至连情节都没有。"

"那么拿我拍电影只会一团糟，难道不是吗？"他说。他在找那条松石绿的鳗鱼，可是怎么也找不到。

"特林佩尔，我对你拍成什么样的电影半点也不感兴趣。我根本不在乎那该死的电影，特林佩尔。"她发现他在透过鱼缸茫然地看着她，于是怒气冲冲地抓起床单裹在身上。"别在我努力想跟你说话的时候瞧着我的下面！"她尖叫。

他的视线跳出水面，眯起眼睛搜寻着她。他真心感到意外：他只是在找那条鳗鱼。"我没有看你下面。"他说，这时她躺倒在床上，仿佛坐立终于令她力倦神疲。

"你甚至连周末也不愿出门玩，"她说，"住在纽约的人哪有不愿意出去玩一玩的呢。"

"你知道那条透明的鳗鱼吗？"他说着的同时手在水族缸里来回探索，"那条松石绿的，非常非常小的鳗鱼。"她的脑袋从床单下面冒出来，瞪着他。"是这样，我找不到它了。"他对她说，"我以为它在说话……我想指给你看来着……"但她瞪着他，他只好把下面的话咽了回去。

"它是用泡泡说话的。"特林佩尔告诉她。

郁金香只是摇摇头。"老天爷。"她轻轻叹气。他绕到床边，在她身旁坐下。"你知道拉尔夫说你什么吗，特林佩尔？"她问道。

"不知道，"他突然生气了，"告诉我那个可恨的拉尔夫说了什么。"

"他说你让人搞不懂。"

"搞不懂？"

"谁也不懂你，特林佩尔！你说不出什么，做得也很少。只是听任一切发生，而且这些事情毫无意义。你没法从发生在你身上的事情中创造意义。拉尔夫说，你一定很深沉。他觉得在你平淡的外表下一定有个神秘的内核。"

特林佩尔瞪着眼睛直看到鱼缸里面，那条会说话的鳗鱼去哪儿了？

"那你认为呢，郁金香？"他问她，"你认为我在外表之下有什么？"

"另一个表面。"她说。而他只是目光空白地注视她。"也许你只是徒有其表，内里空无一物。"他被惹恼了，但只是轻快地站起身，摇摇头，大笑起来。但她一直在观察他。

"好吧，你知道我怎样想？"他说，然后盯住鱼缸，自己也不知道自己究竟在想什么。"我在想，"他说，"那条小小的松石绿鳗鱼不见了。"他咧嘴对郁金香笑，但她转过了头，丝毫不觉得有趣。

"那么这是在我手里失踪的第二条鱼了。"她冷淡地说。

"失踪？"他说。

"我把第一条放在另一个鱼缸里，结果不见了。"

"不见了？"特林佩尔问道，而后转过头看看另外那个水族缸。

"很显然是被什么吃掉了，"郁金香说，"所以我把第二条放在另一个鱼缸里，这样它不至于像第一条那样被吃掉。但是，很显然又有什么把这一条也吃了。"

特林佩尔把手放进鱼缸，来回地摸索。"所以它们把这条吃了！"他大喊。他看了又看，找了又找，但连松石绿的影子也没有，甚至连那能给小鳗鱼的诗句以灵感的奇怪的摭子也丝毫没留下什么。特林佩尔用手拍打着水面，其他的鱼类受了惊，夺路而逃，撞过来撞过去，从玻璃缸的四壁唰唰地游开。"你们这些坏蛋！"特林佩尔尖声喊道，"到底是哪一条干的？"他严厉地盯着鱼缸里的鱼——一条瘦削的黄色蓝鳍，还有那条圆胖的红魔。他用铅笔一把插进鱼缸。

"住手！"郁金香冲他大喊。但他一下又一下扎过去，誓用手里的"长矛"把某一条鱼钉在玻璃缸壁上。它们杀掉了诗人！那条鳗鱼向它们求饶，用泡泡恳求它们发慈悲！但是它们却把它吃掉了，该死的杀手！

郁金香搂住特林佩尔的腰把他拉过来。他把身子扭出来，抓起床头柜上的闹钟，朝那谋杀现场的鱼缸扔过去。水族缸的玻璃很厚，并没有碎，只是裂开一条缝，开始漏水。水漫出来，小一点的鱼被水流冲到有裂缝的地方。

郁金香静静地躺在特林佩尔身子底下，眼看着水面越来越低。"特林佩尔?"她轻声说,但他不肯看她。他压住她的身子,直到鱼缸的水流干,水漫过书架,杀手鱼噗地落在干涸的水族缸底部。

"特林佩尔,看在老天爷的分上,"她说,但却并没有挣扎,"让我把那些鱼挪到另一个鱼缸里。求你了。"

他让开,她起身。他瞧着她轻柔地把那些鱼舀起来,放到另一个水族缸里。这是养乌龟的缸子,一只亮蓝色脑袋的乌龟马上就把瘦削的黄鱼吃了,但没有动那条圆胖的红魔。

"该死!"郁金香说,"我永远不知道谁会吃掉谁。"

"请你告诉我为什么你想要宝宝?"特林佩尔静静地问。但当她转身面对他时,她很平静,双臂交叉抱在胸前,很酷地把一缕头发从眼角拨开,在他身边坐下,漫不经心地把腿盘起,看着幸存的鱼儿。

"我想我不想要一个宝宝。"她说。

第13章

还记得梅里尔·奥沃特夫吗

我一开始学滑雪,就很快意识到梅里尔·奥沃特夫作为教练有多失败。

梅里尔滑雪并不灵活,虽然他已经完全掌握了刹车技巧。在萨尔布吕肯[1]的儿童道,我向上山缆索发起了冲击,这可要了我的命。所幸除了孩子们,玩的人稀稀落落;很多大人都在滨湖采尔[2]看女子滑降和大回转。

我只割破了指关节三个地方,就掌握了固定器的安装。梅里尔抽风一样穿过那些孩子,带着我到令人敬畏的上山缆索。绳子蜿蜒地引上山去,高度只比地面高出一英寸[3],对五岁小孩以及别的三寸丁来说很舒服、很合适。可是我穿着灯笼裤,膝盖弯不下去,只能勉勉强强地弯下腰够到绳索,像背着行李上山的苦力一样。梅里尔在我后面拉

---

1 萨尔布吕肯,德国西南部边境城市,萨尔州首府。
2 滨湖采尔,奥地利萨尔茨堡州的镇。
3 英寸,英联邦国家的长度单位。1英寸约等于2.54厘米。

着绳索,在这段无尽的旅程中大喊着给我打气。我在想,要是上山都这么难,那下山可怎么办?

我很喜欢山里,没错,我也欣喜于巨大的缆车载着我到那些滑雪迷去的地方。我也很乐于坐缆车下山——车厢空空如也,你可以独享所有的窗景,除了不拿正眼看人的缆车管理员总会提到你的滑雪板为什么不见了。

"我们马上就到地方了,博格!"梅里尔撒了个谎,"膝盖弯下去!"我看着前面生气勃勃的孩子们在绳索上蹦蹦跳跳,而我的背上却背了一座大山——绳索把我冻僵的连指手套绞到了一起,我的下巴磕到膝盖,滑雪板不受控制地一会儿滑进雪辙,一会儿滑出来。我知道我必须得直起身,否则脊椎就再也没法正常用了。

"弯下身,博格!"梅里尔大声呼喊,可是我却直起身来。有那么美妙的一刻,所有背负的重担都消失了。我把绳索拉到齐胸,往后靠了过去。我看到头顶上的小孩吊在绳索上,滑雪板彻底飞离地面,像玩偶一样摇晃着。有几个小孩掉到雪面上,七零八落地横在我要走过的路上。很显然,他们没法及时把自己从我要走的路上挪开。

山顶上,穿着毛皮衣服的缆索看管员朝我大呼小叫。我们下面,一群当妈的急得跺脚,发出柔和的砰砰声。"松开绳索,博格!"梅里尔大喊。我眼瞅着叠成罗汉的小孩子堵在我要经过的路上,滑雪板和滑雪杖撞在一起。向上的绳索还挂着好几副小小的色彩明丽、冻得僵硬的连指手套。缆索的管理员突然朝控制房跑过去,也许把那些手套错看成了手。

滑雪板碾过第一个孩子时,我惊讶于自己居然巧妙地保持住了平衡。"放手,博格!"梅里尔喊道。我迅速地回头瞧了一眼那个我刚刚踩踏到的小孩,看着他头晕目眩地站起来。他戴的儿童安全头盔恰好撞到梅里尔的腹腔神经丛。梅里尔松开了手。接着我身边围了一圈小生物，用杆子戳来戳去，用德语尖叫"天哪！妈妈"。我感觉到绳子在我手中突突地停下，我四仰八叉地落到一窝小崽子里面。

"很抱歉。"

"天哪！救命！妈妈，妈妈……"

梅里尔带着我从上山缆索的辙印中出来，朝雪坡上滑过去，从山底下看，雪坡显得那么柔和，简直微不足道。

"求你了，梅里尔，我想走路。"

"博格，你会给其他滑雪的人挖坑的……"

"我很想给所有其他滑雪的人挖个大坑，梅里尔。"

但说是说，我还是让梅里尔·奥沃特夫带着我去了中央的雪坡，帮我顺着下坡的方向滑过去，坡底的小孩们更加小了，远远的停车场上停着像玩具一般的汽车。奥沃特夫先示意犁式制动，然后展示了摇摇晃晃的回转。嬉戏的小孩从我们身边一个个飞过，撑着滑雪杆，滑出"之"字形，轻快安全地落下，就像一团团很小的毛线团。

我脚下的滑雪板就像沉重的长梯，手中的滑雪杆像高跷一样不听使唤。

"我跟着你，"梅里尔说，"万一你要是摔着了……"

我刚滑的时候还很慢，小孩子们带着明显的不屑越过我，接着我发现速度开始加快。"向前弯腰。"梅里尔喊道，我滑得快了一点，滑雪板碰撞到一起，摇摆着分开。要是其中一个滑雪板和另一个交叉了怎么办？我想道。

接着我越过了第一拨惊讶的小孩。跟我比起来，他们仿佛木呆呆地站在那里。这下可要让这帮小家伙好看。"弯下膝盖，博格！"梅里尔的声音从身后好几英里[1]的地方传来。可是我的膝盖仿佛被锁了，僵

---

[1] 英里，英联邦国家长度单位。1英里约等于1.6093千米。

硬得像铁条一样。我撞到一个戴着明艳颜色帽子的金发小女孩,屁股撞了她一下,将她干脆利落地撞了出去,就像一列火车擦着边撞过松鼠。"很抱歉。"我说,但这些词句被风吹得咽了回去,我的眼里满是泪水。"犁式制动,博格!"梅里尔已经在尖叫。哦,对了,这个制动的方法。可是我不敢挪一下我的滑雪板。我尝试着用意志力把它们分开,但它们却不听使唤,风把我的帽子吹掉了。在我前方,一群小孩子纷纷用杆撑着转向,惊慌地四下逃窜。雪崩来了!我不想像公牛一样顶任何人,就丢掉了滑雪杖,像个拳头一样冲了过去。在滑雪道终点的小屋那里,一个管理员哭号着拿着铲斗冲过来。他之前一直在把雪辙压紧压实,但我猜想他会一铲把我拍死而绝不会有丁点犹豫。顺着缆索上山的人群分开了,看热闹的和滑雪的都纷纷闪避。我猜这就是空袭吧 —— 从炸弹的角度。

在坡道的终点有个平板式的架子,我猜想,这玩意儿一定能让我停下来。如果这还不行,那儿还有用推土机堆成的巨大雪堆,是为防止滑雪者一路滑到停车场的。我努力想象那是个柔软的雪堆。

"用你的板刃!"梅里尔尖叫。板刃?"把膝盖弯下来!"什么膝盖?"博格,老天,向下倒!"在孩子们面前?绝不。

我记得在租滑雪板的地方,那个人跟我说什么安全固定器。要是这玩意儿这么安全,为什么现在不起作用?

我一撞之下平板架子失去了平衡。我感觉自己的重量让我在空中翻了个身,滑雪板的板头像船桨一样抬了起来。保护停车场不会被像我这样的人撞过去的雪丘突然迫近,我仿佛看到自己像步枪榴弹一样钻了进去。他们会挖上好几个小时,然后再决定把我炸出来。

但滑雪板居然能爬坡,这样的惊喜还是世上难寻。我越过了雪丘,被射进停车场里。在我下落的时候,我看到身下有一家健壮的德国人从梅赛德斯-奔驰车里出来。圆胖的父亲穿着结实的皮短裤,戴着插有羽毛的蒂罗尔帽子；重量级的妈妈蹬着登山靴，挥动着带冰镐的登山杖。孩子们：矮胖丁一、矮胖丁二和矮胖丁三抱着多到不可想象的帆布包、雪鞋和滑雪杖。他们梅赛德斯的后备厢敞开着，等着我进来，就像巨鲸的血盆大口等着飞鱼落下来，落进死神的巨口。

但是，圆胖的父亲，那个德国人，恰在此时关上了后备厢……

后面的事情我就只能依赖梅里尔的描述来知晓了。我唯一记得的是着陆出乎意料地软，因为我热乎乎的肉体与重量级的妈妈来了个亲密接触。她恰好嵌在我的胸和梅赛德斯－奔驰车的尾灯之间。她那甜蜜的话听在我耳朵里简直发热："啊……""好棒！"孩子们的反应迥然不同：矮胖丁一吓得张口结舌，矮胖丁二突然把他的行李像雪崩一样倾泻到矮胖丁三的身上，而矮胖丁三则缩在一堆帆布包、雪鞋和滑雪杖底下，他的尖声哭号即使是从这一堆行李底下也依然听得清清楚楚。

梅里尔说，圆胖的父亲迅速地扫了一眼天空，无疑是在寻找德国空军。梅里尔吃力地攀上雪丘，爬到我茫然躺着的地方。重量级的母亲回过神来了，她用登山杖的冰镐尖头杵着我。

"博格！博格！博格！"梅里尔一边跑一边喊。而在停车场上方的雪堆边上，一群在我脚下幸存的人纷纷跑过来看看我是否安然无恙。据说，当梅里尔找不到一块滑雪板而举起我的一块断成两截的滑雪板时，他们都欢呼起来。我的安全固定器已经松开了。缆索管理员从雪丘上野蛮地把我的滑雪杖丢进停车场，丢到我们俩的对面——梅里尔小心翼翼地扶着我。疯狂的掌声和嘲讽从雪丘上传来，因为他们看见我也伤得不轻。

恰恰在这时，梅里尔声称，有一对美国夫妇开着崭新的保时捷上山。他们显然是迷路了，还以为自己来到了滨湖采尔的滑雪赛现场。男士被吓得不轻，他摇下车窗，两眼发直、瑟瑟发抖地看着雪丘上叫嚷的人群。他一脸同情地对扶着受伤的滑雪运动员离开的梅里尔微笑。但他的妻子——个头壮实,约有四十来岁,下巴突出,砰的一声关上门,大踏步地绕过车来到她的丈夫这一侧。

"该死,真糟糕!"她对他说,迫使他把车窗摇下来,"你和你的烂德语,还有烂透的方向感。我们来晚了。我们错过了第一项赛事。"

"夫人,"梅里尔对她说,他拖着我经过他俩,"应该感激的是第一项赛事错过了你们。"

* * *

梅里尔这么说,我也只得信。然而,梅里尔很不可靠。等我们回到卡普兰的陶恩霍夫旅馆,梅里尔甚至比我状态还糟,他正在经历胰岛素反应,血糖已经降到了零。我必须搀扶着他到酒吧,向酒吧侍应生海令先生解释他游移的眼神。

"他是糖尿病人,海令先生。给他一杯橙汁,或者别的什么饮料,有很多糖的那种。"

"不,不,"海令说,"糖尿病人不能吃糖。"

"但他的胰岛素过量了,"我告诉海令,"他消耗了太多的糖。"仿佛是要证明我的话,梅里尔摸出一根烟,点燃了过滤嘴那一端,又不喜欢那烟的味道,在自己的手背上把烟揿灭。我一把敲掉,梅里尔有些迷迷糊糊地看着因为被烧到而钝痛的手。你觉得那真的是我的手吗?他又用另一只手把烟捡起,朝海令先生和我挥舞,仿佛那是个小旗子。

"好的,橙汁,马上就来。"海令先生说。

我把梅里尔扶起来靠着我,但他头晕目眩地滑到了吧椅的下面。

等他恢复过来,我们一起在电视上看了滨湖采尔的女子滑雪比赛的回放。奥地利的海蒂·沙茨尔意料之中地赢得了滑降的冠军，但在超级大回转中出现了意外。第一个在国际比赛中获胜的美国女孩击败了海蒂·沙茨尔和法国明星玛格丽特·德拉克洛瓦。录像带太美了。德拉克洛瓦在第二轮中错过了一道门，失去了资格，而海蒂·沙茨尔卡到雪，摔倒了。陶恩霍夫旅馆的奥地利人很郁闷，但梅里尔和我大声喝彩，为国际冲突添柴加火。

接着他们放了那个赢得比赛的美国女孩的录像。她只有19岁，金发碧眼，非常健壮。她顺利地通过了上半程的门，但稍微慢了一点，当她到达半程点时，时间有点长，她也知道；而滑下坡的时候她就像一辆滑橇巴士，滑过一侧滑雪板然后滑过另一侧，把肩膀放得低低的，快速越过一道道旗门，每一面旗帜都在风中拍打。在最后一道门，她在冰一样硬邦邦的裹得层层叠叠的雪上跳起芭蕾；她失去平衡，却用一只滑雪板离开地面而保持住了姿势，那只滑雪板在她腰旁边像翅膀一样张开。接着她正过身子，让那狂野的滑雪板像被亲吻一样轻轻着陆，把巨大的屁股颠过去，几乎是坐在滑雪板的后部，沿着直线跑道穿过了终点线，一过线就从深蹲中站起。她在安全绳和人群前面轻巧漂亮地转了个很大的弯，激得雪片飞扬。一眼就能看出，她知道自己赢了。

他们在电视上采访了她。她有一张干净、俊美的脸，嘴巴就像她的颧骨一样宽厚。没化妆，只是嘴唇上抹了白色蜡质的"俏唇"润唇膏。她不停地舔着那层蜡，笑得上气不接下气，朝镜头做着鬼脸。她穿了一件连体紧身运动服，线条流畅、紧绷，像另一层皮肤。紧身衣有条巨大的金色拉链，从脖子一直拉到裤裆。她拉开到乳沟，又高又圆的一对胸脯从柔软的天鹅绒紧身衣里呼之欲出。她和第二名法国的杜布瓦——娇小的飞镖一样、像小老鼠般的女士，眼睛睁得大大的——一起分享获奖者圈子。第三名是奥地利的，皮肤黝黑发亮，身形毫无线条，高高大大的神奇女侠，我敢打赌她的染色体有一半是男性。美国女孩比她们俩高出一头，甚至也比采访的记者高一英寸。采访记者对她的胸脯和滑雪技能同样感到印象深刻。

记者的英语真糟糕。"你有个'杜郭'的名字，"他问她，"'唯'什么？""我祖父是奥地利人。"女孩说。陶恩霍夫旅馆里当地的人振奋起来。

"所以你能说'杜语'？"采访记者充满期待地问道。

"只跟我父亲说。"女孩说。

"不能跟'鹅'说两句？"采访记者挑逗地问。

"不能。"她的脸显示出某种坚韧的不耐。她一定在想，你为什么不问问我关于滑雪的事，笨蛋？一个生气勃勃的美国队友从她肩膀后面冒出脑袋，递给她一块打开的口香糖。巨人女孩把糖塞进嘴里，糖慢慢软化了。

"你们美国人为什么都'讲'口香糖？"采访记者问道。

"不是所有美国人都'讲'口香糖。"女孩答道。梅里尔和我开始起哄。采访记者知道问不出什么了，于是开始为难她。

"真是太'粗糙'了，"他说，"'则是'这个滑雪季的'则'后一场比赛，不过，成为第一个赢得比赛的'煤果仁'很让人骄傲吧！"

"我们会'英得'更多的。"女孩一边告诉他，一边野蛮地咔咔嚼着口香糖。

"明年吧，也许。"采访记者说，"明年你还继续滑雪吗？"

"再说吧。"女孩答道。然后录像带卡住了，影像开始抖动，前后顺序乱放，我和梅里尔大声地喝着倒彩。影像重新出现的时候，女孩大步流星地走开，滑雪板轻巧地被扛在她肩上，而采访记者在努力跟上她。摄影机是手持的，很不稳定，音轨里是踩雪的咔嚓声。

"你的胜利有没有遗憾？"他追着她问，"你'英'了其实是因为海蒂·沙茨尔摔倒了？"

她转过身对着他，差点用滑雪板把他的脑袋削掉。她一语不发，采访记者又紧张地加了一句："还是说你'英'了是因为玛格丽特·德拉克洛瓦漏过一道门？"

"我本来就能赢，"女孩说，"我今天滑得就是比她们好。"然后她又大步流星地继续往前走。采访记者必须得低头弯腰躲着她长长的滑雪板向后的摆动。为了跟上，他还得慢跑，腿又被麦克风的线绊住了。

"苏·'比姬'·库夫特，"采访记者跟在她身后口齿不清、一步一绊地说，"来自美国佛蒙特州的美国滑雪运动员。"他说。他跟上了她，这一次当她转身的时候他记得蜷伏下来，避开她的滑雪板。"今天的雪场条件，"他说，"雪冻得像冰一样，非常快，那么你觉得你的体重是否帮到了你？"他得意扬扬地看她如何应对。

"我的体重怎么了？"她问道，非常尴尬。

"是不是帮了你？"

"当然没有坏处。"她为自己辩护，梅里尔和我看得很愤怒。

"你的体重很合适！"梅里尔叫喊。

"每一磅都不是白长的！"我说。

"他们'唯'什么叫你'比姬'？"采访记者问道。能看得出来，她很不自在，但她走上前去，逼近他，亮出她的胸部，咧开宽阔的嘴巴笑了笑。她朝他看着，仿佛要用自己的乳头逼他往后退。

"你'脚得''唯'什么？"她问道。

那个采访记者转过脸不再对着她，却招手让镜头逼近，狡猾地讲起了德语。他正在播得起劲："跟我在一起的是年轻的美国选手，苏·'比姬'·库夫特……"她一转身，甩过来的滑雪板很准确地给他的后脑勺来了一下，让他跌出了画面。摄影机一路小跑还在努力跟，一会儿对焦，一会儿失焦，最后在人群中跟丢了。但画面外她愤怒、受伤的声音传来:"求你他妈的别理我……"她说,"求你……"播报员没有翻译这句话。

接着奥沃特夫和我骄傲地为这个叫苏·"比姬"·库夫特的滑雪运动员的德行叫好,我们击败了好几个跟我们在陶恩霍夫喝酒的民族情绪高涨、企图论辩的奥地利人。

"少见的女孩,梅里尔。"

"或者是个男人,博格。"

"哦,不会的,梅里尔。她的乳腺很清晰,不会弄错的。"

"我要为这个干一杯。"梅里尔说。他的糖尿病饮食限制诸多,让他压力很大。他并不是很自律的人,经常用酒代替食物。"我今天晚上吃饭了吗,博格?"

"没有。"我告诉他,"你错过了晚餐,因为当时你在昏睡。"

"很好。"他说,然后又叫了一杯斯利沃威茨[1]。

滑雪的电视转播一结束,陶恩霍夫当地的顾客就恢复到粗野的农民样子。平常那一群埃森施塔特[2]的匈牙利人表演起来:手风琴、被折磨的齐特琴,还有小提琴,让那些强大的人也感到畏缩。

在说德语的酒吧里我们说的是英语,这使我俩享受到很不错的隐私。梅里尔和我利用这一点讨论了国际体育,耶罗尼米斯·波希[3],维也纳的美国大使馆的作用,奥地利的中立国地位,铁托的了不起的成绩,布尔乔亚令人震惊的崛起,电视播出高尔夫球赛有多无聊,海令先生口臭的来源,女服务生为何穿了胸罩,女服务生的胳肢窝究竟是光滑的还是蓬乱的以及谁来问她这个问题,喝完了斯利沃威茨以后来

---

[1] 一种水果白兰地,主要产于中东欧地区。
[2] 奥地利的城市。
[3] 15世纪末16世纪初的荷兰画家。

点啤酒漱漱口是否明智,那个坐在门口的男人脸上的伤疤有可能是怎么来的,齐特琴是一种多么无用的乐器,捷克人是否比匈牙利人更有创造力,古低地诺尔斯语是种多么愚蠢、落后的语言,美国两党制的不足,发明一种新宗教有多难,教权法西斯主义和纳粹主义之间细小的差别,癌症之不可治愈,战争的不可避免,人类普遍和总体的愚蠢,糖尿病有多讨厌,以及怎样才是向女生自我介绍的最佳方式。梅里尔宣称,其中一个办法是"套马杆"。"你可以这样举着滑雪杖。"梅里尔说,一边倒举着滑雪杖,手指卷在雪轮里,杖尖靠着他的手掌。他举起雪杖的另一头,像魔杖一样挥舞,手腕的绳子就成了绳套。"这样就可以把乳房套进去。"梅里尔说。他正在瞧着女服务生清洁旁边的桌子。

"不,不,梅里尔。"

"就简单的示范?"

"我想最好别在这儿,梅里尔。"

"也许你说得对。"他说完手里的武器很无辜地垂下,"'套马杆'一部分的秘诀就在于乳房。必须不能戴胸罩。还要一个特别的角度。我通常从肩膀后面,这样的话他们看不到套马杆过来。从胳膊底下、从边上也是很好的,不过这样需要很不寻常的定位。"

"梅里尔,你以前有没有成功过?"

"不,不,我刚想出来的,博格,因为我觉得这是一种很棒的自我介绍方式 ——先钓起她们,再介绍自己。"

"她们也许会觉得你太冒失。"

"这年头,冒点险是必须的。"

女服务生瞥了一眼梅里尔挂在那儿的"网",一脸狐疑,但她能提供的最多也不过是很小的目标。吧台的海令先生完全可以被称之为很有"是非观念"。梅里尔忘记了"套马杆",喝着斯利沃威茨就昏睡过去。啤酒又唤醒了他,他考虑到底要不要做通常的尿检来测一测血糖。但他的试管和血糖取样小瓶都在陶恩霍夫三楼,而男洗手间在晚上这个点通常很拥挤,他只能尿在水槽里。他知道我很讨厌他的这个习惯,于是就坐在原地,以他那种特别的方式昏睡过去。只要不至于伤害他自己,我总是让他昏睡。他在微笑。有一次他说:"怎么了?""没什么。"我对他说,他点点头。我们一致同意:一切很平静,没有任何事发生。

接着你走了进来,比姬。我立刻认出了苏·"比姬"·库夫特,我捅了捅梅里尔,他没有感觉。我又捏住他肚子上的肉,在桌子底下狠狠地掐了他一下,这下很疼。

"护士……",梅里尔说,"又开始了。"接着他越过我的肩膀,看着墙上那些岩羚羊战利品——尖锐的脸和小小的犄角。"嗨!请坐吧,"他对滑雪队员们说,"真不错,很高兴见到你。"

不过苏·"比姬"·库夫特还没决定要不要坐下。她仍然穿着风雪大衣,不过解开了拉链。她并非一个人,还有两个女孩跟她做伴,很显然她们是队友。她们都穿着绣有奥林匹克徽章的风雪大衣,袖子上是小小的 USA 标签。令人叹惋的苏·"比姬"·库夫特,跟她两个平平无奇的队友,避开了滨湖采尔时髦而酷爱体育的人群。她们是不是来寻找本地的情调——本地的男人,这样就没人认得她们是谁?

跟苏·"比姬"·库夫特在一起的一个女孩宣称陶恩霍夫地窖"很古雅"。

她的朋友却说:"这地儿的人没有一个不是四十往上的。"

"好吧,那有一个。"苏·"比姬"·库夫特说,指的是我。她没看见梅里尔,他已经躺倒在我们桌边的长凳那头。

"护士?"他问我。我在他脑袋底下塞了一个滑雪帽,想让他更舒服点。"护士,我不介意用安眠药,"他昏昏沉沉地说,"但我再也不要灌肠了。"

女孩们还没下定决心，海令先生和其他几个人已接连认出了这个胸脯很美的金发姑娘。她们到底是会自己坐一桌还是在我们桌子的那头坐下？

"他看起来有点喝醉了。"一个女孩告诉比姬。

"他的身材好奇怪！"另一个说。

"我觉得他的身材很有意思。"比姬说，她把风雪大衣脱到肩膀，摇了摇厚重的齐肩波波头，用神气十足的劲头朝我的桌子走来，她的步态几乎是男性的。她是个个头很高、肌肉强壮的女孩。她知道她那种优雅是运动员的优雅，一点也不想伪装出女性气质，她知道自己不具备那种气质。她下身是及膝的高筒毛皮靴和深褐色的针织运动紧身裤，非常温暖舒适；上身是深橙色的V领天鹅绒套衫，白皙的喉部和乳沟对比被晒黑的脸，显得很分明。她的乳房呼之欲出，就像喝醉酒的人看到日落的重影。我抓住梅里尔的耳朵将他的脑袋轻轻在滑雪帽上碰了碰，然后又重重地在凳子上敲了敲。

"冒点险是必须的，护士。"他说。他的眼睛张得大大的；他在对着墙上所有的岩羚羊标本眨眼睛。

"这张桌子还空着吗？"苏·"比姬"·库夫特用德语问道，她在电视上还说只跟她父亲讲德语。

"请随便坐吧！"我咕哝着请她们坐下。那个大个子的漂亮女孩坐在我正对面；另外两个踌躇不前、不尴不尬的运动员，努力表现得轻松、有生气、女孩子气。她们也坐在她那边的桌旁，对面是躺在那里不省人事的梅里尔。没人注意到他的存在。我觉得没必要把他叫起来，引起她们的注意；当然也没必要礼貌地站起来，让苏·库夫特注意到她比我高出一英寸。坐下来的时候，我俩一样高。我的上身很颀长，只是腿有点短。

"你们想喝点什么？"我问她。然后给两个默默无闻的女孩点了苹果酒，给比姬要了杯啤酒。我瞧着海令先生在黑暗的地窖里穿行，在女孩们身后宣布："两杯苹果酒，一杯啤酒……"他在幻想中沿着女子超级大回转的冠军的乳沟，灌了一大口酒。

我隔着桌子跟我对面的冠军用德语东拉西扯，而在冷板凳那头的两个悲惨女孩坐立不安，用手比比画画，一起喵喵喵。比姬说的是某种家常式德语，只能是从父母中的一个学来的。因此她口音很完美，但却丝毫不通语法。她能听得出来我不是来自卡普兰或者滨湖采尔附近，因为我说不来那里的方言。但她却一点没猜到我是美国人。我也觉得没必要说英语，因为这样的话坐在桌子那头的两个女孩就可以加入了。

但是，我却很希望梅里尔能加入。我伸出手去想拍打他的脸，但他的头却不见了。

"你不是这附近的人？"比姬问我。

"不是。"

梅里尔的头已经不在凳子上。我上下摸索着他的身体，用脚在桌子底下探探，又用手摸摸凳子后面，在这中间一直冲比姬微笑点头。

"你喜欢在这儿滑雪？"她问道。

"不不，我不是来滑雪的。我根本不会滑雪……"

"你不会滑雪的话，到山里来做什么？"

"我曾经是个撑竿跳运动员。"我告诉她，看着她轻声地重复着德语单词，接着点点头，她听懂了。现在我在观察她，她思考着到山里来和曾经是撑竿跳运动员之间有什么联系。他是指他曾经是个撑竿跳运动员，所以才到大山里来？她认为这是应有之义。她打算怎么做？我好奇着。还有，梅里尔去哪儿了？

"撑竿跳运动员？"她用谨慎的德语说道，"你是用杆子跳的吗？"

"我曾经是，对，"我对她说，"当然现在不是了。"

当然？你可以看出她在动脑筋。但她只是说："等等。你曾经是个撑竿跳运动员，但不再是了，对吧？"

"当然。"我答道。她摇了摇头，一副要问到底的样子。

"……而你现在在山里，因为你曾经是玩撑竿跳的？"

她太了不起了。我真的好喜欢她的坚持。在这么随意的场合，大多数人都不会费那个力气去打破砂锅问到底。

"为什么？"她坚持地问，"我是说，玩过撑竿跳跟到山里来到底有什么关联？"

"我不知道。"我一脸无辜地说，仿佛这种联系完全是她自己想出来的。她看起来彻底糊涂了。我抓住这个时机问道："大山和撑竿跳之间可能会有什么联系呢？"她已经迷糊了，她大概以为自己的德语出了问题。

"你喜欢有高度？"她努力解开谜底。

"对呀，越高越好。"我微微笑道。

她一定发觉这么谈下去哪儿也到不了，她也笑了，说："你带着你的杆吗？"

"我用来撑竿跳的杆？"

"当然。"

"我当然带着。"

"带到山里来……"

"对，当然。"

"你就拖着到处走，对吧？"她终于发现了其中的乐趣。

"一次只拖一根。"

"哦，当然。"

"这样在等缆车的时候就省事了。"

"你就直接撑竿子跳上去？"

"下来的时候有点困难。"

"你到底是做什么的?"她问道,"我是说真的,不开玩笑。"

"我还没想好,"我说,"真的。"我是很严肃地说这话的。

"我也是。"她说。她也很严肃,于是我放下了德语,直接换成了英语。

"但没有一件事我能做得——"我对她说,"像你滑雪滑得这么好。"

她的两个朋友惊讶地抬起头。"他是美国人。"其中一个说。

"他是个撑竿跳运动员。"比姬微笑地告诉他们。

"我曾经是。"我说。

"他刚才在耍我们呢!"其中一个丑妹说,带着受伤的眼神看着比姬。

"不过他很有幽默感,"比姬对女孩说,接着用德语对我说——好让她们听不懂——"我缺点幽默感,滑雪。滑雪这件事一点也不幽默。"

"那是因为你没见到我滑雪。"我告诉她。

"那你为什么在这里?"她说。

"我在照顾一个朋友。"我说,有些负疚地四下看看想找到梅里尔,"他喝醉了,还有糖尿病,这会儿他又不见了。我真的应该去找找他。"

"那你为什么没去找呢?"

我继续只跟她讲着德语:"因为你进来了,我不想错过。"

她微笑了,但却把眼睛投向别处。她的朋友看到她讲德语似乎很生气,但她仍然继续。"在这儿追女孩有点奇怪,"她说,"你一定没好好努力,不然就不会待在这儿了。"

"的确如此,"我说,"在这儿没什么机会追到女孩。"

"对,没有机会。"她说,眼神很认真,但嘴角却微笑了,"去找找你的朋友。我现在还不走。"

我正打算要找,还在想从哪里下手。他是不是在比昏暗的地窖更昏暗的桌子底下，可怜的、疯狂的梅里尔也许鬼鬼祟祟地躲了起来，或者因为糖尿病而昏睡不醒？还是在陶恩霍夫的楼上醉醺醺地做尿检，在水槽边上把试管弄得到处都是？

接着我注意到，两个女孩后面的桌子很安静——一些男人正聚精会神地策划什么阴谋。一条大狗的剪影从女孩们的后面悄悄潜过来，朝我们的桌子靠近。海令先生优雅地站在吧台的后面，要啐口唾沫把小酒杯擦亮，装着什么也没看见。接着，借着微弱的光线，有根滑雪杖的暗影慢慢地伸过来，跟我们的桌子齐平，腕带那头低垂着，像魔杖一样瞄准（桌子上的）胳膊肘和女子大回转冠军胸部之间的空间。

"这个朋友，"我大惊失色地对苏·"比姬"·库夫特说，"已经不是自己了。"

"去找到他！"她说，真的有点担心。

"我希望你也有很好的幽默感。"我告诉她。

"哦，我有的。"她很温暖地笑了。她从桌子对面朝我靠近了一些，有点尴尬地摸了摸我的手背。她对自己的大手非常难为情，总是紧紧交握着。"一定要保证你的朋友平安，"她说。接下来，就在她探身过来的时候，她的胸脯和胳膊肘之间的空当被拉大了，滑雪杖的腕带摇摇晃晃地伸了过来，她饱满的胸脯使得天鹅绒紧紧地绷在身上，这么好的靶子只有笨蛋才会失手。

"我希望你能原谅我。"我说着摸了摸她的手。

"当然会的。"她笑起来，就在这时她"落网"了，腕带奇怪地歪了一下，把她的胸脯拉到了胳膊肘里面，而梅里尔·奥沃特夫在她身后。滑雪杖就像鱼竿钓到大鱼被压得弯了下去。他的目光呆滞而可怕。

"套马杆！"他大声喊道！

接下来，这个佛蒙特的女冠军运动员展示出了猫一般的协调性和神奇女侠的力量。比姬轻巧地一滑就让胸脯从腕带中解脱出来。她抓住滑雪杖的杖头,一跃身就把腿从桌子底下抽出来,跨过凳子面。她丰满的大腿撞得梅里尔失去平衡,一屁股坐在地上。这时她已经站直了身子,踮起脚尖,显然对怎么摆弄滑雪杖很有经验,对着梅里尔左冲右突地刺去。梅里尔痛苦地在地板上打滚,一边努力把绞在一起的手指从滑雪杖的雪轮里解脱出来,一边还要用流血的手掌格挡不断戳过来的杖尖。

"噢,血,博格!我被刺中了!"比姬终于把他钉在地上,一只高筒的毛皮靴沉重地踩在梅里尔的胸膛上,滑雪杖尖戳得他的肚子起了褶。

"这只是个游戏!只是个游戏!"梅里尔对她尖声惊叫,"我伤着你了吗?有没有?不,不,赌上你的性命,我绝不会。不,我没有伤到你……不,不,不!"苏·"比姬"·库夫特只是泰然自若地逼近他,加到滑雪杖上的力量刚好足够让他被钉在地上动弹不得,面临被开膛破肚的危险。同时,她朝我投来愤怒的、被背叛的目光。"跟她说说,博格。"梅里尔恳求道。"我们在电视上看到你来着,"他对她说,"我们很喜欢你。"

"我们痛恨那个采访记者。"我对她说。

"你干得简直太漂亮了。"梅里尔说,"他想浑水摸鱼,胡说八道说你赢了只是因为运气,但你显然比他高明。"她盯着他,一脸惊讶。

"是因为他的血糖,"我对她说,"他已经彻底糊涂了。"

"他写了一首关于你的诗,"梅里尔撒谎道。比姬看着我,有些感动:"是一首很不错的诗,他真的是个诗人。"

"……而且还曾经是撑竿跳运动员。"比姬说,一脸狐疑。

"他还曾经是个摔跤手呢。"梅里尔突然冒出一句。他疯狂了,"要是你用那根滑雪杖伤了我,他会折断你那该死的脖子。"

"他不知道自己在说些什么。"我告诉比姬,她正瞧着梅里尔高举着的流血的手。

"我也许会死的,"梅里尔说,"谁知道那根杆戳到过什么。"

"狠狠给他来一下,然后咱们走。"比姬的滑雪队队友说。

"拿着滑雪杖走。"另一个说,怒视着我。

"肚皮下有重要的器官,"梅里尔说,"哦,天哪……"

"我没瞄准你的肚子。"比姬对他说。

"你被嘲笑的时候我们挺你,"梅里尔对她说,"在这个丑陋、自以为是、竞争激烈的世界,你拥有自尊和幽默感。"

"你的幽默感去哪儿了?"我问她。她瞧着我,像是被刺痛了。我似乎戳到了她的软肋,似乎幽默感很重要。

"他们为什么叫你'比姬'?"梅里尔大胆地问道。

"'你掘着'为什么?"他又转过头问我。

"一定是她的心很宽厚。"我告诉他。接着我伸出手,从她手中拿过了滑雪杖。她在微笑,脸上的红晕仿佛她的V领天鹅绒套衫的深橙色。我怀疑你一身都如天鹅绒!

第 14 章
打那当打的架

我结婚的那些日子,住在爱荷华大街918号的那个阶段,唯一的乐观是留给冒险老鼠的。连着五天晚上,它都凭着自己的勇猛成功地从陷阱里偷到口粮。我再一次警告过它。我给它带了一块满是肥油的牛胸脯肉,不是放在陷阱那里,而是诱人地专门摆在几码之外。明明白白地告诉它,有我罩着它呢。它不需要冒着折断它那毛茸茸的比手指头还细小的脖子的风险,从比姬的陷阱里偷吃的——这个陷阱太大了,是为黄鼠狼、土拨鼠、袋熊和巨鼠设计的。

我一直不知道比姬到底为何对这只啮齿动物心怀不满。她只见过它一次——有天晚上去地下室取滑雪板的时候在地窖的楼梯平台遇到它,她吓着了。也许她觉得它太放肆,居然想要入侵到楼上;或者它有心要啃她的滑雪板,因此她就把板子挪到了卧室的衣橱里。偶尔,滑雪板会在我早晨到处摸索的时候落到我身上;那魔鬼一样锋利的板刃很可能狠狠地给我来个口子。这也是我和比姬之间闹矛盾的一个来源。

所以有天晚上我给冒险老鼠带了牛胸脯肉,关于这一点我也有些疑虑。老鼠真的吃肉吗?

接着我给柯尔姆洗了个澡。他在澡盆里滑溜溜的,我必须用拇指顶在他的胳肢窝里,不然他就会咯咯笑着滑下去。给柯尔姆洗澡总能让我放松,除了比姬总是闯进来看。

她总是会问:"柯尔姆会跟你一样长那么多头发吗?"带着真正的担忧。她背后的意思是:还有多久,这可怕的生命力会毁了他的生活?

我总是回答:"你难道希望我秃吗,比姬?"多少有点恼火。

她会让一步。"其实不是这样。我更多的是希望柯尔姆的毛发别像你那样茂盛。"

"相对而言,比姬,我其实比大多数男人的毛发少。"

"好吧,男人。"她会这么说,仿佛我唯一招她烦的地方就是我也是其中一员。

其实,我知道她的脑子里在想什么:滑雪运动员。金发,而且男性化(或者哪怕不是金发,至少晒得黝黑);牙齿洁白,没有烟渍;羽绒内衣底下是光溜溜、亚麻白色的肌肉,浑身上下没有一根毛,也许是因为在睡袋里待了太久。滑雪运动员身上唯一让人反感的是脚。我觉得滑雪的人只通过热腾腾的层层包裹的脚出汗。那些脏兮兮的厚袜子!这是他们唯一不健康的地方。

我是比姬睡过的第一个也是唯一一个非滑雪运动员。一定是那种新鲜感给她留下了深刻的印象,但现在她又有了疑虑。还记得所有那些周身是雪的洁净感吗?

可这难道也是我的过错?我从没穿过丝滑的羽绒内衣,通过大量摩擦让我的皮肤变得光滑。我的毛孔太大了,不适合滑雪;风能吹到我的骨头里。难道出油太多也是我的过错?即使洗澡也没有什么用,这我难道有什么办法?我可以焕然一新地从澡盆里出来,给大腿沟上粉,给我的私处涂油,用带香味的收敛剂把刚剃得干干净净的脸收敛,可十分钟以后我又开始出汗。我总是"涂脂抹粉"。有时候,我正跟某个人聊天的时候,他们突然瞪大眼睛,显然有什么东西让他们不安。我已经猜到是什么了。一定是他们突然看见我的毛孔张开,或者他们的注意力聚在一个毛孔上,眼看着它用慢动作打开,仿佛在窥探什么。我自己很明白这种感觉,在镜子里,我也能看到这种情形,我很同情观察者,的确让人头皮发麻。

但你总得指望你的老婆别色眯眯地看你旺盛的新陈代谢,尤其是很麻烦的时候。她总会发出一些提示,让我处理掉古怪的毛发。"把胡子刮了,博格斯。真的像阴毛。"

但我还没蠢到这个地步。我需要我能长出来的所有毛发。如果没有毛,谁来替我遮丑呢?比姬从不理解,她根本没有毛孔。她的皮肤就像柯尔姆的屁股蛋一样光滑。她希望的其实我知道,她希望柯尔姆有她的毛孔——或者像她一样没有毛孔。这自然很让我伤心,但我要替他想想。要是让我直说,我不会希望我的毛孔出现在任何人身上。

虽说是这样,但这些澡盆边的龃龉仍令我伤心。

我出门散步,去了班尼家,一路想着拉尔夫·帕克,这个能言善辩的家伙也许在班尼家"开庭"或者以别的方式阐述人生格言。但班尼家空荡荡的,我利用这不寻常的空档给芙罗拉·麦基女子宿舍打了个毫无头绪的电话。

"哪一层?"电话那头想要知道,我沉思默想,不知莉迪亚·金德会住在哪儿。高高的屋檐底下有雁儿栖息的地方?

我试了几个不同的分机。一个警惕的声音说:"是谁?"

"请找莉迪亚·金德。"我说。

"请问是谁?"这个声音打破砂锅要问到底,"这是楼层的姐妹。"

楼层的姐妹?我挂了电话,想象着墙壁的兄弟、门洞的父亲、窗口的母亲。我在班尼家的小便池上面写下：**芙罗拉·麦基到老保持处子之身。**

厕所的隔间里，不知是谁似乎陷入了麻烦。从门底下偷偷瞧，只瞧见一双人字拖，紫色的袜子，一条脱下来的喇叭裤，以及再明显不过的痛苦。

不管他是谁，他在哭。

我当然知道尿尿会很疼，所以很能理解。但与此同时，我也不想多管闲事。也许我可以在吧台买瓶啤酒，从厕所门底下塞给他，告诉他这算我请的，说完迅速离去。

小便池冲水了——班尼家著名的自动冲水小便池。有流言说为了免除打开水泵的麻烦，这个小便池会依照时间进行半自动冲水。想想，我甚至就在目睹这个不可多遇的事件！

但是厕所隔间里的他也听到了动静，他感觉到有人在那里，于是停住了哭声。我试着踮起脚尖朝门口走去。

疲弱的声音从隔间里传来："请告诉我，外面天黑了吗？"

"对。"

"哦，天哪！"他说，"那我可以走了吗？他们还在不在？"

我突然被一阵恐惧所征服！我环顾四周，他们，是谁？我朝小便池底下费力地瞧，想知道是否有古怪？结果，一个浑身湿答答的男人埋伏在那里。"他们是谁？"我问道。

隔间的门开了，他从里面走出来，拉上了喇叭裤。那是个瘦瘦黑黑的男生，一个诗人，总穿着薰衣草色的衣服；其实是在根书店工作的学生，有人认为他是伟大的恋人，有人认为他是男同，或者二者兼而有之。

"天哪，他们到底走了没有？"他问道，"哦，谢谢你。他们告诉我到天黑才能离开，可这儿连窗户都没有。"

我凑近一看,就发现他显然被暴揍了一顿。他们在男厕所里袭击了他,告诉他他不属于这里,该去女厕所,然后让他在小便池里打个滚,用洁厕宝擦他的鼻子,让他的脸上留下颗粒和刺痛,仿佛用浸透尿的浮石把脸打过一遍。他身上混杂着可怕的味道。他的口袋里原本有瓶利奥波德斯香水,可瓶子已被砸得粉碎。就算把香水倒进厕所里,他身上那股味儿也不会好多少。

"天啊,"他说,"他们的确说对了。我是个男同——但我本可以不是的。我是说,他们压根没有办法确定。我只是来放水。这很正常,对吧?我的意思是,如果我不在厕所里骚扰别人。我真是罪有应得。"

"那瓶香水是怎么回事?"

"他们甚至不知道我身上带着那玩意儿,"他说,"而且本来也不是我的,看在老天爷的分上。这是给女孩的——我妹妹。我跟她住在一起。她给我上班的地方打电话,让我在回家路上帮她捎一瓶。"

他走不了路——他们真的狠狠地踩了他——我就提出搀着他。

"我就住在附近,"他说,"你不需要跟着我。他们或许会以为你也是男同。"

尽管如此,我还是搀着他的手。经过门口时,卡座里的两对情侣色眯眯地斜睨着我们,仿佛在说,看看这对男朋友,其中一个干掉了一瓶香水,然后尿了裤子!

班尼自己举着闪闪发光的啤酒杯,在吧台里刻意做出很有教养、一无所知的姿态。

"你的小便池自己冲水了,班尼,"我说,"在日历上记一笔吧。"

"晚安,伙计们。"班尼说。

角落里一个纤弱的艺术家把鼻子放进啤酒泡沫里,埋掉我们经过时发出的难闻气味。

"我早就知道爱荷华很可怕,"男同告诉我,"但我从不知道会这么可怕。"

我们走出门,沿着克林顿街朝繁华地区走去。"你人真的很好,"他说,"我本应该请你进来,但是……我心有所属,你理解吧。我从来没这么忠诚过,真的,但这一个……你知道,他的确很特别。"

"我跟你不一样,"我告诉他,"我是说,我或许本可以是的,但你碰巧看错我了。"

他握了握我的手。"没关系,"他说,"我知道。改天再说。你的名字?"

"算了吧。"我说。我疾步而行,想把他那股味道留在后面。在那条陋巷里,他身上的衣服颜色鲜明,活像欢乐骑士刚刚进入被瘟疫夷平的城市,既勇敢又笨拙,而且在劫难逃。

他在我身后叫道:"永远都别求饶,但也别太骄傲!"

这是来自最奇怪的先知的最不寻常的告诫!

沿着夜色昏昏的爱荷华大街,一群群的男同虐恋者埋伏在每一处阴影里。要是我告诉他们我是直男,他们会放过我吗?要是我遇到一个女孩,是不是该强暴她?瞧瞧!我是正常的!

我回到比姬那里,我庞大的深黄色母狮子,撑在我们布满沟槽的床上,身子底下是一摞摞杂志,或者说她埋在杂志和小枕头里,枕头上绣着阿尔卑斯的景色。

我本来可以把帘子先拉开的。但……

"我的天,闻闻你身上!"比姬瞪着我。这种迫切需要解释的感觉令我如此恐怖,大概也只有和根书店的店员有了交集之后,我身上带着尿骚味的馥郁的气息堪堪与之相比。我身上的味道已被冲淡了,但基调仍然是他的。

"你身上到底是什么味儿?"比姬问道,"是谁?你这王八蛋……"

"我只是去了班尼家,"我说,"在男厕所里有个兔子[1],他就在根书店工作,你知道吗?"但比姬从床上扑过来,把我上上下下闻了个遍,还捉住我的手放到鼻子底下。"天啊,比格!"我说着伸手要去掐她的脸,可她横起手臂一把把我推开。

"你个王八蛋,混账,博格斯……"

"我没有乱搞,比格,我发誓……"

"老天爷!"她大喊,"你甚至把他的气味带回我的这个家里!"

"比姬,是我在男厕所里遇到的这该死的兔子。他在小便池里打了个滚,然后口袋里的香水瓶子碎掉了……"真糟糕,我想。这个故事听起来简直就不可思议,谁会把它当真呢?我带着绝望的镇定说,"味道很重,染到……"

"我敢打赌他味道很重!"比姬尖声叫道,"就像某个热辣的婊子!他身上那该死的香水味沾得你满身都是!"

"我什么都没做,比格——"

"一定是什么异国风情的玩意儿,我敢打赌!"比姬气愤地说,"哦,我知道你,博格斯!你总是被那些人吸引,难道不是?色眯眯地盯着黑人和那些东方人以及犹太女人!你这该死的王八蛋!我看到过!"

"看在耶稣的分上,比格——"

"是真的,博格斯!"她大喊,"你就好这重口味,我知道!浓毛赤酱的婊子……俗不可耐的狗屎!"

"天啊,比格!"

"你总是希望我换个样,"她说着咬住了自己的拳头,"瞧瞧你买给我的衣服。你买给我的东西糟透了!我告诉你,我不是那样的!我的大腿太粗。'别戴胸罩。'你总是告诉我。'你的咪咪很美,比格。'你

---

[1] 原文为"fairy",即兔子,男同性恋的隐称。

说。可要是不穿胸罩,我的咪咪重得就像奶牛!'看着挺不错,比格。'你说。我知道我自己是什么样。我的乳头比那些女孩的还粗还大!"

"这是实话,比格。就是很大。而且我很爱你的乳头,比姬——"

"你根本不爱!"她嚷嚷起来,"而且你总是说你如何不喜欢深黄色的头发。'我一般不太喜欢深黄色的头发。'你总是说,然后粗鲁地拍拍我那个地方。'原则上……'你说,然后轻轻掐我,给我点厉害——"

"我现在就给你一点厉害,"我说,"要是你再不闭嘴。"

但她往后退了一步,让床隔在我俩之间。"你敢碰我一下,你这该死的!"她说。

"我真的什么也没做,比格。"

"你身上散发着恶臭!"她尖声叫道,"你一定是在马厩里!跟母猪在一起打滚……在草料里!"

我脱下衬衫,朝她怒吼:"闻闻我,你这该死的!我的手臭,别的没有——"

"只有手吗,博格斯?"她冷冰冰地镇定道,"在马厩里,"她一字一句地说,"你是不是背着我指交了一只山羊?"我发现这场争吵已经没有理性,于是就甩掉靴子,猛一下拽掉裤子,一边蹦跳着朝她扑过去,一边努力从脚踝上脱下缠在一起的内衣。

"你这畜生!"她大吼道,"把你的东西都从我边上拿开,博格斯!噢!谁知道你都得了什么病!我可不想,多谢你!"我朝她猛扑过去,她躲到了床脚,我缠住了她那可笑的膨胀的睡袍下摆——那件讨厌的棉布法兰绒睡袍——棉布沿着接缝一直裂开到了脖子,我卷着她弹回到了床上。我像给狂人穿紧身衣一样用睡袍把她裹紧。这时,她突然高抬腿用滑雪运动员的劲道给我的胸口来了一记。我手里只留下睡袍的丝丝缕缕,而她人已经冲刺到了客厅。我在门口从后面抱住了她,但她用一只手越过肩膀抓住我的头发,另一只手从她两腿之间,朝我要命的地方抠去。我干净利落地来了个后蹬腿绊——我敢说,这个动作在我整个摔跤生涯中无与伦比。我敢说她一定会被震住,但她的胳膊肘斜刺里朝我的喉咙砍过来,在我身子底下用手和膝盖拱起身。对付比姬的时候,一定得控制住她的腿。她想要起身时,我试着用双腿钳住她,但她把我背在身上,朝房间对面的梳妆台摇摇晃晃地走过去,然后用专业的手法蜷身打滚,把我的脑袋和肩膀塞进了内衣抽屉。

这时我眼冒金星,舌头渗出血,虽然在以往每一场摔跤比赛中我都差点把舌头咬掉,但我从来没学会把舌头放在嘴里。当她从梳妆台大步走开时,我抱住她的臀部,用我的前额挡住她凶猛的上勾拳。当她因为手上的疼痛而暴怒时,我在她膝盖后面转了个圈,用侧腿跳把她带倒——这一次钳住了离我近的那条腿,并挡住远一些的胳膊,使了个最紧的斜跨抱骑(这是绝望的最后一招,在我的摔跤生涯中经常用到)。她激烈地翻身,空出的手想摸到什么可以伤人的武器。我抓住这个时刻巩固我的优势,封住她两条胳膊,找个跟她身体合适的角度将她拉开,以她的脖子为支点将她顶起来。她那吓人的腿在我周围压下来,虽然她已经完全处于下风;事实上,我将她钉住了,但这里没有裁判拍打垫子叫停。我知道固定她的两条胳膊让她很受伤,所以就把我苍白的肚子送到她的头旁边。我的肚脐贴在她的面颊,同时小心别让她咬到。我很小心地别让自己失去控制;正是在这样的尖峰时刻,我养成了不知怎么会被钉住的习惯。我一点点把自己要命的地方送到她狂暴的眼睛底下,同时注意她那结实的牙齿,别凑上去啃一口。

"我发誓我要把那玩意儿咬下来!我发誓!"比姬哼哼着,胸部一起一伏,我用双臂像老虎钳一样锁住她。

"行行好,先闻一闻,比格!"我说的同时用肚子摩挲着她光滑的面颊。她沉重的膝盖在我缩起来的脑袋旁边滑行,砰砰地撞我的背。"就闻一闻,求你,"我告诉她,"然后诚实地告诉我这种味道给你留下的印象。我的最重要的部分是否有任何异样的气味?是否有母鸡的恶臭,比格?还是说,你闻到的完完全全就是我?"她的膝盖滑行得慢了一些,我看见她皱起鼻子。"在你看来,比姬,你对我的体味有丰富的经验,你能不能说出来,是否察觉到任何哪怕是最细微的不寻常?你能不能猜一猜这张肚皮是否曾擦过其他的肚皮,染上别样的恶臭?"我能感觉到她在十字固的压力之下微微颤抖,足以让人卸下防备——我让她把脸稍稍转过来把鼻子滑到她愿意的地方,我那惊恐万分的玩意儿就挨着她的脸颊。他为挽救自己的婚姻在玩命。

"你闻到了什么,比格?"我轻声问,"有没有性生活过后陈腐的臭气?"她摇了摇头。我那紧张不安的玩意儿躺在她鼻子底下,就在她上嘴唇边。

"可是你的手……"她的声音透出一丝疲惫。

"我碰到一个可怜的男同,他被暴打了一顿,身上都是尿骚和香水味,比格。我扶着他回家,我们还握了手。"

我必须让她靠着我坐起来,然后才能解开双臂十字固。我在她的脖颈上种了一个带血的吻,我的舌头仍在流血,甜腥的味道流到喉咙。我的左耳上方,被梳妆台打到的地方肿起来了,我的头皮紧巴巴的。我想象着内衣抽屉受到的损害。那些内裤是不是因为这一下打击得不轻,四下分散,被扔到了抽屉最深的角落?它们是否躺在那里忧心忡忡?我在想,不论是什么内衣在那里,我都希望别由我来穿。

后来,在床上更温柔的战斗中,比姬说:"挪挪你的胳膊,快。不是,那儿……不,不是那儿。对,这里……"我们俩都舒舒服服地躺下,她就开始在我身子底下滑行,用她特有的那种方式,总让我觉得她想逃跑。但她从来没有逃过,也不是有意想逃。仿佛她划着船要把我们送到哪里,我只不过随着她的滑行而调整好我的节奏。秘诀就在于她那孜孜不倦强壮有力的腿。

"这对滑雪运动员一定很好。"我告诉她说。

"你知道,我有点肌肉。"比姬一边说,一边轻松地晃悠,就像停泊在风浪中的一艘宽阔的大船。

"我爱你的肌肉,比格。"我说。

"哦,得了吧,不是那块肌肉。我是说,那根本算不上肌肉,说真的,"她说,"其实,作为女孩我身上的肌肉很多了。"

"你身上都是肌肉,比格。"

"好吧,不都是肌肉……不不,得了,那不是肌肉,你知道得很清楚。"

"比肌肉还强,比格。"

"我知道你肯定这么想,博格斯。"

"这比滑雪对你还好,比格。而且有更多乐趣……"

"好吧,我才不想选呢。"她说。我拧了她一下。

虽然比姬体重很高,但她可以很痛快地翻身,就像一艘被白浪拍打又送过去的船。我让她漂起来——慢慢地摇啊摇。显然我们俩轻得一点分量也没有。接着汹涌的海浪转了方向,突然把我们扔到岸边,我们的失重感消失了,我被拖上岸,像沙滩里的一根原木,而比姬躺在我身下,像平静的池水。

过了一会儿她说:"哦,我要说声再见。过一段见,拜拜。"但她身子没动。"拜,"我说,"你要去哪儿?"

但她只是说:"哦,博格斯,其实你不是那样的坏蛋。"

"是啊,我不是,比格。"我答道,有意让自己显得轻浮。可是声音却沙哑浓重,仿佛很久没说话了。哦,那柔缓而沙哑的声音,来自得偿所愿的人。我记得那是怎样的偶遇,比姬……

第15章

还记得爱上比姬的时刻

我扶着昏迷不醒的梅里尔穿过古雅而幽暗的陶恩霍夫地窖,朝楼梯走去,我不担心梅里尔。因为糖尿病控制得不好,他总是在清醒和昏迷之间轮回。他的身体系统要么血糖过多,要么耗竭,来回循环。

"喝酒太多。"海令先生同情地说。

"胰岛素过多,或者是过少。"我说。

"他一定是疯了。"比姬说,虽然她也很担心。她跟着我们上楼,没有去理会丑恶队友的喋喋不休。

"我们现在该走了。"其中一个队友说。

"那不是我们的车,"另外一个队友告诉我,"那是滑雪队的车子。"

比姬跟着我跨过楼梯平台,我觉察到她已经看见了我有多矮。她需要稍稍低头才能看见我。为了补救,我假装背着梅里尔并不费力。我把他当日用杂货一样甩来甩去,两步一个台阶,好让比姬看见:他并不高,但很壮。

我大踏步地把梅里尔送进房间,结果把他的脑袋磕在了门框上,而我累得上气不接下气。比姬皱起眉头,但梅里尔只说:"求求你,现在不要。"我把他放到床上时他睁开了眼睛,研究头顶的灯光,仿佛那是手术台上方的超高光束。而他正僵硬地躺在手术台上,等待手术。

"我没有感觉,没有感觉。"他对麻醉师说,然后四肢变得软软的,昏昏欲睡,合上眼睛。"如果你想把那个箱子里的东西都拿出来,"他咕哝着,"你还得原样放回去。"

当我把所有的血糖取样小瓶拿出来,把试管架架在水槽上面时,比姬跟门口的队友悄声说:"赛季其实已经结束,没有宵禁了。滑雪队的车是真心诚意借的,一定会好好还回去的。"

"梅里尔有辆车……"我用德语对比姬说,"如果你想留下的话。"

"我为什么要留下?"她问道。

我回想起梅里尔的谎言,答道:"我会给你看看我为你写的诗。"

"我很抱歉,博格,"梅里尔喃喃道,"可是那身材太诱人了——老天,简直就是让人犯罪——我必须得试一试。"但他已经沉沉地睡着了,退出了这场比赛。

"那辆车……"队友中的一个说道,"说真的,比姬……"

"我们必须得把车拿回来。"另外那个队友告诉她。比姬环顾梅里尔的房间,视线越过我,冷静而质疑。前撑竿运动员把杆子放哪儿了?

"不,不,现在不行,求你们。"梅里尔向所有人宣布,"我需要尿尿,对,是的。"

我摆弄着给他检查尿样需要的小瓶和试管,转向门口的女孩,用德语对比姬又说一遍:"他需要尿尿。"然后又带着希望对她加了一句,"你可以在门外等……"你这个温暖坚实的天鹅绒的猛女!

接着,我就关上了梅里尔的门,把她们的叽叽咕咕都挡在门外,只能听到不受欢迎的队友严厉的低语,而比姬安静、无动于衷,像堵不透风的墙。

"你知道有个早餐会……"

"所以谁错过了早餐会?"

"她们会问你关于今晚的事……"

"比姬,比尔怎么办?"

比尔?我不禁好奇,搀着步履不稳的梅里尔来到水槽前面,他的手臂扑腾着,仿佛某只疲惫、笨拙的鸟儿想要飞起来。

"什么比尔怎么办?"比姬在客厅里不屑地说。

对!告诉比尔她已经跟撑竿跳运动员混到了一起!

但梅里尔摇摇欲坠地站在水槽边,需要我全部的关注。在原先放牙膏的玻璃柜子上是试管架,其中有测试糖的尿检用的彩虹色解决方案。梅里尔专注地看着这些,就像他入迷地看着酒吧背后亮晶晶的酒瓶。我得让他的胳膊肘不至于滑到洗碗槽里,帮他把软软的阴茎伸进他专用的尿尿杯子,这是他在维也纳偷来的一只啤酒杯。他很喜欢这个杯子,因为杯子有盖,能装差不多一夸脱[1]液体。

"OK,梅里尔,"我对他说,"放松尿吧。"但他只是傻呆呆地盯着试管架,仿佛他从来没见过。"醒醒,宝贝,"我说,"把尿杯填满!"但梅里尔只是眯着眼睛,透过试管架看着镜子里面自己死灰色的脸。他越过自己的肩膀看见我阴森森地站在后面——心怀歹意地接近他,挣扎着把他扶正。他充满敌意地盯住镜子里的我,似根本不认识我。

"把你的手从我那玩意儿上拿开,说你呢!"他对镜子里说。

"梅里尔,别多说了,尿吧!"

"你们想的就是这些?"比姬不屑地朝客厅里的朋友嘘声。

"那我们跟比尔怎么交代?"一个队友问她,"我是说,如果他问的话,我是不会撒谎的,我宁可告诉他。"

---

[1] 夸脱为容量单位,主要在英、美、爱尔兰等国使用,1夸脱约等于1.137升。

就在这时,我打开门,扶着梅里尔的腰指着他的尿杯里的小鸡鸡说:"为什么不告诉他,哪怕他不问?"我对目瞪口呆的那个队友说。接着我再次关上门,引导着梅里尔回到水槽边。走到一半的时候,他开始尿了。比姬尖锐的笑声一定是触动了他的某根神经,他抽风似的把我握住杯子的手松开,然后就被尿杯夹住了。他努力地松开,然后尿在了我的膝盖上。我在床脚抓住他。他正在滚来滚去,仍然尿成一条高高的抛物线,脸上出现孩童般又迷糊又痛苦的表情。我伸直手臂把他挡开。他软弱无力地倒在床上,朝空中最后尿了一注,吐在了枕头上。我把尿杯倒下来,浇了他一脸,然后把枕头转过来,朝他脸上喷了一口烟,但他只是木僵地躺在床上,眼睛仿佛保险丝。我把身上的尿洗掉,然后用医用滴管从尿杯里取了一些尿液,放在不同的试管里:红色,绿色,蓝色,黄色。接着我意识到我并不知道色卡在哪里,也不知道红色试管的应该变成什么颜色,或者蓝色试管的变成什么颜色就算危险,或者绿色试管应当是干净或者浑浊,黄色试管又代表什么。我只是看到过梅里尔给自己做检测,因为他总能及时赶到,解释清楚各种色彩的含义。我又来到床畔,他看上去睡着了,我给他脸上狠狠来了一下。他把牙咬得紧紧的,呼噜了几声,然后马上又睡着了。于是我对着他肚子结结实实地打了一拳,但却打偏了!梅里尔动也没动。

我开始翻他的背包,直到找到所有的注射器、针管、胰岛素注射瓶、一袋袋的糖果、他的大麻烟斗,以及最底下的色卡。上面说如果红色变成橘色没问题,如果绿色和蓝色变得一样也OK。但是,如果黄色的变成浑浊的深红色,或者绿色和蓝色的发生不同反应,或者黄色变成橘色并且保持清澈,那就有问题。

问题是,当我回到试管架面前,试管的颜色已经改变,我发现自己已经完全想不起来试管里原先是什么颜色了。接着,我好好读了读色卡，想弄明白如果测出来的血糖过低或过高，而变得危险该怎么办。当然，我应该赶紧联系医生。

门外的客厅里一片寂静，我不禁怨愤地想，比姬已经走了，留下我在这里笨手笨脚地对付梅里尔的小鸡鸡。接着我开始担心他，拽着他的头发让他坐起来，然后扶住他的头，抡起巴掌对着他的面无人色的脸颊打过去，我打了一下又一下，直到他翻着白眼，把下巴抬起来放在胸口上。他仿佛是在对着壁橱说话，要不就是我肩膀后的某个空空如也的地方，"该死！"梅里尔大喊，"滚，去死！"

没过一秒钟，他用完全正常的声音叫我博格，说他渴得要命。于是我给他喝水，喝了好一会儿，然后我把所有深红色、蓝绿色和橘黄色的尿从下水道倒了下去，又把试管里里外外洗了一遍，这样如果他晚上醒来抽风，也不至于把这些喝下去。

等我洗好，他已经睡着了。我被他气得发疯，把湿抹布塞进他耳朵里，可是他一动也不动，后来我就帮他把耳朵弄干，熄了灯，在黑暗里听着他的鼻息，只是为了以防万一。

他是我的生活里最伟大的幻象：一个自我毁灭的傻瓜却如此坚不可摧。虽然错过了那个胖乎乎的女孩我很难过，但我很喜欢梅里尔·奥沃特夫。"晚安，梅里尔。"黑暗中我悄声说道。我蹑手蹑脚地摸出房间，在我身后锁上了门，却听到他说："谢谢你，博格。"

而客厅里，比姬居然形单影只地坐在那里。

她的风雪外套紧紧地拉到头，陶恩霍夫的楼上没有一丁点暖气。她坐得有点矜持，一只脚跷在另一只上面，两只脚来回倒着。她看上去有点气呼呼的，还有点羞涩。

"让我看看那首诗。"她说。

"还没有写完。"我告诉她。她挑衅地瞧着我。

"那就写完它，"她答道，"我就在这里等着……"也就是说，她这半天一直都在等着,一脸"你得做点什么才能拯救残局"的表情。

我的房间在梅里尔的隔壁,她坐在床沿上,仿佛一头坐立不安的熊。墙上有许多墙缝,空间逼仄,让她的优雅消失于无形。她觉得对这个房间和这张床来说她的个头太大了。然而她很冷,风雪大衣仍然紧紧拉到头,她用被子把自己裹住。而我在夜晚的桌前摸摸这儿摸摸那儿,假装在已经写了字的纸上划拉。其实,那都是德语单词,是上一个房客留下的,我把它们划掉,假装是我在修改自己的作品。

梅里尔用脑袋大力撞我俩房间之间的那堵墙,他那仿佛被闷住的声音穿透了墙:"噢,他可不会滑雪,但他撑竿很灵!"

那个身材高大的女孩坐在床沿上,表情没有丝毫变化,就等着看诗。我于是假模假样地尝试:

她浑身肌肉,却像天鹅绒,
塞进塑胶的护套。
她的脚用塑胶固定。
头盔下,她的头发,
柔软而热情。

热情?不不,不是热情,我想道,意识到她就在床边上盯着我。再也别写什么热情的头发!

女赛手一点也不柔软,
她如同未熟的果实沉甸而坚硬。
她的皮肤像苹果一样富有光泽,
又像香蕉一样坚韧。可是,
内里都是柔软的果肉和种子。

哼！烂诗还能拯救吗？在床边，她发现了我的磁带录音机，正转着卷轴，玩着耳机。"戴上试试，"我指示她，然后开始担心她会听到不该听到的东西。她面无表情地按按钮，然后换了方向。而我，继续写！

看，她在如何撑着长杆！

哦不，我的天……

当她在山间快速滑行，她
有如打包好的行李箱，整齐而坚定。
她的金属皮革塑料关节
打包完美，她强壮而优雅。

她有双长腿？天哪，当然不是！

把箱子打开，在寒风中
啪嗒，撕拉，放出这个精灵！
她的内里尽是散乱的东西，
零星的东西，温暖的东西，
柔软而圆润的东西——惊奇的
未知的东西！

要小心。她正在用磁带放着我的生活，解码，重放，倒带，停止，回放。听着我的磁带里的小曲、黄段子、对话、论辩以及死去的语言。她可能已经下决心要离开。她突然把音量调低，至少我知道她听的是哪盘带子：梅里尔·奥沃特夫在给他的爱车加速。看在上帝的分儿上，赶快写你的诗，否则就来不及了！可是她突然拿下了耳机——她是不是听到那一部分，梅里尔和我正在回想我们共同认识的那个蒂尔加藤咖啡馆的女招待的故事？

"让我看看你那首诗。"她坚持。

她浑身肌肉，却像天鹅绒，跟我分享着被子，坐得笔直地读着诗——穿着夹克、长裤、靴子，裹得严严实实，占据着床铺，就像一只大大的行李箱——不整理好，你是没法睡觉的。她严肃地读着，用嘴唇读出每一个单词。

"都是柔软的果肉和种子？"她大声地读道，严厉而嫌弃地看了一下写诗的人，在冰冷的房间里她的呼吸之间都是哈气。

"下面会好的，"我辩解，并不肯定，"至少没有越来越糟。"

她强壮而优雅。被子的尺寸很尴尬，没法共享。她意识到，再大它也只有床的四分之三那么大。她脱下靴子，把脚塞进被子下面，勉勉强强分了一点被子给我。她撕开一大块口香糖，给了我多一半。我们之间湿乎乎的亲吻扰乱了房间里的宁静。房间里的暖气甚至无法让窗户结霜。我们能从三层看到月色之下蓝幽幽的雪，也能看到冰川上点点的灯火，一直到远远的救生站小屋。在那里，我想象着粗糙、呼吸粗重的男人得到了他们的女人。他们的窗户结了霜。

她的内里"尽是散乱的东西？"她读着，"这些散乱的玩意儿是什么？你是说我的头脑吗？好像头脑没有逻辑？"

"不是的……"

"零星的东西，温暖的东西……"她读着。

"其实只是行李箱的意象，"我说，"某种生硬的隐喻。"

"柔软而圆润的东西……"她读着，"好吧，我猜……"

"是一首很糟糕的歪诗。"我承认道。

"也没那么糟,"她婉转地说,"我不介意。"她脱下了风雪外套,我弓了弓身子,靠她近了一点点,让我的屁股跟她靠在一起。"我只是脱我的外套。"她说。

"我只是被子多了一点点。"我答道,她冲我微笑了。

"这玩意儿总是这么沉重?"她说。

"被子?"

"不,性。"她解释,"为什么要弄得那么严肃?你要假装起来,装作我是你很特别的人,而你甚至不太认识我。"

"我确实觉得你很特别。"我说。

"别撒谎,"她说,"别做出一本正经的样子。没有什么正经的。我是说,你对我来说一点也不特别。我只是对你很好奇。但我不想假装说你打动了我或者是什么的。"

"我想跟你一起睡。"我说。

"我知道。"她说,"你当然想啦,不过你开玩笑的时候我更喜欢。"

"我会让你哈哈大笑。"我说着站起身来,身上披着的被子仿佛斗篷,在床上东倒西歪地踏步。"我要发誓,"我说,"我会玩一晚上杂耍,让你一整晚笑个不停!"

"你太用力了。"她说着嘴角咧开。我于是坐到床尾,把自己整个儿裹进被子。

"你冷的时候说一句。"我说。我的声音在被子底下闷声闷气的,我听见她的口香糖咔嚓响,听见她轻轻笑了。"我没在看,"我说,"你不觉得这时候脱衣服正好吗?"

"你先来。"她说。于是我开始脱,悄悄地躲在被子里,把我的东西一样样递给她。她沉默地坐在外头,我以为她已经做好准备用椅子狠狠地给我来几下。

我递出去我的高领套头衫、网眼衬衫、一叠过膝袜、我的皮短裤。

"我的天，这短裤可真够沉的。"她说。

"能让我保持身材。"我悄悄从被子里探出头说道。

她穿得齐齐整整坐在床头板旁边，看着我的衣服。当她看见我时说："你还没脱光衣服。"

我回到被子底下，挣扎着脱下长长的内衣，最后终于脱下来，放在我的腿窝里暖了一会儿，然后细心地递出来：一份不可多得的礼物。我感觉到她在床上挪动，我在被子里等，整个人绷得紧紧的，像一棵树。

"别偷偷瞧，"她说，"你只要看一眼，就完了。"

啪嗒，撕拉，放出这个精灵！或者更好的，让她自己来。但她为什么要这么做？

"谁是比尔？"我问道。

"我怎么知道。"她说，然后朝被子里偷偷瞄了一下。"你是谁？"她问，跟我膝盖对膝盖，像印第安人一样坐着。她扯走了一半的被子裹在身上，让灯光不至于照到母狮子一样的身体。她还穿着袜子。

"我的脚会冷。"她说，用眼神命令我只能看她的眼睛，不能看别处。不过我还是替她脱了袜子。又宽又大的脚掌，和农民一样强壮的脚踝。我把她的脚放在膝窝处暖着，用我的腿肚子夹着，把她的脚踝放在我手里。

"你有名字吗？"她问道。

"博格斯。"

"不会吧，说真的……"

"真的，就是博格斯。"

"你的父母就这么叫你？"

"不，他们叫我弗雷德。"

"哦，弗雷德。"她念着我的名字，就好像这是个脏字。

"所以我的名字就变成了博格斯。"我解释。

"外号？"

"实情。"我承认了。

"就像比姬，"她说，难为情地笑了。她低垂眼睛，看了看她那金色的大腿。"哦天哪，我真胖，没错了。"她说。

"对，你是胖。"我说，赞许地摸了摸她的大长腿，有一条肌肉突然收紧。

"我一直就很胖，"她说，"人们总是把我跟那些大个头的人弄到一起，比如篮球和足球运动员，个头高大笨手笨脚的男孩子等。好像我们天生就是一对或是怎样。'找那个，个头很大，能让比姬满意的。'就好像在给我找饭吃。他们也总是喂我吃得过多，以为我永远吃不饱。但实际上我胃口很小。人们似乎以为你又高又大，就意味非凡——就像富有的人一样，你明白吗？他们以为，如果你非常有钱，就只会喜欢昂贵的东西；如果你又高又胖，那你就应当会喜欢巨大的东西。"

我任由她讲下去。我轻轻地爱抚她的乳房，想着其他胖胖的东西，她不停地说着，不敢对视我，只是用某种紧张的好奇看着我的手。接下来是哪儿？

"甚至在车里也是一样。"她说，"如果你坐在后排，旁边还有两三个人，他们从来不会问小个子，只会问你够不够地方坐。我是说，如果把三四个人塞到一排车座上，谁的地方也不够，对不对？但他们似乎以为只有你的地方不够。"

她停下来抓住了我的手，这时我正在摸她的肚子，把它放在那里。"你也该说点什么，你说呢？"她说道，"我的意思是，我觉得你应当对我说点什么。我又不是妓女，不会天天做这个。"

"我从来没觉得你会天天做这个。"

"嗯，你根本不了解我。"她说道。

"我想要了解你，认真的。"我告诉她，"但是你不想让我认真，你想让我出丑卖乖。"她笑了笑，接着她不再抗拒，而让我把手一直往上放在她的胸脯底下。

"好吧，如果你愿意，可以比你现在再严肃一点点，"她说，"你总得跟我说点什么。我是说，你一定会奇怪我为何会这样做。"

"确实的，确实的。"我答道。她哈哈大笑起来。

"好吧，其实我也不知道。"她说。

"我知道，"我说，"你不喜欢大个子。"她害羞了，但是现在她允许我捧着两边的乳房。她的手轻轻放在我的手腕上，感觉着我的脉搏。

"你个头没那么矮。"她说。

"但是我比你矮。"

"说得对，但那不算矮。"

"再矮一点我也不介意。"

"我的天，我也不介意。"她说，然后用一只手沿着我的腿摸过去，我的腿把她的脚压在底下。"你的腿毛可真多，"她说，"我可从没想到。"

"我很抱歉。"

"唉，没关系。"

"我是你的第一个吗？不是滑雪运动员的？"我问她。

"我没有睡过很多人，你知道。"

"我知道。"

"不，你不知道。"她说，"别自以为是，明明不知道装知道。我的意思是，我以前认识的一个不是滑雪运动员。"

"冰球球手？"

"不，"她笑起来，"踢足球的。"

"那他还是很高大喽。"

"你说对了，"她说，"我不喜欢高个头。"

"我真开心，我很矮。"

"你是摆弄这些玩意儿，对吗？"她问道。这是一个严肃的问题，"这些磁带。里头什么也没录，对吗？你说你没有工作，你说的。"

"我是你的第一个无名小卒。"我答道。担心她会过于认真，我靠过去亲了亲她——她的嘴巴很干，牙关紧缩，舌头完全接触不到。当我亲吻她的胸部，她的手指摸索到我的腿毛，有点疼，她好像在拔我的腿毛。

"出了什么问题？"

"我的口香糖。"

"你的什么？"

"我的口香糖，"她说，"粘在你的腿毛上了。"我舒适地坐在她的怀抱里，眼睛正对着两个乳头，我忽然意识到我一定是把我的口香糖吞下去了。

"我把我的口香糖吞掉了。"我说。

"吞掉了？"

"我一定是吞掉了什么，"我说，"或许是你的乳头。"

她开心地笑了，把乳房抬起来压在我脸上。"不，不，不，它还在这儿，"她说，"两个都在。"

"你有两个？"

接着她四仰八叉地趴在床上，越过床沿，想拿床头柜上的烟灰缸，她把口香糖和我的一撮毛放在里面。我把被子披在身上，想要躺在她身上。可是平躺在她身上却不可能。

她转过身，这样我俩可以缠在一起。我亲吻她的时候，她的牙齿张开了。在白雪发出的蓝幽幽的光线下，我们在被子的华盖底下给彼此讲着已经模糊的上学经历和更模糊的其他关于阅读、朋友、运动、长远的规划以及政治和偏好的故事，还有高潮。

在热乎乎的被子底下，（一次，两次，三次）低俯着冲过来的飞机嗡嗡响着，仿佛载着我们飞越那个结霜的房间，跨过好几英里的蓝色冰川，我们在那里爆炸，我们燃烧融化的碎片被扔得到处都是，落在雪里像火柴头的火焰被熄灭。我们分别躺了下来，几乎没有碰彼此，被子放松了，直到最后那张床仿佛冷了下来，就像冰川结了冰。接着我们靠在一起对抗酷寒的冬夜，躺在被子底下筹谋，直到第一缕阳光从冰山上闪过。渐亮的、金属般的闪光在结霜的窗玻璃上刻出细小的水流。

同样在那里，刺眼的阳光底下，梅里尔·奥沃特夫在我们的床边突然闪现，他披着自己的被子，哆哆嗦嗦、前摇后晃地站着，脸色就像城市里的脏雪，手高高举着脆弱的阴茎，皮下注射器里已装满3立方厘米浑浊的胰岛素，准备清理体内糟糕的化学体系。

"博格……"他开了口，用冰般脆弱的声音给我们讲述他可怕的噩梦。在梦里，他热得扔掉被子，赤裸着身子。寒夜中，他尿了床，醒来发现尿已经冻成了冰，他的屁股也被粘在床单上。当他想注射胰岛素补充每天早晨的低血糖时，他手抖得没法注射。

我朝下瞄准，往他蓝色的大腿上的一点小心翼翼地戳过去，结果偏了。但他没有一点感觉，于是我抬起胳膊，就像飞镖手投飞镖一样，快速地用手腕狠狠地给了他一针，就像我看到许多医生做的那样，结果针扎得太深了。

"我的天，你的肌肉可真发达。"梅里尔说。我不希望他多受罪，于是快速地把活塞按下去，想赶紧给他注射。但活塞胶着得很，使劲也很难进去，好在浑浊的液体慢慢进入了他的身体，像个面团。他看起来就快要昏过去，想坐下来，可是我还没来得及把针拔出来，注射器和针头就分开了，针还留在他身体里。他斜着躺倒在床上呻吟，我找到针，赶紧拔了出来。接着我在他身上到处寻找哪里有冻疮。他看着比姬，实际上这是他第一次看见她。他忘记了她也会德语，用德语说："你得到她了，博格。干得好，干得好！"

但我只是对比姬笑了笑："她也把我搞定了，梅里尔。"

"祝贺你们二人。"他说，这让比姬笑了。他看上去冻得不行，一碰就倒，我们把他放进被子和我们俩一起，让那温暖而沉醉的气息感染他，我把他挤在我们俩之间，他冻得直发抖。我们一直抱住他，直到他开始出汗，明显地扭来扭去，表示他如果跟比姬面对面而不是我，他会感觉好一点。

"我相信你会感觉好些，梅里尔，"我告诉他，"不过，我相信你已经好了不少。"

"他的手好多了，"比姬说，"这个我可以告诉你。"

晚些时候，他的手忙于操控方向盘。我和比姬从后座给他喂橘子吃。梅里尔开着引擎噼啪作响的怒火－维特沃54[1]嘎吱嘎吱地穿过卡普兰的大街。街上空空荡荡，只有一位走路的邮差。为了取暖，他走在拉邮件的雪橇旁边，哄着披一层厚毛的马儿往前走，马呼呼喘气，仿佛烧柴油的废气。更高一些的地方，阳光正在融解冰川最外面坚硬的一层，但整个山谷里村庄直到十点左右还是冰封大地，所有东西上都结了层银霜，空气冷冽，只有加十二分小心才能呼进一点点。卡普兰冷得仿佛一碰就碎，我们轻轻摁下喇叭都会让建筑土崩瓦解。

滨湖采尔的滑雪旅店外面，梅里尔和我等着比姬办完她的事情，眼瞅着越来越多的男子滑雪队队员在旅馆的台阶上聚集起来，仔细审视着我们。哪一个是比尔？所有人看上去都差不多。

---

[1] Zorn-Witwer, '54，为作者虚构的老爷车车型。

"你最好去透透气。"梅里尔说。

"怎么啦?"

"你身上有味道。"梅里尔答道。对了!我身上都是比姬浓厚的野蜂蜜的味道!"整个车里都是。"梅里尔怨言不绝,"我的天,所有的东西闻上去都是爱的味道。"

台阶上,滑雪队员们瞧着梅里尔,以为就是他。

"要是他们袭击我们,"梅里尔说,"别以为我会为我没做过的事负责。"但他们只是仔仔细细地看着我俩;女队里有几个人来到台阶上,在我们周围踱来踱去。然后,一个比其他人岁数都大的整洁利落的男人,探出头瞪着怒火 - 维特沃54,仿佛油箱已经彻底空了。

"那是教练。"我指点道。他踱下台阶来到梅里尔的窗前,塑料的窗扇扣在一起,就像婴儿的橡胶内裤。梅里尔打开窗,教练把头探进车里。

梅里尔总以为除了他,没有人会讲德语。"欢迎来到阴道。"他用德语说,但是教练似乎没有听见。

"这到底是辆什么车?"教练问道。他的脸长得就像怀旧的泡泡糖卡片上橄榄球运动员的脸。他们都戴着头盔,头型都几乎一模一样,也许因为他们的脑袋就是头盔。"怒火 - 维特沃54。"梅里尔答道。

教练一点也认不出来。"现在看不到这样的车了。"他说。

"即使是1954年,也看不到很多。"梅里尔答道。

比姬走下台阶,拎着航空包——美国滑雪队的包,还有个巨大的圆筒旅行包。男队的一个队员帮她扛着滑雪板。我从车里出来打开怒火 - 维特沃54的行李箱。那个帮她扛着长长的滑雪板的人是比尔吗?

"这位是罗伯特。"比姬说道。

"你好,罗伯特。"

"这是辆什么车?"罗伯特问道。

教练转身来到行李箱边上。"行李箱可够大的,"他说,"现在的车没有这么大的行李箱了。"

"的确。"

罗伯特正在想办法把比姬的滑雪板放在车顶架上。"我从来没见过这样的滑雪架。"他说。

"这不是什么滑雪架,你这个傻瓜。"教练对他说,忽然声音很大。

罗伯特看上去很受伤,比姬来到教练跟前。"请不要担心,比尔。"她说。所以教练就是比尔。

"我一点都不担心。"他说着拔脚往旅馆走去。"你手里有《夏季训练手册》吧!"他问她。

"当然。"

"我应该给你父母写信。"他说。

"我可以写。"比姬说。

比尔停下脚步,转身回到我俩这里。"我不知道有两个人,"他说,"究竟是哪一个?"

比姬指了指我。"你好。"我打了招呼。

"再见。"比尔教练说。

比姬和我钻进了汽车。"我需要在鳟鱼酒店停一下,"她说,"法国队住在那里。"

"再见?"梅里尔用法语问道。

"法国队里有个女孩,我本来应该跟她住一起的。"她说。

"在法国,你知道——她本来是要请我一起去她家看看。"

"这是多么好的机会呀,学习法语,"梅里尔开始冒泡泡,"文化冲击……"

"闭嘴,梅里尔。"我说。

比姬看上去很伤感。"没关系。"她说,"反正我也不喜欢那个女孩。我想如果真的要去那里可太糟糕了。"

于是我们在鳟鱼酒店的外面等比姬,同样发现法国男队的队员也在我们的车周围踱来踱去。当比姬进酒店时,他们都一一亲吻她,这会儿又都观察着怒火－维特沃 54。

"'这是辆什么车?'用法语怎么说?"梅里尔问我。但他们无一上前,等比姬出酒店时,他们又一一亲吻她告别。

我们上路的时候,梅里尔问比姬:"还有意大利队呢,我们要不要向他们告别?我一直很喜欢意大利人。"但比姬闷闷不乐,我踢了踢梅里尔的座位。他安静下来。在经过萨尔茨堡到维也纳的高速公路上,老爷车怒火－维特沃 54 都跑得很轻快,就像蜘蛛滑过玻璃。

比姬允许我握住她的手,但她悄声对我说:"你身上的气味很奇怪。"

"那是你的味道。"我小声地答道。

"我知道。"她说。不过我们俩的声音还不够小。

"好吧,我觉得这很恶心。"梅里尔说,"想想看,这么一辆老爷车要承受这种气息。"我们没有说什么刺耳的话来回应,他于是沉默下去,直到抵达阿姆施泰滕。"好吧,"他说,"希望能在维也纳见到你们。也许我们可以找个晚上去看歌剧,如果你们俩有空……"

我在后视镜里瞧了一眼他的脸,发现他是认真的:"别闹了,梅里尔。你当然会见到我们,天天见。"但他满脸不高兴,一点也不信服。

看见他情绪低落,比姬摆脱了自己的消沉。她总是这样好心。"如果你再尿床的话,梅里尔,"她说,"你永远可以来找我们一起取暖。"

"想想那个味道。"我说。

"没问题。"梅里尔说,然后继续往前开了。

"你如果在尿里冻僵了,我们会把你烘暖,梅里尔。"我说。

我发现他在车镜里逮住了比姬的目光。"如果我抱着这种想法,"

他说,"我会每天尿床。"

"你们俩住一起吗?"比姬问我们。

"以前是,"梅里尔说,"可是地方太小了,所以我会每晚出去,给你们留下个人空间。"

"我们不需要那么多个人空间。"比姬说着往前探身摸摸他的肩膀。接着她回头看了看我,我有点害怕,仿佛她说的话是认真的。我们应当在人群中谈情说爱,拥有个人空间太严肃了。

"跟你在一起不好玩。"梅里尔对我说,"你恋爱了,你知道吗?而恋爱一点也不好玩……"

"不,不,他没有恋爱,"比姬说,"我们没有在恋爱。"她用目光寻求我的肯定,仿佛在说,我们没有,对吗?

"当然没有。"我说,但我很紧张。

"你当然是在恋爱,"梅里尔说,"你这可怜的愚蠢的浑蛋……"比姬惊讶万分地瞧着他。"天啊,你也是,"他对她指出,"你们俩都在恋爱。我不想跟你两有一毛钱的联系。"

而他之后就真的没有跟我俩有丁点联系,老天做证。我们在维也纳几乎就看不见他。我们太禁不起他的幽默了,他让我们意识到我俩完全是装得毫不在意。接着他开着老爷车往南去了意大利欣赏早春,还给我们每人寄了张明信片。"去寻找艳遇吧。"明信片写道,"你俩都是。跟别的人。"但那时比姬已经怀孕了。

"我以为你有那个宫内避孕器呢,"我说,"IUD,对吗"

"IUD,"她说,"IBM, NBC, CBS……"

"NCAA。"我接下去。

"USA,"她说,"当然我曾经上过的,该死。但那只是个工具,就像其他的一样……"

"掉出来了?"我问道,"那玩意儿不会碎的,对吧?"

"我甚至不知道它是怎样起作用的。"她说。

"很显然它没有起作用。"

"不，不，以前是管用的。"

"也许它掉进去了。"我说。

"天哪！……"

"也许宝宝正在拿牙咬着它。"我说。

"很可能掉进我的肺里了。"她说。

但是后来她很担心："它不会伤着宝宝，对吗？"

"我可不晓得。"

"也许它在宝宝的身体里。"她说。我们想象着这样的画面：小小的心脏旁边是个不起作用的塑料元件。比姬开始掉眼泪。

"好吧，也许宝宝不会怀孕，"我哄着她，"也许这该死的玩意儿会对宝宝起作用。"但她一点也不觉得好笑，她发飙了。"我只是想逗你开心，"我说，"这种话梅里尔也会说。"

"现在跟梅里尔一毛钱关系也没有，"她说，"这纯粹是我俩的问题，我们在恋爱，还有一个宝宝。"接着她看我。"好吧，"她说，"不管怎么样，是我在恋爱。还有一个宝宝……"

"我当然爱你。"

"别说瞎话，"她说，"你甚至还不知道呢。"

这话也没有错。尽管那时，她高大的个头一直是我的隐痛。虽然我们赶在梅里尔从意大利回来之前就离开了维也纳——如果他真的在意大利——我们却没能摆脱他的影响。他的榜样——也许所有的榜样——经历自毁而依然活下来。这打动了我们，我们说服自己，要留下这个宝宝。

"我们该叫它什么呢？"比姬问道。

"空袭？"我心不在焉地说，慢慢体会到那种惊讶，"或者简单一点的？核弹，还是弹片？"但比姬皱了皱眉。"高射炮？"我问道。

但我的父亲剥夺我的继承权之后，我想到了一个名字，家里人的名字。我父亲的兄弟，柯尔姆叔叔，是姓特林佩尔的人里唯一一个为自己是苏格兰人而感到自豪的。他重新在名字里加上了"麦克"的前缀。如果他来参加感恩节，他会穿苏格兰短裙。野性的柯尔姆·麦克特林佩尔。他在饭后骄傲地放屁，还曾暗示是严重的不安全感导致我的父亲选择了泌尿学专业。他还经常问我的母亲，跟这样一个专业人士睡在一起有什么好处，接着总是自问自答：没有好处。

我父亲的名字叫爱德蒙，但柯尔姆叔叔总是叫他麦克。我父亲痛恨柯尔姆叔叔。等到我的儿子出生，我简直想不出有哪个名字比这个更合适。

比姬也喜欢这个名字。"这很像人们想在床上发出的声音。"她说。

"柯尔姆？"我微笑着问道。

"嗯嗯嗯。"她回答。

那时候我以为总有一天我们会经常见到梅里尔·奥沃特夫。如果我知道实情，我一定会给我们的宝宝起名叫梅里尔。

第16章

父与子（两种）；
不受欢迎的儿媳和没有父亲的朋友

爱荷华大街918号
爱荷华城爱荷华州
1969年11月1日

爱德蒙·特林佩尔医生
海滩巷2号
新罕布什尔州野猪头

最敬爱的父亲和医生：

我最近在自己身上察觉到所有可怕的悲观厌世症末期症状。我在想您是否可以寄给我一些盘尼西林？我还有一些原先您给我的药，但随着年龄增长需要的剂量更大，而且盘尼西林需要冷藏，现在这些药用起来已经不安全了。

您还记得是何时给我的药吗？

库思和弗雷德 15 岁时，埃尔斯贝丝·马尔卡斯去了一趟欧洲，把花花世界从她裤裆里带了回来。两个小家伙以前的玩伴已经长大，不适合他俩了。他们第一次认识到，夏天的野猪头正在发生变化。他们期待着秋天进入预科学校，而埃尔斯贝丝则准备去上大学了。

库思和弗雷德没有预料到，埃尔斯贝丝黑漆漆的卷发会怎样影响他们的脚趾。他们看见她就想用脚趾抠地。偶尔，他们也会注意到手指头会弹手心。这足以让他们相信进化论——这一定是灵长类动物的某种本能，他们猜想这源自猴子蜷曲身体好抓住树干的阶段。这是关于平衡的本能，每一次见到埃尔斯贝丝·马尔卡斯，他们都觉得自己仿佛要掉到树底下。

埃尔斯贝丝从欧洲带回了奇异而新鲜的习惯。既不是白天在海滩上晒黑皮肤，也不是夜晚从赌场带回情人。白天她一直待在她父母海滩小屋闷热的阁楼上写作。她说是写关于欧洲的诗，还有画画。库思和弗雷德从海滨能看见她阁楼的窗户。他们通常会在冲浪时把足球扔来扔去，而埃尔斯贝丝在窗户里一动不动地站着——一只手拿着一只长刷。

"我敢打赌她只是在那间愚蠢的房间里刷墙。"弗雷德说。

库思用力地把足球扔到远远的海里，然后一猛子扎进水里，大声喊道："我打赌不是！"弗雷德看见埃尔斯贝丝站在窗边，往外瞧着。*她在看库思还是我？*

夜晚来临，他们还在观察她。他们躺在沙子里，距离恰好在她的房子和海滨的中间，准备好等她从阁楼里下来，脸色发白，浑身冒烟，穿着被颜料染得斑斑点点的及膝蓝色牛仔工装。在她弯下身去捡起一块石头之前，你不会知道她里面什么也没穿。到水边时她会脱掉工装，钻进水里。她那丰盈的黑发漂在周围，仿佛海草在浪花里飘动。等她重新穿上工装，衣服会紧紧地贴在身上，她往回走的时候都不屑于把扣子系好。

"就算这样也还是看不清。"库思总是抱怨。

"手电筒!"弗雷德嚷道,"我们可以对着她打手电。"

"她会把衬衫穿在身上。"库思说。

"对,那件该死的衬衫,"弗雷德说,"真讨厌。"

就这样,有天晚上他们偷走了那件衬衫。他们一直跑到潮湿的沙地,等她从水里冒出来的时候迅速拿走了她的衣服。但农舍的灯光照到了他俩的背影,她看见他们躲到门廊旁边的树篱后面,她径直走了过去。他俩不敢看她,只是把脑袋藏进了衣服里。

"弗雷德·特林佩尔和卡斯伯特·班纳特,"她叫出他俩的名字,"你们这两个欲火中烧的小浑蛋。"她干脆地走过他俩身边,回到她的前廊上,他们听见纱门砰地关上。她高声对他俩说:"要是你们不赶快把我的衣服还过来,就要有大麻烦了!"库思和弗雷德想象着她在她父母平时阅读的起居室里赤裸着身子,库思和弗雷德爬上门廊,朝纱门里偷看。她一丝不挂,但只有她一个人。他们把衣服还给她时,她甚至懒得把衣服穿上。他们俩仍然不敢看她。

"只是开个玩笑,埃尔斯贝丝。"弗雷德说。

"瞧着点!"她说着用脚尖转了一圈,对着面前的两个小浑蛋,"你们不是想看吗?那就看个够!"他们瞧了一眼,然后把头挪开。

"其实,"库思说,"我们想看看你在画什么。"埃尔斯贝丝笑的时候,他俩也跟着哈哈大笑,然后进了门。弗雷德一进门就撞到一盏立式灯,灯罩掉了下来,还被他踩了一脚。这让库思歇斯底里。但埃尔斯贝丝只是轻快地把衣服披在肩上,拉起库思的手,邀他上楼。

"你一定得来看看这些画,卡斯伯特。"她说,当弗雷德准备跟上,她却忽然说:"请你等在这里,弗雷德。"库思回头看了看,有点害怕,做了个鬼脸,跌跌撞撞地跟着她上了台阶。

等库思回来时，弗雷德已经在努力想办法把灯安好的过程中彻底把灯罩给弄坏了，他正在把它塞进桌子底下的纸篓。

"给我，让我来搞定。"库思胡乱地把被弄糟的灯罩从篮子里扒拉出来。弗雷德站在那里看，但库思却紧张地把他推到楼上。"天哪，赶紧去，"他说，"我会等你。"

于是弗雷德爬上了阁楼，解开浴衣的腰带，又闻了闻腋下，把手掌握成杯状探了探自己的口气。但埃尔斯贝丝·马尔卡斯仿佛一点都不在意。在阁楼的小床上，她脱掉他的浴袍，告诉他，她曾在他还是小宝宝的时候照看他，而且她用卫生间的时候他会偷看。他还记得吗？不，不记得。

"好吧，请记住别告诉其他人。"她说，然后很快把他放倒了。他甚至没有注意到阁楼里的每一块画布都是白色的，所有的都是白色，画布上的笔触或颜色都画在白色上面。墙面也是白色的。当他回到楼下起居室和库思一起的时候，他注意到灯罩已被安回到灯上面，虽然已经被揉得乱七八糟，灯泡把灯罩靠着的那块烤成了褐色。这可怕的灯就像一个把脑袋缩进肩膀里的人。为了把脑袋拽出来，灼热闪烁的大脑暴露了出来。

在风吹海浪的海滨，库思问道："她没有告诉你当她照看我的时候，我曾经偷偷看她上厕所？"

"她的确照看过我，"弗雷德说，"但她说的不对，我从来没偷看过她。"

"好吧，我偷看过。"库思说，"老天，我到底有没有……"

"她父母去哪儿了？"弗雷德问。

"他们不在家。"库思说。他们下海裸泳，然后一直沿着海边湿湿的沙子走，直到来到库思的农舍对面。

他俩蹑手蹑脚地来到厅里，惊讶地发现有很多人在厨房里低语，库思的母亲在哭。他们隔着门缝，看到埃尔斯贝丝的父母和弗雷德的妈妈在安慰库思的妈妈，她泪水涟涟，而弗雷德的父亲——特林佩尔医生似乎在门口等他们。

他们的罪过已经被所有人发现。她已经告诉她的父母！说她被强奸或是怀孕了！她会跟他俩同时结婚！

但弗雷德的父亲悄悄把他拉到一边说："库思的父亲去世了，中风……"接着他很快跟上库思，在他扑到母亲怀抱之前拉住了他。

弗雷德不敢看库思的眼睛，担心库思会发现他出了一口长气。

可是第二天早上，他却没能这样地松一口气，因为他发现尿道堵住了。一开始轻轻捏一下能张开，但接着它就不听指挥，自己一会儿打开一会儿合上。他似乎完全没法掌控。他吃了一些阿司匹林，准备尽可能地少喝水。

但早上的时候他羞怯地跟父亲一起用洗手间（尽管他转过身，避免正对着父亲在镜子里剃胡子的可怕身影）。弗雷德跨在马桶上尿尿，他感觉自己仿佛尿的不是尿，而是剃刀刃、掰开的别针和磨砂玻璃。他的尖叫吓得他父亲在下巴上划了一口子。他还没来得及藏起罪证，父亲就大声喊道："让我看看！"

"什么？"弗雷德说，紧紧抓住他的小鸡鸡，他非常确信，小鸡鸡已经所剩无几。

"你手里的，"他父亲说，"让我看看。"

但弗雷德不肯松手。他担心他的小鸡鸡会掉到脚底下。他知道如果松手，他就再也抓不住了。他紧紧地护住自己的小鸡鸡，而他父亲在旁边大发雷霆。

"团在一起了对吗？"好心的医生大吼道，"是不是控制不住尿？尿尿时像有人掐着一样？"

指甲掐！所以这就是他的感觉，我的天！

"你最近干什么了?"他的父亲怒不可遏,"老天!你才十四岁就已经这么胡搞!"

"我十五了。"弗雷德说,感觉更多的指甲想要掐他。

"撒谎!"他父亲怒吼。

门廊里面,她的母亲叫道:"爱德蒙?他是十五了!这有什么了不得的,跟他大吼大叫!"

"你不知道他干了什么!"他的父亲对母亲尖叫。

"怎么啦?"她问道。他俩可以听见她朝着卫生间过来。

"你到底上了谁,弗雷德?"

但这时候他的父亲成了同谋。他锁上浴室的门,对母亲说道:"没什么,亲爱的。"接着,剃刀的口子顺着泡沫流下血,父亲嘴上满是粉红色的泡沫,他弯下身仔细看着弗雷德。"到底是什么?"他悄声阴森森地问。他那副可怕的样子简直想让弗雷德说,他上了一只羊。但是那张蒙着粉色寒霜的脸如此严厉,毕竟他的父亲是泌尿科医生,这样的专业意见他不可能不听。他感觉像有铁屑从膀胱流出来,又仿佛看见凿子的粗壮长柄像木筏一样推挤着穿过他的尿道。

"我的天,我身体里到底有什么?"他问父亲。

"就像锈住了,打不开,对吧?"好心的医生说道,"让我看看。"

弗雷德的手垂到了膝盖上,这时他听见浴室的门砰砰作响。

"到底是谁?"他父亲问道,摸着他的命根子。

"埃尔斯贝丝·马尔卡斯!"他低声地说,憎恨自己背叛了她,但记忆里却找不到一丝丝温暖可以值得他去保护她。

埃尔斯贝丝·马尔卡斯!他的脚趾头直直地伸出去,他以为自己要摔倒了。

埃尔斯贝丝·马尔卡斯!把她带到这里来,把她的身子拉出来,看看她那充满谎言的阴道里到底藏了什么……

"鼓掌[1]。"他父亲下了结论,而且就像大多时候他说的话,听起来就像命令。弗雷德想道,鼓掌?千万别,小心点。没人应该在这时候鼓掌。老天爷,千万别让任何人鼓掌,求求了……接着,她的母亲来到浴室门前,让他父亲接电话。"是卡斯伯特·班纳特。"她说。

"找弗雷德?"

"不,是找你。"她对好心的医生说,跟着他来到厅里,一脸焦急地看着弗雷德,脸白得就像埃尔斯贝丝·马尔卡斯的画布。"爱德蒙,"她跟着医生,唠唠叨叨,"对卡斯伯特和善一点。他的父亲刚刚去世,我想他找你是需要你的建议。"

弗雷德虽然疼得龇牙,但还是跟着他们来到厅里,看着他父亲拿起电话,而他则重重地靠在墙上等着。

"是的,你好,卡斯伯特,"他父亲和善地说,把粉红色的剃须泡沫抹在了话筒上,"是的,当然,你怎么啦?"

接着他的脸色完全变了,狠狠地瞪了弗雷德一眼。远远地,弗雷德听见库思恐慌地说着什么,歇斯底里的声音。他的父亲看着远处的他,听着电话里源源不绝地说下去,变得越来越惊讶。"不,不,不能在这儿。我会在诊所。"他的父亲说,弗雷德不得不尴尬地假笑。"好,再过一小时。"他父亲说,遏制住自己的怒气,"好吧,那就再过半小时。"他说的声音更大了。"那就别尿尿!"他挂断电话,瞪着弗雷德,突然对着墙控制不住地狂笑。

"卡斯伯特为什么不能尿尿了?"他的妈妈问道,他父亲冲她发火了,一头乱发被血泡沫染得十分狂野。

"鼓掌!"他冲她大喊。可怜的女人被吓坏了,她做出鼓掌的手势。

---

[1] 原文为 clap,这里利用了双关语,clap 既有淋病的意思,也有鼓掌的意思。

爱荷华大街918号
爱荷华城爱荷华州
1969年11月3日

爱德蒙·特林佩尔医生
海滩巷2号
新罕布什尔州野猪头

亲爱的特林佩尔医生：

　　我能够理解您的感受，倘若弗雷德**没有**因为我怀孕而把我从欧洲带回来跟我结婚，你仍然会支持他念完研究生。但是你从来没有明确地说过，倘若我**没有**怀孕，你也许会同样支持弗雷德的学业。坦白地说，这让我觉得受到了侮辱而且不公平。如果弗雷德不是需要养家养孩子，他本来也不需要你的钱，他可以打零工和挣奖金，自食其力。而如果我不是因为怀孕，我本来也可以去找工作，支持他完成学业。换句话说，我们现在身处的境地比起你说过要支持我们的时候，更需要钱。你到底不赞成什么呢？是因为我怀孕了？是因为弗雷德没有耐心等待，按照你做事的顺序去做？或者你只是不喜欢我这个人？你对待弗雷德就像在进行道德上的讨伐，你难道不觉得他已经25岁，不应该再被这样对待吗？我是说，你已经拨出了供弗雷德上学的钱，我也能明白你不愿意同时支持他的妻子和孩子，但因为这样而拒绝给他付学费不是很奇怪吗？

您的，
比姬

爱荷华大街918号
爱荷华州爱荷华城
1969年11月3日

爱德蒙·特林佩尔医生
海滩巷2号
新罕布什尔州野猪头

敬爱的特林佩尔医生：

　　我想，弗雷德给您的信可能是您所说的"拐弯抹角"。我准备直奔主题。我的父母亲已经竭尽所有，好让弗雷德完成他该死的博士项目。我觉得，您至少应该帮他付学费，就像我还没有怀孕，打乱你们的计划之前您所想的那样。我觉得您的妻子会赞同我的想法，但是您却压制她的想法。

比姬

*　　*　　*

爱荷华大街918号
爱荷华州爱荷华城
1969年11月3日

爱德蒙·特林佩尔医生
海滩巷2号
新罕布什尔州野猪头

亲爱的特林佩尔医生：

你是个王八蛋。原谅我的用词，但你就是这样一个人。王八蛋，你让你的儿子受苦受难，还四处造谣，说他跟我结婚，有了柯尔姆是多么丢脸，就因为他结婚的时候没拿到博士学位。就算是这样，你的儿子却对柯尔姆和我还是很好。只是在去年，因为有这么多的压力，同时要完成博士论文，要找工作，他非常沮丧。可是，你却没有施以援手，虽然你这么有能力。我自己的父母甚至没有你一半有钱，但是他们却贡献很多。你知道不知道，你的儿子不得不去卖橄榄球赛三角旗，而且向他的朋友库思借了不少钱。他显然比你更关心我们。你是个愚不可及的王八蛋，去你的原则。我只能说，你是个浑蛋父亲。

你的儿媳

（不管你喜不喜欢！）

比姬

那个阴森暗淡的 11 月下午，我坐在窗前看着费奇站在那里，像士兵一样守护着他整洁但死气沉沉的草坪。费奇做好准备，严阵以待——他举着耙子，仔细查看所有邻居的草地上的落叶，等待有一片落叶落到他的领地。在雨水槽这边，树叶悄悄地在他头上的方位堆积，等他转开，它们就会猛地冲袭下来。我坐在窗前，对这个无害的老傻瓜怀着仇怨——希望你的整个院子塌掉，费奇先生。

放在我大腿上的是比姬那三封信的复写版。她趴在我肩膀上生闷气。"哪封信写得最好？"她问，"我感觉不出来。"

"我的天，比格……"

"总该有人告诉他，他到底是个什么人，"她说，"而且我之前没注意到你还有话要说。"

"比姬……噢，"我看下去，"王八蛋？比姬？我的天……"

"好吧，他就是个王八蛋，博格斯。你知道得很清楚……"

"他当然是王八蛋，"我对她说，"可是告诉他会有后果啊！"

"不告诉他会有什么后果，博格斯？"

"你是个愚不可及的王八蛋，去你的原则。你！"我读下去，吓得不轻，"你已经说了两次王八蛋，比姬，你都已经说了两次……"

"好吧，那你是不是更喜欢那两封信？"她问道，"你觉得那封讲道理的，或者那封短一点的如何？"

"老天，比姬，你到底寄了哪一封？"

"我说过了，博格斯，"她说，"我决定不了……"

"噢，谢天谢地！"我发出呻吟。

"所以我就把三封信都寄出了，"比姬说，"让那个王八蛋自己决定好了。"

我能感觉到风把费奇先生吹倒了，轻轻地卷起他的身体，就像卷起一片树叶，然后把他塞进一辆停着的车里！

爱荷华大街918号

爱荷华州爱荷华城

1969年11月4日

卡斯伯特·班纳特先生

管理员/皮尔斯伯里庄园

缅因州乔治敦岛

我亲爱的库思：

就因为你那通好心的电话，比姬和我今天晚上不打算睡了，我们在想象中花掉了一大笔钱,并思考如果不成,双双切腹自杀。此刻,我俩正在新打了蜡的油毡地板上面对面蹲坐,比姬用面包刀"切开"我的胃部,而我更喜欢用切牛排的刀子,"给她开膛破肚"。我们都很投入而且小心,把嘴巴闷住,不想把柯尔姆吵醒。

我们一致同意,准备把柯尔姆送到佛蒙特东甘纳瑞,比姬的父母那里。他长大以后会成为滑雪运动员和伐木工人。他会面色红润,轮廓分明,带着强烈的新英格兰鼻音。他绝对不会去费心再学一门语言——例如古低地诺尔斯语。他的祖先的语言,既近在咫尺,又远隔天涯。

并不是说我完全不同意比姬骂我父亲的话。只是我希望她没有做得那么过分。恐怕我的父亲希望在他赐予祝福时能像教皇一样得到尊重,可是如果你称教皇为"王八蛋",难道他还会为你祈祷吗?

与此同时,比姬和我坐下来追踪她的信件一直往东。我看到比姬的直言不讳撞倒了芝加哥的邮政车,她的重话放倒了克利夫兰的邮差。她的星星怒火在波士顿和野猪头之间的沿岸、在习习的海风吹拂中渐渐变冷。但是不管怎样,我们的信还是一路正常地递送,最后在下午两三点送到家里。我母亲一般会在家等着收信,但比姬发誓说收件人只写了我的父亲,而不是特林佩尔医生和夫人。在这种情况下,我想起以我妈妈对好医生五体投地的敬佩之情,她是不会打开看的。母亲会把信放在酒柜下面的台子上。

我的父亲会在下午四点回到家,刚刚摘去膀胱塞或告诉八旬老人接受这样的手术对他身体有好处,在整洁的诊室卫生间里一丝不苟地把胡子剃干净,并且把手上所有帮助穿戴手套的外科手术滑石粉洗得不留痕迹。他会允许母亲在刮得干净服帖的面颊上啄一下,还会给自己倒一杯威士忌。在倒酒之前,他还要把杯子对着光线照一下,确保杯子洗得干干净净。接下来他会看到那封信,还要把信的四周捏一捏,看里面是否夹着支票。而我的母亲会说:"噢不,亲爱的。信是从爱荷华城寄来的。不是病人,是弗雷德,你觉得难道不是吗?"

我的父亲会脱下西装外套,松开领带,来来回回地在书斋到阳光前廊之间踱步,随意谈论着潮涨或潮落,仿佛潮水会以某种神秘的方式影响他坐在哪儿。但其实从来没有。

他总是坐在同一张红皮宝座上面,脚底下踩着同样的垫子,闻一闻威士忌,抿上一口,然后才会打开比姬的信。

如果信是昨天中午从邮路发出去,今天如果还没过克利夫兰,至少已经走过了芝加哥,到明天就会过波士顿,明后天就会到达野猪头。

与此同时,库思,如果你愿意行行好,那就进你的暗房冲洗两张完全纯色的照片,一张纯白,一张纯黑;一张代表希望,另一张代表死亡,把两张都寄给我。我会把不符合我心境的那一张寄回去。

> 库思,祝你拥有各种各样的
> 希望和自由,
> 摆脱死亡的恐惧。
>
> 爱你的,
> 博格斯

想象好心的库思在下雨的海边,头发狂乱,借着东北风航行在从巴港[1]到布斯贝[2]的海面上。库思正念着老旧的航海祷告,希望我的信一直在空中飘。空无一人的皮尔斯伯里庄园在他身后,他从一个房间游荡到另一个房间,孤单单地摆弄着什么。

---

1 美国缅因州的一个镇。
2 美国缅因州的一个镇。

我还记得那个莫名其妙的夏天的尾巴,我们搬进船屋,屋里挤挤挨挨的上下铺。

"上铺还是下铺,比格?"

"到上面来……"

这时候,库思懒洋洋地躺在大房子里,之前皮尔斯伯里一家已经回家过秋天去了。

他家的某个小儿子打电话说可能会来:"我母亲走了吗,库思?"

"的确如此,波比。"

"鲁斯姨妈也不会在那里,对吧?"

"又说对了,先生。"

"好吧,库思,我猜你已经搬到大房子去了。我不想把你赶走,所以我们想住船屋。"

"我们是谁,波比?"

"我的一个朋友和我自己,库思。不过,要是你能告诉父亲我周末是一个人过的,我会感激不尽。"

"很抱歉,波比,船屋有人住了。是我的朋友。不过大房子里其他的卧室收拾起来很简单……"

"一个房间就够,库思。有双人……"

在台球室里,当比姬正在帮柯尔姆生火时,库思和我把球排到架子上。

"这个秋天就不会只有我们自己了,"库思伤心地说,"因为现在皮尔斯伯里家的小孩都长大了。他们周末都会带姑娘回来。不过11月以后对他们来说就太冷了。"

这所大房子还依然只用烧煤、木柴炉和壁炉来取暖。库思最喜欢的是冬天,整个房子的运转由他负责,他整天在搬木头、堆煤球,晚上封火，好让他暗房里的化学试剂不至于冻上。晚饭后他还和柯尔姆在一起，处理着一系列柯尔姆的照片：柯尔姆在码头上把沙蚕磨成粉末，柯尔姆用运动鞋把它踩碎，柯尔姆用一块贝壳把它砍开，柯尔姆要求换一条沙蚕。

柯尔姆在暗房里从不说话，他只是安静地看着他的影像从库思的化学药水里显现出来。他对于自己在化学药水里显影的过程丝毫不觉得惊讶，在他看来奇迹只是寻常，更打动他的是被压烂的沙蚕。库思用了两张负片，一张是柯尔姆在码头上，另一张则是同样角度的码头，只是没有人。照片结构的边缘略有点失焦，因为两张片子里码头不完全吻合，柯尔姆仿佛又在码头上，又在码头底下。木纹布满他的脸和手，他的身体夹在木板之间。然而他却坐了起来。（在这个空间里怎么可能？）我被这幅照片震惊了，我跟比姬都不喜欢它，叠着木纹的柯尔姆奇怪地毫无生气。我们曾跟库思提到，令人难以置信，人们会对自己的孩子产生恐惧。库思把照片给柯尔姆看，但柯尔姆根本不理，说没有清晰地拍出沙蚕。

而那个波比·皮尔斯伯里周末带回"家里"的女孩以为那照片"几乎就像画儿一样"。

"奈尔是个画家。"波比对我们所有人说。

十七岁的奈尔说："好吧，我在努力。"

"再来点胡萝卜吗，奈尔？"库思问道。

"这张照片显得很孤单。"她对库思说。她还在看着照片里柯尔姆在码头埋着的脸，"这个地方，你知道——我是说到冬天——一定符合你的想象。"

库思慢慢地咀嚼，知道女孩迷上他了。"我的想象？"他问道。

"对啊，是的，"奈尔说，"你知道我说的意思。你的世界观，某种程度。"

"我不孤单。"库思说。

"不,你很孤单,库思。"比姬说。柯尔姆——真实的柯尔姆,他的脸没有叠着木纹——打翻了牛奶。比姬把他放在腿上,让他摸摸自己的咪咪。在比姬身边待久了,波比·皮尔斯伯里发现自己爱上了比姬。

"这对库思来说是一张很不寻常的照片,"我告诉奈尔,"他的照片很少这么写实,而且他从不会这样明显地利用双重曝光。"

"我能再看几张你的作品吗?"奈尔问道。

"好啊,"库思说,"要是我能找到。"

"为什么不让博格斯直接告诉她?"比姬说。

"喂,比格。"我说,她笑了。

"我最近在写一个短篇小说。"波比·皮尔斯伯里宣布。

我从比姬手里接过柯尔姆,把他放在桌子上,对着库思。

"去抓库思,柯尔姆,"我说道,"去吧……"然后柯尔姆开始带着幸灾乐祸的表情越过沙拉,避开米饭。

"博格斯!"比姬抗议,但库思从桌子那头站起身,把手臂伸出来接着柯尔姆。柯尔姆一点点逼近库思,越过蚌壳和玉米穗。

"到库思叔叔这边来,"库思说,"来呀,来呀。想看更多的照片吗?加油,来呀……"

柯尔姆四肢并用爬过一篮子面包,库思一把把他抱起来,晕乎乎地带离饭桌,来到暗房,那个叫奈尔的女孩全心全意地跟上来。

波比·皮尔斯伯里瞧着比姬把椅子推回到桌边。"我能帮你收拾碗筷吗?"他问道。我兴高采烈地在桌子底下掐了比姬一下,波比还以为她是因为他才脸红的。他开始笨手笨脚地收拾桌子,我回到暗房看库思如何迷倒波比的女孩。我留下她跟这个笨拙的想要成为她情人的男孩在一起。比姬和我交换了一下眼神,做出夸张的想渴求波比的样子。

晚点我们回到船屋上下铺，库思跟柯尔姆睡在大房子的主卧室，而波比·皮尔斯伯里和他的年轻女孩奈尔可能和解但也可能没有，但不论如何比姬都在跟我生气。

"他是一个很可爱的男孩，博格斯，"她说，"你不该留下他单独跟我在一起。"

"比姬，你不是在告诉我你在厨房里跟他迅速地来了一下吧？"

"哦，闭嘴吧！"她在下铺换了个姿势。

"他真的尝试了吗，比格？"我问她。

"你瞧，"她冷淡地说，"你知道什么也没发生。只是你让那个男孩尴尬了。"

"我很抱歉，比格，真的。我只是在开玩笑……"

"我承认我受宠若惊。"她说，然后好久没说话，"我是说，很让人感动，一个那么好、那么年轻的孩子真的想要我。"

"你很意外？"

"你难道没有？"她问我，"你似乎并不感兴趣。"

"哦，比姬……"

"好吧，你毫不在乎，"她说，"或许你可以更留心一点谁对我有兴趣，而不是玩火。"

"比姬，这个晚上太无聊了。瞧库思跟那个女孩奈尔……"

"那个胸大无脑的……"

"比姬！一个年轻女孩……"

"库思是你朋友里唯一一个我喜欢的。"

"很好，"我说，"我也喜欢库思。"

"博格斯，我可以这样过。你可以吗？"

"像库思这样？"

"对的。"

"不,比格,我不愿意。"

"为什么?"

我想了一会儿。

"因为他一无所有?"比姬问道。但这个借口很愚蠢,这一点我并不在意。"因为他似乎不需要别人围着他?"她在拐弯抹角地指什么。"因为他一年到头都住在船上?"这跟我们在讨论的似乎也无关。"因为他可以投入摄影而不需要投入生活?"她真是寻根究底,比姬就是。我忘记了问题是什么。

"所以你愿意住在这里,和库思一起,比姬?"我问她,她又沉默了很久。

"我说的是,我可以过这样的生活,"她说,"不是和库思在一起,而是你。但就像库思这样自由自在。"

"我一点也不能这样生活。"我说,"我当不了谁的看门人。这么复杂的大房子,甚至连保险丝我也许都不会换……"

"我不是这个意思。"她说,"我是说,如果你能像库思一样容易满足,你知道,岁月静好?"

我知道。

到了早晨,我们从比姬的下铺看着库思和柯尔姆钻出船屋的舷窗。库思正带着柯尔姆四处探索,扛着他的照相机和粗麻布的装土豆的袋子,收集海浪留在泥里的东西。

在大房子的早餐桌一角,比姬端上了蓝莓煎饼给大家,而波比·皮尔斯伯里沉默,奈尔紧张,库思和柯尔姆忙着展示土豆麻袋里的东西给大家欣赏:蛏子壳,轻薄透明如纸的大头鱼的头骨,死海鸥,亮嘴燕鸥被割下的脑袋,突出的下颌骨——或许属于海豹、羊或者人。

早餐之后,库思把这些大屠杀的战利品摆盘拍照,呈现出某种诡异的汉尼拔似的晚餐。尽管奈尔对库思摄影技艺的兴趣到此为止,但比姬却饶有兴致地看着库思耐心地把桌上的这些布置妥当。柯尔姆似乎觉得库思的作品是过家家理所应当的延展。

"你会拍裸体模特吗？"奈尔问道。

"模特很贵。"库思说。

"你应该问问你的朋友。"奈尔微笑地说。

"比姬？"库思问道，但他的眼神却在看我。我正在试着把柯尔姆倒立在台球桌上，保持着平衡。

"我哪里知道？"我对他说，"问她。"

"比姬？"库思冲她喊。她正在厨房收拾早餐的平底锅。波比·皮尔斯伯里和奈尔在起居室那头掂量长长的台球球杆。"你愿意给我当模特吗，比姬？"我能听见他在厨房里问她。

波比·皮尔斯伯里挥舞着台球球杆，就像飞钓的鱼竿。奈尔弯起她的球杆，我突然意识到可怜的倒立着的柯尔姆脸有多红。我把他的身子在台球桌上正过来，他还头重脚轻地在发晕。这时我听见库思谨慎地说："我的意思是，呃，裸体的……"

"好的，稍等一分钟，库思，"比姬说，"等我把这些盘子洗干净。"

但库思妒忌孩子更胜过觊觎妻子。他曾经告诉我他更多想到子孙后代而不是老婆。虽然比姬让他很感动，但我想他内心更喜欢柯尔姆。他曾经问我对柯尔姆是怎么培养的，他很惊讶我需要想半天才能回答。我能告诉他的只有——孩子会改变你的生活。

"是的，当然会改变你的生活。"他说。

"我是说，他们会让你日日夜夜地担心。"

"你一直就是日夜担心。"

"但是孩子不一样。"我说，不知道如何向他解释这个不一样。我曾经给梅里尔写信提到，我说孩子会让你忽然意识到自己的脆弱，这一点梅里尔·奥沃特夫显然毫无概念。他甚至从来没回过信。但我的意思其实只是，你会发现自己的优先级彻底变了。比如我曾经很喜欢开摩托，但柯尔姆出生之后我再也没法骑摩托。我觉得不只是责任，而是孩子会让你觉察到时间的流逝，仿佛我以前从没意识到。

此外，我也对柯尔姆抱有一种不太自然的感觉。那就是，我希望能够在某种仿自然的环境——比如草地或围栏——养育他，而不是阴森可怕的大自然，看起来实在不太安全。让他在某种穹顶之下长大！创造出他的朋友，发明一份满意的工作，诱导出有限的问题，模拟（一定程度的）困难，制造一些假的威胁，最后让他赢得一切——瞧，不存在任何过分的要求。

"你是说，就像圈养一头奶牛？"库思问道，"好啊，不过他会变得像牛一样迟钝，不是吗？"

"牛马很安全，而且也很满足。"

"牲畜就是牲畜，博格斯。"

比姬是同意库思这种看法的。柯尔姆被获准在我们的家附近骑三轮脚踏车时，我坐立不安。但比姬说有必要让小家伙建立自信。我知道，但我仍然会潜伏在树丛里，跟着他，虽然他看不见我。我有这样一种概念，父亲应当是守护天使。如果柯尔姆看见我拨开树枝，从灌木丛后面瞧着他，我会告诉他其实是那灌木丛吸引了我的注意力，我只是在寻找什么。我会让他也养成这种仔细观察四周的习惯，比骑三轮车遇险要好！来吧，到无忧无虑的篱笆里面，过上宁静幸福的生活。

我甚至找到了一个我认为合适的管理完善的环境：爱荷华城动物园。不需要为生活奔波，不需要担心死亡或失败。

"我们总是到这儿来。"柯尔姆总抱怨。

"你难道不喜欢这些动物吗？"

"喜欢……"可是到冬天只有四五种动物，"妈妈会带我去那儿。"

柯尔姆总是一边这样说,一边指着河对岸繁华的爱荷华市中心和大学的建筑。

"那里只有人,"我会告诉他,"没有浣熊。"只有人。如果我们去,甚至会看到有人哭泣,甚至更糟。

所以从人民市场回家的路上,我会带着柯尔姆穿过动物园。11月,当猴子已经返归南方或进了室内,比姬和我等了一周,都没有等到被冒犯的父亲的回信。柯尔姆和我买完早餐吃的面包经过动物园回家,但把绝大部分面包留在了动物园。

我们喂食凶恶的小浣熊。在石圈里有一整窝发出低吼的浣熊,柯尔姆总是担心小一点的吃不到。"那一只。"他会指着特别胆小的一只说,然后我会把面包揉成一小卷,想要努力够到那个小浑蛋。每次都会有一只又胖又粗鲁的浣熊抢先来到,胆小的会被反咬一口。它会偷走面包,还等着要更多。这样的场面让孩子看见难道好吗?

还有正在换毛的北美野牛,看上去像幸存的最后一只水牛。它的腿瘦骨嶙峋,就像某种窘迫的水禽的腿;斑驳的毛皮大块大块地掉下,就像需要重新装皮套的旧家具,巨大的摇摇欲坠的沙发,填充的海绵已经挂在外面。

还有瑟瑟发抖、枯干皱巴巴的熊,它住在砖井里,以及一只吊在那里的轮胎——它从来没有玩过,周围是散发着臭气的它的可怕的结痂。

"轮胎是干什么的?"柯尔姆问道。

"给它玩的。"

"怎么玩?"

"在上面荡来荡去,或者拿熊掌拍来拍去……"

但是轮胎既没有谁来拍,也没有被摇,只是挂在永远在睡觉的熊上面,就像在嘲笑它。这只熊很可能害怕这些玩意儿,不知它们到底是做什么的。我越来越怀疑这个动物园对柯尔姆来说是不是合适的栖息地。也许在市中心逛街更适合。

接着,那年11月,鸭子池塘又出了大事,而这个地方是我跟柯尔姆觉得最自在的。那些灰扑扑的鸭子在池塘里等着不劳而获的面包,我们盼望那些飞往南方的勇敢、色彩明丽的野鸭翩然而至,增添一抹亮色。爱荷华城处于中西部,动物园可能是野鸭从加拿大飞往墨西哥湾唯一一处安全的落脚点。我们曾经看见野鸭在这里落脚,野鸭谨慎地组成"V"字冲锋阵型,一只"侦察员"先被派下去尝试着陆,然后它会嘎嘎大叫,告诉其他鸭子这里安全。野鸭在动物园里也很新鲜,那些死气沉沉的本地居民,会因为这些见过世面的旅行者而被搅动——红眼睛鸭,绿头鸭,帆背潜鸭,蓝绿色翅膀的水鸭,以及漂亮的木鸳鸯。

那个11月,我握着柯尔姆的手,看到天空中俯冲下来的"V"字冲锋阵型,想象这群疲倦跛脚的鸭子在大湖区被炸,在达科他州被打,又在爱荷华遇袭。那只"侦察员"鸭子像滑冰运动员一样在冰面上着陆,它响亮刺耳地朝"老姑娘"鸭子叫了几声,谢天谢地没有伏兵,然后就叫鸭群下来。

它们冲进了湖面,打破了飞行队伍,扑腾出好大动静,让所有的浮漂都惊讶得说不出话。但只有一只鸭子停留在空中,它的飞羽残破不堪,它的下落犹犹豫豫。其他的鸭子仿佛都在帮它把池塘清出来,而它却突然跌下来。柯尔姆抓住我的手不放,担心鸭子会炸掉我们。很显然这只鸭子的起落装置被缠住了,它控制不住翅膀,眼睛也是模糊的。它的角度过高,想要微微转向来调整方向,而失去了鸭子的优雅姿态,像石子砰地掉进了池塘。

柯尔姆很怕,回来靠在我身边。岸边的鸭子一起合唱,表示哀悼。池塘里,跌进去的那只鸭子的小屁股撅着,周围一圈羽毛飘在那里。另外两只鸭子尝试用脚蹼帮它浮起来,但是最后也只能留下它漂在水上，就像羽毛的浮标。鸭子们很快将注意力转向面包，担心不知什么时候就会游出一只狗，猛烈地拍击水花，把它们的同伴救起来。现在的猎人是否都装了消音器？死亡的讽刺降临在爱荷华城动物园。

而我只是对柯尔姆说："愚蠢的鸭子。"

"它死了吗？"柯尔姆问道。

"不，不，"我说，"它只是在捉鱼，游到湖底找鱼虾吃。"我是否应该加一句：它们可以憋很久的气？

柯尔姆没有被我说服："它死了。"

"不，不，"我说，"它只是在炫耀它能憋很久的气。你知道，你有时也喜欢炫耀。"

柯尔姆不愿离去，他抓住被吃得差不多的面包，不时回头看着那只迫降的鸭子——先前的王牌引航员，游到池底寻找食物，真是奇怪的鸟。为什么要自寻死路？我不懂。它是不是负了伤，勇敢地冒着枪林弹雨，冒着艰难险阻多次着陆，最后在这里失去控制？还是空中突发自然的疾病？还是在发酵的大豆沼泽里喝醉了？

"我多么希望，博格斯……"比姬说，"如果你知道要去动物园，就会买两条面包，这样就能留一条我们自己吃。"

"我们散步散得很好。"我说。"熊睡着了，浣熊在打架，水牛又在换新毛。还有鸭子，"我说，轻轻推了推阴森森而沉默的柯尔姆，"我们看到一只笨鸭子落在池塘里……"

"鸭子死了，妈妈，"柯尔姆严肃地说，"它坠毁了。"

"柯尔姆，"我弯下身对他说，"你不确定它是否死掉了。"但他已经知道了。

"有些鸭子就是会死掉，"他说，烦躁但耐心地对我说，"它们就是会变老，死掉，就是这样。动物，鸟，或者人，他们都会变老死掉。"然后带着那种老成持重的同情看着我，显然是因为要跟自己的父亲说出这样严酷的事实而感到悲伤。

接着电话响了。我想象里森严可惧的父亲把其他一切清出了我的脑海。老爸已经准备好五分钟的讲话，分析比姬信中不冷静的情绪，然后在电话那头一下下地抽着烟斗。我相信在他的烟草里有超乎一切的理性。爱荷华的晚饭时间，新罕布什州饭后的咖啡时间，电话完全踩在他的点上，这很像他。不过说成拉尔夫·帕克也不会错，不请自来吃晚餐。

"好啊，去接电话。"比姬说。

"你去接啊。"我说，"信是你写的。"

"我不会接那玩意儿的，博格斯，我已经骂了他王八蛋。"

我俩面面相觑，电话铃仍在响着。这时柯尔姆拉过厨房里的椅子，爬上去要接。

"我来接电话。"他说，比姬和我同时猛地把他拉到怀里。

"就让电话铃响去好了。"比姬说，第一次眼里有了惧色，"为什么不让电话铃响去好了，博格斯？"

我们也的确是这样做的。我们安然度过了电话铃响的时候。

比姬说："你甚至能看见他对吗？朝电话里在哼哼！"

"我敢肯定他气坏了，"我说，"这个王八蛋。"

但是后来，柯尔姆跌到了床底下，号啕大哭。他甚至需要慢慢地滚到比姬宽厚的胸脯里，需要安慰，因为他做了一个关于动物园的噩梦——我说道："我敢肯定那不过是拉尔夫·帕克，比格。我的父亲不会给我们打电话。他会写信——写一篇皇皇巨著。"

"不，"比姬说，"那就是你的父亲，而且他再也不会打电话了。"她听上去甚至有点开心。

那一晚，比姬没有再争执，靠在我身边说："让电话响好了。"

但是我却做梦了。我梦见爱荷华队在城外玩橄榄球,然后带上了我。他们让我开球。在我们自己的得分区,我一直跑向前场,希望能奇迹般地触地得分。当然我一路撞人,甚至被砍,被锯成四份、两份,碾碎,被凿开,被抢打,但我最后不知怎么地跑了出来,一跛一跛,却仍然站着,直捣敌方的处女球门区。

接下来是这样的后果:我被爱荷华队的啦啦队抬下场,沿着边线穿过拥挤的嘘声和嘲弄的对手方球迷。穿针织衫的小女孩扛着我,我受伤的血淋淋的手臂滑过她们粉色的冰凉凉的腿。不知怎么,我既能感觉到光滑也能感觉到刺痛。我头晕眼花地看着她们布满泪痕的年轻脸庞。其中一个女孩的头发拂过我的面颊,也许是想拂去我鼻子上的草,或者去掉我下巴上嵌的夹板。我扛起来不重。这些年轻强壮的女孩扛着我走过体育场,经过一条仿佛肠道的隧道。她们高亢的声音在回荡,她们尖锐的担忧的声音甚至比我的痛更穿透了我。接着她们把我放平在一张铺桌布的桌上,展开,剥下我硬邦邦的盔甲,大呼小叫地悲叹我的伤口。我们头顶上的体育馆传来嘈杂声。女孩们用海绵把我擦干净。我休克,发抖,女孩们让我横卧,担心我会受凉。

我身上很冷,又做了一个梦。我在新罕布什尔一个观察野鸭的盐碱沼泽地,跟我父亲在一起。我在想我那时几岁,我没有枪,踮起脚尖也只能够到我父亲的喉咙。

他说:"别作声。"然后又说,"天哪,你看我还会不会再带着你出来。"

我想的是:看我还会不会来?!

我一定是把梦话说出口了,比姬问:"谁在问你?"

"怎么了,比格?"

"让它响去好了。"她说,接着又睡着了。

但是我清醒地躺在那里,思索着当真找一份工作多么可怕。需要养家糊口的想法……这句话本身简直就像写在男厕所墙上的下流提议。

第 17 章
反思失败的喝水疗法

想约到让·克劳德·维吉农医生可真是难如登天。替他接电话的护士根本不肯听病情,她唯一想要知道的是这个时间你方不方便来。不,不方便。那好吧,她很抱歉,你也只能告诉她你会想办法抽出时间。

维吉农医生诊所的候诊室轻松舒适。曾由诺曼·洛克威尔绘制的《周六晚间邮报》封面镶框挂在墙上,还有一幅鲍勃·迪伦的海报。候诊室里还有《麦考尔女性杂志》《乡村之声》《纽约时报》《读者文摘》,以及《城墙》等读物,但基本没有人去读。他们都在瞧着维吉农医生的护士。她的大腿、臀部和转椅从她打字的小格间突出到候诊室。护士请你描述病情的时候,大家也竖着耳朵听。明显是有一个特定规律的。

"你找大夫看什么?"

含糊不清、上句接不上下句的耳语。

"什么问题?"

更大声含糊不清、上句接不上下句的耳语。

"你这样尿尿有多久了？"

到底怎样？每个假装看书的人都恨不能冲过去问。

泌尿科肮脏、可怕，让人腿脚发软，我只好带上郁金香帮我打气。诊室里像以往一样充满神秘的气氛。一个脸色尿黄的孩子束手束脚地坐在她妈妈身边，也许她好几周没有尿尿了。还有个很打眼的年轻女孩，一身皮衣装扮，高傲地坐在那里，在读《乡村之声》。毫无疑问，她的泌尿系统也被感染了。一个老人在门边颤抖得站不住，也许他那一套管子阀门龙头用得太久，已经失灵，他多半是通过肚脐排尿排到塑料袋里的。

"你找大夫是看什么？"

"喝水疗法已经失败了。"候诊室里的患者被激发出强烈的好奇心。

"喝水疗法？"

"彻彻底底失败了。"

"好的，您是……"

"特林佩尔。"

"请问您疼不疼，特林佩尔先生？"

我觉察到那个脸色尿黄的孩子的母亲有些急迫，而一身皮衣的女孩紧紧地抓住了手里的杂志。

"有点……"这话说了一半等于没说，候诊室里的人坐立不安。

"你能不能告诉我，到底什么感觉……"

"堵住了。"

"堵住了？"

"堵得死死的。"

"我明白了，堵了……"她翻了翻我的病历，病史很长，"你以前就有这种麻烦，对吗？"

"绕了半个地球。从奥地利到爱荷华！"候诊室里的人很是震惊，这么久经世事的病。

"我明白了,上次你来看维吉农医生也是因为这病。"

"对。"治不好,候诊室下了结论。可怜的家伙。

"你吃过什么药?"

"白水。"护士抬起头。显然,她对喝水疗法一无所知。

"好的,我知道了。"她说,"请坐,维吉农医生一会儿就过来看你。"

我穿过候诊室去找郁金香,那个母亲对我和善地微笑,她的孩子瞪大了眼睛;一身皮衣的年轻女孩跷起腿在想,要真是堵住了,千万离我远一点。但是那个捧着失灵的管子的可怜的老家伙没有回应,可能是听不见,彻底聋了,要么就是他要通过耳朵排尿。

"我还以为,"郁金香轻轻地说,"你受够了呢。"

"受够了什么?"我的声音大了点。那个母亲紧张起来,女孩拍拍她的杂志,老人在椅子上不安地动来动去。他可怕的内脏在哗啦啦地响。

"这些,"郁金香嘘了一下,用拳头拍了拍大腿,"这些,"她小心地做出一个手势圈住这群泌尿道受损伤的人。医生的诊室里,兄弟情谊总是珍贵的,但专科医生的诊室里那种亲密更可怕。有高智商俱乐部、女同性恋俱乐部、校友俱乐部,还有三胞胎妈妈的俱乐部,甚至有拯救榆树俱乐部、扶轮社和共和党。但在这里,一群人被迫集聚在一起,他们都有排尿的问题。可以叫我们维吉农主义者!我们每周聚一次,举行竞赛和展览,就像泌尿科活动的田径赛场。

接着,让·克劳德·维吉农医生从充满奥义的诊室里走出来来到候诊室,我闻到一股黑黝黝的高卢人的味道。我们这些维吉农主义者充满敬畏地起身,他会叫哪一个?

"加伦太太?"维吉农叫道。那个母亲紧张地站起来,提醒她的孩子她不在时一定要乖。

维吉农冲郁金香笑了笑。叫人信不过的法国人！"你也等着看我？"他问道。然而她却是这群维吉农主义者当中的异类。她回身瞪着他，一语不发。

"不，她是跟我来的。"我告诉维吉农。他和郁金香笑了笑。

医生跟加伦太太走后，郁金香悄声对我说："我没想到他长这样。"

"长什么样？"我问道，"你以为泌尿科医生长得什么样？像膀胱？"

"他可不像膀胱。"郁金香答道。

那个孩子畏缩地坐在那里听着我们说话。我在想，如果她妈妈是患者，为什么是这个孩子看起来身上水肿，面色蜡黄？我下了定论，她这样是因为没有办法尿尿。她跟柯尔姆差不多大，我想道。她一个人被留下很担心，也很不安；她悄悄看看护士，又看看那老头。她变得越来越焦急，我就尝试跟她聊聊让她安心。"你上学吗？"可是抬头看我的却是那个一身皮衣很打眼的女孩。郁金香只是瞪着我，而孩子直接无视我的问题。

"不，我不上学。"那个皮衣女孩意外地回道，仿佛一眼看穿我。

"不，不，"我对她说，"不是说你。"现在轮到那个孩子瞪着我。"我是说你，"我指着她，对她说，"你上学吗？"女孩感到很尴尬，仿佛受到威吓。显然她妈妈告诉她千万别跟陌生人说话。皮衣女孩冷冰冰地注视着骚扰儿童的人。

"你妈妈很快就会回来。"郁金香对小女孩说。

"她有尿血。"孩子对我们说。护士一转身，很快地飞了我一眼，意思是说我的脑子大约也堵住了。

"是这样，你妈妈会没事的。"我对女孩说。她点点头，有些无聊。

打眼的皮衣女孩瞧着我，仿佛是明明白白告诉我，她没有尿血，所以不需要问了。郁金香抑制住想笑的冲动，掐了掐我的大腿，我用舌头紧紧地抵住上颚。

接着，那个深深沉默的老头发出某种奇怪的声音，仿佛是莫名压下去的打嗝声，又像是用力夹住却仍然漏出的屁，也像整个脊椎在可怕地抖动。他努力站起来的时候，我们看到一块污渍，颜色就像被烤煳的黄油，在衬衫的宽松的胸前流淌开来，裤子紧紧包住火柴一样的大腿。他朝一边倒下，我刚好在他倒下之前接住了他。他轻得仿佛没有一点分量，很容易就能扶起来，但他身上有股恶臭。他紧紧地抓住肚子，衬衫底下藏着什么东西。他一脸感激，但也极难为情，只能一个劲儿地说："求求你，厕所……"他骨瘦如柴的手腕使劲指着维吉农医生的内诊室。污渍已经被衬衫像吸墨纸一样吸收。衬衫下面，我能看见一个奇怪的袋子和管子的轮廓。

"这该死的东西总是往外漏。"我赶紧用最快速度把他带到护士那里，她转身从椅子上站起来。

"哦，克罗迪先生，"她责备着，一把把他从我怀抱里拽过来，仿佛他不过是个空心玩偶。她大力地把他从长长的走廊里拖过去，一边不耐烦地冲我摇手让我回到候诊室，一边继续责备他，"你得经常把它倒掉。这样的场面实在没有必要……"

但他只是不停地低声哼哼："这个该死的，该死的东西！简直无处可去，所有人都躲着，在男厕所里，你能看到他们那副表情……"

"你自己可以解开衬衫吗，克罗迪先生？"

"这倒霉的该死的东西！"

"这完全没必要，克罗迪先生……"

候诊室里，小孩子一脸担心。那个穿皮衣紧身裤的冷冰冰的女孩专注地看她的杂志，自得、优越，紧紧守着两腿之间不知是怎样可怕的秘密。谁也不知道。我憎恨她。

我悄声对郁金香说："那个可怜的老家伙浑身带着管子。他只能拉到袋子里。"那个皮衣女孩很酷地抬头瞧瞧我，然后又埋头看杂志，而我们都听着护士是怎么帮老克劳迪先生冲洗的。

我直截了当地看向冷淡高傲的皮衣女孩,问她:"你是不是有淋病?"

她没有抬头,仿佛冻住了一样。郁金香用胳膊肘狠狠地捅了我一下,那女孩充满感激地抬了抬眼。"什么?"她问道。接着年轻女孩凶狠地瞪着我。但是她没法保持那副凶狠的表情,她脸上头一次流露出某种人性,下嘴唇扁起来,努力用牙齿咬住嘴唇,眼睛里忽然泪汪汪的。我感觉到自己很残忍、很糟糕。

"你真该死,特林佩尔。"郁金香悄声说道。我朝那个女孩走过去,她的脸埋在膝盖里,躲进椅子,身子抽动着,轻轻啜泣。

"我很抱歉,"我对她说,"真不知道我怎么会说这样的话……我是说,你仿佛有点不敏感……"

"别听他的,"郁金香对女孩说,"他纯属疯了。"

"我简直没法相信我得了淋病,"女孩边说边哭,"我不会随便跟人上床,你知道,而且我也不脏……"

然后,维吉农医生终于回来,把母亲交还给她的小孩。

他手里拿着一个文件夹。"德卡洛小姐?"他微笑。皮衣女孩迅速站起来,擦掉了泪水。

"我得了淋病。"她对他直截了当地说道。他瞪圆了眼睛。"要么也许没得。"她歇斯底里地说。维吉农仔仔细细地看着文件夹。

"请借一步到诊室里说。"他一边对女孩说,一边带着她迅速离开,顺便还瞟了我一眼,仿佛是我趁女孩在候诊室里的时候把病传染给她的。"你是下一个。"他说,但他没有走成,因为我把他拦住了。

"我准备做手术。"我直接地说,把他和郁金香都吓了一跳,"我不需要瞧病,只是想约个做手术的时间。"

"可是我还没替你检查。"

"不需要。"我说,"一直就是老样子。喝水没用。我不想再让你看了,除非为了做手术。"

"好吧。"他说。我很高兴看到自己破坏了他的完美记录——我不是那十个人里头都选喝水疗法的。

"这段时间你是不是需要一些抗生素?"

"我还是坚持喝水。"

"只要医院能敲定时间,我的护士就会给你打电话,不过至少要等十天或两周,如果你有什么不舒服……"

"不会的。"

"你这么确定?"维吉农说。他努力保持微笑。

"你还认为十个人里头都会选……"我问他。他瞧了瞧郁金香,脸红了。维吉农居然脸红了?!

我把拉尔夫·帕克电影公司的电话给了维吉农的护士,还有郁金香那里的电话。公事公办,没有表情。他情绪恢复之后,递给我一盒胶囊,但我只是摇了摇头。

"请收下,这不是闹着玩的。"他说,"要保证你没有任何感染,手术才会更好。每天吃一粒,然后手术前一天要来看,就是检查一下。"现在他完全是认真的口吻。我从他手里接过胶囊,点点头,微笑着冲他挥手,然后陪着郁金香走了。我想我一定是神气十足地离开的。

我一直走到街上才想起来,不知道克罗迪先生到底怎么样了。他是不是需要换根管子?我开始觉得发冷。接着郁金香靠近我,我们在人行道上推挤着往前走。她的身体温暖而富有弹性,她的呼吸近得可以感觉得到,甜甜的、有薄荷糖的香气,她的头发拍打着我的脸庞。

"别担心,"我说道,"我打算换一个崭新的小弟弟,哪怕就是为你。"

她把手滑进我的口袋摸索着硬币和我的瑞士军刀。"别担心,特林佩尔，"她说，"我还是喜欢你原来的那个样子。"

就这样，我们抛下了工作，回到她的公寓，虽然我们知道拉尔夫在工作室等着我们。拉尔夫丢下一个项目又拾起另一个的时候总是很不好惹。我们的工资支票会迟到，电话上面用粗体写着这样的提示：请把你们的长途电话费登记到账本上！

郁金香可能猜到我翘班不只是为了要她。我并不喜欢拉尔夫新电影的主题，这个主题就是我。长篇大论地针对我和郁金香的采访提纲，外加一个亮点，拉尔夫还计划把比姬也加进来。

"我得告诉你，拉尔夫，我对这个项目可能不像你想的那样热情。"

"桑普－桑普，我的人品到底信得过还是信不过？"

"你的观点，还有待明确，拉尔夫。"

连续几周，我们一直在给为其他电影制作者处理枯燥的发行事宜，还有给电影协会、学生小组、博物馆和村里的日场展映的"拉尔夫·帕克：回顾"做特别展映。能够再次投入项目工作感觉好多了，哪怕是这样一个项目。拉尔夫和我到目前为止，唯一吵得很不愉快的还是为了标题。

"这只是暂定的名称，桑普－桑普。等完成的时候，一般都会改好的。"

但是，不知道为何，我就是对他这种灵活态度心存疑虑，这部电影名为《操蛋人生》[1]。"操蛋"是他的口头禅，所以我猜他有点太喜欢这个标题了。

"别担心，特林佩尔。"郁金香对我说，而在她公寓过的这个漫长的下午，我也的确没有担心。我整理了唱片架，做了奥地利朗姆茶，加肉桂棒搅拌调制，用加热板加热好放在床边。我也没有去理会电话

---

[1] 原文为"Fucking Up"。

铃声,天黑以后铃声曾响过一次把我们吵醒。我们宛如身处远离城市的真空中,不知道饥肠辘辘的时候究竟是晚餐、夜宵,或者是很早的早餐。唯有城市高楼才能有的这样永恒的黑暗里,电话铃声响了又响。

"就随它去响好了。"郁金香说,用腿紧紧环住我的腰。我突然想到这句话很适合放在《操蛋人生》里,但我没有作声,随它继续响了。

第18章
漫长又糟糕的一天

实际上,这一切前一晚上就开始了。当时比姬跟我争论,说梅里尔·奥沃特夫幼稚,只懂得逃避现实的恶作剧;说我神化了梅里尔,只因为他缺席我的生活太久,冷酷的言下之意是真实的、活生生的梅里尔在现实生活里只会让我厌烦——至少是在当下这一刻。

这些指责让我心痛,我于是反击,说奥沃特夫很有勇气。

"勇气!"比姬嘲笑道。

她又含蓄地暗示我在鉴定勇气方面根本称不上权威,我本身就毫无勇气可言,事实上,甚至懦弱得过分。我被断绝父子关系,却不敢给父亲打电话彻底做个了断,这个例子足以说明我的懦弱。

我被激得失去理智,放出狂言我会给老家伙打电话,任何时候——包括现在,尽管爱荷华夜晚的黑暗笼罩着我们,我模模糊糊地觉得也许这时候打电话并不明智。

"你说真的?"比姬问道。她突兀的敬意让人害怕。她没有给我工夫让我改主意,她已经动手在翻一张张纸,寻找我们曾写下的野猪头的电话号码。

"我到底该说什么呢?"我问道。

她已经开始拨号码了。

"这样说,'我给你打电话是想问问邮件是不是送到了。'如何?"

比姬皱皱眉,继续拨。

"这样呢,'你最近怎么样?海潮涨了还是落了?'"

比姬一边眼花缭乱地拨着电话盘,一边做着鬼脸:"至少我们会知道,看在老天的分上……"她把响起铃的电话交到我手里。

"是的,至少我们能知道,"我对着话筒说,回声传过来,仿佛有个神秘的无所不知的接线员对着我讲话。电话铃响了又响,我朝比姬递过去的眼神里一定是松了口气。啊哈!他不在家!但比姬指了指我手腕上的表。东边一定已经是半夜!我感觉自己的下巴掉到了地上。

比姬冷酷地说:"这老头子活该!"

但我父亲接起了电话,声音干脆利落,一点没有睡意。作为医生他当然早已习惯了深夜来电。"我是特林佩尔医生。"他说,"爱德蒙·特林佩尔,请问何事?"

比姬用一条腿保持平衡,仿佛准备撒尿。我听到自己的腕表嘀嗒作响。然后父亲说:"喂?我是特林佩尔医生。出了什么问题?"

我听到母亲在背后嘟囔:"是医院吗,爱德蒙?"

"喂喂!"我的父亲朝电话里大声喊道。

我的母亲轻声道:"不会是宾厄姆先生吧?爱德蒙,你知道他的心脏……"

比姬仍然跷着一只脚,狠狠地瞪着我,对写在我脸上的懦弱又急又气,低吼着我。

"宾厄姆先生?"我的父亲说道,"你是不是又倒不上气了?"

比姬跺了跺脚,发出小动物的呜咽。

我的父亲建议道:"不要过度深呼吸,宾厄姆先生。听我说,坚持一下，我马上就过来……"

我的妈妈在快速移动的脚步声中说："我会让医院把氧气送过去，爱德蒙——"

"宾厄姆先生！"父亲对着电话喊道，比姬踢着炉子，弯成弧线的嘴里发出一声低吼。

"屈膝够胸，宾厄姆先生！别再说话！"

我挂断了电话。

比姬仿佛是笑的，一直抖一直抖。她朝我猛跑过来，进了客厅，跑进卧室，然后砰地关上门。她做出吸气声，疯狂地用嘴唇装出呛声，仿佛可怜的宾厄姆先生真的心脏衰竭。

我在爱荷华图书馆的博士论文小隔间里过夜，四层长长的一排小隔间里，往往挤满挥汗如雨的读书人，每个人都带着瓶可乐。每个瓶子里都有点蜜一样稠的可乐，里面飘着几根烟头。我能听到离我只有几个格子的小隔间里，烟头被丢进瓶子时发出的声响。

有个来自布鲁克林的研究生哈利·佩茨，在论文快写完的时候读塞尔维亚-克罗地亚语的文件，把自己扔在带滚轮的椅子上往后倒，倒着冲出了小隔间。他的脚蹬得越来越快，嗖地经过我们所有人的那排小隔间。他撞破了走廊尽头的玻璃，也撞破了自己的脑袋。他险些失控，但没有飞下四层楼掉到楼下的图书馆停车场。哈利·佩茨一定想象得到，他的血是如何溅到汽车的风挡玻璃上。

但是，我永远不会这样做的，比姬。

在《阿克海特和古诺》当中有个感人的场面：阿克海特穿好衣服，全副武装，准备出发去跟敌对的格雷斯人作战。他戴着护腿和护肩、护腰和锡杯，庄重地履行仪式，防护好关键部位而且让它更加突出，而可怜的古诺则哭喊着让他别离开她。她也履行她的仪式，脱掉衣服，解开发辫，脱下脚镯，脱下护腕，解开胸衣的带子。而阿克海特则继续戴上脖子的护锁，上紧尾骨的护戴。阿克海特在努力向古诺解释战争的目的（det henskit af krig[1]），但她一个字也不想听。接着，阿克海特的父亲——老萨克对他们俩发了脾气。老萨克也在全副武装地准备出战，正在披上战袍，他的胸部拉链或者什么卡住了，正需要帮助。当然他很尴尬，看到年轻漂亮的儿媳妇歇斯底里，几乎半裸，但他还记得自己年轻时是怎么过来的，也知道阿克海特和古诺究竟为何争执。于是老萨克尝试用模糊的姿态去同时取悦他们夫妻二人。他用枯木般的手给了古诺一只强壮的鹅，同时对阿克海特讲了一句很聪明的话："打仗的目的是活着回来（Det henskit af krig er tu overleve[2]）。"

我感觉这好像也是我念研究生的目的，甚至也许是我结婚的目的。这样的比喻曾让我深深震撼。

走过哈利·佩茨曾想跳下去的图书馆停车场，我突然发现年轻的莉迪亚·金德埋伏在那辆仿佛方舟一样的海绿色埃塞尔[3]附近等着我。她的梨白的外套紧紧地裹在身上，下面穿着短裙，显得相当成熟。

"嗨！这不就是我的埃塞尔吗？"她叫道。我想，这实在太让人难以抗拒了。

但是，她的裙子长及大腿，这令我觉得还算安全。我对她的膝盖不陌生，所以不会让它们吓到我。我在脑海里感觉到她的腿忽上忽下，脚忙着一会儿刹车，一会儿加速。我松了口气。

"我们去哪儿？"我带着视死如归的口气问道。视线在她的大腿上

---

1 古低地诺尔斯语。
2 古低地诺尔斯语。
3 福特的一款车型，是福特车里典型的失败的案例。

轻轻地转了一下——露出的实在太少了。

"我知道。"她说。我沿着她的外套前襟往上看,越过小小的胸部,直到下巴。我看到她的牙齿轻轻地咬着下嘴唇。外套的驳领处露出深铁锈黄色的衬衫,给她的下颌染上了毛茛的颜色。我记得有一次比姬和我在卡策尔斯多夫[1]的寺庙前,在毛茛花丛里,还带了一瓶酒。我抱着一束花去碰她的乳头,花把它们染成鲜亮的橘色,她脸红了。然后她拿了一束花放在我的阳光部分[2]。我觉得那束花一定把我变成了明黄色。

"实际上,这并不是我的埃塞尔,"莉迪亚·金德说,"是我弟弟的,他正在服役。"

无论往哪里,处处都是险境。莉迪亚·金德高大魁梧的弟弟,戴着明绿色贝雷帽,朝我追过来,敏捷地刀刀砍向我的锁骨,因为我亵渎了他的姐姐和他的埃塞尔,可怕的复仇之神。

"我们到底去哪儿?"我又问了一句,在脑海里感受了一下她充满弹性的大腿在崎岖不平的路上如何颠簸。我看到窗外的烟尘纷纷扬扬,看到窗外单调的天空,没有一棵树弯腰,没有一根电线交织。

"你一会儿就知道了。"她说。她的手从方向盘上滑下来,轻轻拂过我的脸庞,手腕处能闻到最微弱、最天真的香水味道。

接着,我们开进沟里又开出来,我能看出已经离开了尘土路,因为窗边已经没有烟尘,汽车陷进更柔软的地方,偶尔有噼啪的声音,在爱荷华这只能是玉米茬或野猪骨。我们也在往另一个方向开,因为阳光从另一个角度温暖着我的膝盖。接着是轮胎打滑的噪音,仿佛橡胶滚轴在湿乎乎的草地上扫过。我担心我们可能困在鸟不拉屎的地方,

---

[1] 奥地利维也纳新城的一个城镇。
[2] 原文为 sunny part,这里指的是"我"的阴茎。

过了一夜我、她和埃塞尔轿车都会永远被锁在大豆的沼泽。"只有鸭子在我们周围嘎嘎地叫。"我说道。莉迪亚好奇地瞥了我一眼,有点被吓到。

"有人带我来到过这里。"她说,"有时候这儿有一两个猎人,但没有其他人。反正,总是能看到猎人的车。"

有人?我想着,不知道她是不是已经破处。但她猜到了我的想法,急忙辩解:"我并不喜欢那个人。我让他带我回来了。但我记得我们是怎么来的。"这时,她的舌头轻轻地跳出来,润了润两边的嘴角。

接着是阴影,又一个斜坡,路更坚硬也更不平整,我听见埃塞尔轮子下的沙沙声,闻到了松脂香,这居然是在爱荷华!一根枝条抽打了车子,我不由得颠了起来,鼻子撞到方向盘。

莉迪亚停下车时,我们已经进了密密丛丛的松树新林,古老的陷阱,平叶的蕨类植物和海绵一样半冻住的大片苔藓。周围到处是蘑菇。"瞧?"她说着打开门来,迅速地把腿挪出去。她发现外面又湿又冷,坐回车里,背靠着我,脚在地面以上荡来荡去。

我们现在在土堆上,丛生的茂密树林和灌木中间。我们身后是已经收割的玉米和大豆田野。前方和靠下则是之前的克拉尔维尔水库[1],湖边缘已经冻上,湖中央则是开阔的波浪起伏的水面。如果我是猎人,我会站在这座小山上,藏身树丛,等待懒惰的鸭子抄这条捷径从一处觅食地飞到另一处觅食地。它们会低低地飞到这里的地面,尤其是那些行动缓慢的胖鸭子,肚子仿佛染上了粼粼波光,显得明亮。

我靠着埃塞尔的扶手,把脚伸到莉迪亚的背后,有那么一瞬间我很想用脚把她推出门外。但我只是碰了碰她的脊柱,然后她回头看了看我,把腿收到车内,关上了车门。

---

[1] 克拉尔维尔是爱荷华州的一个湖。

她告诉我，车的后备厢里有毯子，还有啤酒，是宿舍里另一个长得更成熟的女生带过来的。后备厢里还有很好的乳酪，以及一个热热的黑麦面包和苹果。

她爬上前排的座位，在后排铺开野餐垫，然后我们披上毯子，感觉像躲在帐篷里，很温馨。在帐子底下，她的手腕上一条细细的蓝色血管沾到了一点点乳酪。她用舌头迅速舔掉，看到我在瞧着她，她的腿盘在身下，膝盖恰好面对着我。

"你的胳膊肘碰到面包了。"莉迪亚轻轻说，我咯咯地一脸傻笑。

她的腿扭来扭去，把周围毯子上的面包屑抖下去。我看到面包滚到地上，她把我拉近时我能看见她的裙子拉到了胯骨。她的吊带裙上有婴儿粉和婴儿蓝的花朵，让我由不得想起柯尔姆刚生下来时婴儿床上的毯子。她说："我想我是爱上了你。"然而，我听出来每个词都拿捏得恰到好处，这样刻意，她一定练习过，我知道。她仿佛也感觉到听起来很别扭，于是改口："我想我知道自己爱你。"她换了一侧靠在我身边，然后温柔地让我的头靠在她的腿部。我的心脏靠到了她的膝盖。

她的内裤上也有同样的花，真该死。婴儿在襁褓里、十几岁的少女才会有的褶边和镶花。

她再次扭动起来，轻轻地拉了拉我的耳朵，知道我看见了她的花。"你不需要爱我。"她说，我再次听出经过精心练习的刻意。我知道，在莉迪亚·金德的宿舍里的某个地方一定有本笔记，把我们之间的对话像剧本对白一样一句一句地写下来，精心润色过，或许还加了注释。我真希望自己知道她替我写的是什么。

"特林佩尔先生？"她问道。

我轻轻吻着她。她把我的头埋在她怀里，她的西服外套敞开，薄薄的衬衫下就是凉凉的肌肤。

"Vroognaven abthur, Gunnel mik.[1]"我背诵着。在这样的时刻古低地诺尔斯语最安全。

她轻轻颤抖着,背靠我坐直身子。

莉迪亚·金德说:"我从来没,你知道……我从来没……"

我把下巴放在她又薄又瘦的肩膀上,轻轻用胡须摩挲着她的耳朵。"你父亲是做什么的?"我问道。感觉到她叹了口气,既失望却又松了口气。

"他在麻袋里,"她说,指尖摸到了我的肾脏。我不禁想,在麻袋里?一直都在麻袋里?裹着麻袋,穿着麻袋,睡在麻袋里……

"那很不舒服。"我说道,但下巴有点麻,因为一直搁在她坚硬的锁骨上。

莉迪亚说:"你知道,饲料袋,粮食袋……"

我想象着莉迪亚·金德身量高大的父亲,举起一百磅的洋葱,然后扔起来,让我的脊柱承受着重量,我不禁皱了皱眉。

我的一只耳朵解放了,海潮的声音在耳朵一侧响起,变成单声道。我发觉莉迪亚那只可以自由活动的手突然沿着地板往下摸,在她梨白色的西服外套里搜索。袖子里有什么?她说:"有个套套。我宿舍的女孩……留了一个。"

然而我的手无法伸进外套袖子,她只得摇了摇外套说:"袖子衬里有个暗袋……"这是为什么?

我看到她用牙咬着嘴唇;我看到她的肋骨很快地上提,然后把锡纸包的套套沿着肚子滑到我的前额;接着她的肋骨复位,奇怪而略挺的小肚子抖着,胯骨也在晃动。然后,从余光里我看到她的胳膊挣脱开来,手腕无力地松开。塞在她手心里,像海绵球一样大约是黑麦面

---

[1] 古低地诺尔斯语。

包的芯，从新鲜面包的中间撕下来的。

我听到锡纸扯开又团成一团；我在想她是否也有听到。我把头靠在她胸脯上，听着她的心怦怦乱跳。她胳膊肘撑在座位上，前臂在地板上方晃动。手腕弯成锐角，就好像骨折了一样，长长的手指往下指着没有动。被云雾遮住的阳光从车窗里透进来，刚好反射在她的高中毕业纪念戒指上。戒指对她的手指来说太大了，斜斜地滑了下来。

我闭上眼睛，埋头在她胸前，留心到某种甜甜的麝香味道。可是，我的思绪为何信马由缰地想到屠宰场，想到所有战争中被强暴的年轻女孩？

我摸索着弹簧锁，打开我这边的车门，希望冷风能让我清醒。我冷飕飕地赤身站在松脆的青苔上，听见莉迪亚在车里翻箱倒柜。我转了下身，以免被自己的靴子打到。她四肢趴在后座上，把我的所有衣服扔出车门。我说不出话，只有在每样东西落下的时候接住，然后把衣服卷成一卷抱在胸前。她失去理智，把自己的衣服从后排扔到前排，又从前排扔到后排，接着又从后排扔到前排……

我说："让我开车送你回家，求你。"

"求我？"她尖叫起来。而在小山上，一群低飞的鸭子在暮色中拍着翅膀飞过，像石头从我头顶扔过。它们受了惊，嘎嘎叫着转了方向，想看看这个傻瓜拿着自己的衣服顶在头上是为何。

再看莉迪亚，她在埃塞尔车内左突右撞，锁上了所有的门。还没穿好衣服，她就迅速坐到方向盘的后面，埃塞尔抖动了一下，打了个嗝，通过生锈的管道喷出一股浓烟。有那么一秒钟，虽然我没有挪一步，但我觉得莉迪亚已经准备要从我身上碾过去。但她突然向反方向疾驰而去。她狠狠地打着方向盘，猛地掉了个头回到我们来时的车辙的地方，让埃塞尔转向很难，我很担心她的身体会在喇叭上磨出什么。

直到眼睁睁看着她的埃塞尔像火箭般驶出，我才意识到自己的困境。这个暴露狂在群鸭乱飞的克拉尔维尔湖岸边被活活冻死了!

于是,我在沼泽里艰难前行。我的视线摇摆不定但仍然努力跟着疯跑的埃塞尔。车子迅速地驶过远处玉米茬的田地。我几乎看不清我们来时那一条浅浅的白线。我浑身赤裸、脚底打滑地跑过沼泽地。如果冒险贴着水库的岸边走,可能会抄近路赶在她前面,打个信号让她停下。等到那时,她可能会情绪缓和,愿意停下。可是我拿什么给她打信号呢?难道用奇形怪状戴着套套的小弟弟?

我把衣服包成一包夹在腋窝下或举高保持干燥,沿着水库结薄冰的边缘深一脚浅一脚地在锯齿草和软软的淤泥里跋涉前行。一群受惊的黑色白骨顶鸡在我眼前飞起。有一两次我跌倒跪下,感觉到烂泥地里有些可怕的腐烂的东西。但我始终努力让衣服举高不被弄湿。

接着,我又跑进了未收割的玉米地,弯腰的折断的叶茎,皱巴巴的玉米壳,跑起来脚很痛。就像薄薄的瓷片,干燥而尖利易碎。横在我和那条平直的道路之间的是小小的池塘,冻得并不像看上去那样坚硬,冰在脚下碎了,我跌进了齐腰深的水里,撞到了水下的围栏,而围栏两头的铁杆在池塘两边刚刚冒出水平面,铁丝网歪在水里。但是我已经冻麻了,感觉不到任何伤口。

跑到现在,幸运的碰撞就在眼前触手可及。莉迪亚海绿色的埃塞尔车的尾烟就像努力飞离地面的风筝。我终于赶在她前面跑到路边的沟旁,可是我已精疲力竭,没有力气挥手,只是站在那里,衣服马马虎虎地夹在腋下,眼睁睁看着她轰鸣而过,乳房就像前灯一样袒露在身前。她甚至连头都没转,刹车灯甚至都没闪一下。我麻木地跟着车尾的尘烟跑了一会儿,尘土太厚,我跌下了路肩,只能摸索着往前走。

我还在小碎步跑着,她的埃塞尔已经越来越远。这时我突然看见一辆破旧的红色皮卡,离得那么近,我险些撞上去。我靠着卡车的门把手，软软地瘫了下去。我看到自己离猎人不到六英尺，鸭子被放在皮卡的引擎罩上，猎人正在忙着给鸭子拔毛。鸭子松软的脖颈挂在后视镜的杠杆上，血和凝结成块的内脏洒在道路上，猎人用来处理内脏的刀和厚实的大拇指上沾满了鸭毛。

他看见我，猛地扭了一下，险些割断自己的手腕，手一滑，鸭子从挡泥板上滑下来，从手中滑脱。他大喊："天啊，哈利……"

我喘着粗气："不。"我大口喘气，确信我还没成为哈利，我没有看到驾驶员座位上的人，虽然他的手肘离我的耳朵不到几英寸。

"天啊，埃迪……"驾驶员答了一句，他离我很近，我不禁吓了一跳。

我又喘了一会儿气好让自己冷静下来，然后随意地问道："你们去爱荷华城吗？"

他们张口结舌地盯着我看了好一会儿，但我太骄傲、太疲惫，仍然没有解开那包衣服穿上。

然后哈利问道："老天，你要去爱荷华城？"

"你这个样子，他们不会让你进爱荷华城的。"埃迪说，仍然举着那只沾满血的鸭子。

我在卡车旁边的路上穿好衣服，突然发现自己仍然戴着避孕套。可是，如果把套套摘下来，就像是对这些猎人明着承认我的确戴了套套。我决定直接穿上衣服，干脆不去理它。

然后，我们三个人进了卡车，换了半天座位，又吵了一圈该由谁来驾车。埃迪最终握起方向盘，说道："老天爷。我们刚才看见你的小朋友开过去了。"

"如果她是你的朋友……"哈利对我说。我挤在他俩之间默不作声。因为我能感觉到脚热乎起来，在靴子里流着血，旁边就是沾满血的鸭子。

哈利始终保持警惕，他把枪放在车门和他的膝盖之间离我老远的地方，显然并不信任我这个四处乱跑的不穿衣服的疯子。

"老天，"埃迪说，仿佛还在努力说服自己相信，"她飞速驶过那条可怜的路……"

"她险些压到你。"哈利说。

"好吧，苍天在上，我把眼珠子都快瞪出来了，"哈利对他说，从我大腿旁边侧过身来，"我差点忘记还要躲开。"他停下来，然后接着说，"她那一对儿可真美，就在方向盘后面挺着，好像她是在用那对儿开车……"

"是啊，老天爷，我就在车里，"哈利说，"我看得整个儿可是一清二楚。我直接就看她大腿里头那儿！"他停顿了一秒，说道，"……那一丛可爱的草丛……"

埃迪听得眼红，急于压倒对方："不管怎样，我看到她那对乳房。我看得很清楚。"

这时我差一点也插嘴进去，我想说："我可是看得清清楚楚的。"但是低下头我发现一只鸭子软软的脖子和朝上翻起的绒绒的肚子，以及整整齐齐的切口附近的羽毛浸透了血。

接着，埃迪在我身旁咋呼呼地说："哦老天爷，她可又来了！"我们三个人都目瞪口呆地看着就停在前方路边的海绿色的埃塞尔。

"慢一点。"哈利说。但我心里想，求你别开得太慢。

我们平缓地开过她身边，三只呆头鹅转过脑袋想把她从上到下看个清楚。哈利和我转过身，眼睁睁看着埃塞尔在我们身后变得越来越小。埃迪从后视镜里看着她，轻轻地咒骂："哦，太讨厌了……"

"哦，去他的。"哈利也道。

然而我却松了口气，莉迪亚·金德正在方向盘后穿着衣服，在我们的注视下扣好扣子，完成最后的一点润饰。在我看来她已经恢复了某种理智。

她看上去又是多么清醒！脸上有种冷淡而仿佛谁也不认识的神情，看到我在卡车里一点也不惊讶，甚至没有留意。她有足够的成年人的泰然、自信，沉着得甚至有些可怕，装作对我们视而不见。

这种亵渎是彻底的，莉迪亚·金德玷污得甚至比任何变态所能计划的更彻底。

我挪了挪抽痛的脚，埃迪放了个屁，哈利在回应他。离我的靴子几英寸不远，鸭子眼里的黏稠的液体干燥了，眼睛正变得越来越暗淡。

"天啊。"我说。

"是啊，真是的。"埃迪说。

"是啊，上帝啊。"哈利说。

伤心是共通的。我们是失望三人组。

海绿色的埃塞尔在80号州际公路上以迅雷不及掩耳之势超了我们的车，埃迪大鸣喇叭，哈利喊道："加油，小甜心！"

我想的则是，莉迪亚·金德很可能会转到一年级德语实验室的别的班。

埃迪从克林顿街下了高速，把我们带到城市公园。当我们过河的时候，哈利开始给鸭子拔毛，用蛮力抓住一把把的羽毛，从皮卡侧窗旋转着扔出去。可是有一半的羽毛被风吹回车里。他的变速器太糟糕了，扯到油乎乎的鸭皮。哈利似乎并不在意，他以某种野蛮的专注继续撕扯着。一片羽毛粘到埃迪的嘴唇上，他呸了一口，摇下车窗想要吐出去，结果风从一边穿透到另一边。突然之间车厢里羽毛飞舞。哈利大喊，扔了一把羽毛给埃迪。他突然转向，开到了路肩，挥起手疯狂打哈利手里被掐住脖子的鸭子。他越过我的大腿，像潜鸟一样又哭又笑地叫起来。

河岸边，几个不甚热心的路人惊恐地看着这辆不断飞出羽毛的车子疯一样地驶进城里。

当我们过了公园，所有的街灯都亮了起来，埃迪放慢车速，注视着克林顿街边的路灯，仿佛在见证奇迹。"你看到没有？"他问道，语气像个孩子。

哈利还在埋头对付他的鸭子，一无所知。但我知道，并且告诉埃迪："对，路灯一下子全都亮了。"

埃迪转身看向我，一张嘴就呛着了，一边往外吐一边大喊："你的胡子上沾到了鸭毛！"他探过身子抓住哈利的膝盖大喊："天啊，看看他的胡子！"

鸭子躺在他的腿上仿佛一摊糨糊，哈利仇视地看着我，然后才记起我是谁，我如何到了这里。我没有给他时间让他反应，因为我怕他会塞我一嘴鸭毛，转向埃迪轻声恳求道："能不能在这儿把我放下？这里就好。"

埃迪猛踩一下刹车，车子发出巨大的暴躁声响，突然往前倾了一下，让忙着拔毛的哈利一头向前撞去。"天啊！"他大喊，用鸭子挡住脑袋，仿佛那是绷带。

"太感谢你了。"我对埃迪说，等着哈利从座位上退出来。我跟在他身后滑下座位，在后视镜里瞄了一眼自己沾满羽毛的胡子。

哈利站在踏板上，把鸭子递到我的手里。"拿去吧，"他恳求着，"我们这里有一大堆。"

"对，看在上帝的分上，"埃迪说，"祝愿你下一次交好运。"

"对，哥们儿。"哈利说道。

"太感谢了。"我说，完全不知道从哪里下手拿这只悲惨的鸭子，于是小心地拎起它的脖颈。哈利拔毛拔得很干净，虽然鸭子的内脏似乎已被压碎。只有鸭翅翅尖和脑袋仍然被羽毛覆盖：可爱的木头鸭，鸭脸黑一块红一块。鸭子身上的枪伤只有三四处,最可怕的伤口是一条狭长的切口,它的内脏从这里被拿掉。它大大的脚蹼摸上去就像皮质扶手椅。鸭嘴的边缘有一滴已经干透的透明的血迹,仿佛一块小小的暗色弹子。

我沿着河岸的人行道走去,挥手告别这两个慷慨的猎人。砰的一声关上车门之前,忽然听见哈利说:"埃迪,你没闻到他身上有娘儿们那里的味道吗?"

"确实。"埃迪说。

接着门砰地关上了,皮卡哀号的轮胎喷了我一脸沙子。

沿着整条克林顿街,他们飞驰而去扬起的尘土在街灯的笼罩下升腾涌动,而河对面像是部队营房的一排排房子,其实是战时建起的孔塞特棚屋[1],现在成为已婚学生宿舍,两个友邻的妻子把床单从共用的绳子上扯下来。

我慢慢地收好自己的东西,努力判断家在哪一边。但我刚刚从人行道迈出一步,就摇摇晃晃着哀号起来。原先冻冰的脚已经解冻。我能感觉到水下的铁蒺藜割出的每一道伤口、脚底板的每一片玉米茬。我努力站起来,却感觉到右脚的足弓下有一样弹丸般的异物,我怀疑那是被割断的脚趾头,在被鲜血温暖的靴子里滚来滚去。我再次哀号起来,河对岸的两个女人默不作声地用眼神想杀死我。

更多的人从孔塞特棚屋里小跑出来,仿佛是轰炸过后的幸存者。当了爹的学生个个胯宽得像当了妈似的,要么手上拿着书,要么背上背着孩子。这一群人里有人冲我大喊:"到底怎么啦,伙计?"

可是我却想不出任何话可以准确地形容我的处境。就让他们猜去

---

[1] 一种轻型预制房屋,"二战"期间由美国开始生产。

吧：一个刚刚被他手里拿着的拔毛鸭子蹂躏过的男人。

"你为什么在叫疼？"河岸上晾床单的夫人中的一人转向我问道，她站在那儿，摇摇晃晃的，活像一条快被风吹翻了的船。

我搜寻着人群，想找到最有可能的撒玛利亚人[1]。搜寻的目光越过他们，我突然看到骑着竞速自行车的朋友，正在活动房屋之间迂回。他不是别人，正是拉尔夫·帕克。他为了偷情，常常出入这片阴沉沉的已婚学生宿舍区。拉尔夫在竞速自行车上平稳地踩着，在不堪其扰的妻子们当中静悄悄地飞驰而过。

"拉尔夫！"我大喊，然后看到他的前轮晃了一下。他平趴在把手上，四处寻找藏身之处。他猛踩了一下车轮，躲在一间房子后面，看不见了。我继续尖叫："拉尔夫·帕——克！"但是这一次，他望向河对岸，努力想找到是谁打算袭击他。无疑他总在设想哪个学生的丈夫要用手枪跟他决斗。但他看到我了！居然只不过是博格斯·特林佩尔，出来遛遛他的鸭子。

拉尔夫在观望的人群中向我挥手，目中无人地朝岸边骑过来。"你好啊！"他大喊，"你在做什么？"

"喊得可吓人了。"那个晒床单的夫人说。

"桑普-桑普？"拉尔夫冲我喊。

可是我唯一能喊出的是"拉尔夫！"我发觉我声音里有种失去理智的狂喜。

拉尔夫寻找了一下平衡，朝后踩了几下，接着将前轮抬离地面，朝前蜿蜒而行。"抬起来，尖牙利齿的东西！"他命令着。如果有个男

---

[1] 《圣经》中的著名典故，意思是好心人。出自《路加福音》，讲的是犹太人被打劫受伤，路过的人都不闻不问，只有一个撒玛利亚人出手相救。而撒玛利亚人这个种族跟犹太人互不交往，彼此是仇敌。

人可以用自行车让套套冒烟,那无疑就是花花公子拉尔夫·帕克。

桥栏杆把他切成两截,然后又粘在了一起,像两只脚和轮辐的拼贴画,他从河岸那一头朝我骑来。天哪,后援终于到了。我用一边膝盖撑住自身的重量,然后轻轻地一晃一晃地站起身,但一步也不敢迈出去。我举起我那只鸭子。

拉尔夫瞪着被拔毛的鸭子和我嘴唇上方的鸭毛,说:"老天爷,你这是正大光明地打了一架?看来你们是打平了。"

"拉尔夫,帮帮我,"我喊道,"是我的脚。"

"你的脚?"他把竞速自行车放在路边,尝试让我稳住站起来。这时,河另一边有人大喊:"他怎么啦?!"

"他的脚!"拉尔夫喊道。人群在晾衣绳底下站着,困惑地交头接耳。

"轻一些,拉尔夫。"我对他说,趔趄着朝他的自行车走过去。

"这辆自行车非常轻,"他对我说,"小心别把大梁弄弯了。"

我实在不知道,如果大梁决心弯掉,我怎么能够避免,但我尽量靠着有斜度的车把手,而不把身体的重量压上去,然后把我的身子从拉尔夫的两个膝盖当中嵌进去。

"你说的是什么意思,你的脚?"他说道,摇摇晃晃地沿着克林顿街往前骑。几个已婚的学生在朝他们挥挥手。

"我踩到了好多东西。"我想糊弄过去。

拉尔夫提醒我别把鸭子挂在车把上荡来荡去:"那只鸭子可能会被卷到我的车轮里。桑普-桑普……"

"别送我回家。"我说道,心想自己得先收拾收拾。

"去班尼家?"拉尔夫说,"我可以请你喝杯啤酒。"

"我没法在酒吧清洗我的脚,拉尔夫。"

"这话不错。"

我们摇摇晃晃地到达了市中心。天还亮着，但已经越来越晚。这里周六的夜晚开始得很早，因为很快它就结束了。

我把重量放到大梁上，忽然感觉被我忘记的套套好像起皱了。我尝试着调整自己的身体，把脚趾干脆插在车链罩和后轮之间，但疼得连天空仿佛都倒过来了。拉尔夫把车倒放在格拉夫顿的理发店前面的人行道上，清清楚楚地大叫了一声。几个盖着罩衣的男人把剃光的头骨伸出理发椅子，看着我极度痛苦地蜷起身，仿佛他们是猫头鹰——而我是一只脚向内翻的畸形小老鼠。

拉尔夫把我的靴子脱下，卸下了无以言说的压力，接着吹了一声口哨，因为无数薄薄的伤口、疖子大小的肿胀和已经结了泥块的扎伤遍布整个脚。他接过了重担。回到自行车上，他捧着我的靴子，把它们用鞋带系在一起用牙咬住，与此同时我平衡着自己和鸭子，心里颤颤巍巍，害怕我的两只光脚会卷到可怕的轮子里。

"我可不能这副样子回家，拉尔夫。"我恳求着。

"要是那只鸭子有朋友呢？"他问道。我的鞋带从他嘴边滑脱，他突然猛冲了一下，仿佛是想一口把靴子吃到嘴里。"要是那只鸭子的朋友在找你呢？"他咕哝着，朝爱荷华大街走去。

"求你了。拉尔夫。"

但他说："我从来没想过脚能伤成你这样子。我要带你回家，伙计。"我们的时机堪称完美。我的倒霉破车在路牙上冒着烟，比姬刚刚买菜回来，车子仿佛终于又喘气了，因为刚刚以20英里的时速开了1英里而噗噗颤抖，出现过热现象。

"悄悄把我送到地下室，拉尔夫，"我小声说，"那儿有个旧水槽。至少我可以洗把脸……"我想起来猎人们发现我身上的光荣味道，还有嘴上的鸭毛。可别让比姬以为我用嘴巴给鸭子拔毛了。

我们摇摇晃晃地走过草地，经过退休的邻居费奇先生旁边，他还在耙地好让雪覆盖在干净的枯草上面。我不假思索地朝他挥了挥手中的鸭子，怪癖的老头开心地说："嘀！我自己也打过猎，不过现在不像以前可以到处去……"他站在那里，像一尊易碎的冰雕。对于我没有猎枪这一点丝毫也不觉得奇怪。他们那会儿打猎用的应该是长矛吧！

拉尔夫抱起我，走过地下室的门口，虽然费奇先生明显看出来我没法自己走路，但也没觉得困惑。他那个年代，经过可怕的打鸭子之行，负伤无疑是理所应当。

拉尔夫把我背进地窖，仿佛我是一袋煤，我肩上是靴子，就像负轭的老牛。我坐下来，地窖冰凉的大理石对我的脚简直是种抚慰。拉尔夫的熊脑袋从通路那儿探头探脑。"都还好吗，桑普－桑普？"他问道，我点点头。他静静地关上门，最后又留下一句，"桑普－桑普，我相信有一天你会跟我聊聊这个故事……"

"好的，拉尔夫。"

接着，我听到比姬的声音从厨房窗口传来。她叫道："拉尔夫？"我只好往地窖深处缩了缩。

"你好啊！比格！"拉尔夫一脸开心。

"你在这里做什么？"她声音冷冷地，仿佛怀疑什么。这就是我的好比姬，对拉尔夫·帕克这样的好色之徒从来不会给什么好脸色。

我为她感到骄傲，尽管此时此刻这样做很愚蠢。

"呃。"拉尔夫张口结舌。

"你在我们的地窖里做什么？"比姬问道。

"好吧，准确地说，我并不是在你们的地窖里，比姬。"

我在黑暗中朝水槽那个地方摸索过去，知道过了不多久我就会被发现，便转动脑子，想编出完整的一本小说。

"玩游戏呢，拉尔夫？"比姬说，口气有些轻佻，我并不喜欢。我禁不住想，别对他高抬贵手啊，比姬，要毫不留情。

拉尔夫哈哈大笑，但笑得实在让人起疑。这时我恰好踩在了老鼠夹上，这可怕的袋熊陷阱，从来都是给冒险老鼠设计的，足以让小小的脊柱被压成碎片。它一定是压在脓肿的伤口上，因为整个地窖仿佛亮了，我这时能够看清周围所有的东西，好像楼梯旁的电灯开关被谁打开了一样。我控制不住地尖叫起来，最后才意识到自己踩在了什么上面。富有穿透力的声音一定已经击碎了可怜的费奇先生，把他变成了无数小小的冰晶碎片，躺在耙子旁边。

"那到底是谁？"比姬大吼道。

懦弱的拉尔夫立即举双手投降。"桑普－桑普，是他在地下室里……"他又多余地加了一句，"是他的脚……"然后透过地下室的窗户，我看到他飞奔过草地，骑上车跑了。

费奇先生的声音从远处传来："打猎打得好！"

比姬朝着费奇先生说："什么？"

"打猎打得好！"费奇先生又说了一遍，我戴着捕鼠夹像穿了双鞋一样蹭到水槽边，打开生锈的水龙头，疯狂地用水哗哗洗脸。

"博格斯？"比姬叫我，她在我头顶上踩着厨房地板。

"嗨！可不就是我！"我朝她大喊。

接着，灯实实在在地亮了，这下我能看见台阶顶上比姬的下半身，也看清了周遭，好把捕鼠夹解下来。

"博格斯，到底怎么回事？"

"不小心踩到了该死的捕鼠夹。"我小声说。

比姬在台阶顶上坐了下来，我能看见她的裙底。她问道："可是你到底在底下做什么？"

我早已经想过，这件事会变得越来越复杂。准备好了说辞，我答道："我原想着自己清理一下，不想让我的脚吓到你……"

她探了探身，有点错愕，盯着我看了一会儿。我从台阶底下把我的脚底转过去，尽可能送到她的眼底。这个姿势相当夸张，她不由得尖声叫起来。然后我举起那只鸭子。

"看见鸭子了吗，比格？"我傲然道，"我去打鸭子了，但脚伤得很厉害。"

这下打乱了她的心神——这个故事，加上我狡猾地跪地的小把戏。我们进了门厅，我仍然跪着，想把鸭子交到她手里。她立即扔到地上。

"我给家里挣回了晚餐。"我胜利地说。

"这晚餐好像已经有人吃过了。"

"是这样，我们得先洗一洗，比格。把他清理一下，然后放点红酒烤一烤。"

"给它喝点白兰地，"比姬说，"或许这样能让它恢复元气。"

接着，柯尔姆摇摇晃晃地走进门厅，坐在这个奇形怪状、从天而降的意外旁边。但愿他会记住我这个总是带来各式各样稀奇古怪礼物的父亲。

柯尔姆抗议着，比姬一把把他放到后腰上，扶着我从门厅走到浴室。

"轻点，轻点，我的脚。"我轻声地恳求。

比姬上上下下打量我，寻找着某种具体的解释。在我的耳朵里？在我的胡子底下？

"你是去打猎了？"她开始了新一轮拷问。

"对……你知道，我从来对打猎没什么兴趣……"

"我也是这么想的，"她说，点了点头，"可是你却跑去打猎，还打回一只鸭子？"

"不，不，我没有枪，比姬。"

"我也是这么想的，"她说，到目前为止都还满意，"所以是有别人打下这只鸭子给了你？"

"没错！"我说，"可是我的脚倒了大霉，比格。我在沼泽地里把鸭子寻回来。不想弄湿了靴子，可是我真不晓得沼泽里有那么多破烂。"

"靴子不就是为这个的？"比姬一边说，一边给我放洗澡水。我坐在马桶上，想起来我还得尿尿。"你的裤子也没湿。"她随意地说。

"我把裤子也脱了。那边都没有外人，我不想把身上弄得脏兮兮的。"

比姬一边试着水温，一边思考着。柯尔姆悄悄爬到了浴室门口，好奇地看着门廊上那只奇怪的鸭子。

接着我拉开裤裆，两只脚痛苦地叉开站在马桶前，我笨手笨脚地把那玩意儿拿出来想要撒尿，比姬冷冷地瞧着我的小弟弟，看着避孕套渐渐被填满，直到我突然可怕地觉察到压力，觉察到没有哗哗的声音。我低下头，发现避孕套已经涨成了气球，还在渐渐涨大。

"所以你到底和谁去打猎了，博格斯？"比姬扯着嗓子喊道，"你和拉尔夫·帕克，还有他从哪儿寻来的一对儿？"

"剪子！"我尖叫着，"看在老天的分上，比格。求求你。这样会弄得一团糟……"

"你个浑蛋！"她尖声道。柯尔姆赶紧逃到客厅那一头，去找他的好朋友，那只安静的鸭子。

我担心比姬会往我流血的脚上踩——一旦她恢复了思考能力——所以就费了好大力气躲出浴室，先是踮着脚，然后更舒服地用膝盖梆梆跪地往前挪，一只手还捧着那个跟球一样的套套。柯尔姆紧紧抓住鸭子，下定决心，不能让他正要冲锋的老爸抢走鸭子。

我来到门廊当中，离厨房门只有几英寸的时候，有人敲着前门，大喊道："特快专递！亲自签收！"

"进来！"比姬从浴室里大喊。

邮差进了门，挥着一封信。他来得很突然，吓到了柯尔姆。他尖叫着躲到门厅里面，还不忘拉着鸭子。我痛苦地摇摇摆摆用膝盖跪走了几步，仍然握着我的气球，滚到了厨房里看不见的角落。

"特快专递！亲自签收！"邮差平淡地又读了一遍，并没有人提前给他提个醒，是否应当说一句更得体的话。

我从厨房里悄悄窥探。很显然邮差是装作什么也没看见。而比姬在走廊的那一头，显然已忘记她告诉过人家可以进门。她怒视着邮差，在她心里，是把眼前这个人跟我的打猎之行联系到了一起。

可怜的邮差想破脑袋也不明白，又喊了一遍："特快专递！亲自签收！"然后把信放在走廊里就跑掉了。

* * *

柯尔姆拉着鸭子一起滑行，慢慢朝着那封信蹭过去。又一个意外！比姬以为我也会逃脱，大吼道："博格斯！"

"在这儿，比格。"我答道，"求求你，告诉我剪刀放哪里了？"

"在水槽下面的钩子上挂着，"她机械地说，接着又跟了一句，"我希望你把那玩意儿整个儿剪了。"

我并没有这么做。我在水槽上面心惊胆战地剪着，忽然看到柯尔姆爬过了门，把鸭子和信都一把推到了门廊那一头。

"有一封信，比格。"我虚弱地道。

"特快专递！亲自签收！"比姬咕哝着，明显无精打采。

我把那倒霉玩意儿冲进了下水道。门厅里，柯尔姆尖叫起来，比姬要么是拿走了他的鸭子，要么是拿走了他的信。我看着淤青的脚趾想道，至少被夹住的不是你的脖颈，冒险老鼠。这时候，柯尔姆充满热情地咿咿呀呀，也许是在跟鸭子说话。我听见比姬把信撕开。她说："是你父亲寄来的，那个王八蛋……"平淡的语调没有一丝波动。

天哪，你到底去哪儿了，哈利·佩茨？你那一番精彩的尝试之后，他们是不是把你绑在一张钉在地上的椅子上？你是否介意让我借你的竞赛用座？毕竟它已经蹚过了这条路？要是我坐你的滚轮椅子，朝四层楼的窗户冲过去，直冲到底下的停车场，你会不会认为我有抄袭的嫌疑？

第19章

格雷斯人中的阿克塞鲁夫

在《阿克海特和古诺》的长诗中有这样一刻：讨论了母亲最看重的究竟是什么这个微妙而有深度的话题。阿克海特想把年幼的儿子阿克塞鲁夫带在身边，让儿子一同参加与格雷斯人的战斗。儿子才六岁，古诺心乱如麻，她的丈夫竟然这般没心肝。"Da blott pattebarn![1]"她痛苦地喊道——"他还是个孩子！"

阿克海特耐心地问她，她到底在害怕什么。害怕阿克塞鲁夫会被格雷斯人杀掉？如果是这样，她应该记得格雷斯人总是输掉战争。要么就是她觉得士兵的言行举止对小孩子来说太粗犷？至少她应当尊重丈夫的品行，小孩会被保护得很好，不受张狂行为的误导。"没有什么可怕的！（Dar ok ikke tu frygte![2]）"阿克海特固执己见。

古诺小心翼翼地承认她害怕的是什么。"在格雷斯人当中，"她告诉他，却不敢看着他的眼睛，"你会掳走一个女人。"

---

[1] 古低地诺尔斯语。
[2] 古低地诺尔斯语。

的确如此。阿克海特在战斗结束之后总会掳走女人。但他仍然看不出问题在哪儿。他大喊:"就是用来玩乐的女人……她不会成为孩子的母亲。"

然而这个区别不是古诺能领会的。她很担心阿克塞鲁夫会把这个女人的角色与他自己的母亲混为一谈,古诺自己在她儿子的眼里也会因为想到这一点变得低贱。

"该死的女人!"阿克海特告诉自己的老父亲萨克。

"该死的女人!该死的母亲!"老萨克咆哮。

然而这并非重点。重点在于阿克海特还是把阿克塞鲁夫留在家里陪着母亲。他毕竟还是尊重了古诺的意见。

关于母亲与格雷斯女人,虽然阿克海特不一定认同两者有所不同,但博格斯·特林佩尔至少读过背景材料,对比姬对柯尔姆的想法有了思想准备。明确地说,是比姬对柯尔姆和"格雷斯的娼妓"——郁金香的想法。

让特林佩尔离开纽约很难,而让他到缅因州来看望比姬和柯尔姆又会让每一个人不舒服,尤其是特林佩尔自己。因此,比姬允许柯尔姆偶尔去纽约,但她对特林佩尔提出了一个条件:"跟你住在一起的那个女孩,郁白香,是叫这个名字?你打算让柯尔姆住的那间公寓里的那个女人——我是说,博格斯,我觉得有他在,你不能跟她太随便了。毕竟,他记得你都是跟我睡……"

"基督啊,比格!"特林佩尔在电话里说,"他记得原先都是我跟你睡。那库思怎么办,比格?又该怎么说他?"

"我本不必把柯尔姆送到纽约去,你知道,"比姬说,"请你理解我的话。他是跟我生活在一起,你知道。"

特林佩尔当然早就知道。

安排好这些事情已令人精疲力竭。特林佩尔烦躁不安地对表，一再重复确认航班信息：航空公司是否愿意让一个没有大人陪同的五岁小孩上飞机（比姬只能撒谎说他已经六岁），前提是确定无疑有人来接机，前提是飞机上不会过于拥挤，前提是他是个安静的孩子，不会轻易在两万英尺高空陷入恐惧。还有，他晕机吗？

特林佩尔紧张地站在郁金香身边，这里是拉瓜迪亚机场油腻的瞭望台。当下正是早春，天气真的很舒服，很可能柯尔姆来的地方天气也不错。然而，拉瓜迪亚机场的空气却像憋在巨大瓶子里的臭屁。

"这个可怜的孩子大约很害怕，"特林佩尔说，"独自坐飞机，绕着纽约飞啊飞。他还从没来过大城市。老天爷，他好像从来没上过飞机。"

但这一点特林佩尔说错了。当比姬和柯尔姆离开爱荷华时，他们是坐飞机离开的，柯尔姆每分钟都很享受。

"瞧那些飞机在上面盘旋，"他对郁金香说，"可能叠了50架，等着有空的地方落地。"

但飞机并不同意特林佩尔。虽然这样的层层叠叠可以想象得到，甚至也是很可能的，但这一天却丝毫没有这种现象，特林佩尔看到的是海军喷气机的飞行中队。

柯尔姆的飞机提前十分钟降落。还好郁金香看见飞机进港，而特林佩尔还醉心于海军的喷气机。她也及时听到了大喇叭里提到到达门是哪一个。

特林佩尔这时已在为柯尔姆哀叹，就好像飞机已经坠毁。"我真不该让他上飞机，"他叫道，"我本来应该借一辆车，然后就在后门接上他！"

郁金香拎着还在抱怨的特林佩尔离开瞭望台，及时把他送到到达口。他仍在喋喋不休："我永远不会原谅我自己，就是自私罢了。我不想驱车开那么久。我也不想见不得不见的比姬。"

郁金香透过门观察着乘客。只有一个小孩,空姐拉着他的手,他大概到空姐腰那里,正冷静地穿过人群。看起来空姐拉着他只是因为她想要或者必须拉着他,他只是容忍而已。他是个俊俏的男孩,皮肤很细嫩像妈妈,但有爸爸黑黝黝的有些圆润的五官。他穿着皮短裤、登山鞋,崭新的白衬衫外面套着蒂罗尔羊毛夹克,空姐手里提着帆布背包。

"特林佩尔?"郁金香指着男孩问道,但特林佩尔却正在看向别处。这时,男孩发现了博格斯,马上放下空姐的手,要回他的背包,指向他的父亲。而他父亲这时正在四处乱瞧,就是没看向正确的方向。郁金香必须把他朝柯尔姆这边拉回来。

"柯尔姆!"博格斯大喊,他猛地俯下身要把儿子抱起来,突然意识到柯尔姆已经长大了一些,不想再被抱起来,至少公众场合不愿意。你怎么也想不到,他偏偏想握手。

特林佩尔把他放下,握了握手。"哇!"他大喊,笑得像个傻瓜。

"我是跟飞行员坐在一起飞过来的。"柯尔姆说。

"哇哦。"博格斯让柯尔姆轻声一点。他正在瞧着柯尔姆的奥地利服装,想象比姬如何打扮他,让这个可怜的孩子穿得好像奥地利旅行社的展示牌。他已经完全忘掉这一身衣服正是他给柯尔姆买的,包括背包在内。

"特林佩尔先生吗?"空姐上前,遵循职业道德、小心谨慎地问道,"这是不是你父亲?"她问柯尔姆。博格斯屏住呼吸,不知柯尔姆会不会不认。

"对的。"柯尔姆答道。

"对,对,对。"特林佩尔走出航站楼的时候一直在念叨。郁金香拿着柯尔姆的背包瞧着他俩,惊讶于柯尔姆继承了父亲那种缓慢的步伐。

博格斯问柯尔姆飞行员的座舱里到底都有什么。

"有很多电。"柯尔姆告诉他。

坐进出租车,博格斯开始喋喋不休地数汽车。柯尔姆看到过这么多汽车吗?有没有闻到这么多汽油味?郁金香把背包放在腿上,咬住嘴唇。她快要哭了,博格斯甚至没有向柯尔姆介绍她是谁。

这样的尴尬在郁金香的公寓里爆发了。柯尔姆被鱼儿和乌龟迷倒了。"它们叫什么名字?""是谁找到的?"接着,博格斯终于想起了郁金香,也想起来她对柯尔姆的到来跟他一样紧张。她想要知道,五岁的小孩都吃什么,他喜欢做什么,个头有多高,几点钟睡觉?突然间博格斯意识到柯尔姆对她有多重要,这让他颤抖。就像他极力想让柯尔姆喜欢自己,她也希望柯尔姆能喜欢她。

"对不起,对不起。"他轻声对她说。她正在给乌龟准备吃的,好让柯尔姆喂一喂它们。

"没事的,没事的,"她说,"他很漂亮,特林佩尔。他多漂亮啊,难道不是吗?"

"是的。"博格斯轻声答道,然后回来看柯尔姆喂乌龟。

"它们生活在淡水里,对不对?"柯尔姆问道。

特林佩尔居然不知道。

"是的,"郁金香说,"你在海里看到过乌龟吗?"

"对,我有一只,"柯尔姆说,"是库思捉到的,很大一只。"他张开双臂。特林佩尔觉得,对于库思在乔治敦岛附近所能捉到的任何乌龟,这个描述都太夸张了。可是在柯尔姆眼里,这样的夸张恰到好处。"我们每天都要给它换水。是海水,就是咸咸的水。它如果在这里会死掉。"他一边说,一边好奇地探看郁金香巨大的鱼缸。"那这些乌龟,"他的声音因为新的发现而变得清脆明快,"这些乌龟如果换到我在家里的水缸也会死掉，对不对？"

"是的。"郁金香答道。

柯尔姆的注意力转向鱼儿："我也有几条米诺鱼，但都死了。现在我一条鱼也没有。"他紧紧盯着艳丽的小鱼。

"嗯……"郁金香对他说，"你可以选一条你最喜欢的，回家时一起带走。我有一只小鱼缸，正好可以带着鱼走。"

"真的？"

"当然，"郁金香说，"这些鱼吃的鱼食很特别，我也可以给你一些，等回家的时候，你也要给它准备一个鱼缸，通上管子好增加水里的空气……"她正在向他展示水族馆里的设备，他突然打断了她。

"库思可以做一个。"柯尔姆说，"他给我的乌龟做了一个这样的。"

"这样啊，很好，"郁金香说。她看着特林佩尔躲进了浴室，"那你就有小鱼陪着乌龟了。"

"说得对，"柯尔姆使劲点头，冲她微笑，"但是不能放同样的水，对不对？鱼儿需要淡水，不是咸水，对不对？"他是一个极其追求精确的小男孩。

"对的。"郁金香对他说。她侧耳听着博格斯在浴室里的动静，他正在冲着马桶。

他们去了布朗克斯动物园：柯尔姆和博格斯，还有郁金香、拉尔夫·帕克和肯特，外加价值两千美元的电影设备。帕克拍了一条博格斯和柯尔姆坐上地铁去布朗克斯的镜头，就是延伸到地面上的那条长而丑陋的轨道。

柯尔姆看着沿着地铁修建的阴郁的公寓楼上飘着晾晒的衣服。"我的天，那些衣服不会被弄脏吗？"他问道。

"说得对。"博格斯答道。他很想把拉尔夫·帕克、肯特和那两千美元的电影设备扔下铁轨,如果能在列车高速飞驰时扔下去那才好呢。但郁金香非常体贴,而柯尔姆显然也很喜欢她。她当然非常用心,但也是因为她身上有很多东西自然而然就让柯尔姆想要亲近,让他觉得自在。

柯尔姆一直不喜欢拉尔夫。虽然他还是小宝宝时,拉尔夫就来过他们在爱荷华的家,但柯尔姆就是不喜欢。镜头不停地拍着,柯尔姆对着镜头瞪眼睛,一直到拉尔夫停下手,放下镜头,冲他瞪回去。然后,柯尔姆就会假装没意思了,眼睛转向另一边。

"柯尔姆?"博格斯轻声问道,"你觉得拉尔夫应当生活在淡水里还是海水里?"柯尔姆咯咯笑了,然后悄悄把这一番话说给郁金香听。她也微笑,说点什么给柯尔姆听,他又会转述给博格斯。这时镜头又开始转了。

"油。"柯尔姆悄声说。

"什么?"博格斯说。

"油!"柯尔姆说。拉尔夫应该生活在油里。

"说得对!"特林佩尔说,向郁金香递过感激的眼神。

"就是!"柯尔姆大喊。他感觉到镜头又在转,对着他拍,他准备用眼神杀死拉尔夫·帕克。

"这孩子一直在看镜头。"肯特告诉拉尔夫。

拉尔夫带着夸张的耐心,从过道那头欠身过来对柯尔姆微笑道:"嗨,柯尔姆,"他温柔地说,"别看镜头,好不好?"柯尔姆看向父亲寻求他的意见,到底要不要听拉尔夫的话?

"油。"博格斯轻声说。

"油。"郁金香跟着重复,仿佛念经。接着她笑起来,柯尔姆也禁不住笑开了。

"油。"柯尔姆重复道。

肯特似乎总是被这种体验弄得不知所措，但拉尔夫·帕克终于放下了镜头，他总算还是敏锐地观察到了细节。

去动物园玩过之后——看到了怀孕的动物、换毛的山羊；被严格控制的小小王国，从疣猪到猎豹。天晓得拍了多少尺胶片，而且拍的是动物不是主要的人物。郁金香、博格斯和柯尔姆终于甩掉了拉尔夫和肯特以及那两千美元的电影设备。

拉尔夫一直没有收起摄影机。镜头挂在沉重的包里，仿佛皮套里的手枪，你知道那是一只大口径的手枪，而且枪已经上膛。

郁金香和博格斯带着柯尔姆去看村里的玩偶戏。郁金香很懂这些：什么时候博物馆会给孩子放电影，什么时候会有舞蹈、演出、歌剧和交响乐，还有玩偶戏。她知道得一清二楚，因为她自己就更喜欢看这些演出而不是给大人看的内容——那些演出大多很糟糕。

她每次都恰好抓住时机。看完玩偶戏，他们又去了一个叫"黄色牛仔"的地方吃饭，那里贴满了西部片的电影海报。柯尔姆爱得要死，吃得狼吞虎咽。然后他们在出租车里睡着了。博格斯坚持坐车，不想再让柯尔姆看到夜里地铁上的场面。在后座上，特林佩尔和郁金香为了谁来抱着柯尔姆差点打起来。郁金香终于放手，让特林佩尔抱着他，但她的手仍然捧着柯尔姆的脚丫。

"我简直没法不对他入迷，"她对特林佩尔轻声道，"我是说你创造了他。他是你的一部分。"特林佩尔看上去好尴尬，但郁金香继续说下去，"我觉得我对你都没有这么爱过。"她告诉博格斯，有些掉眼泪了。

"我也爱你的。"他粗哑着说，但不肯看她。

"我们生个孩子吧，特林佩尔，"她说，"我们，好吗？"

"我有一个宝宝了。"特林佩尔酸溜溜地说，接着又做了个鬼脸，仿佛无法忍受这话里自己都能听出来的自怜。

她也听不下去。她轻轻捏了捏柯尔姆睡着的脚丫。"你这个自私的浑蛋。"她对博格斯说。

"我知道你在说什么,但我的确是爱你的,我猜,"他说,"只是生孩子太冒险了。"

"你随意吧,伙计。"郁金香说着放开了柯尔姆的脚丫。

比姬希望他们两人别过于亲热。对比姬的这个要求,郁金香可比特林佩尔认真得多。她特地安排柯尔姆睡她的床,正对着乌龟和鱼儿。博格斯应该跟柯尔姆一起睡,但得记住别在半夜伸出手去拧柯尔姆的屁股。她则去睡沙发。

特林佩尔听着柯尔姆甜甜的呼吸。孩子的脸在睡着时显得那么脆弱!

柯尔姆半夜从梦中醒来,浑身发抖,哀号着要水喝,要求小鱼安静,还说一只疯乌龟袭击了他。接着郁金香还没来得及给他接水,他又睡着了。她简直不能相信一个白天的时候老成持重的小孩,到了晚上却被吓成这样。特林佩尔告诉她,这其实是很自然的,有些小孩晚上会哭闹。柯尔姆晚上一直闹觉,从来没连着两晚不哭不闹,这很神秘,从来没得到过解释。

"可以理解,"他对郁金香轻声抱怨,"你要知道这孩子一直跟谁生活。"

"我还以为你说比姬跟他很和谐的。"郁金香担心地说,"还有库思,你说过。你是指库思?"

"我说的是我自己,"特林佩尔说,"去他的库思。"他咕哝着:"他是个很不错的人……"

郁金香也惊讶于孩子每天早晨醒来的时候竟然那么地清醒。柯尔姆醒来就朝窗外望去,咿呀自言自语,想着自己要做的东西,又蹑手蹑脚地潜入郁金香的厨房。

"酸奶里头有什么?"

"水果。"

"噢,我还以为是一块块的疙瘩。"柯尔姆一边说,一边继续吃。

"疙瘩?"

"就像麦片里头那种。"柯尔姆说。啊哈!博格斯想到,这么说比姬做麦片不太行,还是才华过于外露的库思搞砸了麦片?

但柯尔姆已经滔滔不绝地把话题转向博物馆,想知道在缅因州有没有博物馆。有的,船舶方面,郁金香想着。纽约这儿有好多博物馆——画画的、雕塑的……

他们带着柯尔姆去看了一家机械博物馆。这是他要求的。入口处有个巨大的装置,有三层楼那么高的一堆引擎、杠杆、蒸汽汽笛和击锤,宽敞得像谷仓。

"这是做什么的?"柯尔姆问道,被它巨大的能量吓得站在那里目瞪口呆。它发出声声巨响,仿佛在给自己建一座大楼。

"我也不知道。"特林佩尔说。

"我觉得它没有什么实际用处。"郁金香说。

"它就是不停地在转,对不对?"柯尔姆说。

"对。"特林佩尔说。

那里有上百台机械。有的精致,有的野蛮,有的可以自己开动、自己停下,有的猛烈击打,发出巨大噪音,有的静静地躺在那儿——就像动物园里巨大的随时准备出击的动物,它们总在睡觉。

在走出去的隧道里,柯尔姆停住脚步,用手抚摸隧道的墙壁,感受着所有这些机器的震颤。"天哪,"他说,"你能感觉得到。"

特林佩尔痛恨机器。

另一个博物馆在放映 W.C. 菲尔兹主演的《银行妙探》,他们就带着柯尔姆去看。柯尔姆和特林佩尔两人从头到尾大呼小叫,郁金香却睡着了。"我想她不喜欢这部电影。"博格斯对柯尔姆悄声说。

"我想她只是累了。"柯尔姆悄悄地回道。过了一会儿他又问:"她为什么睡沙发?"

特林佩尔很有技巧地引开话题:"也许她并不觉得电影那么有趣。"

"可是电影很有趣。"

"对。"特林佩尔说。

"你知道吗?"柯尔姆沉思地说,"女生不喜欢幽默的东西。"

"女生不喜欢?"

"不喜欢。妈妈就不喜欢,然后……她叫什么名字?"他问道,指着郁金香。

"郁金香。"特林佩尔轻声说。

"郁金香。"柯尔姆答道,"她也不喜欢幽默的玩意儿。"

"好吧……"

"但是你喜欢,我也喜欢。"柯尔姆说。

"对。"特林佩尔小声说。他觉得自己可以听他说话听几天也不烦。

"库思也觉得这些很幽默。"柯尔姆继续说下去,但特林佩尔从这儿开始走了神。他看着菲尔兹押着怕得要死的银行抢劫犯来到码头的另一侧,底下就是湖水。菲尔兹对抢劫犯说:"从这里开始,你要驾船了。"柯尔姆笑得弯了腰,惊醒了郁金香,但特林佩尔却没法挤出肯定的笑容。

柯尔姆待在纽约的最后一晚,博格斯·特林佩尔做了个关于飞机的噩梦,这一次轮到特林佩尔用哀号声惊醒了柯尔姆和郁金香。

柯尔姆完完全全清醒,问着各种问题,寻找可能是哪一只乌龟袭击了他父亲。但郁金香告诉他没事，父亲只是做了噩梦。"我有时候也会。"柯尔姆说，他同情地看着博格斯。

就因为做了这个梦，博格斯决定从肯特那里借一辆车，开车送柯尔姆回缅因州。

"这太愚蠢了。"比姬在电话里说。

"我开车开得很好。"特林佩尔说。

"我知道你能开，但花的时间太久了。他坐飞机到波特兰，一小时就够了。"

"除非飞机坠毁到大西洋里。"博格斯答道。比姬抱怨起来。"好吧，"她说，"我会开车去波特兰接他，这样你就不必一直开到乔治敦岛。"

啊哈！特林佩尔想道，难道在乔治敦岛有什么不能让我看见的？"我为什么不能开到乔治敦岛？"他问道。

"老天爷，"比姬说，"如果你想，当然可以。我只是认为你可能不想去。我只是想，本来我也要开车到波特兰去接机……"

"好，就按你想的。"

"不，不，按你想的。"比姬说，"你们玩得好吗？"

他还是按照比姬的想法。借了肯特那辆糟糕的车，驱车去了波特兰机场。郁金香给他们打包好午餐，还用自己很可爱的小鱼缸来装柯尔姆选好的那条大大的紫色扇尾鱼。柯尔姆没看到郁金香跟他拥抱道别时，在他肩膀上轻轻哭了。而当特林佩尔想要拥抱她时，她却不耐烦地在人行道上冲他低吼。

他们甚至还没开出纽约州，柯尔姆就在肯特车里前排的杂物箱里发现了一卷类大麻烟的东西，以及四只过期的大麻烟。博格斯十分害怕会遭到突击检查,而且是在他的孩子面前!博格斯赶紧让柯尔姆把杂物箱里的东西都清到一只小袋子里。一等到路上前后都没车的时候,特林佩尔就把这些破玩意儿扔出了车窗。

到了马萨诸塞州,博格斯才意识到他把汽车所有的登记证,很可能还有肯特的驾照都扔掉了,所有的大麻装置很可能带着肯特的姓名地址被找到。他决定告诉肯特有人抢了杂物箱。

特林佩尔到新罕布什尔州的时候放松了驾车节奏。他选择沿着缅因州海岸线绕路,好把跟柯尔姆在一起的最后时光拉长一些。他对比姬、对库思,都有些想法,以及比姬不知对柯尔姆讲了多少关于他爸爸的事,甚至是关于他爸爸的姑娘——但并不是幽暗的想法,有些是悲伤的想法,但都是善意的。比姬并非充满恶意。

"你喜欢缅因州吗?"他问柯尔姆。

"当然啦。"

"甚至是冬天也喜欢?"特林佩尔问道,"到了冬天,在海岸边还能做什么?"

"在下雪的海滩上散步,"柯尔姆说,"看看风暴。不过,等我回家的时候,我们会把船放回海里……"

"哦?"特林佩尔说,"你和妈妈吗?"他真是自找的,他在有意地引导问题。

"不是。"柯尔姆说,"我和库思。那是库思的船。"

"你喜欢库思,对不对?"

"我当然喜欢啦。"

"你在纽约玩得很好吧?"特林佩尔哀求。

"我当然玩得很好。"

"我也喜欢库思和妈妈。"博格斯说。

"我也是。"柯尔姆答道,"我也喜欢你。还有……那个女孩,她叫什么来着?"

"郁金香。"

"对,就是郁金香。我也喜欢她。"柯尔姆说,"还有你,还有妈咪和库思。"很好,这下圆满了,特林佩尔想道。他不知道自己是什么感受。

"你认识不认识丹尼尔·阿尔布斯诺特?"柯尔姆问道。

"我不认识。"

"嗯,我不太喜欢他。"

"他是谁?"

"他是我学校里的小孩,"柯尔姆说,"他就是个傻小子。"

到了波特兰机场,比姬问特林佩尔是否愿意到乔治敦岛来,只需要再开一小时的车,他可以留在家里过夜,库思希望见一见他。但特林佩尔隐隐觉得比姬其实并不想让他过来,而他自己也不想去。

"告诉库思我很抱歉,我还得回纽约。"他说。

"拉尔夫正在热火朝天地拍一部新电影。"比姬瞧着地说,"谁是主角?"博格斯用那种"你怎么知道的"眼神瞪着她。她说:"拉尔夫来过。他有个周末飞到这里,跟我和库思聊了聊。"她耸了耸肩。"我不在意的,博格斯。"她说,"但我不能理解为何你愿意接这样一部电影,关于……关于什么玩意儿?"她怒气冲冲地说,"这是我想弄明白的。"

"你知道拉尔夫是什么人,比格。我觉得他自己都搞不清楚这片子拍的是什么。"

"你知道他想跟我上床吗?"她质问,"一次又一次。"她越说越生气,"他周末来的时候居然有胆尝试,库思就在边上,他也不管不顾。"

特林佩尔只是挪着脚。"那个女孩。"特林佩尔终于抬起头。"郁金香?"比姬问道。

"对,"柯尔姆说道,"郁金香……"

他俩挪到车子另外的那头。柯尔姆正专心致志地打开鱼缸。鱼缸外面裹着锡纸,还系了一个蝴蝶结。

"她怎么了?"特林佩尔问道。

"拉尔夫说她人非常好。"比姬说,"我是说,人真的好。"

"是的,她的确很好。"

"好吧,他也想跟她上床……"比姬说,"你应该知道……"

特林佩尔想告诉比姬拉尔夫早已跟郁金香睡过,但现在不行了,他还在为此恼火,但是他俩没有其他任何关系了。可是他什么也没说,只是一副要哭的样子。

"博格斯,"比姬说道,"千万别跟我说对不起。就这一次,别说这样的屁话。你总这么说。"

"可是我真的很抱歉,比格。"

"别,"她告诉他,"我很开心,柯尔姆也是。"

他相信她说的,但为何他有一股无名之火?

"你呢?"她问道。

"什么?"

"你开心吗?"

他感觉自己某种程度上也是开心的,但顾左右而言他。"我们一起玩得很愉快,柯尔姆和我,"他告诉她,"我们去了动物园并看了玩偶戏……"

"还有博物馆!"柯尔姆说。这时他已经解开了包装纸,举起来给比姬看。但鱼儿却已漂在水面上。

"哦,鱼很可爱。"比姬说。

"它死了。"柯尔姆说道,但他似乎并不惊讶。

"我们会给你再弄一条,"特林佩尔说,"等你再来的时候,"他说,没看比姬,"你希望再来纽约吗?"

"当然。"

"其实你的爸爸也可以过来,看看我们。"比姬说。

"当然,我还可以顺路捎一条小鱼。"博格斯说。

"他那儿还有一条黄色的和一条红色的,"柯尔姆告诉比姬,"还有各种各样的乌龟。也许乌龟不会那么轻易死掉。"

附近一架小型飞机起飞了,柯尔姆紧紧地盯着。"我真希望是乘飞机回来的,"他怨怼地说,"坐飞机不要那么久,也许鱼就不会死了。"

鱼缸杀手特林佩尔很想说,也许伟大的库思可以让它复活。但他觉得还是不说话更好。事实上,他连想到这些都觉得很糟糕。

第 20 章
他的动向

他把妻儿留在爱荷华,
买了一张单程车票。

——拉尔夫·帕克,来自《操蛋人生》的讲述

他站在人行道的阴影里,一丛灌木替他挡住了街灯,朝着比姬亮着灯的窗户致意,又告别了费奇先生——替自己和邻家看管草坪的守夜人。费奇先生朝他挥手,博格斯瘸着一碰就疼的脚朝城里走去,沿着人行道和主干道之间的草坪,在街灯与街灯之间的阴影里,一步步慢慢地向前走,一不小心,跌倒在不知谁扫起来的一堆树叶里。

"一定得早点起来,好打鸭子!"费奇先生喊道。你说什么他都信。

"可不是!"博格斯回应道,他脚上还流着血,一点点来到市中心的班尼家。拉尔夫·帕克正在这里借酒浇愁,但他饱受痛苦折磨的惊人样子让拉尔夫一下子清醒了。

博格斯找了个理由想冲屋里的一个学生动手——这是个胖胖的满

脸和善的家伙，穿着甘地服装，身上是道家的标志，头发像电线一样卷曲。博格斯训斥他："你要是说你爱每一个人，我就准备用玻璃烟灰缸给你开膛破肚……"并顺手抄起一只说，"就用这一只……"帕克还保留着足够的理智，把两人拉开。

帕克借着酒劲儿拉开博格斯，推他到克林顿街，扶着他蹒跚地到了竞速自行车边上。喝醉酒的人都有股不自觉的蛮劲。借着这股劲，拉尔夫踩着自行车把两人送上桥，到了河对岸，沿着长长的坡路（肺差点没爆）到了大学医院。特林佩尔已经化脓的伤口终于得到了救治，主要是扎伤和割伤，然后被医生放了出来。

周日一整天特林佩尔都趴着，斜躺在拉尔夫的沙发上，脚上则传来一阵阵抽痛。在拉尔夫脏乱差的两室一厅里，他发着烧，有了幻觉：闻着拉尔夫的混血狗的味道（特林佩尔叫它雷奇），以及从楼下的杰弗逊街理发室的木质地板直冲到拉尔夫家的发油味。

电话铃声从脑袋后面的桌子上响起。博格斯摸索了一阵，终于接起电话，一个陌生的怒气冲冲的女士告诉他"去他妈的"。他听不出来是谁，但不知是发烧还是头脑清醒，他毫不犹豫地相信这绝不是专门来骂拉尔夫的。

等到夜幕降临，博格斯在情绪的主导下已产生了几个念头，这些念头可以模糊地称之为计划。喜欢戏剧化的奥沃特夫，应该会称之为阴谋。

特林佩尔努力唤起关于他父亲写的那封短信的记忆，信早已被撕成碎片，喂给了冒险老鼠：

儿子：
  我得严肃认真地通盘考虑这些事。但首先我要说，我非常不赞成你为人处世的种种做法，无论是个人生活还是职业追求。

尽管不妥，我还是决定借给你这笔钱。你必须明白，这不是白给的。我信里夹的 5000 美元支票应该是够你重新站起来的。我不会那么不讲人情，要你还利息，或者定下一个必须还钱的日期。我这样说你应当能明白。希望你能够知道你需要对我这笔钱负责，而且能够以你之前没有的严肃态度对我负责，这就够了。

爸爸

博格斯隐约还记得，他没有把支票也撕掉丢给地下室的老鼠。

第二天早晨，特林佩尔慢慢地用肿胀的脚走到银行。这一天的交易包括：存进去 5000 美元，银行行长山威先生见到他立即祝贺；他在银行行长一夜间如沐春风的办公室里等了 20 分钟，银行给他打印了一本新的加号码支票簿（旧的留在家里给比姬）；取出 300 美元现金，又从柜员的窗口柜台上的小篮子里偷了 14 本银行赠客户的纸板火柴（"我打算抢劫你。"他对吓到了的柜员说，抢到火柴就跑了）。

特林佩尔一瘸一拐地回到邮局，然后给如下的商户写了支票：

亨伯尔石油精炼公司
辛克莱石油精炼公司
爱荷华 – 伊利诺伊天然气和电力公司
水暖工克洛茨
西北贝尔电话公司
人民市场的米洛·库比克
西尔斯百货
爱荷华大学财务助学办公室

孤树联合信贷合作社

希夫 & 赫普

艾迪逊 & 海尔希

卡斯伯特·班纳特

杰弗逊国际旅游社

还缺欠国防贷款的几千美元,那是政府发放的教育贷款,他猜想一定是美国卫生、教育和福利部发放的。他没有写支票,而是给卫生、教育和福利部写了一封信,宣称自己"不愿而且不能偿还债务,因为他得到的教育是不完整的"。接着他就去了班尼家,喝了14扎啤酒,大打特打弹珠游戏,直到班尼叫来帕克把他接走。

他在拉尔夫那里打电话准备发一封电报:

梅里尔·奥沃特夫先生

施文德街15/2,维也纳4,奥地利

梅里尔　我要来了　博格

"谁是梅里尔?"拉尔夫·帕克问道,"谁又是博格?"从上一次特林佩尔跟比姬的欧洲之旅之后,特林佩尔就再没收到过奥沃特夫的信。那已经是四年多以前了。如果拉尔夫知道这点,或者知道任何情况,他一定会拦住特林佩尔。但是,博格斯后来才想到,拉尔夫可能对比姬被单独留下有些想法。

第二天早晨,特林佩尔在拉尔夫的公寓接到从汉莎航空打来的电话。他们把他预订去维也纳的机票取消了,给他预订了从芝加哥飞纽约再飞法兰克福的机票。但出于没有解释的原因,这样会节约一些费用,即使他从法兰克福去维也纳搭的是商务舱。特林佩尔想到,尤其是,如果我从法兰克福搭顺风车去维也纳的话。

"法兰克福?"拉尔夫·帕克说,"老天爷,法兰克福到底有些什么?"

他告诉了拉尔夫他所谓的"计划"。

大约下午四点,拉尔夫给比姬打电话,告诉她博格斯"在班尼家喝得烂醉,正要跟人打一场非输不可的架"。比姬把电话挂了。

拉尔夫又打了过去。他建议比姬带着柯尔姆和汽车马上过来,他们一起可以安全地把博格斯塞进后备厢。

比姬再一次挂了电话,拉尔夫这回鼓励班尼家的三个默不作声的顾客制造出吵闹的声音,准备下一次的行动。电话铃响了五分钟,一直没有人接。而此时此刻博格斯蜷缩在费奇先生精心修整的草地里的灌木丛后,几乎已放弃了希望。最后他终于盼到比姬和柯尔姆离开了。

拉尔夫在班尼家门口拖住比姬,编了一堆关于流血、啤酒、牙齿、救护车和警察的故事。但他还没编完,比姬就怀疑这是恶作剧,强行突破他的防线,走进酒吧。里面只有一个喝醉的女孩独自玩着弹珠,还有两个男人在门边高高兴兴地聊天。比姬问班尼:"这儿有没有打过架?"

"有的,大约两个月之前……"班尼开始讲。

比姬冲出门,发现拉尔夫·帕克已经把车挪到了别处,正跟柯尔姆沿着人行道越走越远。帕克不肯说出把车停到哪里去了,直到她威胁说要叫警察。

等她回到家,博格斯早已来过,又匆匆脱身了。

他带走了自己的磁带录音机和所有磁带，还有他的护照，没有带打字机，但带走了所有关于《阿克海特和古诺》翻译的论文功课。天晓得为什么。

他洗劫了冰箱，把所有吃的放在地下室留给冒险老鼠，还毁掉了捕鼠陷阱。

他在柯尔姆的枕头边留下一只玩具鸭，是阿米什农人用真的鸭子羽毛做的，价钱是15.95美元，也是特林佩尔买过的最贵的玩具。

他在比姬的枕头边留下新的支票簿，还剩1612.47美元。他还留下一只淡紫色的法式聚拢胸罩。尺寸是合适的。他在大大的罩杯里留下一张手写字条：比格，实在没有比这更精致的了。

这就是比姬发现他回家所做的一切。她当然不晓得，他还做了其他好事。如果费奇先生想管闲事，他一定会向比姬描述，博格斯如何在他房子外面的垃圾桶里翻找，把原先扔掉的鸭子找回来，不然它就被埋在腐烂的东西里了。看见特林佩尔把鸭子包进塑料袋，费奇先生一点也不惊讶。他也不会形容特林佩尔是如何找到结实的盒子，然后把原先包鸭子的包塞进去，同时塞进一张字条："先生，请数好你的找零。"

这个盒子被寄到了博格斯的父亲那里。

博格斯站在费奇先生的灌木丛里，亲眼看着暴怒的比姬如何回到家中，待了一会儿确保她不会跳窗，就离开了。费奇先生站在费奇夫人透明的窗帘后面，看着博格斯躲在灌木丛里，他有足够的判断力，知道这是秘密的把戏，没有从门廊上冒出来把事情捅破。博格斯一转身，发现费奇老夫妇在瞧着他。他挥了挥手，他们也冲他挥挥手。好老头费奇先生：他一定跟统计局打了半生的交道，但现在他决定顺其自然。除了不肯放过草地，这个老人知道怎样享受退休生活。

后来，博格斯去了图书馆，仔细搜了搜他很少用的小隔间，没有期待真能发现什么需要带走的。可以想的到，他也的确一无所获。他的小隔间的邻居 M.E. 赞瑟后来报告说发现他"正在空白的纸上涂鸦"。赞瑟记这一点记得很清楚，因为特林佩尔离开图书馆时，赞瑟偷偷溜进他的小隔间想看看涂鸦的内容。实际上，博格斯当时是躲在那排小隔间的另一头。赞瑟看到的其实是一首粗劣的诗，只写了开头，诗是关于哈利·佩茨的，还有一张画得很糟的小黄图，在桌子的吸墨纸上用大号字写着：**嗨！赞瑟！你是不是没得可看了闲得慌？**

"我注意到一件事，"特林佩尔的论文导师沃尔夫勒姆·霍尔斯特博士说，"看似愚蠢的行为有可能是深思熟虑的结果。"但这是很久以后了，当时他也被彻底愚弄了。

特林佩尔给霍尔斯特博士打了电话，请求他捎自己到最近的爱荷华机场。从爱荷华城开车到那儿大约需要 45 分钟，而且沃尔夫勒姆·霍尔斯特博士并没有与他的学生深交的习惯。"是紧急情况吗？"他问道。

"家里有人过世了。"特林佩尔告诉他。

他们几乎快到机场了，特林佩尔依然一言不发。霍尔斯特问道："你的父亲？"

"什么？"

"你的父亲？"霍尔斯特又问了一遍，"家里过世的人……"

"是我自己，"特林佩尔答道，"我是家里过世的人……"

霍尔斯特继续往前开，礼貌地沉默了一下。"你要去哪里？"他过了一会儿问道。

"我宁可在外面垮掉。"特林佩尔答道。霍尔斯特记得这句话；这句话来自特林佩尔翻译的《阿克海特和古诺》。在普罗克战场上，阿克海特得到消息，说在城堡的家里他的妻子古诺和儿子阿克塞鲁夫遭到卑劣的亵渎，被肢解了手脚。阿克海特的父亲萨克提议他们推迟对芬兰迪亚的入侵计划。"我宁可在外面垮掉。"阿克海特告诉他的父亲。

所以，霍尔斯特博士怀疑特林佩尔是不是有些浮夸……

而实际上，霍尔斯特不曾猜到的却更有意思。整个章节——普罗克的战场，古诺和阿克塞鲁夫遭到卑劣的亵渎，被肢解的情节，以及阿克海特的断语，都是瞎编的。特林佩尔跟不上情节线，又需要给霍尔斯特展现更多的工作进程，就编出了这一整套瞎话。后来他不得不想办法让阿克塞鲁夫和古诺复活，说他们的身份其实被弄错了。

所以，其实特林佩尔的这句话还真是独创的。

"我宁可在外面垮掉。"

霍尔斯特的反应一定让特林佩尔有所震动。

"玩得愉快。"沃尔夫勒姆·霍尔斯特博士告诉他。

汉莎航空从芝加哥飞法兰克福的航程只坐了不到一半乘客。在纽约又有几个乘客登机，但客舱仍然很空。虽然很多座位都空着，但一个汉莎的空姐却坐到了特林佩尔身边。"或许我看起来像是要吐，"他想道，接着马上就开始觉得恶心。

虽然空姐的英语不好，但博格斯这时还不想说德语。他很快就有机会要说了。

"则（这）是你底（第）一次飞吗？"空姐用性感的低音问道。大多数人不知道德语是多么美的一门语言，特林佩尔沉思道。

"我很久没乘飞机了。"他对空姐说，心里很希望胃没有跟着飞机翻江倒海。

在大西洋上空，飞机开始平缓飞行，向上爬升，接着又是平缓地飞行。

"请系好安全带"的指示灯灭了之后,善良的空姐解开了自己的安全带。"好了,现在阔以(可以)了。"她说。

但她还没站起来,特林佩尔就想要跨过她到中间的走道上,他忘记自己还系着安全带。他被弹了回去,正好把空姐撞回自己的座位,然后吐了她一身。

"啊,很对不起。"他打着嗝,想起来这几天他除了喝啤酒没有吃其他东西。

空姐站起来,兜住自己的裙子,做成托盘样,然后努力微笑。他又说了一遍:"我很对不起。"

她温柔地告诉他:"没事,请别担心。"

然而博格斯·特林佩尔根本没听见她说了什么。他看到窗外的黑暗,希望那只是海。他又说道:"真的,我很对不起。"

空姐想赶紧脱身,清理好自己的衣服。但他抓住了她的手,却没有看她,而是盯住窗外,又反复说道:"我真的非常非常抱歉!去他的,该死的!但我真的很抱歉,真对不起……"

空姐勉强蹲在他旁边的走道上,努力保持平衡,好让裙子里的呕吐物不至于溢出来。"您请别这样……喂,我说!"她温柔地哄着他。可是他哭了起来。"请别放在心上。"她一边恳求道,一边摸了摸他的脸。"你瞧你瞧,"她连哄带骗,"我说的你肯定不信,但这种情况经常发生。"

第 21 章
家庭电影

肯特转着投影仪，放的是郁金香粘贴在一起的原版的副本。胶片磨损得相当厉害。他们想看一看，故事的概念行或不行。

特林佩尔操作磁带录音机。他的磁带剪辑也和胶片一样粗劣，声音和图像不总是同步，他不得不一再要求肯特放慢或加速投影仪或者干脆叫停，不停地调整磁带的快慢。总的来说，这应该是特林佩尔有幸与拉尔夫共事以来看到的最业余的制作。大多数的摄影机镜头是手持拍摄的，就像电视新闻短片一样晃动得厉害。电影大多数时候是无声的。单独录制的音轨将会在后期合成。拉尔夫几乎已放弃使用同期声，甚至连胶片自身也很次——高速，噪点很多——拉尔夫在灯光方面通常是个老手，但这次一半的胶片曝光过度或曝光不足。拉尔夫在暗房里也是耐心的魔术师，但有一些胶片看上去仿佛用钳子破坏过，布满化学试剂的点点污渍，而化学试剂本是为去掉锈迹而不是冲洗胶片。

拉尔夫是出众的电影工匠，所有这些都是他有意为之。实际上，一些胶片上的透光孔居然是用大折刀手工打出来的。因为他的暗房里一尘不染，拉尔夫一定是用胶卷扫过了纽约一半的街道才实现这种脏乱效果的。也许等电影发行的时候（如果有这个机会），拉尔夫会要求在放映机上加上一层皱巴巴的塑料透镜。

帕克说想要再放一遍整个粗剪的开头时，特林佩尔终于受够了。

"看着不错，"拉尔夫说，"感觉越来越好了。"

"你想知道听起来如何吗？"特林佩尔说，一把按下录音机的按键，"听着就像在罐头厂录的。你知道看上去好像什么？就好像你的三脚架被偷了，而你太穷了，只好抵押曝光表，才买到了在香港才能找到的最便宜的库存胶片。"

郁金香清清嗓子。

"它看上去，"特林佩尔说，"就像你的暗房在没窗户的建筑里，而这建筑刚经历了一场沙尘暴。"

现在连肯特也沉默了。他很可能也不喜欢这样，但却非常信任拉尔夫。如果拉尔夫要求他给摄影机里上上保鲜膜，肯特大约也会努力去做的。

"看起来就像家庭电影。"特林佩尔说。

"这就是家庭电影，桑普–桑普，"拉尔夫告诉他，"我们再完整地放一遍第一卷，好吗？"

"如果这卷胶片能不散架。"特林佩尔说，"我真应该做个副本。黏接的地方比实际胶片还多。稳定得就像一团阴毛。"

"再放一遍，桑普–桑普？"拉尔夫问道。

"只要按一下停，"特林佩尔说，"整个玩意儿就会散架。"

"所以我们再放一遍，别停好吗？OK，肯特？"拉尔夫说。

"胶片也可能会裂开。"肯特提醒。

"我们就试一试，如何？"拉尔夫耐心地说，"就再试一次。"

"我会为你祷告的，拉尔夫。"特林佩尔说。郁金香再次清了清嗓子。没什么特殊的意思，她只是感冒了。"准备好了，肯特？"特林佩尔问道。

肯特把胶片倒回开场的那一帧,特林佩尔找到了他需要的声音在哪里。"准备好了,桑普-桑普。"肯特说。

"桑普-桑普"这个名字只有拉尔夫才能叫;特林佩尔不喜欢肯特这么称呼他。"你刚才说什么,肯特?"他问道。

"啊?"肯特说。

拉尔夫站起身,郁金香把右手放进特林佩尔的怀里,越过他的身子,用左手轻轻拨了一下**播放键**。

"开始吧,肯特。"她说。电影开头是特林佩尔的中景,他正在村子的熟食店里。在摆得满满当当的长长柜台上,你可以选择你想要的三明治材料,然后拿着硕大的三明治到收银台结账。特林佩尔慢慢地踱过去,仔细看着五香牛肉、酸黄瓜和调味火腿,朝柜台后面的人点头或摇头。没有同期声。

画外的旁白来自帕克,他的叙述从录音机里传出来:"他现在很谨慎——就像有个人被蜇过,时不时地提防有没有蜜蜂过来,你明白吗?"

特林佩尔一脸怀疑地看着三明治。

"我觉得这也很自然,但他不愿与任何人有瓜葛。"

拉尔夫的旁白继续絮叨着特林佩尔如何不愿与任何人牵扯,直到镜头从另一角度切入:特林佩尔站在调味品柜台前,蘸着芥末吃三明治,非常享受。一个漂亮的女孩正在镜头前顾影自怜,接着观察着特林佩尔,以为他是个有名气的人。她也想要芥末酱。特林佩尔沿着桌面把酱推过去,但没有瞧她,又拿着三明治走出画面。女孩继续瞧着他,这时郁金香的旁白响起:"我猜他对女人非常非常小心,顺便说一句,这也是件好事……"

切入:特林佩尔和郁金香正在进入公寓,两人都拎着各种吃的。

没有同期声,拉尔夫的旁白在说:"对,你当然会这样想,你跟他同居了。"

郁金香和博格斯把吃的收拾到厨房里;她正在很自然地自言自语;他则一脸愠色,不时恼怒地瞥她一眼,接着又看向镜头。"我是说,他只是耐着性子对我好,"郁金香的旁白说,"我想,他觉察到危险,其实就是这样……"

特林佩尔直接走进镜头的拍摄范围,做了个下流的手势。

切入:一系列静物,特林佩尔、比姬和柯尔姆的家庭照片。拉尔夫的旁白:"好吧,他当然应该意识到危险。他是结过婚的……"

郁金香:"他在想孩子。"

拉尔夫:"那他的妻子呢?"

切入:博格斯戴着耳机,正在拉尔夫的工作室里努力跟磁带搏斗。

没有同期声。音轨里是我们之前听到的各人的旁白叠加在一起。"我觉得这也很自然……""我想这是件好事。""你跟他同居了。""那他的妻子呢?"

特林佩尔显然是在磁带录音机上摆弄这些,掉过来掉过去。接着郁金香进了画面,说了些什么,指了指画面外的什么东西。看不见,只能看见他们两人。

另一个角度:零散的旁白仍是唯一的声音,特林佩尔和郁金香正看着绞成一团的磁带,它从卷轴上脱出来,一直溢到地板上,好像一大团虫子。特林佩尔关上了什么,啪的声音。这帧画面停住了,仍然没有同期声。拉尔夫的旁白:"停下!就停在这儿!现在放片名,就在这里……"接着,电影片名《操蛋人生》出现在静止的画面上。"音乐。"拉尔夫的旁白说。接着他们依次在静止的画面上出现:博格斯·特林佩尔的定格,他正弯下身想要把这一堆磁带清理好。郁金香在旁边看着。

第 22 章

无精打采地追着奥沃特夫

他的运气很好,搭上了一辆从法兰克福机场到斯图加特的顺风车,开车的是个德国电脑销售员,他对于自己这辆梅赛德斯非常骄傲。特林佩尔不太肯定,究竟是高速路上的车流声还是销售员开车那种奇异的轰鸣,让他渐渐地入睡。

在斯图加特的那一晚,他住进了费尔斯-聪德酒店。从酒店大堂的一排排照片可以看得出来,费尔斯·聪德显然曾经是 1936 年德国奥林匹克运动队的跳水运动员。还有他在柏林奥运会上空中跳水的照片。最后一张照片里,他在德国 U 型船的甲板上,在护卫舰舰长旁边的港口铁栏上靠着。字幕写着:**费尔斯·聪德,蛙人,在海上失踪**。

有张不知所以然的黑魆魆空荡荡的海的照片——远处是海岸线,法国还是英国?白色的"X"刷在汹涌的波浪顶部,字幕充满了讽刺,写着:**他的最后一跳**。

特林佩尔好奇地想,不知道费尔斯·聪德是不是在斯图加特学的游泳和跳水。从他所住的五层窗口,博格斯想到,如果跳个反身翻腾两周,恰好就能落在酒店下面的有轨电车轨道形成的闪亮的水坑里。

博格斯做过最长的梦是关于英雄的。就这样，他梦到梅里尔·奥沃特夫用平底锅给皮下注射器的针头和注射器消毒，蒸煮试管，试管里是本尼迪克特试剂和用来测试尿糖的尿液。梅里尔在大得不可想象的美式厨房里几乎可以说是娇小。这里是野猪头的厨房，而博格斯从没在这里见过梅里尔。爱德蒙·特林佩尔博士正在看报纸，博格斯的妈妈在煮咖啡。梅里尔用专用的医用滴管，往试管里滴了正好八滴融进本尼迪克特的试剂。

"早饭吃什么？"特林佩尔的父亲问道。

梅里尔正在看着炉子上的计时器。铃铛响起，就是爱德蒙·特林佩尔博士的煮蛋到了时间。与此同时，梅里尔的尿液也好了。

梅里尔把尿管放在花哨的香料架上晾着，特林佩尔的父亲用手指感觉着冒热气的蛋壳。梅里尔晃了晃试管，爱德蒙医生用黄油刀敲了敲蛋壳，但是敲偏了。梅里尔宣布他的尿糖很高。"至少百分之二，"他一边说，一边摇晃着半透明的红色溶液，"阴性的话，应该是清澈的蓝色……"

有什么在滋滋作响。实际上，那是特林佩尔在斯图加特旅馆窗下的大型梅赛德斯巴士。但博格斯坚定地认为那是梅里尔在把注射器加满。

然后他们三人围坐在早餐桌旁。博格斯的妈妈倒咖啡的档口，梅里尔掀起衬衫，捏起肚子上的一小块肉。特林佩尔能同时闻到酒精和咖啡的味道。梅里尔正用棉签擦拭着那一小块脂肪，接着迅速将针头扎进去，平稳地将活塞推进。

又是一声滋滋声，博格斯打了个滚，撞到了费尔斯·聪德酒店的墙。有那么一会儿，野猪头的厨房斜过来，从床上滑了过去。听见碎裂声和滋滋的声响，特林佩尔滚到地面上。他醒过来，醒来的那一瞬间他仿佛看见梅里尔给自己注射了一管空气。

这时候梅里尔已经快要飘到特林佩尔在费尔斯·聪德酒店诡异的房间的天花板附近，博格斯听见他父亲的声音从什么地方传来，却被外面巴士开关车门的滋滋声盖住了，博格斯听见他的父亲说："这不像是胰岛素反应通常的症状……"

"我的尿糖太高了！"梅里尔尖叫道，像氦气球一样从天花板滑过，又被门上的横楣挡住。在那里博格斯看见，有个完全陌生的女孩子的脸，她正从门横梁上方的窗玻璃往里瞧。实际上，那是特林佩尔房间里地板上粉碎的玻璃片。酒店的女服务生尴尬地告诉特林佩尔，她很抱歉打扰了他，她正擦玻璃时，一块窗玻璃掉了下来。

博格斯礼貌地微笑，还没立刻反应过来她说的是德语，女仆只得一直说下去。"我正在擦玻璃时，它掉了。"她解释道，然后告诉他一会儿就带着扫帚回来。

特林佩尔拿床单当衣服。他披上床单狐疑地靠近窗户，想弄清真正的滋滋声来自何处。不知到底是因为梅赛德斯巴士看上去亮闪闪、新崭崭，好像在邀请他，还是他突然意识到自己有多少钱，决定挥霍一把：乘着这样的巴士去慕尼黑，在观光巴士上穿过巴伐利亚，得意扬扬，半睡半醒。他模糊地梦见奥沃特夫怎样毫不在意地治疗自己的糖尿病，结果出现了严重得多的胰岛素反应；梅里尔打了胰岛素，看着尿糖迅速降下来；梅里尔怎样在维也纳的有轨电车上突发胰岛素反应，他弄得脖子上的标签叮当响，巴士售票员正打算把这个醉鬼扔下车，却读到了标签上两种语言的提示：

Ich bin nicht betrunken!

我没喝醉！

Ich habe zuckerkrankheit!

我有糖尿病！

Was Sie sehen ist ein Insulinreaktion!

你看到的是胰岛素反应!

Füttern Sie mir Zucker, schnell!

喂我糖,快!

梅里尔狼吞虎咽地吃着救命的糖——薄荷、橘子汁和巧克力,让掉下来的血糖赶紧升上去,好摆脱胰岛素反应,然后又跑向了另一个极端——酸中毒和昏迷。这要求他摄入更多胰岛素,这个循环又周而复始。哪怕是在梦里,特林佩尔也夸张得有声有色。

要进慕尼黑时,博格斯努力想要客观一点。他在巴士上搜寻自己的磁带录音机,在公共汽车上录下这么一段话:"梅里尔·奥沃特夫和其他不太正常的人不适应那种需要细心应对的常规程序,比如糖尿病……"(想着的却是,比如婚姻……)

但他还没合上录音机,旁边的人就用德语问他在做什么,也许是担心自己成为被采访的对象。他感觉录音机可能坏了,又很确信旁边的人只懂德语,就让磁带继续录着,一边用英语答道:"你想隐藏的是什么呢,先生?"

"我的英语碰巧很好。"旁边的人答道。交谈陷入死寂,他们就这么开进了慕尼黑。

博格斯急于讲和,在巴士到站时轻松地问这位被冒犯到的乘客谁是费尔斯·聪德。但这位乘客似乎很反感这个问题,一个字也没回答,急急忙忙下了车,旁边几个竖起耳朵倾听的路人都在盯着博格斯。博格斯只得忍受。对他们来说,费尔斯·聪德这个名字仿佛也有种不愉快的联想。

特林佩尔感觉到被排斥。他十分惊讶地想,我来这里到底要干什么?他沿着陌生的慕尼黑街道跌跌撞撞,突然没法再把德语的商店招牌和周遭的只言片语转换成英语。他想象着要是此刻在美国有怎样的恐怖情境。狂暴的龙卷风横扫中西部，把胖胖的比姬送到高空，让她永远离开爱荷华。柯尔姆被埋在佛蒙特的暴风雪里。卡斯伯特·班纳特在暗房里喝酒，无意间喝下了一高球杯的 Microdol-X 显影液，不得不躲到第 17 间盥洗室里，顺着马桶把自己冲进了大海。特林佩尔远离着这些可怕的事件，在慕尼黑的火车站沉沉地饮下一杯啤酒，决定从这里坐火车去维也纳。他能感觉到，他一直在等待旅程中的这一刻：一想到回家这个巨大的冒险，他会突然间兴奋。

然而直到抵达维也纳他也没有任何感觉。此时他才想到，也许冒险重要的是时间，而不是地点。

他沿着玛利亚希尔夫大街不知所终地走着，直到尴尬沉重的磁带录音机以及圆筒背包里的其他东西让他感到疲倦，他才停下来等待有轨电车。

他在埃施特哈齐公园下了电车。他记得附近有一家很大的二手商店。他在那里买了一台二手打字机，上面装有奇怪的德语符号和变音字符。因为买了这台打字机，店主慷慨地收下他的德国马克和美元，给他换了一堆奥地利先令。

特林佩尔还买了一件长及脚踝的大衣。大衣的肩章已经被撕掉，后背还有一个小小的整齐的弹孔。但除此之外，衣服就像新的。他决定把自己扮成战后的间谍——用宽松的宽肩外套，以及几件洗到发黄的衬衫和六英尺长的紫色围巾。围巾可以变着法戴，这样就无须再打领带。他又买了一只皮箱，箱子有很多皮带、搭扣、细条皮绳，空间却很少。尽管如此，箱子跟他的这身衣服却很搭。他看上去就像四处旅行的间谍，多次搭乘 20 世纪 50 年代在伊斯坦布尔和维也纳之间开行的东方快车。最后，他又买了一顶奥逊·威尔斯在《第三人》中戴过的帽子。他甚至向店主提到了这部电影，店主说他不巧没看过。

博格斯卖掉了圆筒背包，大约只换了两美元，然后把录音机、多余的衬衫和新买的打字机塞进间谍的皮箱，拉着箱子走过埃施特哈齐公园，躲到一棵大树后面撒尿。他弄得树木哗啦啦作响，惊到了附近走过的一对人。女士一脸惊恐，似乎在说：有个女孩可能正在被强暴，甚至更糟！特林佩尔对女士的猜想嗤之以鼻：这一对儿一定是无处可去才跑到这里。博格斯·特林佩尔一个人从树篱里冒出来，努力保持尊严，拉着一只足以装下刚被分尸的尸体的箱子；或者他也可能是个伞兵，刚刚换下跳伞装，炸弹已被拆卸下来安全地藏在箱子里，而现在他正大大方方地准备走路去奥地利议会。

那一对陌生人看到他这身不祥的装扮赶快溜走了，但博格斯·特林佩尔觉得帅得恰到好处。他凭着感觉在维也纳四处寻找奥沃特夫应该会在哪里。

他乘上另一辆去内城的有轨电车，来到歌剧院一带，在克恩滕大街下车，进入维也纳城最大的夜生活街道，恰好就在市中心。换作我是梅里尔·奥沃特夫，假使我还在维也纳，12月份的周六晚上我会在哪儿？

特林佩尔悄悄穿过新市场的小路，寻找哈维卡咖啡馆。古老的布尔什维克咖啡馆，各路知识分子、学生和歌剧院收银员仍然热衷于此。咖啡馆给了他记忆里熟悉的冷脸，同样瘦高、毛茸茸的男人，同样大骨架性感的女孩。

博格斯朝门口桌子旁显然是个先知的人点点头，他想道，许多年前也有一个跟你很像的人，穿着一身黑衣服，但胡子却是红胡子。而且我想，奥沃特夫也认识他……

特林佩尔问这个家伙："梅里尔·奥沃特夫？"

他的胡子仿佛结了冰，眼睛猛地看过来，仿佛脑子在回忆所有学过的代码。

"你认识不认识梅里尔·奥沃特夫?"博格斯又问那个挨着红胡子坐的女孩。但她只是耸耸肩,仿佛在说,哪怕她以前认识,现在也无关紧要。

另一个坐在另一张桌子旁的女孩说:"是的,我想他在电影里。"

梅里尔在电影里?

"电影?"博格斯问道,"你是说这里?在这儿的电影?"

"你看到镜头在拍吗?"那个胡子佬问。在他们之间穿行的侍应生听见"镜头"这个词,倒抽了一口凉气。

"不,不,我是说维也纳这里。"特林佩尔说。

"我不知道,"女孩说,"我只是听说在电影里。"

"他开一辆老旧的怒火-维特沃。"特林佩尔对着空气说,寻找能将他识别出来的标志。

"是吗?怒火-维特沃!"一个戴厚眼镜的男人说,"是1953年,还是1954年?"

"就是1954年!"博格斯叫起来,转向那个人,"那辆车换挡很猛,汽车底板上有洞,你能看见底下的路不停地向后跑。汽车内饰很简陋…"

他突然住口,发现好几个哈维卡的顾客都把头转过来看热闹。

"好吧,他到底在哪儿?"特林佩尔问那个认识怒火-维特沃的人。

"我只是说知道那辆车。"那个人答道。

"可是你确实见过他……"博格斯转向女孩。

"没错,可是有一阵没见了。"她说。跟她一起的男孩不耐烦地瞪了博格斯一眼。

"你上次见他到现在有多久了?"博格斯问她。

"你瞧,"女孩有点生气了,"我知道的就这么多,再没有了。我只是记得这人,如此而已……"她的口气很不善,使得周围人都闭上了嘴。

特林佩尔失望地看着她。也许是因为他开始站不稳,或者眼睛翻白,一个胸脯高高、头发浓密、刷荧光绿眼影的女孩抓住他的手,把他拽到自己桌旁。

她问道:"你是不是有问题?"他想要摆脱,但她更温柔地哄着他,"说真的,你遇到了什么问题?"他没反应,她尝试用英语跟他交流,虽然他一直在说德语。"你遇到麻烦了对不对?"她用颤音在说"麻烦"这个词,博格斯仿佛看见这个词在眼前漂浮起来:麻麻麻烦……"你需要帮助?"女孩改用德语问道。

这时他们附近有个侍应生紧张地跑开。特林佩尔记得,哈维卡所有的侍应生都对"麻麻麻烦"避之唯恐不及。

"你生病了?"侍应生问道。他捉住特林佩尔的胳膊,跟女孩形成了拉扯,皮箱掉到地上,意外地发出哐啷一声,侍应生赶紧退后,等着箱子爆炸。旁边的人目视箱子,仿佛箱子是偷来的,或者能致人死命,或者二者兼而有之。

"求你,跟我说吧,"荧光绿眼影的女孩说,"你什么都可以跟我讲。"她声称道,"没事的。"但博格斯只是收起他的皮箱,目光从这个凶暴的女孩身上转开,她很可以当某个三级色情俱乐部的训导。

所有人都目光炯炯地瞧着特林佩尔检查他的裤子前门。他清楚地记得自己脱下了一只避孕套……

接着他就走出了咖啡馆,还是没逃过门口那个奇怪的黑衣大胡子的预言:"就在拐角处。"他的预言如此坚定,博格斯不由得颤抖了。

他从格拉本大街拐了出去,抄小路前往斯蒂芬广场。他安慰自己,并不是就在那个拐角,预言家一定只是打个比方,所有预言家为了安全和保密都是这样拐弯抹角说话的。

下一步他本来想到"十二使徒地窖"去找梅里尔,但迷了路,最后到了霍纳市场,已经到了晚上,所有木头的蔬菜和水果架都盖着防水油布。他认为小商贩在帆布底下早已入睡。整个地方像户外的陈尸房。十二使徒地窖找起来总是那么麻烦。

他找了个男人问路,但显然找错了人,他只是呆呆地看着博格斯。

"婴儿床?"他问道,或者什么类似的话。特林佩尔没听明白。接着,那个人做了个奇怪的动作,仿佛伸手到口袋里掏出走私手表、赝品的海泡石烟斗、色情图片,或者一把枪。

博格斯赶紧跑回史蒂芬广场,沿着格拉本大街往南走。最后停在路灯下,看了看表,他确信已经过了午夜,但是实在不记得从爱荷华开始他穿越了几个时区,也不记得是否想到过这一点,调准过手表。但表上此时显示两点十五。

一个穿着讲究、年龄未知的女人从人行道朝他走来,他于是就问她知不知道时间。

"当然。"她说着在他身边停了下来。她穿着一身看似华贵的皮草,手笼在配套的暖手筒里,穿着毛皮靴子,带跟的,还不停地倒来倒去。她瞧着特林佩尔,有些迷惑不解,然后递给他一只胳膊。

"应该往这边走。"她说,因为他没有揽过她的手而有点生气。

"几点?"他问道。

"几点?"

"我是问,'您知道时间吗?'"

她瞪着他,摇了摇头,然后笑了笑。"哦,你是问时间——几点钟?"她说,"你是说几点钟?"

接着他意识到她是个妓女。他现在人在格拉本大街,而晚上第一区的妓女会在格拉本大街和凯特纳大街下面的小道上来回游荡。

"呃。"他说,"我很抱歉。我没钱。我只是想知道,你知不知道现在几点？"

"我没有表，"妓女告诉他，同时朝街道两头看着。她可不想因为被看到跟特林佩尔在一起而吓跑了潜在的顾客。但周围没有人，只有另一个妓女。

"附近有没有廉价的小旅店？"博格斯问道，"别太贵。"

"跟我来。"她说，走到他前头，引他来到镜子路的角上。"走下去，"她指着蓝色霓虹灯说，"塔希旅店。"接着就走开了，沿着格拉本大街朝另一个妓女走去。

"谢谢你！"博格斯在她身后叫道。她回头挥了挥暖手筒，忽然暴露出一只没戴手套的优雅的纤纤玉手，手上戴满闪烁的戒指。

塔希旅店的大堂里还有两个妓女，她们因为外面的寒冷而钻进室内，正跺着脚，拍打着冻成粉色的小腿肚。借着大堂的灯光，她们看到特林佩尔久经风霜的胡子和皮箱，也就没为他费那个心思扮出微笑。

特林佩尔从塔希旅店房间的窗户，既可以看见圣史蒂芬大教堂一侧的马赛克屋顶，也可以听见妓女在街上来回嗒嗒的脚步声。她们要去从镜子路到格拉本大街再过去一个街区的美国汉堡店吃点夜宵。

这会儿显然已经夜深，为数不多的顾客被妓女带到塔希旅店，留给他们的是二楼的几间客房。但是，特林佩尔能听到她们带着男人穿过楼下的大厅，又沿着镜子路的人行道走到旅店大堂。一个接着一个男人独自离开，特林佩尔随即听到二楼浴室的冲水声。这么晚了水暖还在工作，他于是鼓起勇气问塔希夫人他是否可以洗个澡。她不情愿地给他放了洗澡水，然后等在浴室外面。他则在里面把水溅得四处都是——她在听着，好确保我不需再放一滴水。

博格斯羞愧于洗澡水已变成不知什么颜色，赶紧拉开塞子。但塔希夫人听见放水的汩汩声,赶紧从大厅里喊道她会清理。他觉得很尴尬,于是留下自己的戒指给她擦洗。但却不由得发现,当她仔细看戒指时倒抽了一口气。

他登记入住时,塔希夫人相当和蔼,但等他洗得干干净净,冷飕飕地进入房间,却发现她不仅放下了他的床,他的皮箱更是被打开,里面的物品整齐利落地被放在宽大的窗台上,仿佛塔希夫人仔仔细细地盘点了库存,好预备让他偿还有可能出现的未偿债务。

虽然房间里没有暖气,但他却感到有种冲动,想在崭新的打字机前坐一会儿,试试这些稀奇古怪的变音符号。他写道:

我在塔希旅店的房间位于三层,沿着格拉本大街朝镜子路走去再走一个街区。第一区的妓女招待客人用的就是这里。房间是一流的,我住店只住最好的,次一点的绝不接受。

然后塔希夫人打断了他,提醒他已经很晚了,他的打字声很吵。但他还没来得及问她到底有多晚,她就悄悄走掉了。他听见塔希夫人在楼梯平台上停了一会儿,等她下楼,他又开始敲字:

塔希夫人精于测算旅店住客的命运,她可以从澡盆里留下的戒指当中分析出即将到来的厄运。

接着他又敲了三行德语双元音,尝试只用变音音符敲出专门测试打字机的那句话,什么褐狐,什么懒狗[1],还是懒蛙?

他听着塔希夫人的声音,接着又听见另一个澡盆冲水的声音,想

---

[1] 用来测试打字机的英语句子为:The quick brown fox jumps over the lazy dog.

起了那些妓女。他写道：

在维也纳，卖淫业不仅是合法的，而且受到法律的控制和管理。每个妓女都有某种执业执照，只有定期体检才能获得最新的执照。如果没有登记，就不能成为合法的妓女。

梅里尔·奥沃特夫曾经说："永远都要看到了她们的安全标签才去做生意。"

同样的，每个区都有一些多多少少的酒店和旅馆拥有执照，专门经营皮肉交易。无论酒店还是妓女的价格都是固定的，第一区的妓女最年轻、最漂亮，也最昂贵。从内城区出来，外城的妓女更老、更丑，也更实惠。奥沃特夫总喜欢说，他的生活预算是按第15区来的。

接着，博格斯觉得写作很无趣，又来到窗前看着人行道。底下正是那个穿着毛皮外套和配套手笼的妓女。他敲了敲双层窗户，她往上看了看。他来回在窗户里转着脸好让她看见，试图从书桌上借来足够的光线好让她知道是谁在叫她。他猜想从下面看，他一定像个难为情的暴露狂，不敢静止站在那里。

但她还是认出了他，朝他微笑。也许她的微笑是出于职业习惯，她以为这不过又是一名男性，召唤她进来。她朝他指着，摇了摇手指头，他又一次看到那只白皙的戴着戒指的手。当她朝门口走去，特林佩尔却猛烈地敲着窗户：不，不，我不是叫你进来，只是想打招呼。但她看起来是错把他敲窗时的激动当成热情，居然真跳了起来，把脸朝向他。即使从远处他也没法看清她的妆容。她完全可以是风情十足的啦啦队员，在比赛之后准备让顺风车捎回家。

他跑到大厅里，仍然穿着浴袍。当他一步并作两步跑过楼梯，大堂里的穿堂风吹过，浴袍里的肚脐下面露了出来。当他从楼上对她打招呼时,她的脑袋伸出楼梯。她朝上看着他的浴袍底下,咯咯笑着像没见过世面的女孩。

他大喊:"不!"但她已经又上了一层平台。他又喊道:"停!"她的脸再次出现在楼梯井的空间,他用膝盖把两片浴袍夹紧。"很抱歉,"他告诉她,"我不是想要你上楼来。"她的嘴角耷拉下来,鱼尾纹突然出现在眼睛的三角洲周围。她现在看起来有三十多岁,或许四十岁。但她仍继续往前走。

特林佩尔站在那里仿佛一尊雕像。她停下了,离他仅有一步之遥。急促的呼吸里带着香水的气息,外面的冷风使她一身寒气,脸也冻得红扑扑的,很好看。"我知道,"她说,"你只想问问我时间?"

"不是的,"他说,"我认出了你。我只是敲敲窗想说'您好'。"

"您好。"她说。这会儿她夸张地喘着粗气,靠在栏杆上,故意在他面前露出老态,好让我格外难过。

"我很抱歉,"博格斯告诉她,"我真的一无所有。"

她瞧着他的浴袍,用手轻轻碰了嘴角。她真的看上去很美。第一区的妓女常常是这样。不像妓女,优雅而不滑稽。她的衣服也很漂亮。她的发型很简单,并且干净。她的骨相并不低贱。

"真的,我希望能有什么给你。"博格斯说。

她再一次残忍地看着他的浴袍说,口气过于甜蜜,就像假装是他的妈妈——"穿上点衣服。你想着凉吗?"

然后她就走了。他沿着楼梯追着那只漂亮的手,一直追下三层楼梯,接着无声地走回来埋头在打字机上继续敲。他正打算命令他的键盘抒几句情,写下一些坦诚而不尴尬的自怜,可是却被楼下又一个澡盆冲水的声音打断了。塔希夫人在他门外划拉着:"请不要再打字了,请你!"她说,"大家都要睡觉。"

大家都要睡觉,她是这个意思。他的打字声惊扰了他们的节奏或者他们的良心。但他没再碰他的稀奇古怪、异国风情的键盘,键盘可以在夜里写自己的抒情诗。朝镜子路看去,他可以发现那个两次被他误导的妓女跟另一个女人手拉着手,准备去喝杯咖啡放松。他想着这些年她们是怎么过的。年轻而光彩照人的时候她们在克恩滕大街和格拉本大街来回地走。一年年过去,她们一区一区地往外走,沿着肮脏的多瑙河,走过普拉特主题乐园。她们被工厂工人和技校高中学生粗暴地蹂躏,收的钱只有先前的一半。但这至少和现实世界一样公平,也许更公平,因为最终你落到哪里,并不一定是条一眼望到头的下坡路,而且在真实生活里你也不一定能选择光彩照人的开端。

博格斯朝窗外望去,看着戴戒指的女人和她的手笼,那只精心保养的手使得她与另一个妓女的对话显得生动。冷风中她的手妖娆地探出来,抹去另一个女人面颊上的什么——一粒煤灰?一滴变成冰的泪水?还是上一个男伴在她嘴边留下的污迹?

特林佩尔妒意十足地看着这种粗率、真实的友情。

特林佩尔上了床,硬挺着直到有个地方慢慢暖和。他听见又一个澡盆响起冲水声,觉得听着这样孤独的音乐他恐怕永远也无法入睡了。他在房间里裸体穿行,从窗台上找回磁带录音机,然后赶紧上床。他翻找着一整盒磁带,终于找到 110—220 瓦转换插头,把耳机塞进插孔,把它们放在胸前暖着。"进来,比姬。"他轻声说。

倒回。

播放……

第23章

过分针对自己

（淡入：皮尔斯伯里家的船屋中景、外景，以及通往大海的坡道，卡斯伯特·班纳特正在推一条捕鲸人用的那种老划艇，柯尔姆帮忙。他们正在热烈地谈论，很可能库思在解释船底的藻类、海带、藤壶和甲壳动物世界，但没有同期声。声音是拉尔夫·帕克和库思的说话声）

拉尔夫：这么说吧。你现在跟他的老婆孩子住在一起。这难道不会让你跟他的朋友关系变得紧张吗？

库思：我觉得这对他来说一定很难——但这只是因为他对她的感觉。现在要他跟她和他的孩子待在一起一定很痛苦。但这跟我无关，我敢肯定他仍然喜欢我。

咔[1]。

---

1 即"停"，导演拍到一条镜头结束之后的示意。

(在帕克的工作室，博格斯朝镜头说话[同期声])

博格斯：她能够跟库思在一起生活，我简直太开心了。库思是个非常可爱的人……

咔。
(库思和柯尔姆再次出现在船屋，旁白)

库思：我知道我很喜欢这孩子……

拉尔夫：他们俩为什么过不下去？

库思：这个，这你应该问她，说真的。

拉尔夫：我只是想，你一定有你的见解……

库思：问问她，或者他……

回切
(在工作室里，博格斯对着镜头说[同期声])

博格斯：胡扯，问问她！

咔。
(在缅因州的船甲板上，比姬正在给柯尔姆读故事。没有同期声，旁白来自比姬和拉尔夫)

比姬:你没问他?

拉尔夫:他说要问问你。

比姬:好吧,我只知道我可不晓得。我只知道,哪怕我明白这是为什么也无济于事,所以又有什么要紧呢?

拉尔夫:到底谁先离开谁的?

比姬:这又有什么关系?

拉尔夫:比姬……

比姬:他先离开我的。

回切
(博格斯在工作室)

博格斯:是她请求我离开的。不,事实上她命令我离开……

咔。
(比姬正跟柯尔姆和库思坐在室外的桌子旁,头顶上面撑开了一把大大的伞。他们在皮尔斯伯里家的船坞里。这是一个精心设计的生硬的场景,他们三人怀疑地看着镜头。有同期声,台下的拉尔夫正在对三人进行采访)

比姬：我根本没想到他会离开，而且那么久，我是说……

库思：她甚至不知道他的下落。

比姬：（狠狠地看向镜头，怒气冲冲）你比谁都清楚，你这个浑蛋。你知道他要去哪儿？你甚至还帮他！别以为我不记得……

咔。
（拉尔夫·帕克在剪辑室，用机器过一段一段胶片。其他胶片一条一条夹在头顶上挂下来，他周围到处都是。没有同期声）

拉尔夫（旁白）：这是实话……我知道他要去哪儿，的确，我也帮了他。但首先是他想离开的！

（他使劲拉下很有分量的机器粘接杆）

咔。
（首先出现的是一些照片。博格斯和比姬在阿尔卑斯村，靠着一辆陌生的老式汽车，朝摄影师微笑。比姬穿着弹力滑雪服，显得很性感）

拉尔夫（旁白）：他回到欧洲去了，他的确是去了那里。也许他是念旧……

（另一张照片：比姬和博格斯在一张乱糟糟的大床上耍宝，床单拉到下巴）

拉尔夫（旁白）：他从来没明明白白地说为何要回到欧洲，但他提到了这个朋友……一个叫梅里尔·奥沃特夫的人。

（又一张照片：一个样子古怪、戴着奇特帽子的人坐在老旧的1954年怒火－维特沃汽车里，摇下车窗朝镜头大笑）

比姬（旁白）：没错，就是他。这就是梅里尔·奥沃特夫。

回切。
（桌子和伞架在甲板上。比姬朝镜头说着，同期声）

比姬：梅里尔·奥沃特夫简直是个疯子，彻彻底底的疯子。

回切。
（博格斯在工作室，同期声）

博格斯：不！他没疯，一点也没疯。她不像我这么了解他。他是我认识的人里头最清醒的……

回切。
（拉尔夫在剪辑室，抬起粘接杆，仔细过着更多的胶片）

拉尔夫（旁白）：很难从他那里挖出很具体的内容。他总觉得这一切都是针对他个人。有时他很不配合……

（他再次大声地拉下粘接杆）

咔。

（同期声。郁金香公寓关着的浴室门外架起令人眩目的舞台灯光。浴室内马桶的冲水声。肯特走入画面，埋伏在浴室门外，手里拿着大大的话筒。博格斯打开门，拉上裤子前门，一脸惊讶地看向镜头。他很愤怒，一把把肯特打到一边，双目圆睁地看向镜头）

博格斯（大喊，面容已经扭曲）：你给我滚，拉尔夫！

第24章

胸口中箭你能走多远

他发现奥沃特夫的名字仍在电话簿上，同样的地址和电话号码，他的心忽然一阵温暖，可是等他想从塔希旅店打过去时，电话那头响起的却是奇怪的嗡嗡声，那是某种信号的声音。他问塔希夫人，她说那是因为这个电话号码已经停止服务了。接着他才发现，这本电话簿已是五年多以前的，他自己的名字也在上面，同样的地址，同样的号码。

特林佩尔径直走到了施温德路15号的2号公寓。门上的铜质铭牌写着：A PLOT[1]。

这倒很像梅里尔的风格，博格斯想道。他用手拍门，听到一阵扭打的声音，好像又有一声低吼。他推门，门开了，但只能开一条缝，因为有锁链关着。但幸好门没能继续敞开，门内一只巨型德国牧羊犬正在咆哮，只能从这道缝里伸出它的鼻子。特林佩尔迅速退回去，没有被咬到。门内一个头上戴着金色卷发器的女人，眼里满是怒气或恐

---

1 A PLOT，英语意为"一段情节"。

惧或兼而有之，问他鬼鬼祟祟地意欲进她的公寓干什么。

"梅里尔·奥沃特夫？"他询问道，在距离楼梯平台还很远的地方站着，生怕她放那只德牧出来。

"你不是梅里尔·奥沃特夫。"她告诉他。

"不，不，我当然不是。"他说，但她及时关上了门。"等等！"他在她身后喊道，"我只想知道他在哪儿……"可是他只能听到她低声对电话里说了什么，然后走得连影儿也没有了。他走到街上，抬头看着曾经属于奥沃特夫的无人不知的窗口花箱。梅里尔曾在里面种过大麻。可是现在，箱里只有一些紫色的植物，它们奄奄一息，从灰扑扑的雪里探出头。

一个小女孩骑着三轮脚踏车进了大堂，然后下车打开门。博格斯帮她推开大门。

"梅里尔·奥沃特夫还住在这里吗？"他问她。要么她是听出了他的外国口音，要么是有人告诉她千万别跟陌生人说话。因为她瞧着他的样子不像是想要回答。

"你知不知道奥沃特夫先生去了哪里？"他礼貌地问道，帮她把三轮车推进来，但小女孩只是两眼瞪着他。"奥沃特夫先生？"他一字一字慢慢地对她说，"你记得吗？他有辆奇怪的车，还戴了顶奇怪的帽子……"女孩显然一无所知。楼上的大狗开始吠叫。"奥沃特夫先生到底怎么了？"博格斯最后一次尝试问她。

小女孩推着三轮车一点一点离开他。"死了？"她回他。他很肯定这是她胡乱猜的。接着她就飞一样地朝楼梯跑去。他觉得周身一阵寒战，那种寒战，比得上听到楼上的门打开时他发出的那种颤抖——带卷发器的女人朝孩子大吼，大狗的脚步声嗒嗒地朝楼下跑来。

特林佩尔拔脚就跑。小女孩显然什么也不知道，这一点很清楚。他惊讶地意识到，小女孩的父亲的姓名应该是"一段情节"。

博格斯拿着一袋路边烤的栗子，没精打采地朝圣米歇尔广场的大致方向走去。他记得那里有座可怕的雕塑，是巨型的像宙斯一样的人或神，他正在跟海怪、蛇、猛禽、狮子和少女搏斗，并被他们拉向喷泉的龙头，喷泉水冲洗他的胸膛。他紧张地张大嘴巴，当然也有可能是渴了。雕像是那样烦恼，很难说到底是宙斯在掌控局面，还是这些周围的造物把他拉到地上，或者托到天上。

博格斯还记得有一天晚上喝醉了跟比姬一起在圣米歇尔广场上来回地走。他们刚刚从马车上偷了几根巨大的小萝卜，有胡萝卜那么长。经过喷泉雕像时，博格斯把比姬托起来，她给雕像大张的嘴里放了一根小萝卜。她说是补充能量。

特林佩尔原想给摔跤手喂颗栗子，但惊讶地发现喷泉关了。要不就是龙头冻住了，喷出粗壮、直截了当的阴茎图腾，像僵硬的吐出蜡的蜡烛，宙斯的雕像胸前垒了一层层冰。不知怎么回事，雕像姿势仍是一样，但决斗似乎已经告负。他死了，博格斯想道，给死人喂栗子当然毫无意义。他为宙斯神的死去而哀悼，宙斯神终于被海蛇和海怪、狮子和美丽性感的少女所征服。特林佩尔知道：一定是美丽性感的少女最后终结了他。

比姬听见这消息一定会很伤心。她肯定很难过。

比姬，你可能很难相信这种说法——但是你去打鸭子的时候，确实是戴套套的。这是经验丰富的老猎手应对寒风的小小伎俩。是这样，所有的猎手在进到冰水里去寻找打下来的鸭子时，都会戴上套套。因为他们没有狗，我们当时也没有猎狗。它的原理就像潜水服一样……

他现在游游荡荡穿过哈布斯堡的庭院——英雄广场或者，我之所以戴着那个不可描述的套套，是因为忘记摘下。我新拿到的兼职是给一年级的性教育做展示模特。我觉得太尴尬了，没法跟你说实话。他们没有跟我说还得讲怎么避孕。当然这让班里同学吓了一跳。

可是博格斯能感觉到爱神丘比特在冷冷地瞧着他,经过这些巴洛克小天使和栖身于宏伟的宫殿下面的鸽子时,他知道比姬不是好糊弄的人。很显然,她并不相信我。

他静静地看着有轨电车沿着城堡环路歪斜着开过,尖锐的铃声在路口铛铛响起。电车里,乘客们冒着热气,把车窗抹得脏乎乎的。那些男人看上去仿佛挂在衣架上的外套,里面装满了人。电车每次突然晃动,他们左推右挤,前摇后摆;他们搭在扶手上的手已经超过窗户的视线,博格斯只能看到他们抬起的手臂,像学校里答题的孩子,像集结起来的士兵。

特林佩尔努力想消磨掉这个下午,他绕着破破烂烂的报刊亭,慢慢读着每一本书刊。他觉得这个下午会在周日午后儿童电影场里最没有痛苦地被打发掉。他发现真有一场,简直是奇迹,沿着斯达第安路走过去,在议会大厦后面。

午后场放的是一堆电影短片和一部美国西部片。特林佩尔畅游爱尔兰,看到了开心的农民。在爪哇,导游讲给观众印尼的国民休闲运动:拳击,用脚!但博格斯和孩子们一样不肯安安静静地坐在那里。他们想看西部片。终于来了!詹姆斯·史都华讲着德语,配音也是德语,时间正好。印第安人不想要铁路。这就是主要情节。

史都华把卡宾枪架在腿上连发子弹,而可能已经被踩躏过的谢莉·温特斯出现,一支箭落在她丰满的胸部上。不管她演的是谁,她滚下车厢,落到沟里,落进溪水,又被恰好经过的野马踩踏,然后又被好色的印第安人踩躏。这个印第安人是个胆小鬼,不敢袭击火车。她不得不承受这一切,直到找到她乳沟里的一支小手枪,然后用枪打穿了印第安人的喉咙,留下一个大洞。直到这时她才站起身来,浑身湿透,被溪水和血水浸透的衣服裹在身上。她大喊着"救命!"同时握住箭头,使尽全力拔出插在她起伏的胸口上的那支箭。

特林佩尔停下脚步，坐在奥古斯丁地窖里，吃着油腻的香肠，喝着一杯新出的葡萄酒，一边听古老的弦乐四重奏，一边想如果能见见好莱坞的特技女星也很不错，但希望她们的胸部不都有胸毛。

他又走回到塔希旅店。这时街灯亮了，但仿佛抽搐一样，一会儿亮一会儿灭，不像爱荷华城里那样准时，仿佛维也纳的电力是新近才在煤气灯的基础上做的缺乏把握的改进。

在普朗克路外面的咖啡馆，一个男人在对他说话："Grajak ok bretzet."特林佩尔停下脚步，努力确认这是哪种奇怪的语言。"Bretzet, jak?"男人问道。特林佩尔想道，是捷克语，还是匈牙利语？塞尔维亚－克罗地亚语？"Gra! Nucemo Paz!"男人大喊。他因为什么很生气，朝特林佩尔挥着拳头。

博格斯于是问："Ut boethra rast, kelk?"古低地诺尔斯语永远不会得罪人。

"Gra?"男人狐疑地说，"Grajak，好。"他又更确信地说。接着热切地喊："Nucemo paz tzet!"

博格斯感到很抱歉，他听不懂，然后开始用古低地诺尔斯语说："ljs kik——"

"Kik?"男人打断了他，开始对他微笑。"Gra, gra, gra! Kik!"他叫道，想要跟特林佩尔握手。

"Gra, gra, gra!"博格斯答道，跟那个男人握握手。他一边迂回地绕开路，一边咕哝"Gra, gra"，更用力地点着头，然后转过身，磕磕绊绊地走下人行道，就像盲人一样摸索着对面的人行道伸出脚去够，又用手护着自己的裤裆。

博格斯觉得这很像与费奇先生的交谈。接着，他闷闷不乐地发现人行道上皱巴巴的一团报纸。报纸上的内容是用西里尔字母印的，他完全看不懂，字母更像音符而不是词句。他朝四周看了看，想找到那个小个子男人,但连个影儿也没有。这篇文章来自某张报纸,是用这样一门奇怪的语言写的,看起来很重要——有些词句用圆珠笔加了下划线。空白处用同样的语言加了评语,所以他把这张奇怪的垃圾放进口袋。

特林佩尔觉得自己的思绪好像飘在空中。他回到塔希旅店,努力集中注意力做些熟悉的事,好让头脑重新恢复清醒。他尝试写一写西部片的影评,但他的打字机的变音键盘让他分神,他发觉电影的名字他都已忘掉了。《胸口中了一支箭还能走多远》?这时,仿佛是联想触发机关,楼下的洗澡盆又开启了每晚冲水的程序。

博格斯在装饰性的法式落地窗里看到自己的映像几乎到了天花板。他跟他的打字机只能占据下排窗棂的角落。为了挽救小小的不断堕落的心灵,他从打字机里把影评撕拽出来,避开德语变音字符,试着给妻子写信。

塔希旅店
镜子路 29 号
奥地利维也纳[1]

亲爱的比姬:

想着你和柯尔姆。还有你比姬,那天晚上你的肚脐翻过来了,我们在佛蒙特的东甘纳瑞。你已经到了第八个月,当时你肚子上的肚脐翻过来了。

我们坐着库思宽敞明亮的大众老爷车,车顶天窗不见了。在朴次茅斯,天阴沉沉的,而在曼彻斯特、彼得伯勒和基恩,天也是阴沉沉

---

[1] 原文这封信格式即如此,没有收件人信息,可能出于此信未寄出的缘故。

的。每到一个地方，库思都会说："我希望别下雨。"

我跟你换了三次座位，比格。你总不舒服。

你说了三次："哦天啊，我那么圆！"

"就像满月一样，"库思对你说，"非常可爱。"

可是你转过一张臭脸，比姬——当然还是因为我父亲的话而感到刺痛，他赤裸裸地说我们的结合是下流而不负责任的。

"你应该这么想，"库思对你说，"想想宝宝会多么开心，如果他的父母跟他年龄相仿。"

"想想我们的**基因**，比格，"我对你说，"多么精妙的一组基因！"

可是你却说："我厌倦了，总是想着这个宝宝。"

"你们两个就这样绑在一起，"库思说，"想想，现在你什么决定都不用做。"

"本来就没有**什么**决定。"你告诉可怜的库思，他一直在努力让你开心，"如果不是因为有这个宝宝，博格斯永远不会跟我结婚。"

但我只是说："好啦，我们现在已经到了佛蒙特。"我从车顶上的天窗洞朝上看着越过康涅狄格边界的桥上面生锈的大梁。

你总是不肯放我一马，比姬，虽然这个话题我们已经谈了好几次，我也不打算再被拉进这场缠斗。

你对我说："博格斯，你本来是不会跟我结婚的，永远不会。我知道。"

而库思却说："如果真是这样我会娶你的，比姬——不管是满月、半个月亮，还是没有月亮。我之前会跟你结婚，我现在也会，如果博格斯不打算跟你结婚。你想想那样的话，情况会如何，所以我求你……"他弓起身子，越过方向盘，朝你露出他绝妙的笑容——给你看怎样可以用舌头操纵四只前门的假牙。

终于你微微露出笑容，比姬。我们到达东甘纳瑞时，你不再那么苍白。

可是在塔希旅店，博格斯想到东甘纳瑞时分了分神。读着他写下的东西，他觉得并不喜欢。那种口气似乎有点问题，所以他又试了试，从这一句后面开始："当时你肚子上的肚脐翻过来了。"

我们把库思和他的大众汽车藏在田里，然后沿着那条长长的私家车道走到你父亲的农场。这里来了个少女新娘，肚子里还藏着宝贝！我觉得，我指责过你胆小，没有早一点提前写信提醒你的父母。

"我写过信，给他们讲起了你，博格斯，"你告诉我，"你跟你父母甚至从未说过一个字，我做得比你可强多了。"

"但你漏掉了怀孕的事，比格，"我提醒她，"你什么都没说。"

"没有，我没提。"你说，把紧巴巴的雨衣往外撑了撑，试图制造一种错觉：外套高出来的唯一原因是你把手放到了口袋里。

我回头看了看库思，他有些担心地挥了挥手，就像可怕的毛茸茸的人形潜望镜一样从天窗潜出来。

"库思也可以来家里，"你说，"他不用躲在外面的田野里。"但我告诉你库思很害羞，他躲在田里感觉会更好一些。我没有提，其实我脑子里在想，如果我们俩单独进去可能更容易得到宽恕，或者说如果我被赶出来，知道库思和他的车安全地停在草场上会令我宽心。

我觉得，最焦虑的应该是走过你父亲的吉普车旁的时候，你说："噢，我父亲也在家。老天爷，父亲，母亲，每个人都在！"

接着，我提醒你今天是星期天。

"那样的话，布莱克斯通婶婶也在这里，"你说，"她已经几乎听不见了。"他们正在吃晚饭，你始终把手放在雨衣口袋里，把胖胖的可乐瓶一样的身体沿着餐桌转过去。你说："介绍一下博格斯。你们知道的，我写信给你们，告诉过你们的！"直到你的妈妈把目光投向你的衣服前襟底下。比姬，你的聋婶婶接着对你妈妈说："苏是不是又胖了，对不对？"你妈妈只是冷冷地瞪着两眼。你说："我怀孕了。"然后又说，"不过没事的！"

"对！没事的！"我相当愚蠢地跟了一句，眼睁睁看着你父亲的叉子在离张大的嘴巴一英寸的地方停住一动不动，上面还叉着蔬菜炖肉和一只洋葱。

"没问题的。"你又说，努力对每个人微笑。

"当然没问题。"布莱克斯通婶婶说。她其实什么也没听见。

"对，对。"我咕哝着，点点头。

你的聋婶婶朝我点点头作为回应："当然了！都是因为这些高脂德国食品，又让她胖了回去。还有，整个夏天这孩子都没滑雪！"看着你那目瞪口呆的妈妈，布莱克斯通婶婶尖尖的嗓子让大家都听得清清楚楚，"天哪，希尔达，你就这么欢迎你的闺女？我可记得你总是瘦下来又胖回去，任何时候想胖就胖想瘦就瘦……"

这时在塔希旅店，两个澡盆同时在冲水。博格斯突然失忆了。随着失忆，他那一部分与记忆紧密相连的思维也不见了。

第25章

准备等拉尔夫来

郁金香的公寓沉寂在古怪的黑暗中。在足以倾覆船只的暗涌里,特林佩尔从床上坐起来,疯狂地上蹿下跳,之后又呆若雪茄店里的印第安人木头雕像。最近他经常气得冒烟,仿佛已经成了习惯。他会严格地集中注意力,一动不动,模仿沉思的雕像。这是某种提高肌张力的练习,最终耗尽了他的耐性。他睡觉又变得困难了。

"行了吧,特林佩尔。"郁金香对他轻声说道。她碰了碰他木僵的大腿。

特林佩尔将注意力集中在鱼上。有条新来的鱼尤其让他恼火,是一条淡黄色的河豚。它那令人恶心的游戏就是用半透明的嘴唇把水族缸的缸壁涂脏,又朝玻璃缸吐出一圈圈的小气泡。既然逃不出去,气泡会弹回到它那里,它就把气泡一口吞下。然后它会变得越来越大,眼睛越来越小,直到肚子里的压力突然一下子推动它离开鱼缸玻璃壁。就像气球被吹气又放气。放气的时候,它会像失控的旋转马达在水族缸里四处冲撞。其他的鱼怕得要命。特林佩尔很想在它涨到最大的时候用针一下子戳破它。这条鱼准备膨胀的时候好像总是恰好对着特林佩尔。这样自找麻烦真是愚蠢,这条鱼应该知道的。

实际上,特林佩尔厌烦所有的鱼。这一气之下他开始构想如何把它们都处理掉,比如买一条可怕的杂食鱼,清扫水族缸里所有游动、爬行和滑翔的玩意儿,吃掉所有贝类、岩石、海藻,甚至还有送氧气的管子。然后它会啃碎玻璃,水漏出去,最后因为缺氧而死。或者这样更好:扑腾在干涸的水族箱底,最后它会灵光一闪,把自己也吃掉。这将是多么美妙的杂食动物!他简直想立刻拥有。

电话铃又响了。特林佩尔没有动,他朝郁金香那边瞄了一眼,郁金香最好也别去听电话。几分钟以前,他才接了电话,这就是他为什么针对那些可怜的鱼产生毁灭性的冲动,又木呆呆地坐在那里像雪茄店门口的印第安人木雕。

打电话的不是别人,正是拉尔夫·帕克。博格斯和郁金香刚准备上床睡觉,拉尔夫却说这会儿就要跟肯特过来,带上几千美元的电影设备,他想拍几条郁金香和博格斯准备睡觉的镜头。

"天啊,拉尔夫!"特林佩尔说。

"不,不!"拉尔夫说,"只是想拍点你们准备上床的镜头,桑普-桑普。你知道,就是家庭生活——日常的梳洗,刷牙,脱衣,小小的亲热之类的玩意儿……"

"晚安,拉尔夫。"

"桑普-桑普,连半个钟头都用不了!"

特林佩尔挂断电话,朝郁金香开始发火。"我真不明白,"他大喊,"你怎么能看上他?!"

这就打开了潘多拉的魔盒。

"他很有趣,"郁金香说,"我对他做的事很感兴趣。"

"在床上?"

"见鬼去吧,特林佩尔。"

"不，说真的！"他对她大喊，"我就是想知道！你是不是喜欢跟他上床？"

"我更喜欢你，多得多。"她说，"我对拉尔夫没有这方面的兴趣。"

她的声音多了几分寒意。但特林佩尔一点也不在意。"你知道那是个错误。"他想激怒她。

"不，"她说，"我只是不再有兴趣了。那不算是什么错误。我那时谁也不认识……"

"然后你遇到了我？"

"我在遇到你之前就没再跟拉尔夫上床了。"

"为什么？"他问道。

她在床上翻了个身，背对着他。"我那玩意儿掉下来了。"她对着水族箱的玻璃说。

特林佩尔一语不发，陷入了恍惚。

"你瞧，"过了几分钟郁金香说道，"到底怎么了？我只是对拉尔夫没有那种感觉。但我以前瞧得起他，现在也还是，特林佩尔，只是不是那种喜欢……"

"你有没有想过再跟他上床？"

"没有。"

"好吧，他还想再跟你上床。"

"你怎么知道的？"

"来劲儿了吧？"他问道。她自言自语骂了句，然后又转过身去。他觉得自己正在渐渐石化。

"特林佩尔？"过了一会儿她问道，这么半天他一直静静地一动不动，"你为什么不喜欢拉尔夫？是因为这个片子？"

但其实真的不是因为片子。毕竟，他可以直截了当地拒绝。但这不是事实，他只得承认他也有这个兴趣，并非心理治疗方面的兴趣。

他知道自己其实是个拙劣的演员，他很想看看自己在银幕上的样子。

"准确地说，我其实并非讨厌拉尔夫。"他答道。她又转过身，碰了碰他木僵的大腿，说了什么他没有听见。接着，他很想先把鱼儿杀掉，当电话又响起时，他肯定自己会杀掉那个接电话的人。

他笔直地坐在那里太久，背上突然抽筋。郁金香有一会儿没理他，接着又试着跟他说话。"特林佩尔？你知道你跟我做爱不太够，真的不太够。"

他想到过这些。然后又想起即将要做的手术，想起维吉农医生和喝水疗法。"是我的那玩意儿。"他终于说道，"我会治好的，然后就像新的一样了。"

他很喜欢跟郁金香做爱。听她说的话他也很担心。他想要不要现在就跟她一起做爱，但他首先得爬起来去尿一下。

他在浴室里研究了一下镜子里的自己：他需要掐一下那个地方，才能尿得出来。疼得脸上浮现出恐惧的表情。情况越来越糟了。维吉农再一次说对了：即使是小手术有时候也的确需要等几周才能做。

此时此刻，他觉得必须马上跟郁金香做爱，可是，也许是因为他发现了表情里的什么——他忽然想到梅里尔·奥沃特夫，然后尿得很冲，疼出了眼泪。

他在卫生间里待了很久，郁金香昏昏沉沉地朝他喊道："你在那儿干什么呢？"

"哦，没什么，比格。"他说，然后试图把话咽回去。

当他回到床上，她已经坐了起来，身上紧紧裹着毯子，她在哭。她毕竟还是听见了。

"郁金香。"他说，用胳膊环住她。

"不，比姬。"她轻声道。

"郁金香。"他又说，想亲亲她。

她一把把他推开，火力全开。"我告诉你吧，"她说，"拉尔夫·帕克从来不会叫错我的名字。"

特林佩尔翻过身去，坐到了床脚。

"你想知道吗？"她大喊，"我觉得你说因为那个玩意儿不肯跟我做爱都是些胡话鬼话！"

这时，那条黄色的河豚又游到了水缸边上，瞪着特林佩尔，开始了又一轮让人厌恶的常规动作。

郁金香说的是实话，他也知道。更让他难过的是这样的对话已经不是头一回了。他早就吵过——好几次——跟比姬。所以他只是坐在床上，希望自己得紧张症[1]。真的实现了。电话第三次响起，他也不在意究竟是不是拉尔夫，如果他能动得了，他一定会接的。

郁金香很可能也觉得很孤独，她接起了电话。"好的，"博格斯听见她疲倦地说道，"过来拍你那倒霉的电影吧。"

但特林佩尔仍然石化一般枯坐在那里，担心下一个转变。要上场演拉尔夫的电影，他必须首先从现在的这一版电影下场，难道不是吗？

过了会儿，郁金香把头埋在他的腿里，仰起脸朝向他。这是她的一个姿态——她有许多这样的姿态，仿佛是说，好吧，在我们复杂的生活场景里终于出现了一座桥。这座桥是在那里的，虽然我们还要跨过去。也许是可以跨过去的。

他们维持这个姿势很久很久，仿佛这样也可以准备迎接拉尔夫，和其他的准备一样。

"特林佩尔，"郁金香终于悄声说，"你跟我做爱的时候，我是真的喜欢。"

"我也真的喜欢。"他说。

---

[1] Catatonia，精神分裂症的一种。

第26章

"Gra! Gra!"

他的思维迷失了多久他并不知道,也不知道他恢复了多少理智。他只知道,面前的打字机上又写下了一些字。不知道是谁写下的这些文字。他仔细研究着,仿佛这是他刚刚收到的一封信,又仿佛这是谁写给别的谁的信。接着他才发现,有个黑影蜷伏在法式落地窗的角落里,突然坐起来,开始呻吟,结果却是自己吓了自己一跳。与此同时,在镜子一样反光的窗户里,有个可怕的仿佛地精一样的自己。他被举起来,像显微镜下的标本一样变得模糊起来。

这时候他才意识到那是自己的呻吟声,也听到了楼下塔希旅店大堂越来越刺耳的喧闹,也可能就在二层更近的地方。他完全不记得自己身在何处。他打开门,对着那些从开着的门口和门厅里窥视的人脸,发出语无伦次地尖叫。惊恐和惊恐互相呼应,三张脸朝他尖声惊叫。特林佩尔还在想办法辨别出其他就像火苗一般从二楼窜到他这里的声音。

这到底是哪一盘磁带?我什么时候进了精神病院?

他小心翼翼地朝楼梯井摸过去,整条走廊里没有一个人冒险开门,也许是担心他会再次朝他们尖叫。

楼梯井上面,塔希夫人的声音传到他耳边。"他是不是死了?"她问道。特林佩尔听见自己轻声地说:"不,不,我没有。"但她说的不是他而是别人。

他来到楼梯半截的平台上,看到拥挤的人群在楼下的大厅里漫无目的地乱转。其中一个妓女说:"我敢肯定他是死了。从来没有人在我身边像这样昏过去,从来没有。"

"你不该挪动他。"不知是谁说道。

"我总得把他从我身上挪开,对不对?"妓女说。塔希夫人轻蔑地看着走廊那头一个从房间里跑出来的男人。他正拉上拉链,一只手里还提着鞋子。妓女从他身后冒出来,问道:"到底怎么回事?出什么事儿了?"

"有人在约兰塔身边死了。"不知是谁说道,他们都笑了起来。

"他吃不消你。"另一个女士说。而约兰塔说:"也许,他只是喝多了。"她身上只有紧身褡和袜子,除此之外,一丝不挂。

沿着走廊,黝黑的低着头的男人一个个从房间里急急忙忙地跑出来,抱着衣服,左冲右突,就像受惊的鸟儿。

"他很年轻,不会死的。"塔希夫人说道。这番话似乎让那些悄然从她身边仓皇而去的男人更担心了。仿佛他们从来没想到过:性爱可以是危险的,甚至连年轻人都能因做爱而死!

然而对这样的可能性特林佩尔却一点也不意外。他充满自信地从楼梯平台下楼到充满性爱味道的大厅,他的思维仿佛已经调整并且接受了窗户里的怪物正是自己的倒影,或者就是他在梦游的想法。实际上,他不确定自己究竟是不是在梦游。

那个妓女说:"他浑身都凉了。我是说,凉透了。"

但是在那个饱受折磨的嫖客的房间门口,塔希夫人说:"他动了!

我发誓他刚刚动了!"

大厅里聚集的人群几乎是分成了人数相当的两派:这一拨避之唯恐不及,另一拨则往前凑近想看个清楚。

"他又动了!"塔希夫人报告。

"摸摸他!"那个不幸被牵扯进来的妓女说,"你能感觉到他身上有多冷。"

"我可不打算碰他,拿你的命打赌我也不会的。"塔希夫人说,"不过你还是看一看,如果他不动了跟我说一声。"

特林佩尔凑近了一些。越过温暖的洒了香水的肩膀,透过门口,他看到令人毛骨悚然的白花花的屁股在凌乱的床上颤抖。接着门口又拥满了人,挡住了他的视线。

"警察!"有人大喊道。之后有个人急急忙忙把所有的衣服裹成一小包,从房间里赤着身子夺路而逃。他跑到大厅里,看了一眼人群,然后一瘸一拐地回到了他的房间。"警察!"又有人重复喊着。接着三个警察并排跑进大厅,魁梧的那个稳稳居中,另两个簇拥在他两侧,一路走过来,啪地弹开每一间关着的房门,朝前方瞪着眼睛看,发出驴一样的叫声:"谁也别想离开。"

"瞧,他坐起来了。"塔希夫人朝门口说道。

"到底出什么事了?"中间的警察问道。

约兰塔说:"他晕过去了,身体突然就变凉了,就在我身上。"但当她想靠近中间的警察时,侧面的其中一个警察打断了她的话。

"退后,"他说,"所有人退后。"

"这儿到底怎么了?"中间的警察问道。当他把手腕支在臀部时,长手套在手腕那里起了皱。

"老天爷,如果你能让我说话,"那个被打断的妓女说,"我可以原原本本地告诉你。"

那个打断她的警察说:"好,你说。"

接着,塔希夫人大喊:"他坐起来了!他没有死!从来没有!"但是接着的崩溃和呻吟,让博格斯知道这种回光返照只是暂时的。

"天哪!"塔希夫人低声道。

终于,刚刚开始恢复生气的声音从地板往上传,很慢,很微弱,通过打战的牙齿传出来。"我没喝醉(Ich bin nicht betrunken),"有个声音说,"我有糖尿病(Ich habe Zuckerkrankheit)。"

中间的警探把门口的人群分开,昂首阔步、蛮力十足地走进房间,粗暴地踩在蜷缩在门口的那个家伙伸出的手上,他的另一只手疲弱地拉扯着他脖子上缠在一起的一堆小小的狗牌。

"你看到的是胰岛素反应!(Was Sie sehen ist ein Insulinreaktion!)"这个家伙机械地说,就像录好的声音,答录机的声音。

"喂我糖,快!(Füttern Sie mir Zucker, schnell!)"这个声音叫道。

"好的,当然。"警察说,"哦,糖啊,必须的。"他开始俯下身把梅里尔·奥沃特夫抬起来。他的身子软绵绵的,就像浴袍里是空的一样。

"糖,他说糖!"警察讥讽着,"他想要糖!"

"他是个糖尿病病人。"特林佩尔告诉旁边的妓女。他伸出手去够梅里尔皱巴巴的手。"你好啊,老梅里尔。"博格斯向他问候,接着侧面的一个警察显然误解了他的手势,用胳膊肘朝他的太阳神经丛狠狠来了一下。他一转身跌到了另一个软软的麝香味的女人怀里。那个女人受到意外的袭击,狠狠地咬了他的脖子。博格斯喘不上气,想用手势说话,但两个警察把他钉在扶手上,把他的头向后翻,在楼梯井里按倒了过来。博格斯整个人四脚朝天,眼睁睁看着梅里尔被抬下楼梯,来到大堂。梅里尔的声音带着哭腔,十分脆弱,与吱嘎地打开大堂门的声音此起彼伏。"我没喝醉!(Ich bin nicht betrunken!)"接着大堂的门关上了，隔绝了他高而尖细的哀号。

特林佩尔挣扎着想喘上气解释解释，但他只能哼哼："他没喝醉，让我跟他一起去。"紧接着，一个警察把他的嘴唇紧紧封上了，然后像揉面团一样使劲揉了揉。

博格斯闭上眼睛，听见一个妓女说："他是糖尿病病人。"这时一个警察对着特林佩尔耳朵里抱怨："所以你想跟他一起去，对不对？你把手伸过来到他身上是想干什么？"特林佩尔努力摇头，想用他被压成糨糊的嘴解释说，他只是想去摸一摸梅里尔，因为那是他的朋友。这时那个妓女又说："他是个糖尿病病人。他告诉我的。放开他吧。"

"糖尿病病人？"一个警察问道。博格斯能感觉到他眼睛后面的脉搏一跳一跳。"糖尿病病人，呃？"警察重复了一遍，接着咔的一下把博格斯掰直，然后把手从他嘴巴上松开。"你是不是糖尿病病人？"一个警察问他。他们警惕地站在一边，虽然还没碰他但随时准备出手。

"不是。"博格斯说，感觉了一下他刺痛的嘴，然后又说了一遍"不是"。他十分肯定他们没有听见他说的话，因为他嘴里忙着练习小舌音。"不，我不是糖尿病病人。"他又说，这一次清晰很多。

于是他们再一次抓住他。"我也觉得他不是。"一个警察对另一个说。他们推推搡搡地把他带到大厅外。突然一阵寒意袭来，这时博格斯听见妓女在他们后面微弱而疲惫地解释："不，不，……天啊。他不是那个糖尿病病人。啊，我只是说他告诉我另外那个是……"接着大厅的门在她面前关上，博格斯身边簇拥着两个警察，推着他往外走。

"我们到底要去哪儿？"博格斯问两个警察，"我的护照还在房间里。看在上帝的分上，你们不该这么对待我！我不是要袭击那个家伙——他是我的朋友，见鬼！而且他有糖尿病，把我送到他那儿去！……"可是他们只是把他塞进了绿色的警用大众汽车，小腿卡在安全带的固定器上，把他的腰弯成两截好按他们想要的那样把他塞进后座。警察把他铐在后座车底板小巧的金属环上,他的头不得不塞在膝盖之间。"你们一定是疯了,"他对两个警察声辩着,"你们根本不在意我说的话。"他转过头,从小腿肚和弯曲的膝盖之间的缝隙里,可以看到跟他一起坐在后座上的警察。"你是个屁,"特林佩尔告诉他,"另外那个也是。"他转着脑袋,结果撞在司机座位的后面,招来了司机的一句咒骂。

后座上的警察对他说:"你放松点,OK?"

"去你的!"特林佩尔嘴里骂着,但警察只是往前靠了靠,几乎是礼貌地询问,仿佛他没听清楚,"你的脑子里有梅毒。"特林佩尔说,警察却只是耸了耸肩。

前座的警察问道:"他难道不说德语吗?我知道他说了几句,我觉着是听见了。跟他说,讲德语。"

博格斯感觉到自己从脊柱往上冷得发抖。他的手颤得手铐哗啦啦响。"我发誓我说的就是德语!"

特林佩尔用德语大喊道:"你个白痴!"现在挪动他的头已经太晚,他看到警察手里黑色硬质橡胶的警棍闪了一下。

接着他听到了无线电。一个声音说:"有个醉鬼……"然后他听见自己在低语:"我没喝醉……"接着他就恨不该自己张嘴说话,因为警棍狠狠地打过来。他听见打在自己肋骨上吭的一声,直到他的下一次呼吸感觉不到这声"吭"的存在。

"一个醉鬼。"无线电报告着。他努力不再呼吸。

"呼吸,求求你……"录音机里的妓女说。他照着做了,然后浑身发冷。

"他浑身发冷了。"录音机里的妓女说。

"该死的,"特林佩尔咕哝着,"录音机妓女……"警棍落在他的肋骨、他的手腕、他的肾脏和他的脑海里。

他游了很久很久，才游出多瑙河那个地方，恰好让他可以看到水下的坦克。他踩着水，能看见地面上格拉哈福茨酒窖的船坞，看到坦克的炮筒能转到那个他恰好可以摸到的地方，甚至说炮筒正好对准他，能把他炸成碎片。接着，坦克顶部舱口打开了，或者看起来像是打开了，起码是在水里拍打舱门，到底谁在坦克舱内？难道没人想知道那里有人吗？可是接下来他又想到，我在大众汽车里。就算天窗上有个洞，我和库思在一起也是安全的。

接着澡盆又在冲水了，洗净了他的头脑。

他的思维到底出走了多久，他也不知道。也不知过了多久，他才意识到面前的打字机上写了一些文字。他读了几句，思索着不知是谁写下的文字。他仔细地研究着，仿佛那是他收到的一封信，或者不知是谁写给另外的人的信。接着他才发现法式落地窗的下面角落里有个黑魆魆的影子蜷缩在那里。这个影子突然坐了起来，开始呻吟，把他吓了一跳。而与此同时，窗户里一个地精一样他自己的可怕的复制品被举起来，模模糊糊的仿佛显微镜下的标本。

他打开房门朝门厅里看，发现一张张脸在等着他——妓女和她们的嫖客、塔希夫人，还有一个警察。

"到底怎么了？"好几个人问道。

"什么怎么了？"

"这儿到底出了什么事？"警察问道。

"你在尖叫，到底怎么了？"塔希夫人问道。

"醉了。"一个妓女轻声咕哝。

特林佩尔的声音像录音机一样："我没喝醉。"

"可是你在尖叫。"塔希夫人说。警察凑近了点，窥探着博格斯身后的房间。

但警察也只是说:"在写东西呢?"特林佩尔四下瞧瞧想看看他的警棍在哪里。"你在瞧什么?"警察问他。他没有带警棍。

博格斯轻轻退回他的房间,关上了房门,他用手指往眼睛里戳,很疼。他感觉了一下自己的脖颈——那个妓女咬过的地方,没有痛觉。他的手腕和肋骨被警棍狠狠打过的地方也没有一碰就疼。

他听着外头门厅里的人在低语,他开始收拾行李。他们在用意念打开门闩。可是其实并没有,他打开门的时候,他们只是站在那里。他觉得如果他不控制局面,就一定会被他们控制。所以他庄严地说:"我要走了。你们这些吵吵嚷嚷弄得我没法工作。"他对塔希夫人伸出手,手里是一些钱。他觉得这些钱不只是够而且多了,可是她却编出一篇鬼扯的故事,说他在这里已经待了几个月。他觉得很困惑。因为警察就在眼前,他觉得最好还是按她说的付钱。他的护照从他的间谍外套里探出来。警察要求检查护照时,他朝口袋里努努嘴。警察只好小心翼翼地把护照拿出来。

博格斯最后再做了一次尝试,只是为了以防万一。"梅里尔·奥沃特夫?"他问道,"就是那个糖尿病病人?"可是没人回答,人群里有几个人反而把视线挪开,假装没听见,仿佛他们实在替他难为情,甚至担心不知什么时候他会把自己的衣服脱掉。

走到外面,警察跟了他一两个街区,毫无疑问是怕他朝车撞过去,或者从商店里跳窗。但博格斯却脚步轻快,仿佛他心里已经有了目标,警察被落得越来越远,最后消失了。特林佩尔终于独自一人,他绕着格拉本大街转圈,拣着安全的小胡同走。他花了一阵子才终于找到利奥波德哈维卡咖啡馆。犹豫了一会儿,他终于踏了进去,仿佛知道所有人都会在那里,仿佛他搜寻梅里尔的努力从他初次来到这里打探直到现在都没有任何进展。

走进门,他看到紧张的侍应生朝他笑了笑。他也看到不知什么时候在哪儿见到过梅里尔的女孩。他看到那个抹着霓虹绿眼影的严厉女孩，女训导正在给一桌的追随者训话。但他没想到的是大胡子的预言家却躲在门后悄悄坐着，像在美国查身份证的粗暴警官，又像色情电影院无所不知的检票员。当预言家开口时，声如洪钟，博格斯赶紧转过来看看是谁在大喊大叫。

"梅里尔·奥沃特夫！"预言家声音低沉，带着回响，"你到底有没有找到他？"不知是因为他的大嗓门，还是因为听到这个问题特林佩尔目瞪口呆，转身转了半截动弹不得，显得十分尴尬。利奥波德哈维卡咖啡馆里几乎所有的客人仿佛都认为这个问题也是在问他们，于是也冻在那儿，悬在咖啡之上，陷在朗姆酒茶、啤酒和白兰地里，定在他们正在啃食的东西上，却没再继续啃食。

"你到底有没有找到？"预言家不耐烦地问道，"梅里尔·奥沃特夫，你不是在找他吗？你找到他没有？"

咖啡馆里所有的顾客都在等一个答案。博格斯犹豫着，他感觉自己就像一卷胶片，正在被倒回去，然后就彻底废掉。

"对啊！"荧光绿眼影的女孩柔声道，"你找到他了吗？"

"我不知道。"特林佩尔答道。

"你不知道？"预言家低音炮一样吼着。

荧光绿眼影的女孩声音里有种让人生病的同情，她恳求特林佩尔："来，坐下来。你一定得把这事儿放下。我能看得出……"

但他飞快地脱身，拉着沉重的皮箱朝门口飞奔，正好打到侍应生的大腿根，使得这个衣着整洁、机敏灵活的人险些倒下，可这个人却耍出绝活，让盘子里正滑掉的咖啡和啤酒恢复平衡。

预言家拦在门口想抓住博格斯，但博格斯从他身边溜了过去。他听到预言家大声宣布："他一定是有任务……"接着门关上之前，他听见预言家喊他："渡过这个难关。你会平静下来……"

在哈维卡咖啡馆外，影子里有个人轻轻碰了碰他，几乎是带着某种爱恋。

"是梅里尔？"博格斯抽泣着问道。

"Gra! Gra!"那个人喊道，像四分卫一样转过身，"咣"地塞给他一个包裹，直塞到他怀里。当他直起身，那个人已经不见了。

他踩在路牙上，把包裹举向亮处，那是个坚硬的包着白纸方方正正的包裹，用肉店的白色绳子捆好。他打开包裹，里面的东西在霓虹灯下看起来很像巧克力，很光滑，颜色很深，摸起来有点黏黏的，味道有点像薄荷。一板薄荷奶油软糖？多奇怪的礼物。他又弯下身仔细看了看，深吸了一口，用舌头感觉了一下。那是纯正的哈希什[1]，切得方方正正，比一块砖稍微大一点。

他正在想这些值多少钱，一阵喧嚣突然在他脑子里响起。

他从哈维卡咖啡馆蒙着层层雾气的窗户里，看见一只手擦擦窗户，向街上窥探。里面有个声音宣布说："他还在那儿。"

于是他赶紧离开。他不打算回到宽阔的格拉本大街，那正是之前他慢慢跑过去的方向，把他引到了这条花花绿绿的满是妓女的小路上。他把这块哈希什塞进皮箱里。

他也没打算跟谁说话，可就在这时，他看见了之前那个穿皮草外套和配套手笼的女人。他发现她换了衣服。她没再穿皮草外套，也没有手笼，而是穿了一身春装，仿佛天气很热。

他问她是否知道时间。

1　哈希什是大麻的树脂，包含大麻素等活性成分，可作为药物和毒品使用。

第27章

这一桩跟那一件到底什么关系

拉尔夫正在努力解释他这部电影的结构，他拿一部现代小说——赫姆巴特的《生死电报》来打比方。

"结构就是一切。"他说。接着他又举出书封上的推荐语，说是赫姆巴特取得了某种突破："过渡——事实上，所有的联想——都是句法的、修辞的、结构的；这个故事几乎是由句子结构组成，而非人物；赫姆巴特对句子的形式而不是情节，做出种种复杂变化。"

肯特一遍遍点头，但拉尔夫更急于让特林佩尔和郁金香理解他的意思。这样与赫姆巴特的作品比较，应当能够让郁金香和特林佩尔更容易理解他们的剪辑和声效工作。"你明白了？"拉尔夫问郁金香。

"你喜欢那本书吗，拉尔夫？"郁金香问道。

"这不是重点，不是重点，这该死的不是重点！"拉尔夫说，"我对它的兴趣仅限于例子。我当然不喜欢这本书。"

"我觉得很糟糕。"郁金香说。

"几乎读不下去。"特林佩尔胳膊肘底下夹着那本书阔步走向浴室。其实，他根本一眼都没看。

特林佩尔坐在浴室里，被各种提示信息包围。事实上，电话就安在浴室里。拉尔夫对此突然起了疑心，他不知他们是打了多少长途电话，才把电话搬到了浴室里。他们谁也不肯承认打了长途电话。他很有把握，好多人都从克里斯托弗街顺道过来打长途电话。根据他的理论，他们趁着他和博格斯、郁金香还有肯特在工作室别的地方忙碌的时候，偷偷摸摸地进来打电话，但是这样偷摸进来的人怎么也想不到电话在浴室里。

"要是他们顺道进来用卫生间呢？"特林佩尔曾问过。但不管怎样，电话还是安在了那里。四面墙壁、冲水马桶盖，镜子和柜子上贴满了提示、电话号码，紧急需求，和肯特对口信别扭的翻译。

特林佩尔把电话从电话机座拿开，翻开了《生死电报》。拉尔夫曾提到，结构的成功使得读者可以随时打开这本书的任何一个章节，然后立即理解所有内容，不管是从哪一页开始阅读。特林佩尔从中间打开，把第77章从头到尾读完了。

第77章

从他见到她的那一刻，他就知道。但他仍然坚持。

我们立刻觉得，球接头系统不适合这个装置，那么我们为何要强迫装上？

那头羊被屠宰的一瞬间，我们就知道进了陷阱。假装事情并非如此荒诞，但玛丽·贝思撒了谎。

这么用扳手简直毫不合理，但又可能行得通。

查尔斯被邪恶地开膛破肚这件事丝毫没有好笑之处。但奇怪的是，霍莉哈哈大笑时我们并不惊讶。

埃迪的脚这个样子，他没有希望可言。可是看着他，你会觉得他是有脚趾的。

"别过来!"埃斯黛拉号啕大哭,伸出手。

我们早就知道鹰嘴豆的贝果不符合涂抹果酱的概念。但就算这样,他们都是棕色的。

小矮人很怕哈罗德的大猫。这当然毫无逻辑。但如果你蹲下来待一会儿,就一定会明白从这个角度来看,很多事情都会显得不一样。

这就是第77章的内容。特林佩尔有点好奇查尔斯如何被邪恶地开膛破肚,又读了一遍。他喜欢鹰嘴豆和贝果那一部分。他又读了第三遍,忽然恼火起来,他不明白埃迪的脚出了什么问题。还有,埃斯黛拉是谁?

拉尔夫在敲浴室的门,他想用电话。

"我能理解小矮人很怕哈罗德的大猫。"特林佩尔透过关上的门告诉他。拉尔夫一边骂着一边走开了。

特林佩尔觉得难以理解的是赫姆巴特的作品与拉尔夫的电影有什么关联。接着他想到一点:他俩都毫无意义,也许就是这个。不知为什么这让他对电影感觉好点了。他放松下来,来到马桶旁。但他过于放松,忘记捏捏那个地方。喷嘴如果堵上,管子就很难对准。他尿到了鞋子上,赶紧后退,结果胳膊肘又把电话杆到了水槽里。他一边皱眉头,一边别扭地尿回到马桶里。这种情况下,虽然继续很疼,但停下会更疼。

通便到此为止,他想道。这让他想到了从《阿克海特和古诺》学到的一个教训,那就是丑蛙令人毛骨悚然的故事。

丑蛙是阿克海特的保镖,替他扛着盔甲,清洗衣服,磨刀磨箭,是他最重要的猎人、侦察员、最喜欢的陪练,去抢女人时也是值得信任的同伙。他们去那些被占领的城镇时,丑蛙会替他尝每道菜,然后阿克海特才吃。

他是老萨克给阿克海特的21岁生日礼物。阿克海特对丑蛙非常满意，胜过他的所有马、狗和其他仆人。丑蛙过生日时，阿克海特还送给他一个尤为受欢迎的格雷斯俘虏，叫河女。他本身对河女很感兴趣，所以你看得出他对丑蛙有多么好。

丑蛙不是格雷斯人。他们不会抓走格雷斯男人，只有格雷斯女人才会被掳走。他们会强迫格雷斯男人挖个大坑，然后用石头打得他们失去知觉，最后将他们扔进去烧死。

有一天老萨克打完仗沿着羊尾海滩回来，他的侦察兵骑马来迎接，向他报告说前面的海滩被一条很长的船拦住了，前面站着一个男人，他扛着巨大的漂流圆木，仿佛那只是个小木槌。老萨克一马当先，后面跟着侦察兵去看看这奇景。这男人只有大约五英尺高，金色卷发，而他宽厚的胸仿佛也是五英尺围度。他没脖子，没手腕，没脚腕，只有宽厚的胸膛而几乎没有关节，身体直接连到四肢，脸上也没有五官，就像块铁砧顶着金色卷发，肩上轻松地扛着一个两英尺长的漂流圆木。

"打倒他。"老萨克命令他的侦察兵。那人朝这个用划艇拦住海滩的奇怪矮胖幽灵冲过去。巨大的矮人挥着圆木，仿佛那只是训练用的棒球球棒，朝马的胸膛挡过去，马儿被一击毙命，接着被马镫缠住的侦察兵被撕扯下来，矮人轻轻松松地将他的背折成两半。接着，他拾起自己的漂流圆木，又站到了船的前头，紧紧盯着老萨克和其他侦察兵所在的海滩。

特林佩尔还记得，他读到这里的时候想，其他侦察兵这时一定吓尿了裤子。

但老萨克不会浪费机会，再白白牺牲一个侦察兵。他发现这个怪物很有做保镖的潜力。他让侦察兵赶快离开，回到大部队。老萨克想活捉这玩意儿。

大约二十个人带着网和长长的鱼钩，最终捉到了这个羊尾海滩的超级巨怪拦路虎。是这些人里头的中尉把这名字叫开的，丑蛙。这个丑蛙（Da Sprog），如果要粗略翻译的话，可以说是魔鬼的蟾蜍。超级可怕的蟾蜍假扮成魔鬼，或者魔鬼借着它的身体在凡间四处游荡。而这本来就是他们宗教故事的一部分。

但这些都是无稽之谈，丑蛙就像猎鹰一样容易训练。他变得像老萨克最好的狗——罗兹一样忠实。老萨克最后割爱，把丑蛙作为礼物送给了儿子阿克海特，这正是代表父亲的慈爱。

特林佩尔打断了回忆，想到也许活到了这个年纪，丑蛙会开始懈怠，以为自己已经功成名就。也许不会，他沉思着。因为头几年丑蛙跟着阿克海特时一直受困于一种不平等情结。老萨克的要求没那么高，而丑蛙也很喜欢这种主仆关系。然而阿克海特跟丑蛙差不多大，对仆人更加随便。事实上，阿克海特喜欢跟丑蛙一起推杯换盏，以至于丑蛙有些忘乎所以。当然，他很忠诚，也愿意为阿克海特做一切，然而阿克海特待他如同手足，所以他有些糊涂了。平等的主题在《阿克海特和古诺》里很少出现，也不那么重要。尽管在这里它以惯常的破坏性方式出现。

有天晚上，阿克海特和丑蛙在很小的"姐妹"村里喝得烂醉，跟跟跄跄地回到城堡。经过一处庭院时，他俩比赛谁能拔起最粗壮的树。当然丑蛙赢了。也许正是这惹火了阿克海特。当他俩正在手拉着手过护城河时，阿克海特突然问丑蛙，要是他想跟丑蛙的新婚妻子河女睡一次，丑蛙会不会为难。毕竟，他们是朋友……

这个提议也许在一刹那间揭开了丑蛙生命中的困惑。他一定意识到，阿克海特完全可以直接夺走自己的女人，任何时候，只要他想要。也许阿克海特认为征求丑蛙的同意是在赐予他平等的地位，让丑蛙与自己平起平坐。

这一点丑蛙显然始料未及，因为他不但欣然允诺阿克海特去跟河女好好快活，还迅速跑到了皇家庭院，去对阿克海特的古诺放肆去了。阿克海特可从没提过这些。很显然，丑蛙错判了形势。

特林佩尔简直能想象得出，可怜的丑蛙从迷宫一样的走廊里奔向皇家庭院时，就像一个五英尺的保龄球。丑蛙就在这时懈怠了。

拉尔夫又来敲浴室的门，特林佩尔奇怪自己不知在想什么。他看了看手里的书，期待它是《阿克海特和古诺》，可是却发现只是赫姆巴特的《生死电报》，不由得大失所望。当他终于打开门，拉尔夫拉着电话绳寻到了水槽里。他发现电话在那里倒也没有大惊小怪。他在水槽里拨了拨号码，听着水槽里的忙音，然后就在水槽里挂断了电话。

天啊，我真该记日记，特林佩尔想道。

这个晚上他试着写了写。他跟郁金香做爱之后，想到了一些问题。一些类比涌入脑海。他想到阿克海特跌到黝黑的河女身上。她原先期待的却是她亲密的丑蛙。河女一开始一定很恐惧，因为她以为是丑蛙。河女和丑蛙原先订下约定，丑蛙喝醉的时候绝不做爱，因为河女担心他会折断她的脊骨。这里还有一个词无法翻译，描述的是丑蛙喝多了的时候身上的气味。

然而河女一定很快猜到是谁在跟她做爱，也许是因为她的脊柱没有被折断，也许是因为他身上皇族的气味。"哦，我的殿下，阿克海特。"她轻轻地说。

特林佩尔又一次想到被欺骗的可怜的丑蛙如何一路奔向皇家庭院，心中渴望着古诺。接着他又想到宝宝和避孕器具，想到跟比姬做爱与和郁金香做爱有什么不同。可他的日记本一片空白。

他记起比姬总是忘了吃避孕药。博格斯会把小小的药片分割器挂在浴室的灯绳上，这样她每次开灯关灯都会想起来要避孕。但她根本不喜欢把药放在谁都能看见的地方。只要拉尔夫在，她就会特别愤怒。

"今天吃药了没,比姬?"拉尔夫从浴室出来的时候就会问。

然而郁金香却戴了宫内节育器。比姬当然也在欧洲装过宫内节育器,可是却不管用,她也没有去取出来。特林佩尔承认,宫内节育器的确多了什么——你可以感觉到它在那里,就像多余的部分,多余的手或者很细很细的手指。它经常在戳这戳那,他很喜欢。它还会动来动去。跟郁金香在一起时,他从来知道在哪里会碰到那根手指般的绳子。实际上,有一晚他根本没有碰到它。这让他忧心忡忡,他记得比姬后来是丢了或者卸掉了她的节育器,所以就问郁金香。

"你的那个器具,"他轻声地问。

"什么器具?"

"带绳子的。"

"哦,我的绳子今晚如何?"

"我没有感觉到。"

"很微妙,对吗?"

"不,说真的,你确定它没问题?"他想起这件事经常忧心忡忡。

郁金香在他身子底下安静了一会儿,接着说:"一切都没问题,特林佩尔。"

"可是我感觉不到绳子,"他坚持着,"我总是能感觉到它在那儿。"也不全是如此。

"一切都很好。"她又说了一遍,蜷缩在他身边。

他一直等到她睡着,然后才起来想尝试着写点日记。但他甚至不知道这一天是星期几,他没法想起来这一天是星期几。他脑袋里乱糟糟的,各种各样的想法。他头脑里有成千上万的图像,有真实的也有想象的。接着赫姆巴特那段话,关于埃迪的脚的那段话让他困惑,在他脑海里不断循环。还有《阿克海特和古诺》的翻译需要考虑,他好像总在纠结丑蛙在城堡里滚来滚去的意象——他的希望是雄风再起。

他终于还是憋出了一句话。有点不像日记里会写的那一种，事实上，是一句充满悬念的开场白。他虽然不想，但还是努力写下去：

"她的泌尿科医生把他推荐给我。"

日记这么开头真的好吗？他突然想到这样的问题：到底这件事和那件事是如何联系在一起的？但他总得从哪里开始。

打个比方……丑蛙。

他看着郁金香在床上蜷得更紧了些。她把他的枕头拽过来，用两腿剪住，然后又平静地睡着了。

一件一件地来。丑蛙到底发生了什么？

第28章

哈希什到底怎么了

在东甘纳瑞，比姬，你的妈妈让我俩分开睡，哪怕这样做会令你妈妈不得不与布莱克斯通婶婶睡在一起，而你的父亲只能睡客厅的沙发。我们也把可怜的库思忘在车上，他还在低处的田里等消息。那个晚上他睡在四面漏风的大众车里，早上醒来的时候硬邦邦的就像弹力背靠椅。

不过话说回来，宣布这个消息之后，晚餐桌上就没那么愉快了。当然，我们好不容易才让耳朵聋了的布莱克斯通婶婶明白了你的处境。"怀孕了，"你说，"布莱克斯通婶婶，我怀孕了。"

"坏事了？"布莱克斯通婶婶说，"坏什么事？谁？坏了什么事？"

所以这样的"指控"必须大声宣布，直到布莱克斯通婶婶终于听明白，她还是不懂大家为何无谓地大惊小怪。"哦，怀孕啊，"她说，"多好。这有多了不起，难道不是？"她紧紧地盯住你，比姬，感叹新陈代谢的奇迹，也欣慰于年轻一代的丰饶，至少年轻一代的这一点没有改变。

我们都很理解你母亲的焦虑，让着她，虽然她觉得我们当然应该分房睡。只有你的父亲胆敢提示我们以前至少一起睡过一次,所以分房睡又能挽救谁的名节?不过他没再提这事。他跟我们其他人一样,都发觉到你的母亲需要某种礼节才能撑得下去。也许她觉得虽然她的女儿的纯洁童年已经被玷污,但没有理由可以阻止她的房间保持纯洁。为什么要沾染床头柜上的泰迪熊,或者沿着梳妆台边缘站成一排、滑雪板上天真的小侏儒?总有一些东西要保持完整。这一点我们都能明白。

到了早晨,我们在浴室里碰了头。我碰到了布莱克斯通婶婶的假牙,它们掉进了水槽,在里面转来转去叽叽喳喳,仿佛一张游来游去的嘴。当时你正靠着木盆剪脚指甲,这使你发笑,我头一次感受到了家的温暖。

可是你妈妈在浴室门外紧张不安。"楼上还有一个卫生间。"她敲了两次门,仿佛害怕你会再一次怀孕,怀上双胞胎或者更糟。

而当我朝腋窝泼水时,你朝我悄声道:"博格斯,你还记得,当时你想在卡普兰的澡盆里洗澡?"而我的小弟弟因为这冰冷冷的记忆而缩做一团。

到了早晨,特林佩尔在梦里自言自语,他朝躺在他枕边的柔软发丝说着:"你还记得吗……"他开口说道,可是却突然发现认不出香水的味道,他抽身离开床上的枕边人。

"记……"妓女梦呓着。她不懂英语。

她走了之后,他唯一记得的关于这个妓女的只有戒指,她如何在玩戒指。她很喜欢这个游戏:利用戒指上宝石许多的折射面,把光反射到她的身体和他的身体上。"亲亲这儿。"她会一边说,一边指着闪烁的光点。当她的手来来回回时,手上像折射面的光线也跟着来来回回,在她深深的肚脐和结实的大腿上勾画出方形和三角形的轮廓。

她的手纤长而美好，她的手腕是他所见过的最骨架分明、最灵动的手腕。她还能用戒指玩推挡游戏。"你来挡我。"在摇摇晃晃的塔希旅店床上，她蹲在他的对面，佯攻，闪避，推来挡去，用戒指的尖锐边缘在他身上划出一道道痕迹，但却不会划得太狠伤到他。

当他在她身上时，她在他背上划动她的戒指。一次他瞥见她的眼睛，她正在观察戒指映射在天花板上的棱镜图案，是如何随着她在他身下轻微随意地耸动而在天花板上跃动的。

在约瑟夫广场，他停住了脚步，不再绕着喷泉走来走去。他在想自己如何到了这里。他努力想记起自己给了妓女多少钱，还是根本没给。他完全不记得曾有过这种交易，查点了空空的钱包，想找到线索。

皮箱里有股薄荷巧克力的香味，掺杂着猫薄荷的香气，让他神魂颠倒。他想起来那块哈希什。他想象着如何用一片麻醉药换来午餐。他拿起一把餐刀，切下薄薄的一片，问侍应生这够不够付钱。

在美国运通的接待室，他发现自己又在服务台问哪里能找到梅里尔·奥沃特夫，服务台后的男人摇了摇困惑的头，查看了一下面前的地图，接着又在身后一幅更大的地图上找来找去。

"奥沃特夫？"那人问道，"到底在哪儿？你知道这附近最近的城镇吗？"

解释清楚了这个困惑之后，他指点特林佩尔去邮寄信件的柜台。那里的女孩肯定地摇摇头，美国运通没有梅里尔名下的永久性邮箱。

不管怎样，博格斯还是想留下一张字条。"好吧，我们可以给他在柜台留张字条，"女孩告诉他，"但是只能留一周左右。然后就会变成死信了。"

一封死信？显然连说的话也是可以死的。

在前门大堂里的公告牌上有各种各样的留言内容。

安娜，看在上帝的分上回家！

**特别录播重放每周全国美式橄榄球联盟赛／登记。
放映时间周日晚@下午两点和四点／原子能委员会，
克恩滕环路 23 号，维也纳，需要国际／美国护照。**

卡尔，我回到老地方了。

**帕特夏，周三前打电话给克拉根福 09-03-79，否则
与格里格乘车到格拉茨，在霍夫斯坦纳见面，11 点后
周四晚／恩斯特**

特林佩尔加上了他的一句：

梅里尔，给我留句话，博格

他站在克恩滕环路的人行道上，感受着春日般温暖的气息，奇怪地想为什么 12 月会是这样的天气。这时，一个面颊红润、戴着领结的人朝他开了口。那个人的嘴胖乎乎、圆滚滚的，整洁的髭须仿佛一个圈。特林佩尔听见他开口说英语一点都不惊讶——他长得很像特林佩尔在爱荷华认识的加油站的店员。

"我说，你也是美国人吗？"那个人问特林佩尔。他伸出手去跟特林佩尔握手。"我叫阿诺德·马尔卡希。"他说着紧紧握住特林佩尔的手，上下摆动，又快又起劲。特林佩尔正在想该说几句礼貌的话，阿诺德·马尔卡希却给他来了个完美的托臂抱摔。作为胖天使，他的行动可以说非常迅速。在特林佩尔爬起来之前，他已经从特林佩尔手里

夺过皮箱，接着反绞住他的双臂，让他一下子趴在了人行道上。

特林佩尔的额头跟人行道来了个亲密接触，不觉间有点晕，但他还在思索也许阿诺德·马尔卡希是他认识的摔跤教练。他还在想那个人到底叫什么，这时却看见一辆汽车靠着人行道停下，两个人迅速下了车，其中一个把头埋进特林佩尔的皮箱深深吸了口气，"就在这儿，没问题。"他说。

汽车四面的门都开着。我又在做这个梦了，特林佩尔想道。但他的肩膀疼得像真的脱臼一样，那两个人正在帮着阿诺德·马尔卡希把特林佩尔扔进车的后座，这种感觉也真实得要命。

在后座上，他们仔仔细细但动作迅速地搜身，简直连他口袋里的梳子上有几根齿都要查清楚。阿诺德·马尔卡希坐在前座，念着特林佩尔的护照。接着他打开了哈希什的包裹，闻了闻，摸了摸黏糊糊的树脂，又谄媚地舔了舔。"是纯的，阿尔尼。"后座跟特林佩尔坐在一起的一个人说。他的英语完全是亚拉巴马口音。

"没错。"阿诺德·马尔卡希说，然后把那块哈希什重新裹好，放回特林佩尔的箱子里，然后从前座探身过来，朝特林佩尔微微一笑。阿诺德·马尔卡希大约四十来岁，眼睛闪烁，身材丰满。特林佩尔在想，在他整个的摔跤生涯间，他不幸遭受的拽臂和双臂反绞中，这个马尔卡希刚刚使出的是最完美的。他也在想，汽车里所有的人都是四十来岁，也很可能都是美国人。不过，不是所有人都目光闪闪，身材丰满。

"别担心，我的好伙计。"阿诺德·马尔卡希对博格斯说，脸上仍带着笑容。他的口音模仿了 W.C. 菲尔茨的鼻音，不过很拙劣。"所有人都知道你是无辜的。或者说，几乎无辜。我们是想说，我们发现你并没有想办法把这玩意儿还回去。"他朝坐在特林佩尔两边的人使了个眼色，他们松了手，让特林佩尔揉了揉酸痛的肩膀。

"只有一个问题,伙计。"马尔卡希说。他拿起一张小字条,那是特林佩尔在美国运通的留言板上留给梅里尔的那个口信。"谁是梅里尔?"马尔卡希问道,而特林佩尔只是瞪眼看着他。他继续说,"这个梅里尔是不是潜在的买家,伙计?"但特林佩尔很怕开口。他觉得不管他们是谁,他们知道的都比他多,而且他也想再看看车子到底要往哪里开。"我的好伙计,"马尔卡希说,"我们知道你不是想拿走它,但你到底想做什么我们只能猜。"特林佩尔一言不发。汽车绕着施瓦岑贝格广场一圈圈地开,就在他们把他弄上车的地方。特林佩尔意识到他看电影看多了。警察和骗子之间的共同点实在太多,他也看不出来这些人到底是谁。

阿诺德·马尔卡希叹了口气。"你知道,"他说,"我个人认为我们可能阻止了你犯罪。到目前你唯一的罪名是疏忽,但如果这个梅里尔是那个买家,你想把东西卖给他,这就构成犯罪了。"他朝特林佩尔使了个眼色,想看看他会不会回应。特林佩尔屏住呼吸。

"好吧,"阿诺德·马尔卡希说,"梅里尔到底是谁?"

"你是谁?"博格斯问道。

"我是阿诺德·马尔卡希。"阿诺德·马尔卡希说,他伸出手,眨了眨眼睛。他又一次想要握手。但博格斯还记得要他命的拽臂和双臂反绞,犹豫了一下,才接住对方坚定的手。

"我最后只有一个问题要问你,弗雷德·特林佩尔先生,"阿诺德·马尔卡希说,他没再继续握着特林佩尔的手,突然展现出了一个胖乎乎且眼神闪烁的男人能展现出的全部严肃,"你为什么离开你的妻子?"

第 29 章
丑蛙到底出了什么事

他的蛋蛋被战斧砍掉了。接着他被流放到羊尾海滩——他的故乡。为了提醒自己已被阉割，他淫荡的妻子河女也跟他一起被流放。这些都是依照惯例——侵犯皇族，所应得的惩罚。

当我问她，为何她的妇科医生建议她拿掉宫内节育器，她却用那让人发狂的乳房对着我，轻轻地弹动她丰满的乳房，仿佛要告诉我，用不用节育器完全是她自己的事。

"什么时候拿掉的？"我问道。她耸了耸肩，仿佛懒得去想。但我记得，已经有好几次没有感觉到那根小绳子在里头碰我。

"看在老天的分上，为什么你不告诉我？我本来可以用避孕套的。"

她哼哼唧唧地随意说，她的妇科医生也不建议用避孕套。

"你说什么？！"我叫起来，"他为什么会建议你把它取出来？"

"因为是我想要的，"她开始躲闪，"他建议马上就这样做。"

我仍然不明白。我怀疑这个可怜的女孩不懂得生育。接着我意识到我不懂得她。

"郁金香？"我放慢速度问她，"你到底想要什么，才让医生推荐你把节育器取出来？"当然她无须回答，让我问出这句话就足矣。她微笑地看着我，开始脸红。

"一个宝宝？"我说道，"你想要宝宝？"她点点头，仍在微笑。"你本来可以告诉我，"我说道，"你甚至可以问我。"

"我试过了。"她自以为是地说，她又想弹她的乳房，我能看得出。

"我本来对这件事有话要说的，真该死！"

"这将是我的宝宝，特林佩尔。"

"也是我的！"我叫嚷道。

"那可不一定，特林佩尔。"她说道，轻快地从房间这头来到那头，就像她鱼缸里拒人千里以外的鱼。

"你还跟谁睡过？"我目瞪口呆地问她。

"没谁，"她说，"只不过，如果你不想要这个宝宝，你也不需要跟他有什么关系。"见我流露出怀疑，她又说，"你不会跟他有更多关联，我也不会允许，你是个浑蛋。"

接着她转了个圈，拿着报纸和四本杂志进了浴室。等着我……做什么？去睡觉？别管她？祈祷三胞胎的到来？

"郁金香，"我对着浴室门说，"你很可能已经怀孕了。"

"尽管走你的吧，如果你想。"她说。

"上帝啊，郁金香！"

"没人想绑架你，特林佩尔。生孩子也从来不是为绑架谁。"

她在里面待了一个小时，我只得在厨房的水槽里尿尿。我在想，只剩两天我就该动手术了，也许他们动手术的时候应该顺便给我把整个玩意儿结扎了。

＊　＊　＊

　　可是，当她从浴室里出来的时候，她看上去很脆弱，没有那么强悍。就在那个当下，他真想顺从她，实现她的心愿。她问了一个问题，立刻让他吃了一惊。她害羞又甜蜜地说："如果你跟这个宝宝大有关联，也就是说，如果你想要，你希望是男孩还是女孩？"

　　真该死，他痛恨自己竟然在此时想起了拉尔夫给他讲过的那个粗鄙的笑话。是这样，有个女孩，她被弄大了肚子，她问自己的男朋友："你想要男孩还是女孩，乔治？"乔治想了想说："要死的。"

　　"特林佩尔？"郁金香又问道，"男孩还是女孩，你有想法吗？"

　　"我想要女孩。"他说。她马上激动起来，玩心大起，一边用大毛巾把头发擦干，一边在床边跳来跳去。

　　"为什么想要女孩？"她问道。她想让讨论继续，她喜欢这样的讨论。

　　"我不知道。"他嘟囔着。他可以撒谎，但为了圆这个谎需要撒更多的谎，这太困难了。她握住他的手，坐在床上，面对着他，任毛巾从头发上滑下。

　　"说呀，"她说，"因为你已经有男孩了，对不对？还是你真的喜欢女孩？"

　　"我不知道。"他烦躁地说。

　　她放开他的手。"你根本不在乎，你是这个意思，"她说，"其实你根本不在意？"

　　这让他无处可逃了。"我其实不想要什么宝宝，郁金香。"他说。

　　她用毛巾摩挲着头发深处，这样就很难看到她的脸。"我的确很想要宝宝，特林佩尔。"她说。她放下毛巾，直截了当地看着他，就像任何人会严厉地看着他那样，除了比姬。"不管怎样，我都要一个宝宝，特林佩尔，无论你有没有兴趣。而且也不会花无谓的钱。"她痛苦地说,"你什么也不必付出,只需要跟我做爱就够了。"

就在此时此刻,他突然很想跟她做爱,其实,他知道最好跟她做爱,赶快。可他的脑袋就像一团糨糊!他的这个大脑被训练得非常善于逃避。他开始想丑蛙……

这个老牧马人,力拔山河的家伙,脚步嘭嘭地穿过皇家庭院,把皇家寝宫守卫打翻在地,来到那张奢华的床上。毫无疑问,戴着面纱,香气袭人的古诺躺在那里等待她的主人阿克海特的临幸。这只五英尺的癞蛤蟆进来了。他是不是一下子跳到她身上?

无论怎样,他还是不够快。报告说,古诺"几乎屈服于他"。几乎。

很显然,阿克海特听到了古诺的尖叫声。她的尖叫声一直传到仆人的住处,这时他正沉醉在河女愉悦的怀抱里。他从未曾想到他的女人会被丑蛙强暴。他只是听出她的尖叫声。他赶紧从河女身上脱出来,一路跑到皇家庭院。他和另外七个城堡的卫士锁住了丑蛙,把他从快要晕过去的古诺夫人身上撬开,还用上了好几样通壁炉的家伙。

根据习俗,阉割的刑罚总是在晚上施行。第二天晚上,可怜的丑蛙就被战斧砍掉了蛋蛋。阿克海特没有出席,老萨克也没有在场。

阿克海特为他的朋友哀悼。过了好几天,他才去问古诺到底有没有真的被……丑蛙有没有得到她,如果她懂得他的意思。她懂。丑蛙并没有。不知怎么,这让阿克海特感觉更糟了,古诺为此很生气。实际上,阿克海特和老萨克不得不说服她别公开请求把河女丢给野猪。

野猪在护城河里,出于某种原因,特林佩尔一直翻译不出来。这简直没道理可言。护城河里应该有很多水,但也许这条护城河有个修不好的窟窿,所以野猪在里面四处乱跑。这也又一次说明《阿克海特和古诺》是多么残缺不齐的一首老歌。古低地诺尔斯语的确不以齐整的史诗见长。

举例来说,丑蛙的传奇是直到很多很多页之后,直到丑蛙和河女被放逐到羊尾海滩之后，才被提起来。这个传奇是：有一天一个疲惫不堪、饱经风霜的旅行者经过萨克王国，乞求在城堡里安睡一晚。阿克海特问陌生人，他有什么样的奇遇——他爱听吸引人的故事，陌生人就讲了这个恐怖的故事。

他跟英俊的弟弟骑着马走过白色的羊尾海滩，两人突然遇见一个黑黝黝的浪荡女子。他们以为那是捕鱼的野人，被她的部落抛弃，非常渴望有个男人。所以陌生人年轻的弟弟就在海滩上扑到她身上满足自己，她显然是很希望他这样做而且也给了他明确的指点。但这仍然只能解一部分的饥渴。所以陌生人自己也准备要扑到她身上，可是这时他却看见他的弟弟迅速被抓住，那是个野兽般的球一样的金发男人——"他的呼吸可以容得下大海"。陌生人心惊胆战地看到，他的弟弟被折成几截，骨头嘎嘎作响，绞得血肉模糊。这个可怕的金发天神"有球一样的重心"。

这个海滩上的胖球当然不是别人，正是丑蛙。而海滩上时而哈哈大笑，时而呻吟，乞求陌生人速速把她占有的正是河女。

你可以这样看，他们经过这样的苦难之后仍然在一起，仍然很团结，这很好。但那个陌生人不这样想。他赶紧跑到他和他弟弟拴马的地方。

可是两匹马都被压死了。它们看起来就好像曾被巨大的攻城锤狠狠捶打——它们身旁躺着一条巨大的圆木。这样巨大的圆木人类是不可能拿得动的。陌生人不得不继续往前跑，丑蛙在后面紧追不舍。好在这个陌生人曾当过信使，他可以跑得很快，跑得很久。他迈开脚步轻松地跑下去，但无论何时他往后看，丑蛙都在那里。他个头很矮，就像一只土拨鼠，用两只发育不全的矮脚咚咚地但始终不懈地跟在后面。

陌生人连着跑了几英里，往后看时，丑蛙还在那里。他跑得一点也不好看，但他的肺活量比得上鲸鱼的巨肺。

陌生人连着跑了一整晚,被石头绊倒了,再爬起来,迷了路,看不见路还在跑。无论何时只要他停下,就会听见后面不远处丑蛙在跑着,咚咚的脚步声就像五英尺高的大象,呼吸声就像喘不上气的熊。

到了早晨,陌生人穿过羊尾的边界,跟跟跄跄地进了萨克王国的腰城。他站在城镇的广场上,喘着粗气垂着脑袋,后背朝着砰砰的脚步声的方向。他很肯定那个"怪兽"随时都会从后面扑过来。他站了好几个小时,然后善良的腰城人收留了他,给他早餐,告诉这个陌生人这就是为何腰城的年轻人再没有一个去羊尾海滩游泳了。

"那个丑蛙。"一个年轻的寡妇说,在胸部比了个癞蛤蟆的手势。

"那个丑蛙的女人。"一个曾死里逃生,只剩一条胳膊的年轻人说。他翻了翻白眼。

这就是围绕丑蛙发生的故事。

那么博格斯·特林佩尔呢?他发生了什么样的故事?他坐在那里睡着了,下巴搁在乌龟水族箱旁的架子上面,氧气管的汩汩水声最后还是让他的大脑松弛下来,睡着了。

郁金香蜷缩在他身边等了一个小时,等他醒来跟她做爱。然而他没有醒来,她也不再继续等了。她想,她等他已经等了够久,于是就靠在床上,看着他沉入睡梦。她抽了一根烟,虽然她从不抽烟。接着跑到浴室里吐了。然后她喝了点酸奶。她烦躁不安。

当她回到床上,特林佩尔仍然躺在那里,就睡在乌龟旁边。她终于回去睡觉之前,突然有了主意:要是她能找到柴油卡车上的两个大大的汽笛,她就可以朝他两边的耳朵使劲地吹。这样就可以把他的大脑搅成一团,抹去他所有的记忆。她觉得这样也许有用。

她很可能错得不太离谱。大多数人把下巴搁在架子上都很难睡着,但博格斯却睡着了,他梦见了梅里尔·奥沃特夫。

第 30 章

梅里尔·奥沃特夫到底怎么了

特林佩尔曾在一本杂志上读到关于间谍的故事。他记得美国财政部控制着联邦麻醉药物管理局和特工局。而中情局协调所有的政府情报活动。这看起来是合乎情理的，所以至少他不再担心了。

他现在身处维也纳美国领事馆一间办公室里。他认为，自己应该不会被谋杀然后扔进多瑙河里，至少现在不会。如果说他现在对自己究竟身处何方还有一些疑问，那副领事紧张不安地闯进来，他的疑心就彻底消除了。

"我就是副领事。"他朝阿诺德·马尔卡希说了声抱歉，很显然马尔卡希是个比副领事更重要的人，"我希望能向您通报，在外面您的手下都做了什么，请允许我……"可阿诺德·马尔卡希却转身去瞧到底出了什么篓子。

按副领事的话来说，马尔卡希手下的暴徒——一个很结实、脸上有一道乌青色烧伤疤痕的男人，正在把那些来参加移民考试的人吓跑。不到两分钟马尔卡希就回来了，那个疤脸男人正是来参加移民考试的。马尔卡希有些严厉地对副领事说："让他进来。"他提出让人无法忽略的建议，"任何一个看上去那么像恶人的人，都有某种好的地方。"接着他又回来继续审博格斯·特林佩尔。

他们知道特林佩尔的好事，也知道他的坏事。他知不知道他在美国已经成了"失踪人口"？他知不知道他的妻子在想他到底去了哪儿？

"我并没有离开很久。"特林佩尔说。

马尔卡希提示说，他的妻子觉得他出走得够久了。特林佩尔告诉他梅里尔·奥沃特夫到底是谁。他说，他对那块哈希什没有什么想法。不过，要是有人想买，他倒也不会拒绝。他还说，有个妓女拿走了他所有的钱，还说他对于自己身处的情况有点稀里糊涂。

马尔卡希点点头，这些他都已经知道了。

接着，博格斯问他能否帮忙找找梅里尔·奥沃特夫。而就在这时，马尔卡希提出跟他做笔交易。他会帮他找到梅里尔·奥沃特夫，但首先，博格斯必须得帮阿诺德·马尔卡希，帮美国政府，也帮助天下所有无辜的人做点事。

"我想我不介意。"博格斯说道。他真的很想找到梅里尔。

"你不应该介意。"马尔卡希说，"还有，你也需要回家的机票钱。"

"我还不知道我想不想回家。"

"好吧，我知道。"马尔卡希说。

"梅里尔·奥沃特夫在维也纳，我想，"特林佩尔说，"在找到他之前，我哪儿也不去。"

马尔卡希把副领事叫了进来。"找到这个奥沃特夫，"他命令道，"然后我们才能继续计划。"

接着他们向博格斯解释了这个"计划"。倒也并不复杂。特林佩尔将拿到几千块钱，都是一百美元的钞票。他需要在利奥波德哈维卡咖啡馆周围转悠，等到那个一直说"Gra! Gra!"的人出现，就是他给了特林佩尔那包哈希什。他一出现就把这钱给他。然后特林佩尔就会被送到维也纳国际机场，登上回纽约的飞机。他会拿着那块哈希什。他的行李将会在肯尼迪机场海关处受到搜查，这块哈希什会被发现。他会被当场抓获，然后被带到一辆豪华轿车里。轿车会送他到纽约他想去的任何地方，然后他就自由了。

听起来似乎还相当简单明了。特林佩尔完全想不通这样大费周章的理由，但很显然也没人打算跟他解释。

接着他被介绍给了一位博士兼督察——沃尔夫冈·登泽尔先生，显然他是奥地利这边的警探。登泽尔督察想尽可能详细地让特林佩尔描述那个说"Gra! Gra!"的人。特林佩尔见过他，他正是那个衣着整洁、身手敏捷的侍应生，博格斯差点把他盘子里的咖啡和啤酒打翻。

博格斯唯一不喜欢的是把钱交过去以后就得登上去纽约的飞机。"别忘了梅里尔·奥沃特夫。"他提醒马尔卡希。

"我的好伙计，"马尔卡希说，"我会跟你一起坐车去机场，这个奥沃特夫会跟我们一道。"马尔卡希或许不是那种真正能让你信任托付的人，但他的效率至少会让你对他很有信心。

博格斯真的去了哈维卡咖啡馆，口袋里揣着几千美元，连着待了三晚，但那个叫"Gra! Gra!"的人始终没有出现。

"他会出现的。"阿诺德·马尔卡希说。他那强大的信心简直令人毛骨悚然。

来到第五个晚上，那个人进了哈维卡咖啡馆，然而他对博格斯视而不见，他坐得远远的，而且一眼也没看他。当他付了钱给侍应生——当然，侍应生就是登泽尔督察，然后穿好大衣朝门口走去，博格斯觉得是时候该行动了。他径直朝他走去，仿佛突然认出老朋友，朝他叫道："Gra! Gra!"他抓住那个人的手，跟他握手。但是那人吓得目瞪口呆，他努力从他身边挣脱，甚至没发出一声"Gra!"

博格斯紧紧地跟着他出了门，沿着人行道走下去。那个人开始慢跑想摆脱博格斯。"Gra!"博格斯又朝他大叫。他让这个人迅速转过身面对他,拿出满满当当的信封塞进那人发抖的手里。可是那个人扔掉了信封,然后飞快地逃走了。

登泽尔督察从哈维卡咖啡馆里走出来,拾起掉在街上的信封。"你应该让他来找你,"他告诉特林佩尔,"我想你把他吓跑了。"登泽尔督察真是擅长轻描淡写。

去维也纳国际机场的出租车里,阿诺德·马尔卡希说:"真是的!伙计,你把这事搞砸了!"

梅里尔·奥沃特夫也不在车里。

"这不是我的错,"博格斯对马尔卡希说,"你根本也没告诉过我怎么把钱交给他。"

"好吧,我的确没想到你会硬把钱塞给他。"

"梅里尔·奥沃特夫在哪儿?"特林佩尔问道,"你说过他会在这里。"

"他不在维也纳了。"马尔卡希说道。

"那他在哪儿?"特林佩尔问他,但他不肯说。

"等到了纽约我会告诉你。"他说。

他们到纽约时迟了,他们乘坐的汉莎航空的飞机晚点了。法兰克福是飞机的第一站,然而飞机跑道停满了,所以他们错过了去纽约的第一趟的环球航空的航班,最后坐上了泛美航空的大型747,然而他们的行李却先人一步通过环球航空送到了纽约。没人能解释这是怎么回事,这搞得马尔卡希非常紧张。"你把那玩意儿放哪儿了?"他问特林佩尔。

"在我的箱子里,"特林佩尔说,"跟所有的其他东西在一起。"

"他们在纽约发现你的时候,"马尔卡希说,"如果你假装逃跑会比较好——你懂的。当然别跑太远,要让他们抓住你。他们不会伤害你或怎样。"他补上一句。

接下来,肯尼迪机场的跑道也满了,所以他们在纽约上空转了一个小时,等落地时已经快黄昏。他们又等了一个小时才找到行李。马尔卡希在博格斯过海关申报门之前离开了。

"有什么需要申报的?"那个人朝博格斯使了个眼色。他是个大个子、热心肠的黑人,手脚就像黑熊的熊掌,然后他就开始动手动脚翻博格斯的箱子。

排在他身后的是个漂亮女孩,特林佩尔回过头朝她微微笑了。如果他们把我逮捕,那会不会把她吓一跳?

海关的检查员已经取出了打字机、录音机、所有的磁带和特林佩尔一半的衣服,却仍没有找到那块哈希什。博格斯朝四周紧张地张望,就像他以为走私的人可能会张望的那样。这时海关的检查员已经把箱子腾空,所有东西都放在了柜台上,正在仔细翻检。

他抬头看了看博格斯,有些担心,悄声对他说:"到底在哪儿?"

然后博格斯也开始跟他一起翻找所有的东西。他们又翻了两遍,后面的队伍越来越长,牢骚越来越多,然而他们仍然找不到那块哈希什。

"好吧,"海关的检查员对他说,"你到底把它怎么了?"

"没怎么,"博格斯说,"我打包进行李里了,我知道的,真的不骗你。"

"别让他跑了!"海关的检查员突然嚷道,他大概觉得无论如何最好还是继续计划。博格斯按照马尔卡希告诉他的,拔脚就跑。他一直冲到了门外,海关检查员一直在他背后喊,一边指着他,一边按响喇叭,喇叭响起刺耳的尖厉哨声。

特林佩尔一直跑过出口坡道,来到出租车等待的地方,这才意识到他很可能已经跑了出来,所以他又跑回去。经过海关关口时,警察赶了上来。"天啊,终于来了!"特林佩尔对警察说。警察一脸迷惑,递给博格斯一个信封,信封里是那几千美元。特林佩尔并没有把钱还给马尔卡希,而他也没有要回去。一定是在刚才他跑过海关关口的时候,钱从口袋里掉出来了。

"谢谢你。"博格斯说。接着他顺着出口坡道跑回去,终于让那个没找到哈希什的黑人海关员逮到了他。

"我可逮到你了!"那个人大喊,温和地抓住他的手腕。

在一个奇怪的贴着福米加塑料墙面的房间里,阿诺德·马尔卡希和另外五个人狂怒地跳着脚。

"见鬼!"马尔卡希大喊,"一定是有人在法兰克福把它顺手牵羊了!"

"箱子在纽约滞留了整整六个小时,就在你抵达之前。"其中一个人告诉他,"也可能是有人从这里顺走的。"

"特林佩尔,"马尔卡希说,"你真的把它打包进去了?"

"是的,长官。"

他们把特林佩尔匆匆带到了另一个房间,在那里,有个像男护士的人把他从头到脚搜了一遍,然后把他独自留在那里。过了很久,才有人给他拿来煎蛋、吐司和咖啡,又等了很久,马尔卡希再次出现了。

"那儿有辆豪华轿车等着你,"他对博格斯说,"你想去哪儿,车都会送你。"

"我很抱歉,长官。"特林佩尔说。马尔卡希只是摇了摇头。"该死的……"他说。

他们一路走到车那儿,特林佩尔突然说:"我真不愿意问你,不过梅里尔·奥沃特夫到底怎么了?"

马尔卡希装着没听见。来到车前,他打开门,一把把他推进去。"他想去哪儿就送他去哪儿。"他告诉司机。

博格斯动作很快地摇下了车窗，趁他还没有走，抓住马尔卡希的袖子。

"喂，梅里尔·奥沃特夫到底怎么了？"他问道。

马尔卡希叹了口气，打开他拎着的皮箱，取出一份盖有美国领事馆印章的官方文件的影印本。"我很抱歉，"马尔卡希说，把影印版文件递给特林佩尔，"梅里尔·奥沃特夫死了。"接着猛地拍了一下车顶，朝司机喊道："他想去哪儿就送他去哪儿！"车于是开走了。

"去哪儿？"司机问特林佩尔。他呆坐在后座上，就像扶手或者车的什么固件。他在想方设法弄明白这份文件说的是什么，用官方语言来说似乎是叫"无争议的讣告"，是关于一个叫梅里尔·奥沃特夫的人，1941年9月8日出生于马萨诸塞州波士顿。父亲，伦道夫·W，母亲，艾伦·基夫。

梅里尔已经死了整整两年，早在博格斯回到维也纳去寻找他之前。根据这份文件，他跟一个叫波莉·克莱纳的女孩打赌——这个女孩是他在美国运通时搭上的，他说他能找到多瑙河底的一架坦克。他带她去了多瑙河上的格拉哈福茨酒窖，波莉站在码头上，亲眼瞧着梅里尔头上戴着手电筒跳进多瑙河。他说等他找到坦克，就会叫她。她之前一直毫不动摇，说除非他能找到坦克，否则她就不下水。

克莱纳小姐在码头上等了大约五分钟，当时已经看不见一上一下晃动的手电筒的灯光了。她一开始以为梅里尔在胡闹，后来才赶紧跑到格拉哈福茨酒窖找人帮忙，可是她不懂德语，所以又花了半天才说明白。

波莉·克莱纳后来说，奥沃特夫可能是喝醉了。显然她并不知道梅里尔有糖尿病，领事馆大概也不知道，因为讣告上面没有提。不管怎样，死因写的是溺水。他的尸体无法准确地辨认。换句话说，三天之后才在一艘开往布达佩斯的驳船上发现他被钩住的尸体，但是因为尸体好几次卷进了螺旋桨，所以谁也没法确定了。

坦克的故事一直没能确定是真是假。波莉·克莱纳说，在看不见他传递的灯光信号之前，梅里尔已经喊了足足一分钟，说他发现了坦克的那个信号。但她当时不相信他。

"如果是我一定会相信你的，梅里尔。"博格斯·特林佩尔大声地说。

"先生？"司机说。

"什么？"

"去哪儿，先生？"司机问道。

他们正平稳地沿着谢亚球场兜风。这是一个温柔的夜晚，交通很拥挤。"这一段会走得比较缓慢，"司机毫无必要地对他解释，"是大都会对海盗队[1]的比赛。"

特林佩尔有好一会儿都觉得不可思议。他走的时候是12月，而且也只不过一星期而已，不可能再久。他们居然已经开始打棒球了？他往前探探身，想从豪华轿车的后视镜里看看自己。他嘴唇上方的胡子已经可以漂亮地飘动，下巴的胡子也长齐了。后排的窗户仍然是摇下来的。属于夏天的热乎乎的空气扑面而来，"天啊！"他轻声地说。他感到害怕。

"去哪儿，先生？"司机又问了一遍。他显然已经被这个乘客弄得有点紧张。

但特林佩尔还不知道比姬是否仍然在爱荷华——如果说现在已经是夏天了。上帝！他简直难以置信，他已经走了这么久。他想找张报纸什么的，看看日期。

然而他只找到了那个信封，信封里是几千美元。阿诺德·马尔卡

---

[1] 大都会和海盗队均为美国的职业棒球队名称。

希比他初次见面时表现得更加慷慨。

"去哪儿？"司机问他。

"缅因州。"特林佩尔说。他必须得见一下库思。他得弄清楚到底是怎么回事。

"缅因州？"司机说，他一下子凶了起来，"是这样，伙计，我不能送你去缅因州。我的车不能开出曼哈顿。"

特林佩尔打开信封，递过去一张百元大钞。"缅因州。"特林佩尔说。

"好的，先生。"司机答道。

特林佩尔往后靠了靠，呼吸着糟糕的空气，感受着热度。他仍然不知道——他没法说服自己相信，但他走了已经将近六个月。

第31章
一部硫喷妥钠[1]电影

(159：特林佩尔的中景镜头。医院前台，他把小小的手提箱放在前台桌子上，里面只有过夜的衣服。他焦急地向四周张望；郁金香站在他旁边微笑着，挽着他。特林佩尔朝前台后面的护士问了什么，她给他拿来一张表格让他填好。他吃力地填写文件，她在一边温柔体贴地帮他)

维吉农（画外音）：这是一个非常简单的手术，说实话，虽然的确会让患者很害怕。但真的，只是个小手术，最多缝五针……

(160：绘制的医学阴茎图特写。一只手，很显然是维吉农的手，用黑色蜡笔在阴茎上涂着)

维吉农（画外音）：切口在这里，从这个小洞切开，就是把尿道疏通。然后，这些缝针会让它保持开放，这样就不会再回到从前那样。

---

[1] 一种主要用于静脉注射的全身麻醉药物。

顺便说一句，也只是努力实现，不管怎么说……

（161：长镜头，护士领着特林佩尔和郁金香沿着医院的走廊走下去。特林佩尔紧张地朝每个房间里望去，一边走，皮箱一边磕到他的膝盖）

维吉农（画外音）：只需要在医院住一晚，准备早上的手术。第二天就是休息，晚上也许还需要住在医院，如果你仍然……觉得不适。

（162：中景，特林佩尔别扭地穿上病号服。郁金香帮他系好背后的带子。特林佩尔一直在瞧跟他同屋的病人。那是一个老人，管子通到他的身体里，又从身体里接出来。他一动不动地躺在那里。他的床紧挨着特林佩尔的床。一个护士进来，熟练地拉上帘子，挡住了他的视线）

维吉农（画外音）：……换句话说，只需要忍受48小时的疼痛。好吧，这只是小菜一碟，对不对？

（163：同期声。中景镜头，拉尔夫·帕克在诊室里采访维吉农医生）

帕克：我猜想会有一些心理上的……你知道，某种阴茎恐惧？

维吉农：我猜有些患者会有感觉……你是说像阉割情结？

（164：一个男护士正在给特林佩尔剃干净阴毛。他僵硬地躺在病床上，看着护士的剃刀滑过他的草丛）

帕克（画外音）：是的，阉割……哦，你知道，害怕那玩意儿都被割掉。当然是误操作！（他哈哈笑起来）

（165：同163，在维吉农的诊室）

维吉农（哈哈大笑）：好吧，你可以放心，我还从来没在这里失过手！

帕克（歇斯底里地大笑）：好吧，当然不会……不，但我的意思是，如果患者对那玩意儿有点神经质的话……

（166：同期声。中景，特林佩尔掀起床单，窥视着自己身体下面，也让郁金香瞧一瞧）

特林佩尔：你瞧，就像小孩子！

郁金香（睁大眼睛看着）：就像你自己要生小孩……

（他俩你看看我，我看看你，然后又掉转开眼睛）

（167：同期声。同163和165。帕克和维吉农医生都不可抑制地哈哈大笑）

（168：中景镜头，特林佩尔从床上坐起来，朝拉尔夫和郁金香挥手告别，郁金香也在他床脚朝他挥手）

维吉农（画外音，仿佛是在给护士下医嘱）：今天晚餐不能吃固体的食物，晚上十点以后禁水。明天早晨八点打第一针，到八点三十他应该进手术室了……

（一个护士护送着郁金香和拉尔夫一起走出了画面。特林佩尔在身后暗暗地怒视他俩）

化虚

这之后，我当然没有化成飞烟。我躺在那里感觉着那玩意儿的光滑，就像被剃光毛的羊羔脖子，准备被宰杀！

我也在听着旁边发出汩汩流水声的男人，食物被喂到他体内就像化油器。他的管子，不管是输入还是输出，其最简单的功能似乎都依赖于机械设定的时间。

我不担心自己的手术，真的，即便想到会死我也不担心。但我的确担心，我已经变得老套而令人厌烦，仿佛我的反应已经得到充分的分析、讨论和评析，以至于我像图表一样看一眼就能明白。我真希望我能够让所有人大吃一惊。

那时已将近午夜，我试图说服护士让我给郁金香打个电话。电话铃响了又响。当拉尔夫·帕克接起电话时，我挂断了。

（169：同期声。"化虚"的特写。郁金香在浴室镜子前刷牙；她的肩膀一丝不挂；可以想得到，她身上也没穿衣服）

帕克（幕后）：你觉得手术会改变他吗？我的意思不仅仅指身体……

郁金香（她吐口唾沫，朝镜子里看了看，然后扭过头说）：改变他？怎么改变呢？

拉尔夫（画外音）：我是说从心理上……

郁金香（冲洗，漱口，吐掉）：他不相信心理学。

拉尔夫（画外音）：你呢？

郁金香：对他来说不会，我不认为……

（170：同期声。郁金香在澡盆里的中景，她在胸部和腋下抹肥皂）

郁金香（偶尔看向镜头）：如果用轻易的一概而论、表面化的概括，去尝试掩盖非常深刻复杂的人和事，那是简单化的洗白。但如果想当然以为每个人都很复杂和深刻，那也是片面的。我是说，我觉得特林佩尔其实只是在表面上做了手术——也许他就是表面那样，仅仅就是表面……

（她的声音越来越低，她谨慎地看了看镜头，又看了看满是泡沫的胸部，害羞地滑进水里）

郁金香（看向镜头，仿佛拉尔夫就是镜头）：好吧，今晚就拍到这儿吧。

（幕后，电话铃声响起，郁金香起身从澡盆里出来）

拉尔夫（画外音）：真糟糕！有电话……我来接！

郁金香（在他身后，往幕后看）：不，让我接——有可能是特林佩尔。

拉尔夫（画外接电话音；郁金香听着，呆住）：喂，哈喽？哈喽？哈喽？去你的……

（镜头开始晃动；随着郁金香跳出澡盆，摄影机尝试别扭地后退。她尴尬笨拙地把自己裹进毛巾里，拉尔夫跟随她进了镜头。他脖子上戴着曝光表，指着她，然后又向下指澡盆。）

拉尔夫（变得焦躁，抓住她的手，想把她带回澡盆里）：不，不，回来。我们得把这一段重新拍一遍……该死的电话！

郁金香（推开他的手）：是不是特林佩尔？谁在电话里？

拉尔夫：我不知道。挂断了。来吧。用不了一分钟……

（但她用毛巾裹紧自己，离开澡盆）

郁金香（愤怒地）：很晚了。我明早想早一点起。我想要陪着他，等他麻醉醒来的时候我在旁边。这个可以明天再拍。

（她抬起头，恼火地看着镜头。突然，拉尔夫生气地看着镜头，仿佛刚刚意识到镜头还在转）

拉尔夫（冲镜头大喊）：咔！咔！咔！肯特！别浪费胶卷了！

失去知觉

清早，他们进来倒掉了我旁边的那个人的罐子、管子和各种各样的容器。但他们没有管我，甚至都没喂我吃东西。

到了八点，一个护士来给我量体温，两腿各打了一针麻醉针，打在大腿靠上的地方。他们用轮椅推着我进手术室，我不太能走路了。两个护士扶着我，让我排了尿。但我那里还有点感觉，我担心麻醉药没有起到该起的效果。我对护士稍微提了一句，但她似乎没明白。事实上，我的声音自己听起来都很奇怪。我说了什么我自己也不明白。我祈求老天让我的口齿清楚起来，及时地拦住他们，别给我动刀子。

在手术室里，有个胸部丰满的迷人女性，身穿所有外科手术护士穿的那种绿色手术服，不停地掐着我的大腿，一边掐一边朝我微笑。接着把我的手臂弯到特殊的角度，把针头用胶带固定上，又把我的胳膊用胶带固定在桌上。葡萄糖顺着黄色的管子咕嘟嘟灌进我的身体，我可以看见它如何顺着管子流到胳膊里。

我忽然想到了梅里尔·奥沃特夫。如果他们曾给他动过手术，他们是没法输葡萄糖的，不是吗，因为那里面主要是糖分？那他们该输什么？

我用能动的右手伸出去掐了一下阴茎。仍然什么都感觉得到，这可把我吓坏了。让我的大腿昏睡能有什么用？

然后我听到维吉农的声音，可是却看不见他。我只看见一个矮小、和蔼、戴眼镜的怪老头，我猜那是麻醉医生。他走过来，戳了戳葡萄糖的输液针，然后把一罐硫喷妥钠和葡萄糖放在一起，把输硫喷妥钠的管子和输葡萄糖的管子连在一起。他没有把硫喷妥钠针头扎在我身上，而是把这个针头扎进葡萄糖的输液管里，我觉得这样真聪明。

硫喷妥钠的输液管有个夹子，我能看到这些药还没有输进我的身体。我紧紧盯着，而麻醉师问我什么感觉的时候。我嗡嗡地大声说我的那玩意儿感觉还好得很，我希望他们都知道这一点。

但他们所有人只是微微地笑，仿佛什么也没听见——那个麻醉师、绿衣护士和维吉农，维吉农现在就站在我的上方。

"数到十二。"麻醉师告诉我。然后他松开了夹子，开始让硫喷妥钠流进我的身体。我眼睁睁地瞧着那东西一滴滴地流下来，直到它跟主要的橡胶管里的葡萄糖溶为一体。

"一、二、三、四、五、六、七。"我迅速地数。可是那一刻仿佛永久。硫喷妥钠改变了流到我胳膊里的葡萄糖的颜色，我紧紧盯着液体一直流到针头的总闸，然后等它流进我的手臂时，我叫道："八！"

接着过了一秒，这一秒有两小时那么长，我在术后休息间醒来——也就是复原间。这里的天花板跟手术室的那么像，我以为我还在原来的地方。在我头顶上还是一样迷人的绿衣护士，她在微笑。

"九，"我对她说，"十、十一、十二……"

"我们想让你现在试试尿尿。"她对我说。

"我刚刚尿过。"我说。但她把我的身体侧翻过来，在身子底下放了一个绿色的平底锅。

"请你试一试。"她哄着我。她真是和蔼极了。

于是我就放水了，虽然我很确信没什么水可放。当痛感传来，那仿佛是别人在痛，在另一个房间，或者说更远的地方，在另一家医院。真的很痛，我替那个承受疼痛的人难过，我已经尿完了，才意识到痛的人是我自己，意识到手术已经结束了。

"好了，好了，好了，可以了。"护士说着揉了揉我的头发，把突然之间意外疼出的眼泪从我脸上抹去。

当然,他们给我免去了双重的痛苦,也就是等待那头一次尿尿的恐惧。但我不这么看。这是背叛。他们耍了我。

接着我又昏昏沉沉睡了过去,等我醒来时,已经回到了医院的病房,郁金香坐在床边,握住我的手。当我睁眼时,她在对我微笑。

但我装作还在药效之下毫无知觉。我目光直直地穿过她。不是只有你会耍花招会吓人一跳,你可以用你的那玩意儿打赌……

第32章
另一个但丁,别样的地狱

这个司机已经开豪华轿车开了三年左右。在此之前,他是开出租的。他更喜欢当豪华车司机,没有人会抢劫他,伤害他,工作更悠闲,而且汽车也更有格调。他去年开的是梅赛德斯,他很喜欢。偶尔他也可以出城区,有一次一直开到纽黑文,他喜欢道路上畅通无阻的感觉。这就是他对"畅通无阻"的定义:开到纽黑文。他开车出纽约最远也只开到过纽黑文。他成家了,有三个孩子。每年夏天他都会跟妻子商量去西部度假,开车带全家人出去玩。但他自己没有车,他准备等到攒够钱买辆梅赛德斯,或者等到豪车服务公司低价放出一辆旧车。

所以,当博格斯让他开车送他去缅因州时,他答应得就好像有人要他开车送到旧金山。缅因州!他想到那些捕鲸人,他们早饭吃的是龙虾,一年到头穿着橡胶靴。

他整整聊了两个小时,才意识到自己的乘客要么是睡着了,要么在出神。接着他闭上了嘴。他的名字叫但丁·卡里基奥,他意识到自从他没再开出租,这可是头一回有乘客吓到他。他以为博格斯疯了。他把那张百元大钞放进内衣短裤里,就放在能找到的口袋里。也许他会再给我一张,他想道,或者把这一百块钱拿回去。

但丁·卡里基奥个子矮小而结实,杂乱得像沙拉一样的黑发,鼻梁被打断过好几次,仿佛随时会散架一样。他以前是个拳击手。他很喜欢说自己的风格是开局就用鼻子接拳头。他还曾经是个摔跤手,因此有一对菜花耳。可爱的一对折耳,肿肿的,很不平整,就像两块不对称的面团拍在脸的两旁。他嚼口香糖会嚼出很大声,好多年前,当他戒烟之后,养成了现在的习惯。

但丁·卡里基奥是个实诚人,他对他人的生活感到好奇,也好奇住在其他地方是什么感受,所以要他开车送这个疯子去缅因州,他并没觉得不开心。只是当他们开车开到波士顿北部时,天已经暗下来,车流越来越少,甚至几乎没有其他车,他有些害怕:要开车去那么荒凉的地方,而后座的乘客,自从他们开过谢亚球场,就一直没有开过口。

新罕布什尔高速公路上收费站的收费员看了看但丁的司机制服,瞪眼瞧了瞧豪华的毛绒后座上正在出神的博格斯,既然眼前也没别的汽车,就问但丁要去哪里。

"缅因州。"但丁轻声说,仿佛这是个神圣的词。"缅因州哪里?"收费员问道。一般来说,缅因州,距离他的日常生活也不过开车20分钟。

"我也不知道哪里。"但丁说,收费员递给他找钱,挥挥手放行了。"喂,先生?"他转向博格斯问道,"喂,缅因州哪里?"

乔治敦是个岛。但在特林佩尔的脑海里,它比它事实上更像一座岛,或者倒不如说是半岛,通过一座桥与大陆连接,没有一点真正的岛屿的不便。但特林佩尔脑海里想的是库思给这里带来某种美妙的孤独感。当然,即使是在肯尼迪机场,库思很可能也会带给你某种孤独感。

博格斯在想该如何接近比姬才最好,他到现在才意识到自己多么想她。她夏天从不待在爱荷华,这会儿她多半在东甘纳瑞,帮她父亲干活,让她妈妈帮着一起带柯尔姆。他甚至想象得到,她被抛弃会招来她的父母那种"我早就告诉过你"的态度。

不管怎样,她肯定早就给库思写过信,问他知道不知道好朋友博格斯去了哪里;库思也会知道她在哪儿,会问她对落跑丈夫的感受如何。也许库思甚至见过他们,可以告诉他柯尔姆有多少变化。

"喂,先生?"有人在问他。那是前排穿制服的人。"喂,缅因州哪里?"他问道。

特林佩尔朝窗外看去。他们来的时候是通过朴次茅斯港旁边被遗弃的环形路,穿过那座桥去的缅因州。"乔治敦岛。"他对司机说,"那是个岛,你最好停一下,拿张地图来。"

这时但丁·卡里基奥想道,天啊!一个岛!天,我该怎么开到岛上去,你这个该死的疯子、浑蛋……

但但丁还是搞到了一张地图,发现巴斯那里陆上有一座桥,穿过肯纳贝克河的潮水入口,从陆地通往乔治敦岛。他们过桥时已经是子夜时分,博格斯摇下后排车窗问他是否能闻到海的味道。

而但丁闻到的味道太清新,不像大海。他所知道的大海闻起来像是纽约和纽瓦克的港区。这儿的盐碱滩闻起来有种刺激性的清新,所以他也摇下了车窗。不过,他不再喜欢在这里开车的感觉了。穿过岛的道路有很不明确的沙质路肩,蜿蜒曲折,而且没有隔离带。这里也没有房屋,只有黑魆魆的松树和一片片很高的盐碱地草。

而且,夜晚总是声声不息,既不是喇叭和机械,也不是轮胎的尖啸,或是未知的人声或塞壬[1],而是各种"生物"——青蛙、蟋蟀、海

---

[1] 古希腊神话中人首鸟身的怪物,会用歌声诱惑水手。

鸟和海上的雾角。

荒凉的道路和可怕的声响让但丁·卡里基奥吓破了胆，他不停地从后视镜里打量博格斯。他在想，要是这个疯子想干什么，趁着他的朋友还没扑上来，我可以把他的脊背从两个地方打断……

特林佩尔这时还在思索他会跟库思待上多久，是否应该给比姬打电话或者在时机成熟时去看看她。

当脚下的路突然变成土路，但丁猛踩一脚刹车，锁上前门，然后又锁上后面的两处车门，眼神一直紧紧地盯住博格斯。

"你到底在干什么？"特林佩尔问道。但丁·卡里基奥却坐在前面的座位上，一只眼睛看着镜子里的特林佩尔，另一只眼睛扫视着地图。

"我们一定是迷路了。"但丁说。

"不，"特林佩尔说。"还要再开五英里。"

"路在哪儿？"但丁问。

"你就在这条路上，"特林佩尔说，"继续开。"

但丁又看了看地图，发现的确有这么一条路，于是惶恐不安地继续开了下去；或者说，一点点地往前蹭，岛屿在他的周围变得越来越狭窄。沿途出现了几座房子，房子里没有亮灯，庄严的犹如停泊的船。他看到地平线在两边开阔起来，海就在那里，空气感觉更冷，他仿佛可以尝到咸味。

接着出现一个路标，告诉他这是私家车道。

"继续开。"特林佩尔告诉他。但丁很希望轮胎防滑链就在旁边的座位上，但他还是继续往前开。

又开了几百码，路标上写着**皮尔斯伯里**。水几乎要漫到路上，但丁感觉到海浪仿佛就要拍过来。接着，他看到了庄严伟岸的马厩红色木瓦屋顶，高高的山墙，带着车库、船屋和坐拥一整片海湾的大房子。

皮尔斯伯里——但丁觉得后座上的这位一定是他家的后人。他眯着眼睛朝后视镜看了看，好奇地想他是否就是即将继承一笔现成财富的疯狂的年轻继承人。

"现在是几月？"特林佩尔问道。他想知道库思是否仍独自住在这里，还是说皮尔斯伯里一家会到这里来度假。7月4日以前他们一般不会过来。

"今天是6月1日，先生。"但丁·卡里基奥说。他在私家车道的尽头停下了车，坐在那里听着夜晚的呼啸。在他的想象里，那是唱歌的鱼和凶猛的猎鸟，熊在深深的松树林里游荡，弱肉强食的昆虫世界。

特林佩尔沿着石板路三步并作两步走近，眼睛一直盯着唯一一间亮着灯的房间——楼上的主卧，不请自来的但丁在他身后匆匆跟来。他在暴力街区长大，在除非结伙而行，否则没有人愿意出门的深夜，即便是让他出门去提六听啤酒也免谈。但寂静的岛屿真的让他心烦意乱，他绝不想自己去面对灌木和树丛里遍地的飞禽走兽：它们可能在斗嘴，也可能在斗气。

"你叫什么名字？"特林佩尔问道。

"但丁。"

"但丁？"特林佩尔问道。这时一道光在大房子的厅里闪现，一道光照到楼下。门廊上的灯亮了起来。

"库思！"特林佩尔大喊，"嗨，哈啰！"

如果只有这两个人，但丁想道，我可以对付他们的妈妈。他感觉了一下裤裆里的百元大钞，好给自己更多信心。

* * *

我能认出老库思正在穿过门廊，迎接我们进门。他穿着一件松松垮垮的浴袍，用的是从百纳被上剪下来的布。他眯起眼睛，透过纱窗瞧着我们。看到那个穿着制服的凶暴的司机拍打着蚊子,仿佛那是食肉的鸟儿,恐怕让他吃惊不小,但看到我更是让他大吃一惊。

从你刚刚让我们进门,库思,我就能看得出,你一定是在跟女人调情,被我们打断了。你染了她丝丝缕缕的香水,仿佛在浴袍底下还有一层,而且我知道你一定是刚刚从暖和的地方出来,因为门外的凉风一激你就马上往回退了一步。

但我们是朋友,库思。朋友之间有什么难为情的!我抱起你,把你举得高高的,你这个皮包骨的浑蛋!你闻起来不错呢,库思!

特林佩尔用力拉着库思进了厨房,拉着他转圈圈,直到他们俩撞到一条崭新的乙烯塑料做的小孩用的皮艇,它原本系在水槽旁边。博格斯不记得皮尔斯伯里一家有小宝宝。他把库思放在案板上,亲了亲他的额头,任他呆头呆脑地看着他。他充满感情地说:"库思,我没法跟你说我看见你有多么高兴……你在这里又一次救了我的命……你是我头顶的北极星,库思!你瞧,我的胡子跟你有得一比,库思!你可还好?我过得很糟糕,你大概知道……"

而库思只是一直瞪着他,接着又瞧瞧但丁·卡里基奥,矮矮胖胖的制服怪物,礼貌地躲在厨房一角,指节粗大的手紧握着制服帽,尽可能别让自己碍事。而此时,特林佩尔只是蹦蹦跳跳地在厨房里四处翻看,打开冰箱的门,窥探饭厅里的情况,又戳戳洗衣间的壁橱里头——带着恶作剧般的欣喜。他看到木头衣架上晾着不知哪个女士的丝质胸罩和内裤,等着晾干。

他挑起离他最近的一件胸罩,坏笑着试图朝库思挥过来。"她是谁,你这狡猾的浑蛋?"他突然嚷道,又一次忍不住去开玩笑地玩一玩库思的长胡子。

但库思只是不停地说:"你去哪儿了,博格斯?你该死的到底去哪儿了？"

特林佩尔迅速听出了话里的指责，知道库思一定是从比姬那里得到的消息。"你已经见过她了？"他问道，"她可还好，库思？"但库思却只是把目光调开，仿佛要哭了。特林佩尔很快吓着了，赶紧补了一句："库思，我的表现很糟糕，我知道……"

他还在手里玩着胸罩，库思把胸罩拿走了。当特林佩尔看到库思手里的胸罩时，他突然想到，那是一副淡紫色的胸罩，他记起来他也买过一件紫色的——有那么紫、那么大。他停住了没再说话，看着库思从案板上慢慢滑下来，就像一块刚被剔骨的肉。库思进了洗衣间的壁橱，把比姬的胸罩重新挂到衣架上。

"你走了很久，博格斯。"库思说。

"但是我现在回来了，库思。"博格斯说，这话听起来真的很蠢。

"库思？我很抱歉，但我的确回来了，库思……"

不知是谁的光脚啪啪地走下楼，一个声音说："请别吵吵，否则会把柯尔姆惊醒的。"

这双脚朝厨房走过来。但丁把自己塞进调料架旁边的角落，正在努力让自己显得小一点，别惹人注目。

"博格斯，我很抱歉。"库思温柔地说，碰碰他的手臂。

接着比姬走了进来，瞟了但丁一眼，仿佛他是坐U型潜艇[1]到来的纳粹党员，然后转过身，对博格斯极其大无畏，也丝毫不意外地瞪了一眼。

"是博格斯。"库思悄声对她说，仿佛他蓄了胡子她会不认得。"那是博格斯，"他又重复了一遍，这一次声音大一点，"从战场上，回家了……"

---

[1] 第二次世界大战时期的德国潜艇。

"我才不会说他是回家,"比姬说,"根本不会……"

我很努力地想听出你话里头的幽默,比格,我真的努力。然而却听不到,比格。没有听到。我唯一能想到的就是——你和库思仿佛都对调料架下面的庞然大物穿制服的意大利佬如此紧张。我唯一能做的,比格,就是向你们两人介绍我的司机。我只能这样开头,毫无办法。

"呃,"特林佩尔说,仿佛想躲过这一拳,"这是但丁。他是我的司机。"

无论是比姬还是库思都没法去看但丁,他们一会儿目瞪口呆地看看博格斯,一会儿木然地看向地板。博格斯唯一能看到的是比姬的浴袍,是新的——橘红色,是她最爱的颜色;天鹅绒,是她最喜欢的质地。她的头发丰盈了一些,她还戴了耳环,这是以前的她从没有过的。她的头发看起来乱蓬蓬的,身材很圆,他还记得她总是能很优雅地保持着这种姿态。她这样美的时候,你总是想要用你自己把她也弄得乱蓬蓬的。

接着,但丁·卡里基奥因为被介绍了很紧张,努力用肩膀把自己顶出原先塞进去的那个角落,结果肩膀碰到了调料架,把他自己和调料架都推到了厨房中央。他急忙伸手去够,可是哪里够得到。比姬、库思和博格斯都冲过去想帮他,却弄得更糟。小小的调料罐散落得四处都是,但丁最后猛地一扑想够到空空的调料架,却把它撞到了岿然不动的冰箱上撞成了碎片。

"哦,老天啊,我真抱歉!"但丁说。

比姬用脚戳了戳一个小小的调料罐,然后直截了当地看着博格斯。"说抱歉的人真不少。"她说。

特林佩尔听见柯尔姆在楼上喊他们。

"失陪。"比姬说,然后坦然地走出了厨房。

特林佩尔想跟着她上楼。"柯尔姆,"他说,"那不正是柯尔姆,对不对?"他紧紧跟在她身后,这时她突然停下脚步,转过身看了他一眼,她以前从未这样看过他——仿佛她是个不认识他的陌生女人,而他这个下流家伙刚刚冒冒失失地拧了她的屁股。

"我很快就回来。"她淡然说道。他于是放手让她独自上楼去了。他又磨叽了一会儿才回到厨房,听到她用温柔的语声安慰柯尔姆说调料架碎了没事;他也能听到厨房里,库思用同样温柔的语声安慰但丁。有的调料罐没有摔碎,库思说,而且他很快就可以做个新的架子。

但丁·卡里基奥用意大利语说了一句什么,在特林佩尔听起来,那仿佛是一句祈祷。

接着台球桌又出了事故。库思忍不住替但丁难过。他在这所大房子里无所适从,户外严酷的大自然又让他如此害怕。他在想也许该给老婆打个电话,是否应当告诉豪车服务公司他还车迟到这件事,或者干脆赶紧开回纽约。

"先生,"他在问特林佩尔,后者还在等比姬从楼上下来,"我要不要走?"

但特林佩尔不明白他是什么意思。"我不知道,但丁。"他说,"你该走吗?"

然后,比姬终于从楼上回来了。她勇敢地朝库思笑了笑,又朝特林佩尔狠狠地点点头。他跟着她走到外面黑漆漆的船坞上。

然后,库思问但丁是否打台球。这让但丁忘记了他有多受伤。说实话,他经常打台球。他跟库思连着打了八场,然后悄悄设计了一个差点系统[1],赢下了接下来的四场中的三场。然而他们俩并没有赌钱。这所房子里所有人都那么奇怪,但丁甚至想不到要玩钱。实际上,无

---

[1] 指高尔夫球手打球的水平与标准杆的差距。

论何时他俯下身去对准白球,他都能感觉到内裤里的百元大钞在沙沙作响。

"那位皮尔斯伯里先生,"他对库思说,仍然以为博格斯是姓皮尔斯伯里,"他有那么多钱该做些什么呢?"

"他一个月收一次邮件,"库思说,以为但丁指的是那位真正的"皮尔斯伯里先生"。但丁吹了声口哨,轻轻地咒了一句什么,然后让五球落袋,白球回到了他想要的位置。库思却还在想博格斯何以负担得起司机,他问道:"但丁,那位特林佩尔先生,他那么多的钱是哪儿来的呢?"

"十二球直落右下角。"但丁说。他在想怎么击球的时候从来都什么也听不见。

库思糊涂了,他还以为但丁也许是顾左右而言他。他从窗户望出去,看见比姬在船坞那头面对着大海。通过她的手势,他知道她在说些什么。十步之外,靠着船坞的系船柱子,博格斯一动不动、默不作声地坐着,像藤壶一样在那里生了根。

但丁把白球一阵风地送到桌子另一边,将十二号球利落地送入角上的袋里,而库思甚至都没从窗前转过身。但丁眼瞅着白球把十号球从八号球旁边轻轻推开,然后亲密地滚到十四号球后,给他留下完美的一记,刚好可以朝对角击过去。他正准备说要打哪个球,这时库思对着窗户说了些什么。

"跟他说不。"库思说,声音轻得仿佛耳语。

他看着库思站在那里。他想道,天,他一个月才查一次邮件。而他们俩都疯了,为了那个大个头的女孩。我今天晚上不会闭上眼睛,宝贝。我也不会放下这台球球杆。但他只是说了一句:"该你击球了。"

"什么?"

"轮到你了,"但丁说,"我没击中。"

说谎就是但丁·卡里基奥给自己设计的差点系统。

我把一只蜗牛扔下了船坞。它扑通一声掉进了水里,我在想不知需要多久那只蜗牛才能回到干燥的陆地。

而你不停地不停地说,比姬。

你说了很多,你说:"我当然没法不关心你。我是关心你,博格斯。但库思真的很在乎我。"

我接二连三地又扔了三只蜗牛,扑通!扑通!扑通!

你接着说了下去,比格。你说:"你走了很久很久!我过了一段不再想你的日子了。而想起你跟我在一起的日子,其实我并不喜欢那些日子……"

我用手掌根摸到了一团藤壶,然后用手掌压在上面,把它们一点点压碎,仿佛那是一块奶酪。

我说:"我会给你时间的,比格。你想要多久都可以。如果你想在这里待一段时间……"

"我会一直待在这里。"你说,比格。

我又扑通扔进去一只蜗牛。然后一条鱼翻了个身,一只燕鸥嘎嘎大叫,一只猫头鹰说了话。仿佛是让回响继续,海湾的对面一只狗在吠叫。

"你说,"我说道,"库思很在乎你,也很爱柯尔姆。但你对他是什么感觉呢,比格?"

"我很难说清楚。"你说,转过身去面对着海湾。我以为你说很难是因为你对他没什么感情,但你接着说:"我很在乎他。"

"性吗?"我说。

"很多。"你说,"那方面也是 OK 的。"

扑通!扑通!

"别逼着我对你说我有多爱他,博格斯。"你说,"我不想伤害你。已经过去很久了,现在我没那么愤怒了。"

"梅里尔死了,比格,"我说道——我不知道为什么。你过来从后面抱住我,狠狠地压住我,让我没法转过身去抱你。实际上,我可以从你的拥抱里脱开来伸出手时,你却把我一把推开了。

"我希望抱抱你,这是为了梅里尔,博格斯。"你说,"别来抱我,想都不要,请你。"

所以我就让你用你的方式拥抱我。如果你愿意认为你抱着的是梅里尔,我也不会不让你这样想。我说:"那柯尔姆呢,比格?"

"库思很爱他,"你说,"他也很爱库思。"

"每个人都很爱库思。"我说,然后扑通!扑通!扑通!

"库思很喜欢你,博格斯,"你说,"而且柯尔姆你随时想见也都可以。这里当然欢迎你来……"

"谢谢你,比格。"

接着你也扑通一声将自己的那只蜗牛扔下了船坞。"博格斯,"你问道,"你打算怎么办?"

我想道,扑通!接着我说了几句扑通!扑通!扑通扑通扑通!我看到你转过身不再看我,而是抬头看着台球室的落地窗透出来的两人剪影。他们并排站在一起,台球杆扛在肩上,就像游行队伍里扛来福枪的士兵。但他们没在游行,而是看着下面的船坞。两人都一动不动,直到你朝通往大房子的小路走去。接着,更高、更瘦的那个从落地窗旁边离开,消失在房子里。他是去接你。更矮的人影甩了几下球杆,就像执一把击剑,接着他也离开了。

"扑通!"我这样想着,听到纱门砰的一声关上了。

从深深的内陆,越过盐碱滩,库思和我曾经在盐碱化的松树林里湮没一条船的地方,这个蠢人说出了他的心里话。

* * *

但丁连赢比姬三盘，然后开始故意失误，就是为了看她在球桌上躬下身形成的弧度和柔软撩人的袍子下面卵石一样结实的胸部。她击球的时候用牙咬住下嘴唇。

他猜想，在码头那里，她的两个情人紧紧地坐在一起，腿吊在码头岸边，两人正拿着一堆蜗牛意欲决出胜负。

但丁想道，天啊，这里到底是谁的，我很想知道。

你一直都很和善，库思，而且人如其名。正像我很黑，你很白净，只除了脸上有很多雀斑。然而我却是涂亚麻籽油的纹路粗糙的木头。你的身高，掩盖了比肩膀更宽大的臀部。但你的块头并不很大。又长又瘦的双腿和钢琴家的手指，以及庄严的从未曾被打破的鼻梁，使你显得很苗条。我从来不喜欢草莓金，但只有你的那种除外。我知道你蓄起胡子是为了遮住雀斑，但我谁也没告诉。

我们的身量天差地别，就像海豹和长颈鹿。你一定比我高出整整一头，库思，我没法儿不去想比姬以前是怎么说那些个头比她还高大的男孩。可是想想看，她的体重一定比你重得多。

我的意思是，她的乳沟可以很好地包容你的胸膛，库思。

比姬曾经很喜欢这样想，要是我把肺的容量充满，她就没法用手臂环住我的身体，而同时两只手还可以扣住我的身体。好吧，她可以把你的肺挤压得粉碎。而且要是她用双腿扣住你的腰，你要小心，你的背可别断了！事实上，你到现在还活着没被她弄死真是奇迹。可是，很显然你活下来了。

但我什么也没说，只是说："你看起来气色不错，库思。"

"谢谢你，博格斯。"

我说:"好吧,你知道,她希望能留在你身边。"

"我知道。"

我扔了一只蜗牛,扔得要多远有多远,你也扔了一只,比我的差多了——你那种滑稽、紧张的扔法不可能扔得很远。你的胳膊太差劲,而且虽然你整天都待在船上,但你划起船就像鸟跌断了翅膀还想飞。想想看,你居然还要教柯尔姆游泳。

但我什么也没说,只是说:"今年夏天你得看着点柯尔姆玩水。他已经到了很危险的年龄。"

"别担心柯尔姆,博格斯。"你说,"他不会有事,我也希望你能常来看他,无论何时。还有我们——常来看我们,你知道。"

"我知道,比姬已经说了。"

扑通!

可是你的蜗牛扔得太差劲了,甚至没扔到水里,而是扔进了烂泥滩,咻!

"我希望你能多拍点照片,库思,"我说,"如果你有机会给……柯尔姆拍照片的时候,就顺便印出几张给我。"

"我现在就有,可以给你。"你说。

扑通!

"真该死,我很抱歉,博格斯,"你说,"谁知道会变成这样?"

"我……我本来应该知道的,库思……"

"她来这儿之前已经离开你了,博格斯。她已经想好,下了决心,你知道……"

扑通!

咻!

"那皮尔斯伯里那家人呢?"我问道,"他们会怎么想,你跟孤儿寡母一起待在这里?"

"所以我们结婚了。"你说,我觉得自己当时一定变成了一只蜗牛——我一定是把我自己扔了进去,喝了很多很多水,所以没听清楚,库思。

"你是说,你们想结婚,库思?"我问道。

"不,我是说我们结婚了……算是吧。"

我想了一会儿,大约有四声"扑通"那么久。这怎么可能?看起来一定是不可能的,所以我问道:"这怎么可能,库思?我以为我是跟她结婚了的。"

"对,你以前当然是,这个……法律上还没有批准,"你说,"但是因为你……抛弃她,所以我们可以走这个程序。我自己不太明白,但皮尔斯伯里的律师已经起草好……"

我想道,好吧,你当然没闲着,对吧,库思?

"我们完全没法知道你什么时候回来,是否会回来,博格斯。"你说。接下来你说了很久,说走这样的程序从法律上来讲几乎是必须,因为税务结构以及法律如何对待被抚养者等。你说这样就不会有赡养费的问题。谢谢你。我想道。

"我欠你多少?"我问道。

"我不在乎这些,博格斯。"你说,但我已经拿出了信封,把里面的九百美元塞进你纤细而瘦长的手里。

"天啊,博格斯。你从哪儿弄来的这些?"

"我发了横财,库思。"我告诉你,然后装作不在意地把信封放回口袋——仿佛身上到处都藏着这样的信封,而我不能确信到底应该把这一个放进哪处口袋。接着,我以为你会拒绝我给你的钱,开始喋喋不休,不知道从哪里说起。

"如果我不能跟他们住在一起,库思,我很高兴是你。我敢说照顾他们你会比我更在行,而且你跟他们在一起我永远不用担心。柯尔姆能在这里成长也会很好,你也可以教他摄影。"

"这个夏天比姬打算一起帮忙,"你说,"你知道,等皮尔斯伯里一家来的时候——帮着买买菜,做做饭,收拾房子。这样我就有更多的时间去拍照片,待在暗房……"你的声音越来越小,"我找了个兼职,秋季去鲍登学院教书。只需要开45分钟的车。你知道,只教一个班的学生,有点像个摄影工作坊。今年春天他们给我办了个展览,学生还贡献了几张照片。"

这些破冰谈话简直让我们受不了啦。

"这很棒,库思。"

"博格斯,你到底打算怎么办?"沉默了好久以后,你问我。

"哦,我必须得回纽约去,"我撒了谎,"但我还会再来北方……等我安顿下来,你知道。"

"天快亮了。"你说。我们看着早晨橙色的太阳升上海平面,柔弱的光辉打到岸上,"柯尔姆起得很早。他可以让你看看他的动物。我在船屋里给他建了个小动物园,里面都是我替他抓的玩意儿。"

但我不想再待下去,看看他长成什么样,看他是否还喜欢我。"等坟头上的草长一长。"我总是说,然后再看。

但是我什么也没说,只是说:"我得去跟我的司机说一声,库思。"

我想站起身,你却抓住了我腰上的皮带,说:"你的司机甚至不知道你是谁,博格斯。你到底在玩什么把戏?"

"我没事,库思。都会好的。"

你跟我一起站了起来,你这个脆弱的天使和浑蛋的混合体,你抓住了我的胡子,轻轻摇我的脑袋,说:"真糟糕,真糟糕,要是我们俩都可以跟她一起,博格斯,我不在意——你知道的,对不对?我甚至问过她一次,博格斯?"

"你问过?"我说。我紧紧抓住你的大胡子,一半是想要亲亲你,一半是想把你的头发一把薅掉,"她是怎么回答的?"

你说:"她当然说不行。但我不会介意的,博格斯——我觉得。"

"我也不会介意的,库思。"我说。但这多半是瞎话。

太阳像浮标一样浮出了水面,整个大圆球抖擞起来,在海平面上轻轻地跃动。一瞬间,你被阳光照得清清楚楚,我真受不了,库思。所以我就说:"给我找些照片,好不好?到时候了,我得走了……"

我们一起走回房子,沿着石板路两步并作一步——从船屋到大房子。我感觉到你把我给你的钱悄悄顺进我的口袋。我想起来你的光屁股怎样晒在这些石板上,你的肚子趴在地上那里唱歌,库思,醉得站都站不起来。跟你在一起的女孩,我还记得,是我们在西部浴场搭上的两个女孩中的一个。她穿上泳衣,因为要把你拉回房子和主卧实在太难,她已经放弃了。我正在跟属于我的那个女孩在船屋的阁楼里舒舒服服地待在一起。

我看着你在草地上被三振出局。库思,我还记得,我扬扬得意地躺在那里,醉意朦胧,但却雄风不减。我在脑子里想,可怜的库思永远也得不到哪个女孩的青睐。

好吧,库思,我以前真是看错了。

当我们进了厨房,比姬才刚刚给但丁·卡里基奥做了三明治。那是一个大大的三明治,但丁正捧着形状有如马槽一样的浅盘啃着。比姬还给他倒了啤酒。他拿着跟花瓶一样大的啤酒杯喝着。

但丁好奇着下一步到底谁会跟谁走。如果到这里来,该我带着那个大个头的金发女人去船坞,那我也不介意。他想道。

"你想吃点什么吗,博格斯?"比姬问道。

但库思说:"他想趁柯尔姆还没起床就走。"

谁?但丁·卡里基奥想道。这么热闹的晚上到底谁还能睡得着?

"好吧，"博格斯说，"其实我很想见他，但我不想让他看到我……要是不太麻烦的话。"

"他会到船屋去喂喂小动物，这是每天早上起来的第一件事。"库思说。

"然后他会在码头上吃早饭。"比姬说。

博格斯想，这就是生活习惯。柯尔姆建立起了一套生活习惯。小孩子多么喜欢好的生活习惯。我有没有给柯尔姆建立过一套生活习惯？

但他什么也没说，只是说："我可以在台球室看看他，好不好？"

"我有个望远镜。"库思说。

"天啊，卡斯伯特！"比姬说。库思看起来很尴尬，她也尴尬了。博格斯想到，卡斯伯特？从什么时候开始有人叫你卡斯伯特，库思？

但丁·卡里基奥躲在厨房的角落里，小心翼翼不去碰调料架的残骸。他狼吞虎咽地吃掉三明治，大口痛饮着啤酒，还在想豪车服务公司是否会担心，他的妻子会不会给警察打电话。还是说应该掉过来，警察会给他们打电话？

"我们很快就走，"博格斯对但丁说，"你是不是该去走走，呼吸一下新鲜空气……"

但丁的嘴里塞满了三明治，没法说话。但他想的是，糟糕，你是说我还得把你再送回去？但他一个字也没有说。当博格斯把厚厚一沓钱——大概有一千美元——塞进面包盒时，他也装作没看见。

但丁捡着高水位线以下的又湿又凉的台阶坐下——台阶从码头一直延伸到船用的斜坡道，对烂泥滩上由潮水形成的小池塘和裸露的岩石裂缝里挤满的小生命惊叹不已。这是他所见过的屈指可数，能让他愿意把光脚伸进去的泥塘。他坐在那里，裤管卷到膝盖，白得发蓝的城里人的脚趾头在他所感受过的最洁净的泥巴里扭来扭去。他头顶上的船坞上，属于城市的尘灰满面的鞋子和纤瘦的黑色袜子看上去那么陌生而可怕，连海鸥都小心翼翼不去接近。更勇敢的燕鸥低低俯冲下来，看到潮水退去后留下的奇怪的东西，尖叫害怕地飞走了。

在远处海湾的入海口，捕龙虾的渔夫正在收网，但丁好奇着靠腿脚干体力活是什么感觉，他会不会晕船？

他站起身来，小心翼翼地在平坦的滩涂上走着，时不时感觉到贝壳扎一下他的脚趾，周围都是蠕动着的小生命。一个老旧的龙虾罐被海水冲上来，躺在远处的码头系船柱旁边。但丁一点点地摸过去，想不知什么样的野兽藏在里面。但罐子已经凹陷，唯一的内容是鱼饵，一个鱼头，只剩下骨头。接着一条沙蚕慌慌张张地从他脚面上爬过，他尖叫起来，忍着疼痛跑回岸上。当他抬起头想看看是否有人发现了他的懦弱，却看见一个黑黝黝的英俊的小男孩在瞧他。男孩穿着睡裤，在吃香蕉。"那不过只是一条沙蚕。"柯尔姆说。

"他们会咬人吗？"但丁问道。

"会掐人。"柯尔姆说着，从码头较低的一头跳下来，光着脚攀上尖锐的岩石，仿佛他的脚底绑了绳子。"我来给你捉一只。"他说。他让但丁帮他拿着香蕉，走过贝壳。但丁可以确定自己的脚已经被贝壳扎伤了。他有些窘迫，故意忍住不去看自己的脚，也不去检查伤口，而是看着男孩光脚溜达在烂泥滩上，用手指头对那些可怕的生物戳来戳去。如果换作但丁，一定会找根杆子。

"有时候很难捉。"柯尔姆说着蹲下身，挖起一大块黏糊糊的烂泥。他用小手直戳到洞里，逮到一条长长的绿中带红的蠕虫。他把虫子绕在手上。柯尔姆捉住它的脑袋后面，但丁可以看见这玩意儿黑色的螯在空中胡乱挥舞。

自作聪明的小家伙，但丁·卡里基奥想道。你敢拿着那玩意儿过来,我就把你的香蕉扔到泥里。但但丁站稳脚跟没动,让柯尔姆直接走到他面前。

"看到它的螯了?"柯尔姆问道。

"看到了。"但丁说。他很想把香蕉还给柯尔姆,但他担心这个男孩会以为他要交换,而且柯尔姆浑身都是泥巴。"你身上太脏了,早饭也没法吃了。"但丁说。

"不会的,"柯尔姆说,"我可以洗干净。"他领着但丁来到更高的地方——岩石间由潮水形成的小水洼,他们一起把泥洗干净了。

"你想不想看看我的小动物?"柯尔姆问道。但丁不太敢肯定,他不知道柯尔姆会拿那条蠕虫怎么办。"司机是什么?"柯尔姆问他,"像开出租的那种?"

"呃哦。"但丁说。他跟着柯尔姆去了船屋,一路像兔子一样眼观六路耳听八方,等着小动物从隐藏的地方冒出来。

那里有一只乌龟,背上长满了像岩石一样的东西,还有一只海鸥,柯尔姆警告但丁别去接近——它的翅膀坏了,喜欢啄人。还有一只凶狠、活泼的小动物,长得像被拉长的老鼠,柯尔姆说那是一只雪貂。还有一个镀锌的洗衣盆里面装满了鲱鱼,一半已经死了,漂在水面上。柯尔姆用网把死鱼捞了起来,仿佛这很平常。

"给猫吃?"但丁问道,指着那些死掉的鲱鱼。

"我们没有猫。"柯尔姆说,"猫是杀手,捕的比吃的多。"

等到他们从船屋里出来,阳光已经很温暖,把但丁的脸晒得红红的,一阵温柔的、咸咸的海风从海湾里升起。

"你知道吗,小家伙,"但丁说,"你能住在这里很幸运。"

"我知道。"柯尔姆说。

接着但丁抬头看了一眼大房子,看到博格斯·特林佩尔站在台球室的窗前,正用大大的望远镜看着他们。但丁知道不应该让孩子发觉有人在瞧他，于是用厚实的身体挡在男孩和房子之间。

"你是不是当过兵？"柯尔姆问道，但丁摇了摇头。他让柯尔姆试了试他花哨的司机制服帽。这孩子做了个鬼脸，然后在码头上走了几步。真是滑稽，但丁想道。孩子们喜欢制服，可是大多数成年人痛恨制服。

特林佩尔看到柯尔姆努力想行个军礼。他晒得可真黑！而且他的腿也比之前记忆里长了许多。

"他的腿会长得跟你一样长，比格。"他低声道。比姬精疲力竭，躺在台球室的沙发上睡着了。博格斯一个人拿着望远镜朝那边看，但库思听见了他说的话。当他发觉库思在瞧他，就从望远镜旁挪开了。

"他看上去很可爱，对不对？"库思说。

"是啊，是啊。"特林佩尔说。他瞧了瞧比姬。"我不会弄醒她的。"他说，"你替我向她道别。"可是他蹑手蹑脚朝她躺的地方走过去，仿佛在等什么。

库思努力装作漫不经心地看着海面。但特林佩尔仍然很不自在，所以库思踱出了台球室。然后，博格斯俯下身，迅速地温柔地亲了亲她的额头，可是他还没来得及起身，她就用疲惫的手伸到他的头发里，轻轻地揉了揉，发出梦呓的叹息。

"库思，"她问道，"他走了吗？"

他的的确确是走了。他让但丁在巴斯[1]的埃索[2]加油站停了一下，给轿车车后小小的冰箱里装满了冰。车开到不伦瑞克[3]，他买了五分之一

---

1 美国缅因州的城市，港口。
2 埃索（Esso）是标准石油公司（1870年成立）分拆出的纽泽西标准石油公司所拥有的商标。
3 美国佐治亚州的城市，海港。

的杰克丹尼[1]，又在街对面的沃尔沃斯超市买了一个杯子。

等他们越过马萨诸塞州分界线的时候，特林佩尔已经喝高了。他坐在天鹅绒的后座上，玻璃隔板紧关着，他一直喝到暗色玻璃窗变成了更暗的绿色，尽管天色越来越亮。梅赛德斯无声地行驶着，车内甚至有空调。他颓废地坐在车里，仿佛死去的国王正躺在包着软垫的棺材里被送回纽约。

为什么要回纽约？他想道。接着他想起来是因为但丁要回去。他拿出信封里的钱，很不精确地数了数，大约有1500或1800，差着100美元。他每一次数都不一样，没有两次相同，所以他数了四次之后放回口袋，就把这事忘记了。

但是但丁注意到了，他头一次意识到这个后座的疯子可能没那么有钱。如果你会花时间去数，那就说明还是没什么大钱。

等到他们到了纽黑文，特林佩尔已经烂醉如泥，但丁甚至不需要问是否在这里停车。但丁给纽约打了电话，收获了豪车服务公司的一顿咆哮，还有他妻子带着眼泪的哭喊。

等他回到车上，特林佩尔已经醉得没法听懂但丁想跟他说什么。他本想警告特林佩尔，"他们"在纽约等着他。"你是说警察？"但丁当时已经问过豪车服务公司，"他们想找他做什么？"

"比一般的警察事大。"豪车服务公司告诉但丁。

"哦，是吗？他干了什么？"

"他们觉得他是个疯子。"豪车服务公司说。

"真糟糕。"但丁说，"发疯有罪吗？"

但丁敲着玻璃隔板，终于让博格斯·特林佩尔醒过来。他仿佛有了意识，朝但丁瞪着眼睛。然后但丁决定放过他，只是透过玻璃朝他

---

[1] 一种烈性酒。

挥了挥手，然后特林佩尔笑了，也朝他挥了挥手。

然而到了现在，但丁已经对这个疯子有了一些好感，他已经被他感动了。他们还没离开缅因州之前，他就已经改变了想法。他问特林佩尔要不要在沿路的礼品店停一下，他想给他的妻子和孩子买些礼物。

特林佩尔让他停下车，当但丁进礼品店翻看塑料龙虾和画在漂流木上的海岸风景的水彩画时，特林佩尔正在看一沓临走时库思给他的照片。

那是厚厚的一沓柯尔姆的照片，都是大大的 8×10 英寸：柯尔姆在烂泥滩，柯尔姆在船上，柯尔姆在暴风雪中的海岸边（可见，冬天的时候她们母子就已经搬过来和库思一起了！），柯尔姆摆着端正的姿势坐在比姬腿上。照片都很可爱。

但唯有最后一张吓了特林佩尔一跳。也许库思是匆匆忙忙把照片摞在一起，并不是有意插进去的。因为那显然是另外一个系列的照片。是一张裸体特写，因为广角镜头而被扭曲了。她伸展着的两腿之间草地的丰盈感几乎赶上了她的阴毛的质感。事实上，很显然这是照片的本意所在。广角镜头使她周围的世界变成了弧形。她的脸很小很远，失焦。

地母？特林佩尔想到。他一点也不喜欢，但他意识到库思把这张照片放进来并非偶然——如果他的确是有意放进来的——这是慷慨和友好的姿态，这很像库思。但是趣味糟糕得出奇，这也很像库思。裸女正是比姬。

特林佩尔抬起头，看见但丁过来。他打开后座的车门，想让特林佩尔看看他都给孩子买了什么：三个可以充气的沙滩球、三件长袖运动衫，胸口写着"缅因州！"，下面是一只大大的龙虾挥舞着钳子。

"真不错，"特林佩尔说，"非常不错。"

接着但丁就看到了柯尔姆的照片。他还没来得及拦住，但丁就拿起这一摞照片,一张张翻看起来。"我想跟你说,先生,"他说,"你的孩子长得很漂亮。"

特林佩尔转过头去,但丁有些尴尬,说:"我知道他是你的孩子。他跟你长得一模一样。"

最后但丁看到了比姬那里的照片,虽然他努力别过头,却仍克制不住。最后他强迫自己把这张照片塞到那一沓的最下面,把完整的一摞还给了特林佩尔。

特林佩尔努力想咧出笑容。"很不错。"但丁·卡里基奥说。他的嘴封成了一条线,挣扎着不想露出色眯眯的眼光。

接着,周围出现了纽约的景色,我能看得出来。杰克丹尼的七号经典田纳西州酸麦芽威士忌,酒精度90。我在脑海里纵情享受,浓重的烧灼的味道在我的舌尖跳舞,仿佛能咬得到。

我能看到他们就在那里,要来抓我。他们在敲窗户,来回搬弄车门开关,而且还冲那个面相凶恶却很好心的司机大喊:"卡里基奥!开开门,卡里基奥!"

接着他们想法儿打开了我的车门,我狠狠地闷了头一个家伙,就用杰克丹尼装威士忌的可爱的方瓶子,正好闷在他脑门上。其他几个扶着他爬起来,接着又冲我来了。

他们保持距离时我还能应付,但他们近了的时候我就找不到焦点。不过我能判断但丁在哪儿,这个好心人在请求他们放过我。他很有说服他们的办法:他会用手指粗大的手掐在这些人的喉咙那儿,直到他们发出奇怪的漱口声,然后摇摇晃晃地从我身边温和地离开。"来啊,来啊,"他不停地说,"谁也别想伤害他,他没做什么错事。我只是想给他点东西,一件小小的礼物。请让我给他。"接着他会低声再加一句,"你还想保住你的牙吗,还是要我把你的牙挪个窝儿到屁股上?"

他们把我往一边拽，但丁把我往另一边拽。接着，有人很可怕地拉着谁朝一边拖了很远。这时不知是谁大喊着有人要杀了他，另一个陌生的人发出像羊一样颤抖的叫声。没有人顾得上管我。接着我的守护天使——但丁·卡里基奥伸手到他的内衣里，实际上，居然是伸手到裤裆里，从里面拿出一张皱巴巴的东西，塞进我的衬衫里，上气不接下气地说："拿着，拿着，看在上帝的分上……我觉得钱这玩意儿你能拿得了多少就拿多少……现在赶紧跑吧，要是你还有点脑子，快跑！"

接着，我们又一次快速跑动起来。离我很远的地方，我看见但丁·卡里基奥在耍两个玩具兵。一个玩具兵的分量大概只有不到十磅。因为但丁把其中一个扔过去，它穿过了停在那儿的车的风挡玻璃，另一个则像破布娃娃一样被头朝下地倒过来使劲摇晃，直到我什么也看不见了，因为所有人都蜂拥而至，仿佛要努力参与到但丁玩的这场游戏里。

接着，我再一次落到他们手里。他们把我塞进车里，窗开着。他们强迫我把脑袋伸在外头，我猜是觉得我需要一些空气。但我并没有完全晕过去，以至于记不起来在我衬衫底下皱巴巴的那玩意儿。当他们架着我进电梯时，我把它偷偷拿出来瞥了一眼。那好像是钱——我弄不明白是多少钱——电梯里有个人把钱从我身边拿走了。

我觉着我是在电梯里，也许是在酒店。但当时我只有一个想法：在裤裆里装钱，真想得出来！

第33章

欢迎加入金棒会

郁金香来医院看望我的时候，我除了打盹，就是瞪着两眼发呆，有时还会像被惊醒一样突然睁开眼睛。我恍恍惚惚地躺在那里，装作不省人事，虽然我尿尿时疼得像刀割。

拉尔夫下午晚点的时候来了，宣布"我已经死了"，还问起郁金香我的小弟弟怎么样。她真的很担心，所以一下子就火了。"我什么也没看见！"她说，"他的药劲儿还在。他不知道自己在哪儿。"

拉尔夫围着床转圈，他带来了邮件，装作想要找地方放下，借机从拉着的帘子后面窥探我的同屋患友——那个浑身插满像建筑拼装玩具一样输入和输出液体的管子、哔哔响的老先生。

"我们叫个护士来吧。"拉尔夫说。

"问她什么？"郁金香问道。

"问她能不能让我们看一眼？"拉尔夫说，"也许我们干脆就掀起他的被子瞧瞧？"

我翻了个白眼，打算嘟囔几句德语好吓唬吓唬他们。

"他正在他的纳粹时期。"拉尔夫宣布。我躺在那里仿佛脑白质被切除，就等着他俩说什么亲热话，或者爱抚一下彼此。但这样的情况一直没有出现。事实上，他俩看起来一点也不融洽。我好奇他们是否看穿了我的伪装，装出一副冷淡的样子。

当他俩终于离开的时候，我听见郁金香问楼层的护士，维吉农何时会过来，他们有没有批准让我当晚出院的计划。但我没有听见护士怎么说，我的同屋非得抓住那个钟点要么排泄要么摄入什么，声音很大。当他那可怕的山崩海啸停下来时，她和护士已经走了。

我必须起床撒泡尿。可是我动弹的时候把金属丝般的缝线挂在了被单上，不由得发出一声惨叫，一群护士拥了进来，身旁躺在管子当中的老先生在睡梦中发出汩汩的声响。

两个护士搀着我进了浴室。我把病号服像帆一样张在身前，好让它别碰到我负伤的玩意儿。我犯了个愚蠢的错误，在尿尿之前朝镜子里看了一下。我看不到小洞，那里结了痂，紧紧闭着口，黑色的一团乱麻的缝线使得我看起来就像一根打结的血肠。我拖着不想尿尿，让护士把我的邮件拿过来。

邮件里头有一封信是我的论文导师沃尔夫勒姆·霍尔斯特博士写的。他随信寄来了一篇《北日耳曼语言简报》上的文章，是普林斯顿大学的比较文学大师哈根·冯·特罗涅博士所写。他哀叹北日耳曼语支的古老语言研究不足。从冯·特罗涅的观点来看，"除非我们能承担起任务，更新我们已有的为数不多的翻译作品，并且进一步地翻译更多先前没有涉猎的古西诺尔斯语、古东诺尔斯语以及古低地诺尔斯语的作品，否则，就不可能深刻地理解来自挪威语、瑞典语、丹麦语、冰岛语和法罗语作品中的宗教悲观主义……"沃尔夫勒姆·霍尔斯特博士的评论是，《阿克海特和古诺》出版的时机显然已经"成熟"。

霍尔斯特还在信的"又及"里，对他所了解到的我的"情况"表示同情。他洋洋洒洒地写道："博士论文导师一般没有时间去关心他的研究生的情感问题。然而，这样时间紧迫且必需的项目，身为导师我必须从更私人的角度建设性地通融，如同建设性地严格要求一样。"他的结语："弗雷德，请一定让我知道《阿克海特和古诺》的进展。"

坐在医院狭小的厕所隔间里，这一段话把我逗笑了，接着又弄哭我了。我把霍尔斯特的信放进马桶，它给了我勇气，我尿在了上面。

我在欧洲四处梦游的时候，曾给霍尔斯特写过两封信。一封长信谎话连篇，描述我对悲剧性冰岛女王布伦希尔德的研究，以及她与《阿克海特和古诺》里的暗海女王之间可能的恋情。当然，在《阿克海特和古诺》里根本没有什么暗海女王。

另外，我还给霍尔斯特写过一封明信片。明信片上的图画是勃鲁盖尔[1]的杰作——《对无辜者的大屠杀》中的一个小细节。孩童和婴儿从母亲怀中被抢走，父亲伸出手臂想要紧紧地抓住他们，却被砍断了手。"嗨！"我在明信片背面写道，"真希望你在这里！"

过了一会儿，一个护士来到浴室门前，问我是否安好。她扶着我回到床头，我得躺在那儿等维吉农医生来准我出院。

我翻了翻其他的邮件。有一个大大的信封，是库思寄来的，里面是所有的离婚文件，需要我签署。库思附了一张字条，建议我别去细看，他警告我文件的措辞"很不得体"，而这是为了离婚案能得到严肃对待。我也不知道是让谁来严肃对待，所以就违背他的建议，读了一点。里头写到我的"道德败坏、令人作呕的通奸行为"。还提到我的"残忍和毫无人性地摆脱所有责任"，我"毫无心肝地抛弃妻儿，近乎道德堕落"。

似乎写得清清楚楚，没有什么模糊的地方，所以我决定都签了。

1　彼得·勃鲁盖尔，16世纪尼德兰地区的伟大画家。

签字也没什么。

其余的邮件就压根不是邮件了。准确地说是包裹，来自拉尔夫，也没有邮资。祝我早日康复的礼物？笑话？还是恶毒的符号？

是一份像个文凭的东西。

金棒会

祝贺！由各位在场的人士特此证明
弗雷德·博格斯·特林佩尔

表现英勇，神力，绅士风度，阳刚之气，
大无畏地经受住阳刚之具的外科矫正手术
经受可怕的尿道切除术，缝了至少五针
幸存下来，特此嘉许
金棒会全资格骑士
并获得与此有关的完整权利和吹牛资格

文凭上居然还签了字，有主治外科医生让·克劳德·维吉农，还有首席抄写员和白痴拉尔夫·帕克。那么，我好奇地想，郁金香的签字在哪儿？她可是首席嫌犯情人？

当维吉农来准他出院时，特林佩尔仍然疯疯癫癫，疑疑惑惑。
"嗯，手术很顺利。"维吉农说，"而且，你排尿时没有什么痛苦吧！"
"我很好。"特林佩尔说。
"你可得当心别让内衣或睡衣挂到缝线上，"维吉农说，"其实，这几天如果你能待在家,不穿任何衣服,是最舒服的。"

"跟我想的一样。"特林佩尔说。

"缝线再过几天会自己脱落,不过我希望过一周你再来让我复查一下,确保没有问题。"

"有什么理由让你觉得我可能有问题?"

"当然没有。"维吉农说,"但这都是惯例,术后需要复查一下。"

"我可能不会再来了。"特林佩尔告诉他。

他这么拒人千里之外,维吉农似乎有点担心。"你没事吗?"他问道,"我是说,你感觉还好吗?"

"我没事。"特林佩尔说。他察觉到自己让维吉农不安了,赶紧想法圆话。"我还从没感觉这么好,"他撒谎道,"我是个全新的人了,不再是原先那个笨蛋。"

"好吧,"维吉农说,"这一点我可不能担保。"

维吉农说的当然是对的,维吉农总是对的。穿任何衣服简直都不舒服。

特林佩尔小心翼翼地穿上内衣,一块皱巴巴的纱布贴在他的阴茎头上。这可以防止缝线缠在他的衣服线上。但这样缝线会缠到纱布上。走路堪称小心翼翼才能完成的壮举。他抓住裤裆,让它向外,把腿弯成罗圈腿缓缓地迈步,就像下体护身的袋子里有烧得通红的煤块一样。人们都瞧他瞧个没完。

他带上邮件和来自拉尔夫的奇怪礼物出院了。在地铁上,他盯着一对衣着朴素但却正式、仿佛原本想要搭出租车的夫妇。你们想看看我的文凭吗?他想道。

但等他到了村里,没有人在意他。这里的人走路总是很怪异,他看上去甚至没有他看到的一半的人那么奇怪。

他摸索着郁金香家门外过道上的钥匙。这时却听到她在澡盆里用橡胶水刷哗啦啦的声音。她正在跟谁说话，他冻住了。

"如果用轻易的一概而论、表面化的概括，去尝试掩盖非常深刻复杂的人和事，那是简单化的洗白。但如果想当然以为每个人都很复杂和深刻，那也是片面的。我是说，我觉得特林佩尔其实只是在表面上做了手术——也许他就是表面那样，仅仅就是表面……"她的声音越来越低，特林佩尔听见她在澡盆里滑进去，然后说，"好吧，我们今晚就到这里。"

他从门前转过身，一瘸一拐地从平台拐到电梯，出了门，来到熙熙攘攘的街上。我们今晚就到这里。他想道。

要是他再等一会儿，就会听到有人喊"咔"，这个镜头拍完，听到拉尔夫训斥肯特，听到郁金香叫他们离开。

但我径直去了克里斯托弗街的工作室，自己进了门，绕过拉尔夫精心挑选的设备和一道道锁。我知道自己在寻找什么，我有一些话想说。

我找到了那些拉尔夫称之为"脂肪组织"的剪下来的胶片。这些都是过长的胶片，或是某些方面有点薄弱的镜头。郁金香把它们挂在剪辑室满是尘土的柜子里。

我不想毁掉任何有价值的东西——我想的是用我以为的次一流的胶片。在地铁上我翻看了很多内容，有我、柯尔姆和郁金香的那些是有意思的。还有我单独的一个长镜头：从村里的宠物店出来，每只胳膊底下夹着一个盛着水晃来晃去的鱼缸——是给郁金香的礼物，那天我正好情绪不错。宠物店的老板送我到门口，朝我挥手道别，他长得很像穿夏威夷休闲衬衫的德国牧羊人。等我离开了，他还一直在挥手告别。

我做了一点点粗略的拼接，我知道自己时间不多，我想很好地把这一条音轨合成在胶片里。

我的鸡鸡疼得厉害，我只好脱下裤子和内衣，光着屁股走来走去，小心翼翼地避开桌子边缘和椅背。然后我把衬衫干脆也脱了，因为衬衫会在我身上擦来擦去，尤其是坐下来的时候。所以我就一丝不挂了，除了袜子还在。地板很冷。

等到完成的时候，天已经蒙蒙亮了。我把看片室里的投影仪挪好位置，放下投影幕布，这样他们马上就会知道已经有了什么安排。然后我又过了一遍胶片，最后检查一下。

那是很短的一卷胶片。我贴了张胶带在胶片罐上，写着"**全片完**"。然后把胶带重新在投影仪上卷好，进到恰好的地方，调整了焦距，他们只需要按一下开关打开，就会看到：

博格斯·特林佩尔和他的儿子柯尔姆正在地铁里。那个胸部很美的漂亮女孩，那个能逗笑柯尔姆，让特林佩尔爱抚她的女孩，就是郁金香。他们在分享一个秘密，但没有声音。接着我的声音在画外说："郁金香，我很抱歉。但我不想要宝宝。"

咔。

博格斯·特林佩尔正离开宠物店，胳膊底下夹着鱼缸，穿夏威夷休闲衬衫的德国牧羊人在朝他挥手。特林佩尔始终没有回头，他的画外音："再见了，拉尔夫。我再也不想给你演电影了。"

那是相当短的一卷。我记得自己当时想"他们多半能一直看到结尾不会睡着"。

我正在四处找我的衣服，这时肯特忽然进了工作室。跟他在一起的还有一个姑娘，肯特总是趁我们不在时把姑娘带到工作室里。这样，他就可以带着她四处转转，仿佛这个地方都是他的；或者他在这里身居要职，负责所有的机械。

他看到我相当惊讶。他也注意到我穿着绿色袜子。我想肯特的女友从不知道一个人的鸡鸡能长成我这样。"你好,肯特,"我说,"你看见我的衣服没有?"

他们讨论着手术,肯特努力安抚着他的姑娘。而特林佩尔一脸痛苦地盖好纱布,穿上内裤。接着博格斯告诉肯特无论如何都不要提前放映等在投影仪上的那一小卷胶片。那是留给拉尔夫和郁金香一起看的。还有,肯特能不能行行好,哪儿都别碰,等到他们都到了,一起去看。

肯特读出胶片罐上贴的信息:"全片完?"

"你说对了,肯特。"特林佩尔说,然后将自己的裆部托在身前走出了工作室。

他本来应该等一等。要是他再等一会儿,肯特很可能就会告诉他,他们一起拍的澡盆场景。要是他再多等一会儿,就会发现拉尔夫和郁金香并没有一起来工作室,也不是从一个方向赶过来的。

但他没有等。后来他在想自己怎么养成了这种总是不肯多等一会儿的恼人习惯。后来,等郁金香跟他澄清,她跟拉尔夫一点关系也没有,他才被迫承认他根本没有很好的理由说自己必须要走。实际上,郁金香指出,他其实一段时间以前就下了决心——任何人只要想走总能找到借口。他也没辩解。

但是现在,有了伤口尚未愈合的崭新的小鸡鸡,让这个早晨难熬了一会儿。确信郁金香已经到了工作室,他就回到她的公寓。他取走了一些自己的物品,还有几样不是他的东西:替柯尔姆偷了一个燕麦碗和一条亮亮的橙色小鱼。

去缅因州的巴士行程很远。路上有无数个补给站。在马萨诸塞州他发现坐在车后面的一个人不声不响地死了,其他的乘客都认为死因是某种心脏病。那个人原本应该到罗德岛的普罗维登斯下车。

所有人都怕得不敢碰那个死人，所以博格斯就自告奋勇吃力地把他拖下了车，尽管这险些让他的鸡鸡完蛋。其他人可能都怕染上什么病，但博格斯觉得最可怕的是周围没有一个人认识死者。司机翻看了一下他的钱包，发现他住在普罗维登斯。大多数人的反应是宁可死掉也别坐过站，那样麻烦大得多。

到了新罕布什州，特林佩尔觉得必须得向谁介绍一下自己。于是就跟一个去看女儿女婿的老奶奶搭上了话。"我觉得，我就是理解不了他们是怎么过日子的。"她对博格斯说。她没有详细说，他也告诉她不用担心。

他给她看那条准备带给柯尔姆的鱼。路上每到一个补给站，他都在燕麦碗里重新倒满新鲜的水。至少这样鱼会活下来。然后他就睡着了，巴士司机不得不把他叫醒。

"我们到巴斯了。"司机告诉他，但特林佩尔知道自己正身处混沌。他想到，更糟糕的是，他经历过类似的情况。

这一次跟第一次离开不同，但并不是说他更健康。说得具体点，这次更容易，可其实他并非真的想要离开。他只知道他从来没完成过一件事，他感到迫切地需要找到他可以完成的事——就像生存的本能似的。

这让他记起来沃尔夫勒姆·霍尔斯特的信，那封信从医院的马桶里跟着带血的尿一起冲走了。就在这时，他决定完成《阿克海特和古诺》的翻译。

不知为何这个决定让他振奋，但他觉察到这样的积极似乎有点奇怪。就仿佛有一个男人，他的家人多年来一直在质问他为何不找点事情来做，于是某天晚上他决定坐下来看一本书，却又被厨房里的动静打断了。那不是别的，只是他的家人在说说笑笑。但是男人气势汹汹地冲过去，又扔椅子，又打人，骂着脏话，直到所有人都躺在厨房桌子底下，伤痕累累，缩作一团。这时，男人冲他被吓坏了的妻子说了一句话想鼓舞她："我现在一定要读完这本书。"

他的伤痕累累的家人可能会斗胆轻轻地讽刺一句："真了不起。"

尽管如此，这个决定足以给特林佩尔注入某种脆弱的勇气。这勇气支持着他给库思和比姬打电话，问他俩能不能来一个人到汽车站接他。

柯尔姆接了电话。当特林佩尔听到他的声音，那种疼痛就像小鸡鸡刚缝合好，就要往伤口里硬塞一颗核桃似的，甚至比那更疼。但他还是找到了勇气，说："我有礼物带给你，柯尔姆。"

"另外一条鱼？"柯尔姆问道。

"一条活的鱼。"特林佩尔说，然后又瞧了一眼好确保它还活着。它活得还不错，很可能因为燕麦碗里来回波动的水而有点晕，而且看起来很小、很脆弱，但它还在游来游去，感谢上帝。

"柯尔姆？"特林佩尔问道，"让我跟库思或者妈妈说句话。得有人到汽车站来接我一趟。"

"那位女士跟你一起来了吗？"柯尔姆问道，"她叫什么？"

"郁金香。"特林佩尔说道，又来了一阵疼。

"对啦，郁金香！"柯尔姆说。他显然很喜欢她。

"不，她没跟我一起来，"特林佩尔告诉他，"这一次没来。"

第34章

为了艺术的生活:《多瑙河底的坦克序曲》

你这蠢材,梅里尔!你总是在美国运通附近晃悠,等着迷路的小女孩。我猜你找到一个,而这一回她让你迷失了。

阿诺德·马尔卡希告诉我,那是秋天的事。总是在这个时候辗转不成眠,呃,梅里尔?那种似曾相识的感觉,总得找个人才能度过冬天。

我知道一定是这么回事。我很熟悉你那一套美国运通的搭讪法。我佩服得五体投地,梅里尔。你能做出一副很拽的神气——前战斗机飞行员的神气。你有很多副模样,有时是前战斗机飞行员,有时是失去勇气(甚至失去妻子)的前赛车大奖获得者,有时是遇到瓶颈的前小说家,有时是没了颜料的前画家。我永远吃不透你到底是哪一个?失业的演员?但是你的确有一副很厉害的神气——过气英雄的光环,曾经的风云人物。比姬说得很对:女人们总以为自己的妙手可以让你回春。

我记得来自意大利的旅游大巴会在美国运通前面停车下客,一群一脸不屑的旁观者瞧着游客的衣着,猜测着他们到底多有钱。从车上下来一群形形色色的人。老太太大大方方地说着英语，已经做好被占便宜的准备，有足够的自知之明，不在意自己看上去像个有点愚蠢的外国人。接着是一群年轻人——甚至连跟前者沾上一星半点儿，都让他们难为情。他们自成一派，自诩通晓四国语言，对同行的游客显示出酷酷的鄙视。他们的相机不张扬，他们的行李不过量。你总是选中里面最漂亮的那个，梅里尔。这一次她的名字叫波莉·克莱纳。

我甚至能想象得出：女孩站在问询台那里，也许还拿着一本《一天5美元穷游欧洲》，翻看着哪些便宜的旅馆她能负担得起。你会轻快地走到问询台，说一句流利的德语给工作人员，问些毫无意义的问题，比如是否有人给你留了口信。但这句德语会打动波莉·克莱纳，她至少会看你一眼。当你看她的时候她却赶紧转移目光，装着在读什么很有趣的内容。

接着，你会毫不在意地用英语说——用英语是为了让她知道所有人当中只有你看得出来她是美国人——"你可以试试托贝旅店。就在普朗克路；或者白色屋顶，在恩格尔路，那儿的女服务员说英语。两个地方都可以走路过去。你的行李多吗？"

她知道这是搭讪，所以也只是点点头表示行李在哪儿。然后她会等一等，准备拒绝你的绅士提议：帮她拿行李。

但你从不会主动，对吗，梅里尔？你会说："哦，这些行李不多。"然后用优雅的德语感谢问询台的人，他会告诉你没有你的口信。"再见。"你会说。然后飘然而去——如果女孩愿意让你就这样离开。波莉·克莱纳一定没有让你就这样离开，梅里尔。

接下来呢？是你一贯的维也纳老城区漫画游？"你的兴趣主要是什么，波莉？是罗马时期还是纳粹时期？"

以及你发明的历史，梅里尔？"看到那扇窗户吗？从角上数第三扇，四楼。"

"看到了。"

"好吧。他们都在寻找他的时候,他就躲在那里。"

"谁?"

"伟大的韦伯。"

"哦……"

"每天夜晚他都会穿过这个广场。朋友们会在这处喷泉给他留下吃的。"

而波莉·克莱纳就会感受到历史的悬疑和浪漫像圣地的尘土一样笼罩住她。伟大的韦伯?那是谁?

"刺客占了对面楼的一个房间——就在那儿。"

"刺客?"

"迪特里希,那个可恨的浑蛋。"而你会瞪起眼睛看向刺客的窗户,就像发狂的诗人,"只消一枚子弹,整个欧洲都会为他的死去而哀恸。"

波莉·克莱纳会仔仔细细地看那处藏有食物的喷泉:为伟大的韦伯准备的?可是伟大的韦伯又是谁?

阴暗沉默的老城在她周围像燃烧的煤一样发着光,波莉·克莱纳会问:"你在维也纳做什么?"那你会用哪一个神秘的故事来说给她呢,梅里尔?

"为了音乐,波莉。我曾经是个音乐家,以前……"

或者,更神秘地:"好吧,波莉,我得离开……"

或者,更勇敢地:"当我的妻子去世时,我再也不想跟歌剧有什么瓜葛。可是不知为何我没能彻彻底底地断掉……"

接着呢,梅里尔?也许是你的色情艺术游?而如果天气好,你一定会带波莉·克莱纳去动物园。庄严地走过美泉宫花园。你曾经告诉我,那些动物会激发性趣。在露台上浅酌,看着长颈鹿摩挲长长的脖子?来上那段久经考验的台词:"当然,这些都曾被夷为平地……"

"动物园？"

"战争期间，是的……"

"这对动物来说太可怕了！"

"也不是。大多数在轰炸之前已经被吃掉了。"

"是人吃掉的？"

"饥饿的人，是的……"这时候你会一边摆出老于世故的悲伤姿态，一边沉思地把一颗花生递给大象。"这很自然，对不对？"你会问波莉·克莱纳，"我们饿的时候，就吃掉动物。现在我们又喂给他们食物……"我猜想，梅里尔，你一定会摆出很深沉的样子。

然后接下来呢？

也许你在等一封急件，那么波莉是否介意到你的公寓待一会儿，好让你去查一下有没有？她无疑是不会介意的。

说到这里，你们一定会谈起游泳。这会儿晚上还很暖和。这样就会带来非常可爱的尴尬，要去你那里好让你穿上游泳衣，还要去她那里好让她穿上游泳衣。啊，你非常圆滑，梅里尔。

可是你弄砸了！你只需要谈起多瑙河里的那个坦克，对不对？不管是真是假，你都必须谈到这个故事。

"《血色的多瑙河》。"你会问，"《血色的多瑙河》，你有没有读过？"

"是一本书吗？"

"对，作者是戈德施密特。不过当然没有译本。"然后你会驾车带她经过普拉特公园。

"你这辆车叫什么？"

"怒火 – 维特沃，1954年的。很少有。"

穿过古老的大运河，你会滔滔不绝地说起戈德施密特可怕的充满神秘色彩的大运河历史。"多瑙河的河底躺着多少人？多少枪马，多少矛多少盾，几千年的战争留下多少钢铁和废墟？""读一读这河水！"

戈德施密特写道,"那是你的历史。"

戈德施密特是谁?波莉一定在好奇。啊,漂亮的波莉,然而伟大的韦伯又是谁?

然后你会说:"我知道这条河的一段故事、一段历史。"她会安心地等待你那个充满韵味的停顿结束。"记得第九装甲师吗?"你会说,然后滔滔不绝地说下去,也不等她回答。"1939 年的新年前夜,第九装甲师把两架侦察坦克送到弗洛里茨多夫区。纳粹想把一个坦克连送到捷克斯洛伐克,他们的武器装备就沿着多瑙河走。侦察坦克在弗洛里茨多夫区是自讨苦吃。有一些顽固的抵抗力量在那里,侦察兵想引开破坏者,不让他们对河上的坦克动手。侦察坦克想找麻烦,麻烦就来了。其中一辆在制造乳粉的工厂前面被炸得粉碎,另外的那辆坦克吓得落荒而逃。它迷失在弗洛里茨多夫千篇一律的仓库区里,最后开到了多瑙河——老运河在这里被封住。你看到了吗?我们刚刚开过去了。"

"对的,对的。"波莉·克莱纳一定会连声说,晦涩难懂的历史让她不堪重负。

然后你就会在格拉哈福茨酒窖前停下你的那辆怒火-维特沃 54。你会替波莉·克莱纳打开车门,而她则会冒泡泡:"好吧,那后来发生了什么?"

"什么?"

"那辆坦克。"

"哦,那辆坦克……好吧,它找不到了,你瞧。"

"是啊……"

"那时候正值新年,很冷。有一群狂热的抵抗者在追着那辆坦克……"

"坦克怎么追?"

"用很多的勇气。"你会说,"他们一直紧紧贴着建筑物,想用手榴弹挡住火力。当然,那辆坦克也遭受了很多损失。它把一半的郊区都炸成两半了。但那些人一直在追着这个浑蛋不放,最后把坦克逼到了老运河的河岸上。封住了退路,对不对?水很静也很浅……因此冻得相当结实。结果他们把坦克逼到了冰上:那辆坦克唯一的脱身的机会……当坦克刚好来到河中间的时候,他们把一些手榴弹扔过了冰面……当然它就沉了。"

"哇哦!"波莉·克莱纳感叹道,不仅是对故事,也是对格拉哈福茨酒窖的墙上斑驳的啤酒渍。你会和她一起溜达,一直到码头上。

"就在那儿。"你会告诉她,指着古老的多瑙河,恋人们和醉鬼划着桨,在悬灯的船里,来回游荡。

"什么?"她会问。

"就在那儿!坦克——就在那儿,坦克跌下了冰面。他们就在那里击沉了坦克。"

"在哪儿?"波莉·克莱纳会问。而你会温柔地把她漂亮的小脑袋拉近你的脑袋,让她的视线顺着你伸出的胳膊,朝水面上某个黑点望过去。

而你会悄声说:"那儿!就在那儿,坦克沉到水里。它还在那里……"

"不是!"

"是的!"

接着,梅里尔,她会问你到底为什么带了一只手电筒。

你这白痴,梅里尔……

这其实是特林佩尔说的原话。当时,联邦雇员,如果他们是联邦雇员的话——带着他走出纽约华威酒店的十层电梯。

一对衣着靓丽的男女正在等电梯,他们看到有人引导特林佩尔走出大厅。其中一个联邦雇员说:"晚上好。"

"晚上好。"那一对男女小心翼翼地低声回应。

"你这白痴,梅里尔。"特林佩尔说。

他们把他带到了1028房间,是角落上有两间屋的套房,朝向美洲大道往中央公园的方向。从10楼上看,纽约看起来的确很有趣。

"你个白痴!"特林佩尔对阿诺德·马尔卡希说。

"让他洗个澡,伙计,"马尔卡希告诉他的手下,"很冰的那种。"他们照办了。等他们把裹着浴巾的特林佩尔带回房间,他的上下牙齿一直在打战。他们把他像个吊窗锤一样沉到舒适的椅子里。其中一个人甚至挂起了特林佩尔的间谍外套,另一个找到了装有百元大钞的信封。他把这个信封交给马尔卡希,后者让手下全部都离开了。

马尔卡希和他的妻子留下来跟他在一起。他们夫妻俩都穿得很隆重。马尔卡希穿着正式的晚宴衬衫,打着黑色领带;他的妻子很母性,总是坐卧不安,穿了一件像毕业晚会才会穿的那种晚装。她仔仔细细地检查了特林佩尔的外套,仿佛那是刚刚被剥下的兽皮,然后温柔地问他想来点什么:一杯酒?小吃?然而特林佩尔的牙齿仍在打战,一句话也说不出。他摇了摇头,但马尔卡希还是给他倒了点咖啡。

接着,阿诺德数了数信封里少了的钱,轻轻吹了声口哨,摇了摇头。"我的伙计,"他说,"想适应新的生活可真的不容易啊。"

"这是人之常情,阿诺德。"马尔卡希的妻子说道。他用一个"这是公事"的眼神制止了她,不过从谈话当中被排除在外她也似乎并不在意。她朝博格斯微微一笑,告诉他:"我很关心阿诺德的伙计,就跟他们是我的伙计一样。"

特林佩尔一句话也没说。他并不认为自己是阿诺德的"伙计",不过他也不会为这事较真。

"好吧,特林佩尔,"阿诺德·马尔卡希说,"看样子我是没法摆脱你了。"

"我很抱歉,长官。"

"我甚至还让你抢跑了。"马尔卡希说。他重新数了数钱,摇了摇头,"我是说,我让你回到家,还给了你钱——这其实不在协议的范围里,你知道吗,伙计?"

"是的,长官。"

"你去看了你的妻子。"马尔卡希说。

"是的,长官。"

"真是抱歉,"马尔卡希说,"也许我本来应该告诉你。"

"你早就知道?"特林佩尔问道,"关于库思?"

"对,对,"马尔卡希说,"我们总得弄清楚你是谁,对不对?"他从化妆台上拿下一个很大的马尼拉文件夹,坐下来翻了翻。"你可不能责怪你的妻子,伙计。"他说。

"不会,长官。"

"所以,看看你!"马尔卡希说,"真的很让人难为情。我为你担责呢,你瞧瞧。可是你却拐跑了司机!回来还这么让人不省心……"

"我很抱歉,长官。"特林佩尔说。他真的很抱歉。他有点喜欢阿诺德·马尔卡希。

"你让那个可怜的司机丢了工作,伙计。"马尔卡希说。特林佩尔努力回忆但丁:模模糊糊地想起他的一些奇怪的英雄事迹。

马尔卡希从信封里拿出大约500美元,然后把其余的递给特林佩尔。"这是给司机的。"他说,"你至少得为他做点什么。"

"好的,长官。"特林佩尔说。他很粗鲁地数了一下其余的钱,第一次数的时候有1100美元,但第二次数的时候只有900美元。

"这些够你回爱荷华的,"马尔卡希说,"要是你确实想回去……"

"我不知道……我不知道爱荷华那边的情况。"

"好吧,我不清楚论文的事,"马尔卡希说,"不过我觉得那里没有太多钱的问题。"

"阿诺德,"马尔卡希夫人说,她正在戴一只精致的别针,"我们看演出真的要迟到了。"

"好的,好的。"马尔卡希说。他站起身看了看自己的燕尾服,然后才穿上,他似乎没弄明白前后。"芭蕾,你知道,"他对特林佩尔说,"我很喜欢看优美的芭蕾舞。"

马尔卡希夫人热忱地拍拍特林佩尔的胳膊。"我们在华盛顿从不出门,"她吐露心事,"只有阿诺德来纽约的时候才会去看。"

"很不错。"特林佩尔说。

"你知道芭蕾吗?"马尔卡希问他。

"不知道,长官。"

"所有那些踮着脚飞来飞去的人。"马尔卡希夫人责备道。

马尔卡希一边挣扎着穿上燕尾服,一边发着牢骚。很显然,他一定是个芭蕾迷,才会要求自己非得完成这个使命不可。博格斯记得他看起来像个大使,但他看见马尔卡希穿着晚礼服,就知道这个人其实不像大使。衣服在他身上显得很别扭。事实上,衣服看起来像是湿的时候被他穿上,等干了以后,衣服就该起皱的起皱,该别扭的别扭了。

"你现在打算做什么呢,伙计?"马尔卡希问道。

"我也不知道,先生。"

"好吧,亲爱的,"马尔卡希夫人告诉博格斯,"首先你应该买一件新外套。"她走过来轻轻拽着那衣服,仿佛它还会蜕下一层皮。

"我们得走了。"马尔卡希说,"你最好还是拿掉这些毛巾。"

博格斯拿起他的衣服,轻手轻脚地朝浴室走过去。他的头很沉重,里头在疼。他的眼睛干得仿佛被油煎过,眨眨眼都疼。

等他出来的时候,把他带过来的联邦雇员站在马尔卡希夫妇一旁。"威尔逊,"马尔卡希对这个人说,"我希望你能把特林佩尔先生带到任何他想去的地方——但不能出曼哈顿岛。"

"是，长官。"威尔逊说。他看上去就像雇佣杀手。

"你想去哪儿，伙计？"马尔卡希夫人问道。

"我不知道，夫人。"特林佩尔说。马尔卡希又翻了翻那个马尼拉文件夹。特林佩尔看见自己的照片和比姬的照片一闪而过。

"你瞧，伙计，"马尔卡希说，"为什么不去看看这个拉尔夫·帕克？"他拉出一沓夹着回形针的本子，头一张照片就是拉尔夫的头发乱蓬蓬的照片。

"他在爱荷华，先生。"特林佩尔说。他想不出拉尔夫的过去有什么需要证实的，而阿诺德·马尔卡希的手里却仿佛握着一大沓资料。

"什么爱荷华！"阿诺德·马尔卡希说，"他就在纽约，而且自己的事也做得不错，我得说一句。"他递给博格斯一摞报纸剪报。"负责寻找失踪人口的人仔仔细细查了你的朋友拉尔夫·帕克。"马尔卡希说，"他是唯一知道你去了哪儿的人。"

博格斯努力地想要具象化，负责寻找失踪人口的人是什么样子。在他脑海里他们是看不见的人，化身为灯罩和细致的浴室里的固定装置，会在你睡着的时候问你问题。

剪报的内容是对拉尔夫的第一部电影《团队这件事》的评论。它成为全美学生电影节的获奖影片，电影音轨是由博格斯制作的。电影正在纽约各处的艺术影院上映。拉尔夫现在在格林尼治村的工作室，他的另外两部电影的发行也已经签了合同。《团队这件事》的一篇影评里甚至专门提到电影原声有多好。"博格斯·特林佩尔有无穷无尽的录音技巧，"评论写道，"这些技巧自信、富有雄心，而且对于这样的低成本电影来说非常精妙。"特林佩尔被打动了。

"如果你想听我的建议，"马尔卡希说，"不论何时，比起搞那些论文，这样的赢面更大。"

"是，长官。"特林佩尔顺从地说，但他不太想得出来拉尔夫怎么才能用他的作品真的赚到钱。

马尔卡希把帕克的工作室地址给了那个叫威尔逊的雇佣杀手。但那个人，顺便说一下，他右边的眉毛刚刚剃过，有缝线缝到一起的痕迹——似乎有点困惑。

"看在老天的分上，你到底怎么了，威尔逊？"马尔卡希问道。

"那个司机。"威尔逊含含糊糊地说。

"但丁·卡里基奥？"马尔卡希催促道。

"是的，长官。"威尔逊说，"是这样，警察想问问该拿他怎么办。"

"我已经说了，让他走。"马尔卡希说。

"我知道，长官，"威尔逊咕哝着，"但我觉得他们想让您亲自确认可以让他走，或者什么的。"

"为什么，威尔逊？"

威尔逊说："那家伙造成了很多损失，虽然他根本不知道我们到底是谁，也不知道其他的。他真的很疯狂。"

"到底怎么了？"马尔卡希问道。

"我们的一些伙计进了医院，"威尔逊说，"你知道考尔斯吗？"

"知道。"

"呃，考尔斯的鼻梁断了，还断了几根肋骨。你知道德特威勒吗，长官？"

"德特威勒怎么了？"

"两边的锁骨都被打断了，先生，"威尔逊说，"那家伙好像是什么摔跤运动员……"

马尔卡希突然产生了兴趣："摔跤手？"

"对，还是个拳击手，长官。"威尔逊说，"你知道利里吗？"

"当然知道。"马尔卡希急切地问道，"利里怎么了？"

"颧骨被打断了。那个意大利佬给他闷了一记勾拳。他是个拳击手,但那些勾拳可真利落……"威尔逊小心翼翼地擦了一下被缝好的眉毛,有些尴尬地笑了。阿诺德·马尔卡希也笑了。"还有科恩,长官。他把科恩穿过风挡玻璃扔了出去。科恩被划出了好多伤口,胳膊肘还弄出了滑液囊炎。"

"真的?"马尔卡希说。他似乎非常赞许。

"所以,长官,"威尔逊说,"警察觉得可能你需要再考虑一下,再拘留他一段时间。我是说,那个意大利佬有点危险。"

"威尔逊,"马尔卡希说,"今晚,就让他出来,芭蕾演出结束了把他带过来。"

"芭蕾演出结束?好的,长官。"威尔逊说,"你只是想训斥训斥他,对吧?"

"不,"马尔卡希说,"我想给他提供一份工作。"

"好的,长官。"威尔逊说,但他似乎有点受伤。他很不友好地看了特林佩尔一眼。"你知道,伙计,"他告诉特林佩尔,"我简直弄不明白为什么有人居然会为了你打架。"

"我也不明白。"博格斯答道。他握了握阿诺德·马尔卡希的手,然后朝他的夫人笑了一下。

"去买一件新大衣。"她对他悄声说。

"好的,夫人。"

"忘掉你的妻子。"马尔卡希悄声对他说,"这样最好。"

"是,长官。"

那个叫威尔逊的联邦雇员提着特林佩尔游历很广的皮箱,不是为表示友好而是仿佛要侮辱他——仿佛特林佩尔根本无力自己去提。他也的确没有力气。

"再见!"马尔卡希夫人说。

"再见。"特林佩尔回答。

"老天爷,我希望再也别见了。"阿诺德·马尔卡希说。

博格斯跟着威尔逊走出了酒店,来到一辆破烂的车前。威尔逊把死沉的箱子塞到他怀里。

到格林尼治村的路上,特林佩尔一直沉默不说话,但威尔逊却对着挤挤挨挨的人行道上他看到的每一个模样或衣着奇怪的人骂脏话,竖中指。"你在这里待着吧!这里最合适,怪胎!"他对特林佩尔嚷道。他一个急转弯,险些撞到一个高个黑人女孩——她拉着两条很帅气的狗,他从窗户里朝她喊道:"吃了我!"

博格斯努力想再坚持那么一会儿。想象着拉尔夫,他的救星;救星这个角色让拉尔夫来当,很是奇怪,可是接着他好像看到了拉尔夫骑车穿过爱荷华河。

"好吧,我们到这里了,该死的。"威尔逊说。

克里斯托弗街109号亮着灯。这世界还有希望。博格斯发现那是一条安静的街道,沿街是白天开门的小店,一家速食店,一家调料店,还有一家裁缝店。但很显然这里连接了更多夜游者光顾的地方,大多数人走过这里,并没有停下。

"你落下什么没有?"威尔逊问他。博格斯摸摸装钱的信封,是的,还在,他的皮箱也在怀里抱着。但当他困惑地抬起头,却发现威尔逊正拿着那卷皱巴巴的东西,是但丁·卡里基奥从他的裤裆里拿出来的。博格斯想起来那是一张百元大钞。

"我猜,你是在旧电梯里丢了的,对吧?"威尔逊说。很显然他不准备物归原主。

特林佩尔知道他没有那份打架的精神。其实,他从没想过跟威尔逊正面硬刚,但他自觉有那么点勇气。他刚刚步入现实世界的边缘,却已经手舞足蹈,头晕眼花。他说:"我要去告诉马尔卡希。"

"马尔卡希根本不想听到你说什么，"威尔逊说，"你倒是可以去找找，看马尔卡希到底是谁。"他把那一团百元大钞放进口袋，一直在挑衅地笑。

特林佩尔其实没什么兴趣，但威尔逊成功点燃了他的怒火，让他开始思考。他打开车门，把箱子顺着送到路肩上，一半身子在车里，一半身子在车外。"我要告诉但丁·卡里基奥。"他朝威尔逊还肿着的新缝上的眉毛伤口咧嘴大笑。

威尔逊的神情仿佛要揍他一样。特林佩尔还在笑，但他想道，我真是疯了。这个南欧乡巴佬会把我打死的。

接着，一个穿着及膝的日辉牌荧光橘色丛林外套的小孩从拉尔夫·帕克电影公司门前的人行道上走过来。他是肯特，不过博格斯这会儿还不认识他。肯特朝汽车走来，弯下腰，眯着眼朝里看了看。"这儿不能停车。"肯特一板一眼地说。

威尔逊正想找茬，他显然不喜欢肯特的样子。"走开，该死的！"他厉声喝道。

肯特走开了。他回到电影公司，也许是去找把枪，博格斯想。

"你也滚开。"威尔逊对博格斯说。

但特林佩尔已经疯了。他不是勇敢，而是在找死。他以为他根本不在乎。"但丁·卡里基奥，"博格斯一字一句地说，"会把你，威尔逊，打成连狗都不想吃的肉酱。"

在拉尔夫·帕克电影公司那儿有什么人在远远地骂着什么，威尔逊把那团百元大钞团成一团，扔到博格斯背后的人行道上。博格斯还没来得及滚出开着的车门，这个暴徒就呼的一下启动车子。车把挂到了特林佩尔的裤子口袋，他一骨碌滚到了路肩上。

特林佩尔先拾起那张百元大钞，然后才起身。他的膝盖似乎被剥掉了一层皮。他坐在皮箱上面，把裤子拉到膝盖以上，费力地观察着伤口。当他听到有人从电影公司里出来，他以为一定是拉尔夫的一群爪牙，正在寻找威尔逊的替罪羊，会当街把他碎尸万段。但出来的只有两个人，那个穿日辉牌荧光橘色外套的小孩，和旁边那个一下子就能认出来的拖着脚走路的毛人。

"你好啊，拉尔夫。"特林佩尔说。他把百元大钞塞到拉尔夫的爪子里。"你能不能帮我拿一下包，伙计？"他说，"我知道你正需要有人给你做电影录音。"

"桑普－桑普！"拉尔夫叫道。

"是另外那个，"肯特咕哝着，"那个开车的家伙……"

"拿着箱子，肯特。"拉尔夫说。他搂住博格斯，从上到下仔仔细细地看了看他，注意到流血还有更糟的情况。"天啊，桑普－桑普，"拉尔夫说，"你看起来实在不像找到了圣杯。"他打开那张团作一团的百元大钞，特林佩尔一把抢了回去。

"没有圣杯可找，拉尔夫。"博格斯说，努力克制住自己的摇晃。

"你一定是又去猎鸭子了，桑普－桑普。"拉尔夫说，带着他朝电影公司的门口走去。博格斯竭尽全力对这个笑话发出微笑。

"天啊，桑普－桑普，我猜这一次鸭子又赢了。"

去看片室的台阶很陡，博格斯失去了平衡，只能靠着拉尔夫挽着他到地方。"我就到这里吧。"他意识模糊地自言自语。为了艺术的生活。那似乎并不是给他准备的生活，但眼下，不管怎样的生活都可以。

"他是谁？"肯特问道。他不喜欢博格斯说的关于电影录音的话。眼下的录音师是肯特，他做得非常糟糕，但他以为再学习一下就好了。

"他是谁？"拉尔夫哈哈大笑。"我也不知道。你到底是谁，桑普－桑普？"他逗着他问。

但是特林佩尔松了口气，已经飘飘然，几乎只会咯咯傻笑。

真是令人惊讶，在朋友这里你可以卸下伪装，怎样都可以。"我是伟大的白人猎手，"他对拉尔夫说，"伟大的白人鸭子猎手。"但他甚至连这个笑话都没说完，脑袋就耷拉在了拉尔夫的肩膀上。

拉尔夫想带着他在工作室四处转一转。"这是剪辑室，我们在这儿……"博格斯努力不让自己在原地睡着。在暗房里，化学药水的味道让他难以忍受。化学药水，老波本威士忌，马尔卡希的咖啡，和暗房，提醒着他库思的存在。他的胳膊肘碰倒了一管定影液，裤子上被溅到了一些，然后他在冲印的水槽里吐了。

拉尔夫帮着他脱掉外衣，在暗房的水槽里给他洗干净，然后在特林佩尔的皮箱里翻箱倒柜想找到一些干净的衣服。可他什么也没找到。工作室里有他自己的一些旧衣服，于是他给特林佩尔换上。一条黄色灯芯绒喇叭裤，特林佩尔的脚只能到裤子的膝盖；带褶皱的灯笼袖奶油色衬衫，特林佩尔的手才伸到衣服的胳膊肘；一双绿色的牛仔靴，特林佩尔的脚趾头刚刚够到鞋子足弓。他感觉自己像罗宾汉手下绿林好汉中的小矮人。

"伟大的白人鸭子猎手感觉不好吗？"拉尔夫问道。

"我想睡上大约四天，"特林佩尔承认道，"然后我要做电影，拉尔夫。做很多电影，挣很多钱。买些新衣服，"他咕哝着，穿着拉尔夫的黄色喇叭裤险些绊着自己，"还要给柯尔姆买一条帆船。"

"可怜的桑普－桑普，"拉尔夫说，"我知道有个好地方可以让你睡一觉。"他卷起宽大得出奇的喇叭裤，好让特林佩尔能多少走两步。然后就叫了一辆出租车。

"原来，这就是伟大的桑普－桑普。"肯特说。他听到过一些故事。他在看片室的侧面厅里生闷气，拿着一卷胶片，仿佛那是一块铁饼，他想朝博格斯扔过去。肯特看到，他的录音师生涯提前宣告停止，都是因为这个叫桑普－桑普的小丑，穿着拉尔夫的大号衣服像伊丽莎白时代的玩偶。

"拿上皮箱,肯特。"拉尔夫说。

"你准备把他带到哪儿去?"肯特问道。

特林佩尔想道,是的,我该去哪儿呢?

"去郁金香那里。"拉尔夫说。

他说的是德语。特林佩尔知道那个词。"Tulpen"在德语里的意思是郁金香。特林佩尔想着,去这里睡,听起来肯定错不了。

第 35 章

老萨克被打败！比姬胖了！

比姬和库思待他非常友好。他们二话不说，就在柯尔姆的房间里加了一张床。柯尔姆大约晚上 8 点上床，而特林佩尔会躺在另一张床上给他讲故事，直到柯尔姆睡着。

他讲的是《白鲸》[1]的故事，不过是他自己编的。柯尔姆觉得鲸鱼很了不起，所以在特林佩尔讲的故事里，鲸鱼就是英雄，莫比·迪克则是那个不可战胜的国王。

"它有多大？"柯尔姆问道。

"是这样，"特林佩尔说，"如果你漂浮在水里，它的尾巴会拍到你，你会觉得比被一般的苍蝇拍拍到的苍蝇还糟糕。"柯尔姆好久没有说话。在他床上方的碗里是那条脆弱的从纽约带来的橘色小鱼，巴士旅行的幸存者。他瞧着那条鱼。

"继续讲。"柯尔姆说。

而特林佩尔就继续讲啊讲。"任何有点头脑的人都知道不能去惹这

---

[1] 19 世纪美国作家赫尔曼·梅尔维尔写的著名长篇小说。

个莫比·迪克。"他说,"所有其他的捕鲸人都只想捕其他鲸鱼。但亚哈船长却不信邪。"

"好的。"柯尔姆说。

"其他人在捕鲸的过程中也受过伤,缺了胳膊或者断了腿,但他们不会因此而恨鲸鱼,"特林佩尔说,"但是……"他停了下……

"但亚哈船长不一样!"柯尔姆大喊道。

"说得对。"特林佩尔说。亚哈船长的罪过越来越明显。

"给我讲讲所有插进莫比·迪克的那些玩意儿。"柯尔姆说。

"你是说古老的捕鲸叉?"

"对。"

"好吧,那些是很古老的捕鲸叉,"特林佩尔说,"叉子上系了绳索。短叉和长叉,还有各种刀,以及其他人想要插进它身上的……"

"比如什么呢?"

"碎木头条?"特林佩尔也不知道,"被摧毁的船有很多,莫比·迪克身上也被插进了很多船身的碎木条。还有藤壶,因为它很老很老,身上满是海藻和蜗牛。它就像一座岛屿,招来好多好多的垃圾。它不是一条纯白色的鲸鱼。"

"而且没有什么可以杀死它,对不对?"

"对!"特林佩尔说,"他们本不应该去惹它。"

"我就不会这样做,"柯尔姆说,"我甚至不会想去拍拍它。"

"说得对,"特林佩尔说,"任何人如果有点脑子都应该知道。"然后他等着柯尔姆接下茬……

"但亚哈船长不一样!"柯尔姆说。

讲故事的都应该这样,特林佩尔知道,要让你的听众感觉自己很聪明、很舒服,甚至能提前知道点。

"来讲讲瞭望台的那一段。"柯尔姆说。

"在高高的主桅杆上，"特林佩尔拿腔拿调地演讲起来，"他能够看到几条鲸鱼在远远地……"

"以实玛利，"柯尔姆更正他，"那是以实玛利，对不对？"

"对，"特林佩尔说，"只不过，那不是两条鲸鱼，而是一条……"

"一条很大很大的鲸鱼。"

"说得对，"特林佩尔说，"当那条鲸鱼喷水的时候，以实玛利大喊……"

"巨鲸喷水了！"[1] 柯尔姆大喊，他这下一点也不困了。

"接着，以实玛利注意到这条鲸鱼有点怪。"

"是白色的！"柯尔姆说。

"对，"特林佩尔说，"而且身上到处是各种稀奇古怪的东西……"

"捕鲸叉！"

"藤壶、海藻和鸟！"特林佩尔说。

"鸟？"柯尔姆说。

"别管它，"特林佩尔说，"不管怎样，那是以实玛利见过的最大的鲸鱼，而且是白色的，所以他马上知道那是谁了。"

"莫比·迪克！"柯尔姆尖声叫道。

"嘘……"特林佩尔悄声说。他们俩安静下来，能听到海浪在拍打外面的岩石，使得码头嘎吱作响，摇晃着那些泊位上的船只。"听，"特林佩尔悄声说，"听到海浪的声音了吗？"

"听到了。"柯尔姆轻声应他。

"好吧，捕鲸人听到的也正是这样的声音，哗啦，哗啦，拍打着船。晚上，他们睡着的时候。"

"对。"柯尔姆悄声说。

---

[1]《白鲸》书中著名的一句。

"夜晚的时候鲸鱼会过来,绕着船闻来闻去。"

"他们会吗?"柯尔姆说。

"当然会,"特林佩尔说,"而且有时候鲸鱼会擦一下或者撞一下船。"

"这些人知道是怎么回事吗?"

"聪明的人知道。"特林佩尔说。

"但亚哈船长偏偏不知道。"柯尔姆说。

"我觉着是。"博格斯说。他们躺在那里静静地听海,等着鲸鱼撞上房子。接着码头嘎吱响了,博格斯悄声说:"那儿有一条!"

"我知道。"柯尔姆声音嘶哑地说。

"鲸鱼不会伤害你,"特林佩尔说,"只要你别去惹它们。"

"我知道。"柯尔姆说,"永远都不应该惹鲸鱼,对吧?"

"说得对。"特林佩尔说。他们一起听着海浪的声音,柯尔姆渐渐睡着了。房间里唯一还保持警觉的生物是那条从纽约带来的瘦瘦的橙红色小鱼,因为被照顾得精心,它还活着。

特林佩尔亲了亲睡着的儿子,给他道晚安。"我应该给你带一条鲸鱼的。"他悄声说。

不是说柯尔姆不喜欢那条小鱼,只是特林佩尔希望能带给他一些更耐得住折腾的鱼。其实柯尔姆很喜欢那条鱼。在比姬的帮助下,柯尔姆还写了一张感谢郁金香的短笺,拐弯抹角地为特林佩尔的不告而取向她致歉。

"亲爱的郁金香,"比姬不得不一个字母一个字母地告诉柯尔姆该怎么拼,"亲——爱——"柯尔姆带着可怕的专注,紧紧地握住铅笔,把这些字一个一个地写下来。

博格斯这时正在跟库思打台球。

"感谢你的这条橘黄色小鱼。"比姬说,柯尔姆听写。

"非常感谢?"柯尔姆提议。

375

"非——常——"比姬说。柯尔姆写下去。

博格斯每一杆都打飞了。库思很放松,像以往一样运气不错。

"我希望有一天你能到缅因州来看看我。"比姬说。

"是的。"柯尔姆说。

但比姬没那么天真。等柯尔姆已经睡着了,她对博格斯说:"你离开她了,对不对?"

"我想我会回去找她的,有那么一天。"博格斯说。

"你确实总是想有那么一天。"比姬说。

"你为什么离开她?"库思问道。

"我也不知道。"

"你从来不知道。"比姬说。

但是她态度和善,他们轻轻松松地谈着柯尔姆。想到博格斯还要写完博士论文,库思表示同情,但比姬不这么看。"你痛恨那个地方,"她说,"而且你甚至连一点兴趣也没有。"

博格斯想不出该怎么回答。他自己想象里的独自回到爱荷华,跟他原先在爱荷华和比姬、柯尔姆在一起的记忆一点也不像。比姬没有追问下去,也许她也看出来了。

"好吧,你总得做些什么,我想。"库思说。

每个人多多少少都同意这一点。

博格斯笑了。"有个清晰的自我形象很重要。"他说。库思的苹果白兰地让他有点醉意熏然,"首先你要有个表面化的自我形象,比如研究生或者翻译,有个响亮的名头。然后你会希望再在这个基础上扩展。"

"我都不知道从哪儿开始,"库思说,"我刚刚说的,'我就是在过我想要的生活',这算是个开始。后来我成了摄影师,但我仍然认为我最多只是'活着的人'……"

"好吧,但你跟博格斯是完全不一样的。"比姬说。周围一阵沉默,因为她在这个话题上很有发言权。

博格斯说:"是这样吧,但行不通,我没法想象自己是个电影制片人,甚至是录音师。我真的从来不相信。"然后他想,我也从来不相信自己是个丈夫。但是做父亲……那种感觉似乎会实在一点。

然而,其他的就都很虚无缥缈了。库思说到房子周围缅因州的雾象征什么更合适,博格斯听了哈哈大笑。比姬说,男人总是有种奇怪的自我意识,简单的东西反而视而不见。

他俩借口自己喝了太多的苹果白兰地,说这个话题无论对库思还是博格斯都过于深刻,而闭口不再谈。上床睡了。

当比姬和库思在客厅那头的房间里做爱时,博格斯还没睡着。他们很小心了,但是那种悄无声息的紧张是博格斯非常熟悉的,他不会听错。他意外地发现其实自己很为他俩高兴。他俩如此幸福,还有柯尔姆,这仿佛是他生活里最好的事情。

过了一会儿,比姬去上洗手间,然后悄悄走进柯尔姆的房间替他掖一掖被子。她似乎也想来看看博格斯的被子有没有盖好。他于是悄声对她说:"晚安,比姬。"所以她就没再近前。周围很昏暗,但他觉得她似乎笑了。她悄声对他说:"晚安,博格斯。"

要是她真的近前,他一定会把她抱住,而比姬从不会误读这样的信号。

他辗转反侧。跟他们在一起待了三晚,他已经意识到自己是在打扰别人的生活。他回到楼下的厨房里,拿着《阿克海特和古诺》。这时候正需要一点陈腐的古低地诺尔斯语和一大杯冰水。他喜欢这种感觉,所有人都睡了,而他作为他们的守护者,进行夜晚的巡视。

他深情地低低哼了几句古低地诺尔斯语,然后把老萨克被杀死的那一节从头到尾读了一遍。在洛普哈维水道的峡湾遭到出卖！被下流的霍罗斯伦德和他那群懦弱的弓箭手所残害！老萨克是被假情报诱骗到峡湾里的。洛普哈维水道上方的悬崖居高临下，从那里他可以看到阿克海特的舰队在斯林特海战得胜之后回到祖国。老萨克站在船首，船一点点接近悬崖下方。正当他准备跳到岸上时，霍罗斯伦德和埋伏在密林中的弓箭手突然朝他放箭。老萨克的舵手格里姆斯塔掉转船头，让船开离射程之外。但老萨克身上早已中了太多的箭，甚至连倒也倒不下去。他中的箭密密麻麻得像针垫一样。他像快要死掉的刺猬一样抓住三角帆。

"去找到舰队，格里姆斯塔。"萨克说，但他知道已经太晚了。忠诚的格里姆斯塔尝试把他放在前甲板上，让他舒服一点，但老国王的身体上一点空也没有，他甚至没法躺下来。"就让我躺在海里，"他对格里姆斯塔说，"我身上满是木箭，应该可以漂起来。"

于是，格里姆斯塔就绑了一根绳子在萨克身上，把他从船上放到水里。他把绳子系到甲板边缘，拖着老萨克离开了冰冷的洛普哈维峡湾。老萨克的身体跟着船在海里漂着，就像一个插满飞镖的航标。

格里姆斯塔启航去迎接阿克海特的舰队，他们刚在斯林特海战中取得胜利，所有人都很高兴，但却沾满鲜血。阿克海特让自己的船与父亲的船并驾齐驱。"你好啊！格里姆斯塔！"他叫道。但格里姆斯塔却不忍心告诉他老萨克的遭遇。阿克海特的船行近了一些，然后他才发现甲板边缘系着绳子。他的眼神随着绳子看到后面拖着的奇怪的船锚，一些箭头上的羽毛仍然漂在海面上。老萨克已经死了。

"瞧！格里姆斯塔！"阿克海特叫道，指着甲板边缘拖着的绳索，"是什么躺在船尾那里？"

"那是你的父亲。"格里姆斯塔说，"可鄙的霍罗斯伦德和他下流的弓箭手背叛了我们！上帝啊！"伟大的阿克海特捶胸顿足，拍打着甲板,他发觉了霍罗斯伦德的阴谋:他打算杀掉老萨克,夺走他的船,高扬着老萨克的旗帜,驾船来迎接他们的舰队,等到近前时伏击阿克海特。接着他会命令整艘舰队回到萨克王国将其侵占,把阿克海特的城堡据为己有,还会强暴阿克海特温柔的妻子古诺。

阿克海特想着这些,怒火中烧,他狂暴地一下下拉着绳索,把老萨克的尸体拉回到船上。他思索着霍罗斯伦德会用何等尖锐的武器对付他,又准备拿什么厚重的兵器对付古诺!

阿克海特把父亲的鲜血涂在身上,然后让人把自己牢牢地绑在主桅杆上,命令兵士用箭杆鞭打他,正是那些箭杆穿透了他父亲的身体——直到他的血跟父亲的融在一起。

"你还好吗,我的主公?"格里姆斯塔问道。

"我们很快就要回到城堡了。"阿克海特有些怪异地说。他突然有个奇特的想法:不知道古诺会不会很喜欢霍罗斯伦德?

一清早,柯尔姆发现博格斯趴在厨房的桌子上睡着了。

"如果你愿意去码头,"柯尔姆说,"那我也能去码头。"于是他们就一起去了。特林佩尔发觉很难把脚放到该放的地方。

这时正是涨潮的时候,在远处的漩涡那儿海鸥正围着一大团海藻和碎木打转,看上去像是被抛弃的小船。特林佩尔想到了老萨克,但当看到柯尔姆时立刻知道儿子在想什么。

"莫比·迪克还活着吗?"柯尔姆问道。

特林佩尔想道,好呀,为什么不呢?我既不能给孩子上帝,也不能给他一个靠得住的父亲,如果有什么还值得相信,那应该是一条大得不得了的鲸鱼。

"我猜它已经很老了,"柯尔姆说,"非常老,对不对?"

"它还活着。"特林佩尔说。他们一起朝海的那边望去。

特林佩尔多么希望他真的能给柯尔姆创造出莫比·迪克。如果他可以选择自己能创造什么样的奇迹，他一定会选择这一个：让海湾波涛汹涌，让海鸥发出刺耳的叫声在头顶盘旋，让伟大的白鲸从海洋深处缓缓升起，像一条巨大的鳟鱼一样纵身一跃，让他们俩身上都被鲸鱼溅起的水淋个透湿；他们站在码头敬畏地看着鲸鱼，而莫比·迪克在水里笨拙地打个滚儿，显露出身上留下的伤疤，老捕鲸叉和各种各样的东西（但别让柯尔姆看到亚哈船长腐烂的身体被鲸鱼庞大的身体狠狠拍打）；最后看着鲸鱼转过身，冒着水汽朝大海游去，只给他们留下一段记忆。

"它真的还活着？"柯尔姆问道。

"是的，而且所有人都不会去惹它。"

"我知道。"柯尔姆说。

"但几乎再也没有人见过它。"特林佩尔说。

"我知道。"

但特林佩尔的脑海里却有个野性的声音在一遍遍呼唤：出来吧，老迪克！从水里一跃而出，莫比！他知道，这样一个奇迹，不但是给柯尔姆最好的礼物，也是给他自己的。

时候差不多了，他该走了。在车子前面，他甚至在跟比姬和库思说笑，说看见他俩有多么开心，但他知道有了他只会让他们不自在。他跟比姬说了几句闹着玩的德语，假装跟库思比了一轮拳击。接着，为了让离别显得轻松愉快，他亲吻了比姬，拍了拍她的屁股。"你胖了一点，比格。"他责备道。

她犹豫了一下，看向库思。库思点点头，于是比姬说："那是因为我怀孕了。"

"怀孕了！"柯尔姆兴高采烈地跟着说，"耶！她要生个宝宝，那么我要有个小弟弟或者小妹妹了……"

"也许都有。"库思说，所有人都笑了。

博格斯不知道该把手往哪儿放，于是伸出手去向库思道贺。"祝贺你，老伙计。"他说，声音像是从水底下传来的。

库思拖着脚走过来，说最好让他看一看车子能否启动。特林佩尔又抱了一下柯尔姆和比姬。她转过了脸，但却微笑着。"小心一点。"说给库思？说给博格斯？还是说给他们俩？

"能见到你们我总是很高兴。"特林佩尔告诉所有人，然后落荒而逃。

第36章
阿克海特疑心重重！特林佩尔慢慢刹车！

在爱荷华，他原先的缝线脱落了。他的阴茎里出现了一个美妙的新洞。他想，维吉农是不是故意的？做了一个如此之宽敞的开口。跟他先前早已习惯的羊肠小道相比，现在简直就像浴缸放水一样痛快。

他去看医生，只是随便的一个医生。他的学生医保里没有给他看专科医生的钱。他畏惧着诊断——某一个曾经的兽医，对他那玩意儿惊奇不已。

"你说你这是在纽约做的？"

给他查看的医生是个年轻的南美人。最低级的患者似乎都分配给了医学院里的外国人。年轻医生非常钦佩特林佩尔做的这个手术。

"真是很漂亮的尿道成形术。"他对博格斯说，"说真的，我从没见过活干得这么利落的。"

"但是太宽了。"博格斯说。

"一点也不宽。完全正常。"

这话震住了他。他这才意识到之前他有多不正常。

去医生那里跑一趟就是他在爱荷华唯一的娱乐。他白天在图书馆的小隔间里跟《阿克海特和古诺》待在一起,晚上睡在霍尔斯特博士地下室空出来的房间里。他自觉地从地下室的门出入,霍尔斯特本来很愿意让他从前门走。周日的晚上,他跟霍尔斯特以及他已经出嫁的女儿一家共进晚餐。其余的时候他就吃比萨、啤酒、香肠肉饼和咖啡。

图书馆紧邻他的小隔间里有个女孩,她也在做翻译。内容是芬兰语:"一本宗教小说,背景设定在布鲁日[1]。"偶尔他们借用一下彼此的字典,还有一次她邀他去她那里吃晚餐。"我很会做饭,信不信由你。"她说。

"我相信,"他说,"但我已经不吃东西了。"

他一点也不知道女孩长什么样,但因为图书馆和字典的联系他们始终都是朋友。他没有任何其他的地方可以交朋友。他甚至不在班尼家喝啤酒,因为班尼总是想逗他聊一聊某些半真半假的陈年旧事。他在一家干净光鲜的酒吧里每天晚上喝几杯啤酒,光顾这里的是兄弟会姐妹会剩下的人。一天晚上,兄弟会的一个伙计问博格斯打算哪天洗个澡。

"你要是想把我揍一顿的话,"特林佩尔对他说,"那就来吧。"

一个星期之后,同一个人来找他。"我现在想揍你一顿。"但特林佩尔已经不记得他了。他来了个漂亮的侧抱腿,抓起那家伙的两条腿,推着他像两轮车一样冲进了自动点唱机。那个兄弟会家伙的朋友把特林佩尔赶出了酒吧。"天啊,"博格斯困惑地说,"他是个疯子!他自己说的想揍我一顿。"但是在爱荷华城还有十几家别的酒吧,而且他也喝不了多少。

他用枯燥但却坚韧的力量推进着翻译工作。他一直翻译到最后才

---

[1] 比利时的城市。

想起中间有很多诗节是他编的,其他的一些甚至根本没有翻译。然后他想起来前面的一些脚注都是胡编乱造,包括一部分术语表也是。

在他的心底深处有个严苛的回声,他直截了当称之为郁金香。她一直讲求事实。所以他干脆重新开始,把整个翻译从头来过。他查阅了每一个不认识的词,那些实在查不到的就跟霍尔斯特和懂芬兰语的女孩讨论。他为每一处自由的发挥写下诚实的脚注,还写了篇平淡而坦诚的序言,解释清楚他翻译这部史诗的时候为何没有用韵文而是用了朴素的散文。"原先的韵文很糟糕,"他写道,"我的韵文就更糟。"

霍尔斯特对他刮目相看。他们唯一的争论,在于霍尔斯特坚持想让特林佩尔写几句序言,把《阿克海特和古诺》"正确地放到"北日耳曼语文学的大背景之下。

"谁在乎呢?"特林佩尔问道。

"我在乎!"霍尔斯特大声说。

于是他就写了,而且也没有撒谎。他提到了他所了解的所有相关作品,还承认对法罗语写的那些作品一无所知。"我完全不知道,这部作品是否与同时期的法罗语文学有联系。"他写道。

霍尔斯特说:"你为什么不简单说,对于《阿克海特和古诺》与法罗语英雄史诗的关系,我保留自己的判断,因为我没有广泛地研究过法罗语文学?"

"因为我压根也没研究过。"特林佩尔答道。

换作平常,霍尔斯特也许会坚持他的观点,或者要求特林佩尔应当研究法罗语作品,但特林佩尔那种魔鬼式的工作方法让霍尔斯特佩服得五体投地,年老的论文导师决定放特林佩尔一马。实际上,他真的是个通情达理的好人。有一次周日晚餐,他问道:"弗雷德,我觉得干这个活对你来说是种疗愈?"

"什么活不是呢?"特林佩尔反问道。

霍尔斯特努力想让他开口说点什么。他其实不在意特林佩尔像只不见天日的鼹鼠住在他的地下室里，偶尔他也会朝地下室喊他上来喝一杯："要是你也喝的话。"

博格斯唯一与论文无关的写作就是写信给库思和比姬，但不太常写。他也写信给郁金香，就更不经常了。库思会给他回信，寄给他柯尔姆的照片。比姬一个月给他寄一次包裹，里面是袜子、内衣之类，还有柯尔姆的手指画。

他没有收到过郁金香的回音。他给她的信几乎纯粹是描述自己的生活状态：苦行僧特林佩尔。不过每封信的结尾他都会勉勉强强地加一句："我很想见你，真的。"

最后他终于收到了她的回音。她寄了张布朗克斯动物园的明信片，上面写道："废话，废话，废话，废话……"写了很多很多遍，直到几乎填满整张明信片。在最底下的一点点空白处她写道，"如果你真的很想见我，你会来见我的。"

但他还是埋头翻译《阿克海特和古诺》的结尾去了。只有一次——当他听到那个懂芬兰语的女孩在图书馆小隔间里哭，他也没有去问她要不要帮忙——他停了那么一会儿，思考着也许《阿克海特和古诺》对他并不合适。

《阿克海特和古诺》的结尾很糟糕，都是因为阿克海特一腔的怒火，他被绑在主桅杆上，浑身涂满了父亲的血污，让人用杀死他父亲的箭杆鞭笞他。而且，当阿克海特的舰队到达萨克王国，他却发现霍罗斯伦德到过他的城堡，想要绑架古诺夫人，但是没有成功（或者改变了主意），然后逃走了。

阿克海特搜遍了整个王国，寻找这个谋害他的父亲、企图奸淫他的妻子的恶棍，但一无所获。最后他回到了城堡，奇怪为什么霍罗斯伦德没能成功绑架古诺夫人（或者改变了主意）。他到底有没有尝试？如果有的话，进行到了哪一步？

"我甚至连他的影子都没有看见！"古诺辩解道。她说当霍罗斯伦德来的时候她恰巧在花园。也许他根本就没找到她，毕竟那是一座很大的城堡。而且大多数看到霍罗斯伦德的人根本不知道老萨克被谋害了。因此他的出现并没有什么大不了的，直到舰队回来，告诉他们这个可怕的事实。然后人们奔走相告："天啊，那个下流的霍罗斯伦德刚来过！"

阿克海特很困惑。难道说霍罗斯伦德是唯一的那个卷入阴谋的人？有人提醒他，上次的圣奥达节日上，古诺还跟霍罗斯伦德跳过舞。

"可是圣奥达节日我总会跟很多人跳舞！"古诺辩解道。

阿克海特的行为有些奇怪。他要求把城堡的洗衣房彻底搜查一遍，找出一双没人认领的皮质木屐、一件没人认领的沾染污迹的衬裙，还有一块没人认领的大得出奇的遮下体的布。他拿着这堆脏兮兮的包裹，与古诺对质，要从这些证据里发现精心策划的阴谋。

"什么证据？"她叫道。

在萨克王国的任何一个角落里都找不到霍罗斯伦德。从海岸那里传来一星半点的消息，说他已经到了海上，躲在北部的峡湾里，洗劫沿岸的没有防备的小城镇。没用的海盗！还有报告暗指霍罗斯伦德洗劫为的不是金银财宝或者食物，而是为了消遣（在古低地诺尔斯语里，消遣意味着强暴）。

阿克海特很危险地过分探究自身。"这里的伤口是怎么回事？"他问古诺，用手指摸着她柔软的大腿背后一处很旧的瘀伤。

"这个吗，是骑马的时候弄的，我想。"古诺温柔地说，阿克海特朝她的脸打了过去。

她没法忍受这样被人冤枉，于是恳求她的丈夫，让她用自己的诡计捉住下流的霍罗斯伦德。但阿克海特担心自己会被人耍,于是拒绝了她。但她一再请求。(这些愚蠢的阴谋诡计其实是文本里最难搞的)

最后,书里来来回回犹豫了22节,古诺终于驾着昂贵的船满载货物、女仆和她自己,准备沿着北边的海岸想诱使霍罗斯伦德前来袭击。然而,阿克海特发现了她的计谋,他相信这个陷阱是给他自己准备的。他怒火中烧,让满载货物的昂贵船只、女仆和古诺在海上漂荡,这成了一艘不设防备的船,没有男人保护,没有武器防御,装满了歇斯底里的无用的女人,沿着峡湾朝北漂,漂到霍罗斯伦德那里。虽然萨克王国许多人求情,阿克海特却不肯追上去。

当然,接下来的事情就在意料之中,霍罗斯伦德袭击了她们。这个自我实现的预言将在阿克海特的余生困扰着他。他的妻子是忠实的,但他无端的猜疑迫使她不忠。当她的女仆被一船弓箭手包围,她自己也面对着冷酷无情的下流的霍罗斯伦德,她还能有什么办法?

实际上,古诺的办法还真聪明。"终于见面了,霍罗斯伦德!"她对他说,"多少个月,你的胆大妄为和无耻行为已经传到我们这里,就让我成为你的女王,我们的王阿克海特将就此被打败!"

霍罗斯伦德落入了圈套,但代价是她自己。多少个日夜,在他肮脏的挂满兽皮的船舱里,古诺屈从于他的淫威、野蛮和谄媚。直至他完全信任了她。他会占有她,不带武器,床边既没有刀也没有宽斧,像只发情的野兽得到满足,留下她在一旁喘气。他真是愚蠢,还以为她是因为得到乐趣而喘息。

有一天她终于逮到机会。她告诉他,有个安全的小海湾,他可以晚上停在那里过夜,有一群赞同推翻阿克海特统治的朋友会在那儿等他们。于是霍罗斯伦德径直驶向了海湾——阿克海特舰队的哨兵一直驻守在那里。她引着霍罗斯伦德直接进了圈套。然后,在那个漫漫长夜,古诺尽情委身于他,最后终于让他精疲力竭,昏昏沉沉地躺在她的旁边。她已经等待这个时刻等待了很久，虽然自己也累得几乎动弹不得，但绝不会放弃行使自己的意志。她呻吟着从他臭气熏天的床上爬起来，拿起他的宽斧，砍下了他得意扬扬、丑陋无比的脑袋。

接着，古诺浑身还带着女性特有的香味，温柔地向船舱守卫要来一桶新鲜的鳗鱼。"是给主公的。"她说，故意把香肩露在睡袍外面，那个笨蛋很快给她拿来了鳗鱼。到了早晨，阿克海特的舰队朝霍罗斯伦德的船只突袭过来，甲板上所有的活口一个不留，也包括古诺忠实的女仆，她们早就被肮脏的弓箭手糟蹋，屈从于他们的威严。勇猛、正直、充满复仇之心的阿克海特大步迈向霍罗斯伦德的船舱门口，用他的双刃剑一把劈开了门，他想，他那不忠实的女人一定躺在谋杀他父亲的懦夫怀里。

但是古诺坐在那里，穿着她最美的袍子，面前的床头柜上是霍罗斯伦德被砍下的头，脑子里还塞满了活鳗鱼。（在萨克王国，有这样一个传说：这样会让男人的头脑永远不得安宁）

阿克海特一下子跪在她的面前，痛哭着表示自己的无尽歉意，请求她原谅自己，令她承担如此的重负。"我还有另一份重负，"古诺冷冷地说，"我肚子里已经怀了霍罗斯伦德的小孩。你也需要为我承担这些。"

事到如今，阿克海特已经准备好接受几乎任何事情，所以低声下气地同意了。

"好吧，"她说，"把你忠实的妻子送回家吧。"

阿克海特于是送她回家，他也照着自己说的承担，直到霍罗斯伦德的孩子出生。然而他没法理解她对这孩子的深情。对他来说，杀父奸妻者的灵魂活在这个小孩身上。他杀死了这个孩子，把尸体扔给了护城河里的野猪。那本应是一个小女孩。

"我可以原谅很多，"古诺告诉他，"但我永远不能原谅这件事。"

"你会学着原谅的。"他说。但是并不那么肯定。他独自睡觉,而且睡得很糟——而古诺每晚在城堡里游荡,像个任何过路的人都出不起价钱的妓女。

然后有天晚上,她来到他床上狂暴地和他做爱,说自己终于愿意和他重归于好。但是到了早晨,她让卧房的女佣给她拿来一桶新鲜的鳗鱼。

在此之后,萨克王国就跟大多数等待被人收入囊中的王国一样。古诺当然是疯了。她在长老理事会的晨会上亲自宣布了阿克海特的死。她把塞满鳗鱼的阿克海特的头颅带到会议上,砰的一声放在大桌的中央,头颅被放在砧板上,就摆在长老们面前。多年来,在每周的例会上她总是用珍稀佳肴招待大家,许多长老被搞得措手不及。

"阿克海特死了。"她一边放下盘子,一边宣布。

其中一个年迈的长老已经老得看不见了。他用手摸索着桌上的头颅,他习惯于以这样的方式感受古诺异国情调的美食。"活鳗鱼!"他惊叫道。长老们不知道该做何反应。

王位继承人显而易见的人选是年轻的阿克塞鲁夫——阿克海特和古诺唯一的儿子。他现在正负责占领福兰。长老理事会给他递了口信,告诉他,他的父亲已经死在母亲手上,而如果没有强大的领袖,萨克王国将有四分五裂的危险。但阿克塞鲁夫正在福兰人那里乐不思蜀。这些福兰人英俊、享乐,而且文明有礼,生活得很从容,何况阿克塞鲁夫从来就没有任何政治抱负,至少他认为这是一部分的理由。"告诉母亲,我非常难过。"他对信使说。

与此同时,一些长老密谋任命他们其中的一人继承王位,如果阿克塞鲁夫想回来夺回他的继承权,就把他杀掉。这也是阿克塞鲁夫不感兴趣的很大一部分原因。他可不是傻瓜!

接下来发生的故事就符合一般常理。由于没有强大的领袖,萨克王国陷入混乱和无益的反叛纷争。城堡里，古诺投入众多情人的怀抱，这就有了更多桶的新鲜鳗鱼。当然到了最后，她找到一个看起来精疲力竭、昏昏沉沉，但实际却很清醒的爱人。他砍下了她的脑袋。不过，他没有费事去找鳗鱼。

最后，萨克王国已不成其为国家，国土四分五裂，上百个小小的领地互相争斗。那么接下来发生的也就是人之常情。

年轻的阿克塞鲁夫从福兰起兵。其实他非常喜欢福兰人，于是带了大队的福兰人回到萨克王国，不费吹灰之力就掌控了局面。他杀掉了所有好战的仇家。这样，萨克王国就成了福兰人的地盘。阿克塞鲁夫还娶了一个叫格罗宁根的善良的福兰女孩。

在《阿克海特和古诺》最后的几节诗句里，匿名的作者暗含了这个意思：阿克塞鲁夫和格罗宁根的故事与阿克海特和古诺的故事很可能没什么不同。那么为何不到此为止？

博格斯·特林佩尔简直不能再同意了。当他完成了所有421节，却感觉这点成就是徒劳的。其中一部分原因是他翻译得相当忠实，整部作品里没有一点他自己的创作。于是他加了点东西。

还记得那一部分——古诺砍下了霍罗斯伦德的脑袋吗？然后又砍下了阿克海特的脑袋？好吧，特林佩尔增加了一点暗示：除了脑袋，她还砍下了别的什么。毕竟这很符合一切，符合故事的走向，肯定也符合古诺，而且最重要的是，这很符合博格斯的想法。他真心实意地相信，古诺原先砍下的就不只是脑袋，但指导当时文学的规范不允许，作者只得小心翼翼地剪辑掉某些细节。不管怎样，这让特林佩尔感觉好多了，因为他在作品中留下了自己的一点痕迹。

霍尔斯特博士对《阿克海特和古诺》非常满意。"这样一部丰满的作品！"他感叹道，"这样原始的悲观主义！"老先生像交响乐指挥一样手舞足蹈，"这样泼辣的故事！这样暴力、野蛮的族群！甚至连性都是如此血腥的消遣!"

这样的观念特林佩尔一点都不惊讶。不过他的确有点不安,因为霍尔斯特尤其喜欢他增加的那点心思。当老先生建议他附上一个脚注,强调这种做法的胆大妄为时,博格斯婉言拒绝了。他不想让读者注意到这些。

"还有鳗鱼的那一部分!"霍尔斯特叫道,"想想吧!她砍下了他们的鸡鸡!太完美了——可我就是想象不到!"

"我可以想象得到。"弗雷德·博格斯·特林佩尔文学学士、文学硕士、文学博士说。

所以他终于完成了一件事。他打包好行李,重新读了一遍邮件。因为手头无事,他感觉脉搏也放缓了,仿佛他的血像爬行动物一样浓稠。

郁金香没再写信来。他的母亲写了封信,说他父亲得了溃疡。博格斯有点内疚,想想买点什么作为礼物送给他。想了一阵子,他去美食商店给他父亲寄了一条优质阿米什去骨火腿。但寄出去之后才想到不知火腿对溃疡好不好,已经太晚了,他就赶紧又写信表示对礼物很抱歉。

他又收到了库思的来信。比姬生了一个八磅重的女儿,取名叫安娜·班纳特。又是一个安娜。他试着想象小宝宝是什么样子,然后记起来他寄给他父亲的火腿也是八磅。但他很替库思和比姬感到开心,给他们也寄了一条火腿。

他也收到了拉尔夫的信,像以往一样神秘。信中对特林佩尔放弃电影事业或者置拉尔夫·帕克电影公司于不顾只字未提,而只是简单地说,他认为特林佩尔至少该来看一看郁金香。令人惊讶的是,拉尔夫这封信大部分在描写眼下跟他在一起住的女孩，一个叫玛特杰[1]的，"就像鲱鱼，你知道吗？"那个女孩"不是非常性感，但充满活力"，拉尔夫还加了一句"连郁金香都很喜欢她"。

特林佩尔完全不明白拉尔夫葫芦里卖的什么药。不过，他知道拉尔夫写这封信真实的目的，拉尔夫需要博格斯的许可才能发行这部电影。特林佩尔知道，《操蛋人生》已经拍完了。

有好几个星期，博格斯把这封信留在那儿没回。论文写完之后的一个晚上，他感到特别茫然，就去看了场电影。那是关于一个害怕下雨的同性恋航空飞行员在阴差阳错之下，跟一个富有同情心的空姐睡了。她不但治好了他的同性恋，还让他不再害怕天气变化。显然他害怕下雨正因为他是同性恋。特林佩尔觉得，从任何角度来看，这都是一部庸俗和令人讨厌的片子。看完之后他给拉尔夫发了一封电报："你得到我的许可了。"他还签了名，"桑普－桑普"。

两天之后特林佩尔向霍尔斯特博士道别。"Gaf throgs！"霍尔斯特高兴地冲他喊道，"Gaf throgs！"

这是来自《阿克海特和古诺》中只有他俩才懂的笑话。当萨克王国的人们想祝贺彼此，活干得漂亮，仗打得漂亮，或者做爱很成功时，他们就会说"Gaf throgs！（感谢！）"他们甚至专门有个"感恩节"来庆祝。他们称之为 Throgsgafen Day。

特林佩尔拉着自己的箱子和装订好的论文《阿克海特和古诺》，启程去了爱荷华城汽车站。这正是9月份的周末，天气晴好，很适合玩橄榄球。他拿到了博士学位，还依然怀揣着卖三角旗和徽章以及铃铛的记忆。他觉得接下来他该找工作了。毕竟拿博士学位不就是为了这

---

[1] Matje，德语中一道菜的名称，嫩鲱鱼。

个？不过现在寻找教职可真不是时候：新的学年刚刚开始。要找今年的职位已经太晚，要找明年的职位又太早。

他想去缅因州，看看新生出来的宝宝，陪陪柯尔姆。他知道那里会欢迎他待一阵子，但不能一直住下去。他也很想去纽约，看看郁金香。但他不知道该以什么样的面貌介绍自己。他知道自己想以这样的形象回去——作为打了胜仗的战士，或者被治愈的癌症患者。但他仍然确定不了他离开的时候得的是什么病，也就没法说到底治愈了没有。

他花了很长时间去看灰狗巴士的美国站点地图，最后买了一张去波士顿的票。他觉得去波士顿很有理由，虽然教职的前景十分暗淡。毕竟，他还从没见过梅里尔·奥沃特夫出生的地方是什么样子。

而且，在灰狗巴士的站点地图上，波士顿恰好在缅因州和纽约之间。他想道，在我自己的地图里，我大约就在这个地方。

第37章

对《操蛋人生》的褒奖
——观众狂热,批评家赞誉

《综艺》杂志宣称:"拉尔夫·帕克的最新电影无疑是今年地下电影当中诞生的最佳力作。当然任何一部片子只要有点内容和风格,都可以配得上这样的赞誉,但帕克的电影不仅有内容和风格,甚至还很微妙。他终于拓展了纪录片的拍摄手法,应用到极其聚焦的人物;他终于开始塑造人物,而不是群像,而作品从技术上讲仍然一如既往地优秀。当然,不可否认没有几个观众会对帕克的这个以自我为中心且毫无行动力的主要人物感兴趣,但是……"

《纽约时报》说:"如果这样一个商业上成功的低成本电影的时代真的降临,我们这个国家或许终于诞生了重要的纪录片风格,而这方面近年来一直是加拿大独领风骚。倘若小作坊、独立制作的电影有朝一日能广泛发行,登陆主要院线,那么这种灵巧的手法——拉尔夫·帕克在他的《操蛋人生》里终于给这种手法找到了绝佳的用途——将会被广为模仿。我不确信这是一种真的丰富或令人满意的风格,但帕克的技术已经炉火纯青。然而帕克选择的主题让我难以理解。他没有发展这个主题,而是一次又一次地把主题重新提起……"

《新闻周刊》称这部电影为："复杂、精湛、娴熟，戏谑的电影。它把自己伪装成探索的历程：探索主角的内心世界——通过与男主人公的前任、现任、不可信的朋友假装访谈，把这些内容用支离破碎的蒙太奇手法剪辑在一起，甚至主人公自己还经常令人反感地冒出来打断。他在玩一个很机灵的游戏：假装不愿与这部电影有任何关系。如果这是实话，那还真是明智。这部电影不但一直没能最深地触及主角的行为逻辑从何而来，而且电影本身的逻辑在影片结束之前很久就消失了。"

《时代周刊》秉持一直以来总跟《新闻周刊》唱反调的传统，吹嘘说："拉尔夫·帕克的《操蛋人生》是一部非常精练的力作——各方面都安静而且含蓄。富有创意的电影声效应归功于博格斯·特林佩尔。他的表演很有层次，他所扮演的漠不关心、沉默寡言的失败者在过去输掉了第一场婚姻，而现在的这段恋情也相敬如'冰'，摇摇欲坠。他绝对是个妄想狂，正是他的自我分析让他陷入困境。他不情愿地成为帕克的非同寻常的细致的观察对象。这种观察是以结构严整的近距离纪录片的形式呈现。它将访谈和零碎的评论拼接重叠在一起，加上一些简单直接和看似朴素实则不然的镜头：特林佩尔做着一些再普通不过的事情。这是一部关于拍电影的电影，主人公自己也在做电影。但是特林佩尔终于抛弃所有的朋友，而且拒绝再拍电影时，他成了某种英雄——帕克在以微妙的方式嘲讽、观察一个人的灵魂，发掘出他的真实动机……"

特林佩尔在野猪头他父亲的书斋里读着这些评论。

"是不是《时代周刊》的影评？"他的母亲问他，"我喜欢《时代周刊》的影评。"

他的母亲收集保存下来所有影评，显然她很喜欢《时代周刊》的那篇，因为它提到了特林佩尔的名字。她没看过这部电影，也似乎压根没意识到电影描述的正是她的儿子痛苦和悲惨的生活。写影评的人也不理会。

他的父亲说:"我想这电影永远也不会拿到这里来放。"

"我们想看的那些电影都不会拿到这里放。"他的妈妈答道。

电影还没有在纽约上院线,不过已经排期了,将在波士顿、旧金山和几个大城市的艺术影院上映。也许还会在几所大学里上映,但不太可能出现在新罕布什尔州朴茨茅斯——谢天谢地。他自己也还没看过。

一个月来,他都在波士顿和附近的地方参加教职面试,周末偶尔回家,安慰患溃疡的父亲,表现出感恩之心——他也的确感恩——因为父亲给了他一辆新大众汽车。他猜想,这算是毕业礼物。

情形越来越清楚:多半要等到春天他才会找到一份工作。他发现,面试的时候他崭新的博士学位就跟新擦过的鞋一样抢眼,也一样不重要。一年中的这会儿唯一的空缺就是公立高中的教职,但他比较文学的博士学位和以古怪地诺尔斯语作为论文研究所受的训练似乎并不适合这个教职,因为这个教职需要教的是世界文学——从凯撒到艾森豪威尔,以及英语写作。而且,面对十六岁的小孩他甚至不知道该把眼睛往哪儿放。

他的父亲给自己又冲了一杯牛奶加蜂蜜,给博格斯又倒了一杯波本威士忌,脸上满满地写着他宁可跟他儿子调换肠胃。

博格斯又读了一些他妈妈收集到的影评。

《纽约客》说:"终于看到一部有足够的自信因而笔触轻松的美国电影,这样的机会很少因而格外令人耳目一新。帕克利用非职业的演职团队所实现的表现一定会令我们的一些超级巨星感到不安——或者至少是对自己的编剧气愤不已。主要演员博格斯·特林佩尔(他的电影声效实在有点过于机灵了)非常有力地表现了一个除满足自己以外无法与女人进行诚实交流的男性那种自我保护和浅薄空洞的酷……"

"其中的女人是很美的!"《乡村之声》杂志宣布,"帕克的电影里没有任何线索可以告诉我们,为何两个如此坦率真诚和美丽完整的女人,愿意与这样一个软弱、令人迷惑、未能实现自我的男主人公有关系……"

《花花公子》称这部电影:"时尚而且精妙,主要人物的性活力展示得一清二楚,就像真丝下丰满的肉体给人留下的印象……"

而《时尚先生》虽然也很喜欢"电影生动的节奏",但却觉得结尾是"廉价的煽情。怀孕的情景只不过是用滥的伎俩,用以吸引观众做出反应"。

什么怀孕的场景?博格斯有些好奇。

但是,另一方面《周六评论》却认为结尾"纯粹是帕克的风格,把含蓄有致发挥到了极点。轻松而漫不经心地描写怀孕,让所有轻浮的知识分子的幻想直面铁的事实,那就是她很爱他……"

这是怎么回事?特林佩尔想道。谁爱他?爱谁?拉尔夫是利用比姬最近给库思生的小宝宝煽情吗?但他是怎么添上这一码剧情的?

《生活》杂志绞尽脑汁想把话表达清楚:"表面上的小品处理方式几乎要求没有结尾的结尾;剧情没有发展出深度,而是决定换一种方式表达——单纯展示存在于表面的更多面——这样,如果选择戏剧化的结尾,围绕着逃避不了的事件,那将是种矫饰。《操蛋人生》没有发展出逃避不了的事件。而在最后的直截坦率的怀孕意象中——简单,就事论事,拉尔夫实现了最佳的不是声明的声明……"什么声明?博格斯想道。他意识到自己必须得去看一看这该死的电影。

他之所以想去看,其实与评论写了什么无关。他想再看一眼郁金香,却受不了被她看到。特林佩尔,作为偷窥狂和利害关系者,要去看《操蛋人生》。

他在康涅狄格州托灵顿的利奇菲尔德语科社区学院有个面试,去学校恰好跟去纽约顺路。等面试结束,他就可以溜进城去看一看这部电影。

他发现,面试的职位是教授两节《英国文学概况》和两节大一新生的《说明文写作》。英语系的系主任对特林佩尔的资历印象深刻,尤其是古低地诺尔斯语。"天哪,"系主任说,"我们这里甚至没有对外语的要求。"

特林佩尔的脑袋里像小火煮粥,他及时赶到了格林尼治村,去看晚上九点上映的《操蛋人生》。看到他的名字出现在录音和演员表里,让他非常感动,虽然他努力控制住情绪。最后完成的版本比他记忆里的更流畅。他发现自己有些期待地看着,就像看一本满是老朋友照片的相册,他们都穿着奇怪的衣服,轻了十磅,但是剧情其实都在他的预料之中。他记得所有的内容,直到最后他看到那个原先只是无意中听到的场景:郁金香在澡盆里,告诉拉尔夫和肯特已经很晚了,他们该走了。

接着他看到了自己剪辑在一起的场景,关于他怎样离开。拉尔夫掉转了镜头出现的顺序。先是特林佩尔正在离开宠物店,他说:"再见了,拉尔夫。我不想再出现在你的电影里。"然后是特林佩尔和郁金香、柯尔姆坐地铁去布朗克斯动物园,特林佩尔的画外音说:"郁金香,我很抱歉。但我不想要小孩。"

然后是两个新的场景。

郁金香穿着紧身运动装,进行自然分娩的训练运动:深呼吸,蹲起跳跃,以及类似的种种。拉尔夫的旁白说:"他离开了她。"

接着镜头转到郁金香在剪辑室里埋头干活。摄影机从她身后对着她。她坐在那里，只有把头转过来的时候，我们才认出是她，是她的侧影。她慢慢地承认摄影机的存在，她扭过脑袋看向镜头，然后又把眼光调开。对于被拍摄她根本就不在乎。拉尔夫在镜头外问她："你快乐吗？"

郁金香似乎有点扭捏。她从工作台上起身，姿势很怪，从后面看，她的手肘仿佛鸟儿的翅膀一样展开。但特林佩尔知道是怎么回事：她在用手背托起美丽的乳房。当她转过来，镜头拍到她的侧面全身，我们看出来她怀孕了。

"你怀孕了……"拉尔夫的声音在唠叨。

郁金香给了镜头一个眼神，仿佛在说："这不是明摆着吗？"她的手忙着把孕妇装没形的褶子塞到膨大的肚子周围。

"是谁的孩子？"拉尔夫寻根究底。

她没有犹豫，只是随意地耸了耸乳房，但就是不肯面对镜头。"他的。"郁金香说。

她的形象定格在那里，然后上面出现了演职员表。

灯亮起来的时候，他周围都是一群格林尼治村的电影瘾君子。他坐在那里仿佛被麻醉了，直到他意识到他叉开的双腿让人根本没法过去，于是他起身跟人群一起沿着走廊往上走。

影院大厅里惨白的灯光和糖果的香气混合在一起，小青年点燃了香烟，漫无目的地转着。特林佩尔被裹挟在缓慢向前的人群中，听到一些只言片语。

"真是完美的一通胡扯。"一个女孩说。

"我不知道，不知道，"有人在抱怨，"帕克越来越顾影自怜，你知道？"

"好吧，我喜欢这片子，不过……"一个深思熟虑的声音。

"演得还真不错，你知道……"

"他们不是职业的吧……"

"好吧,OK,那些人,还有……"

"是啊,很好。"

"摄影也不错。"

"说得对,不过他好像也没做什么……"

"你知道我看到这样的电影会怎么说?"一个声音问道,"我会说:'那又怎样?'这就是我要说的,嘿嘿。"

"给我钥匙,见鬼……"

"胡扯就是胡扯……"

"但那是相对的……"

"都一样。"

"劳驾……"博格斯想狠狠咬一口前面的女孩细长的脖颈,想转过身用膝盖磕他身后那群幼稚的哲学家,他们正在说这电影是"伟大的虚无主义"。

马上就到门口的时候,他知道自己被认出来了。一个脸色像吸了毒,眼妆化得像脏茶杯碟的女孩瞪着他看,然后拉了拉旁边同伴的袖子。他们是一群人里头的两个,没过一会儿所有人都转过来打量特林佩尔,但他被挤在快到门口的一小群人里动弹不得。大门是双扇的,但有半扇被紧紧卡住关上了。有人啪的一下把那一扇打开了,人群开始欢呼。有那么一秒,特林佩尔真的以为欢呼声是送给他的。但是一个穿着联邦军制服的年轻人挡住了他的去路。他蓄着优雅的史密斯兄弟[1]的胡子,一嘴黄牙。

"劳驾让一下。"特林佩尔说。

"嗨,是你啊。"年轻人一边说,一边转向他的朋友们叫道,"喂,

---

1 Smith Brothers 为 1852 年在美国上市的止咳片。此处借指其外部包装的图案。

我刚告诉你了——就是那个家伙……"

马上有几个人目不转睛地看着他,仿佛他是个名人。

"我还以为他更高一点。"一个女孩说。

一些年轻人——纯粹是小孩,傻乎乎地说说笑笑——一直跟着他跟到汽车边上。

另一个女孩逗他。"哦耶,跟我回家见见我的母亲!"她唱着说道。

他溜进汽车,开远了。

"新的大众汽车!"一个男孩满是嘲讽的敬畏,"不寻常……"

特林佩尔开着开着就迷了路,他还从没在纽约开过车。最后他还是付钱叫了出租车来到郁金香的公寓。他仍然有那里的门钥匙。这时已过了午夜,但他脑子里满满都是别的时间。比如怀孕多少个月;比如他走了多久;比如片子拍完的时候郁金香怀孕已经到了哪个阶段;比如等到电影发行她应该生了吧。虽然他知道实际不会是自己想的那样,但他脑子里还是在想,她现在应该什么样,一定只比电影里稍微肿一点点。

他尝试着让自己进门,但是她从里面拉上了安全门链。他听见她从床上惊醒,起身,他悄声地说:"是我。"

过了很长的时间,她才肯让他进门。她穿着短浴袍,腰间系着带子。她的肚子和从前一样平坦,甚至瘦了一些。在厨房里,他撞到了一盒纸尿布,脚下踩到婴儿的塑料安抚奶嘴,发出嘎吱的声音。他脑子里有个变态恶魔不停地对他讲冷笑话。

他露出微笑。"男孩还是女孩?"他问道。

"男孩。"她说。她低头朝下,假装揉去眼里的睡意,但其实她早已清醒。

"你为什么不告诉我?"

"你已经把话说得很清楚了。不管怎样,这是我的宝贝。"

"也是我的。"他说,"你甚至说了,电影里……"

"拉尔夫的电影,"她说,"他写的台词。"

"但这是我的孩子,对吧?"他问她,"我是说,事实上……"

"生物学上?"她很简短,"当然。"

"我能不能看看他?"特林佩尔问道。她整个人绷着,但还是假装耸了耸肩,领着他经过自己的床,来到一个用叠起来的书架隔出的小角落。角落里还有更多的鱼。

男孩睡在一个巨大的篮子里,周围有好多玩具。他看上去跟柯尔姆几周大的时候差不多,很像比姬那个比他大一个月多点的新生的宝宝。

特林佩尔盯着宝宝看,因为这样比看郁金香容易一点。虽然这么大的小孩没有什么可瞧的,但特林佩尔仿佛是在看一本书。

郁金香在后面砰砰哐哐,她从床单柜子里拿出一些床单和毯子,还有一个枕头,显然她是要整理沙发给博格斯睡。

"你想让我走吗?"他问道。

"你为什么来的?"她反问,"你刚刚看了电影,对吗?"

"我一直就想来的。"他说。她无动于衷,继续铺着沙发。他笨拙地说:"我拿到了博士学位。"她瞪着他,然后回去披毯子。"我一直在找工作。"他说。

"找到了吗?"她抖着枕头。

"没有。"

她示意让他离开睡着的宝宝。他们在厨房,她给他打开一罐啤酒,给自己也倒了一些。"为了下奶,"她说,"喝啤酒能让奶下得顺畅。"

"我知道。"

"对啊,你怎会不知道?"她玩着浴衣的带子,然后问道:"你想怎么样,特林佩尔?"

但他反应不过来。

"你只是内疚，对吗？"她质问道。"我不需要你的内疚。你欠我的只有你的坦白真诚的感情，其他别的什么也不欠，特林佩尔……如果你还有感情。"她补充道。

"你怎么生活？"他问她，"你不能去工作……"接着欲言又止，他知道问题不在于钱。他的坦白真诚的感情在沼泽地的深处，他绕着这片沼泽地的边缘逡巡了很久，现在贸然进去探索已经不可能了。

"我可以工作。"她机械地说，"而且我会的，我是说我会去工作。等他再大一点点。我会带着他去玛特杰那里，自己工作半天。玛特杰自己也想很快就要宝宝……"

"她是拉尔夫的新女友？"他问道。

"他的妻子。"郁金香说，"拉尔夫跟她结婚了。"

特林佩尔这时才发觉他对任何人都一无所知。

"拉尔夫结婚了？"他傻乎乎地问。

"他给你送了请柬。"郁金香说，"但你已经离开了爱荷华。"

他开始意识到他抛弃了多少。但郁金香早已厌倦了他冗长的内心独白，他猜她也不需要他的沉默。他从起居室里看到她上床。她在帘子背后脱下了浴袍，扔到地板上。"既然你想起来有宝宝，就该知道两点钟还要喂奶。"她说，"晚安。"

他进了浴室，开着门尿尿。他总是把浴室门开着，这是他又一个恶劣的习惯，只有正在尿的中间他才想得起来。当他出来的时候，郁金香问道："新的玩意儿怎么样？"

这是唱的哪一出——玩幽默？他在想。他没法靠真正的本能去回答。"完全正常。"他答道。

"晚安。"她说。当他踮着脚尖摸到铺好的沙发前面，他有种冲动，很想把鞋子扔到墙上，让小宝宝从梦中惊醒，就为了听他的尖叫、哭泣填满空荡荡的房间。

他躺下来听着自己的呼吸、郁金香的呼吸,还有宝宝的呼吸声。只有宝宝睡着了。

"我爱你的,郁金香。"他说。

水族缸里离他最近的一只乌龟似乎回应了,它往深处潜了潜。

"我回来找你是因为我想要你。"他说。

连条鱼也没反应。

"我需要你。"他说,"我知道你不需要我,但我需要你。"

"好吧,事情并不像这样。"她轻轻地说,声音轻得他几乎听不见。

他在沙发上坐起来:"你愿意跟我结婚吗,郁金香?"

"不愿意。"她毫不犹豫地说。

"求你?"他柔声说。

这一次她等了等,然后还是说:"不,我不愿意。"

他穿上鞋子,站起身来。他要走的话,首先得经过她床旁边的水族缸。当他走到那个开放式的壁龛旁边,她坐起身来瞪着她,满脸怒火。

"天啊!"她说,"你又要离家出走吗?"

"你希望我怎么样?"

"天啊,你真不知道?"她说,"我来告诉你,特林佩尔,要是非说不可的话。我现在还不会嫁给你,但你如果愿意再待一阵子,我可以再考虑。如果你想留下,你就应该留下,特林佩尔!"

"好的。"他说,不知道自己是否应该脱掉衣服。

"天啊,把你的衣服脱了。"她告诉他。他听话地脱下来,然后爬上床蜷缩在她身边。

她躺在那里背朝着他。"天啊。"她喃喃地说。

他躺在那里不敢碰她,直至她突然翻过身,转过来抓住他的一只手,蛮力地拉向她的胸前。"我不想跟你做爱,"她说,"但是你可以抱着我……如果你想的话。"

"我想。"他低声说,"我爱你,郁金香。"

"我想是吧。"她说。

"你爱我吗?"

"是的,上帝,我想是的。"她气呼呼地说。

"不,不,那一边。"她说,"那一边更硬?"

"那边。"

"我都糊涂了……"她的声音越来越低,她一边奶孩子,一边轻轻哭泣着。特林佩尔的记忆恢复了。他拿起一块尿布放在胸底下,知道在这边喂奶的时候另一边会漏。

"有时候喷得很厉害。"她告诉他。

"我知道。"他说,"会这样,当你做爱的时候……"

"我不想做爱。"她提醒他。

"我知道。只是说这么一句……"

"你需要耐心一点,"她说,"我还会说一些伤人的话,就因为我想伤你。"

"好的,没问题。"

"你得再在这儿待一阵子,等到我不想再伤你。"

"好的,我想待在这儿。"他说。

"我想,我不会想再伤你太多。"她说。

"我不责怪你。"他说,这话又让她动了气。

"好吧,这不用你管。"她说。

"当然不用。"他表示同意。

她温柔地对他说:"你最好别说太多话,特林佩尔,好吗?"

"好。"

等小宝宝回到篮子里睡觉,郁金香也回到床上,偎依在特林佩尔身边。"你难道不在意我给他起了什么名字?"她问道。

"哦,宝宝!"他说,"当然在意。你给他起的什么名?"

"梅里尔。"她答道。她用手掌根部紧紧地压住他的脊柱。他的喉咙底感觉到疼痛。"我一定是爱你的。"她悄声说,"我叫他梅里尔是因为我觉得你非常喜欢这个名字。"

"我很喜欢,是的。"他悄声说。

"我在想着你,知道吗?"

他能感觉到她的身体又对他生气起来。"是的,我知道。"他说。

"你太伤我了,特林佩尔,你知道吗?"她说。

"是的。"他轻轻碰碰她的毛茬。

"好的。"她说,"别忘了,什么时候都别忘了。"

他答应她永远不会。接着她抱住他的身子,他做了两个最常做的噩梦。他称之为水之主题变奏。

一个总是关于柯尔姆:他身处某种想象中的灾难,总是有深深的水,要么是海,要么是冰冷的烂泥滩。而且,这灾难总是特别恐怖,他醒来就不记得细节了。

另一个总是关于梅里尔·奥沃特夫:他也在水里,他要打开坦克的顶舱,总要花太久时间。

到了早上六点,他被小婴儿梅里尔的哭声惊醒。郁金香的乳房把他的胸部浸透了。床上有股酸甜的奶香。

她用尿布遮住了自己。他说:"瞧瞧它漏得。你一定是动情了。"

"是因为宝宝在哭。"她坚持着。他下床把小宝宝抱过来给她喂。特林佩尔出现了平常的晨勃,他也没有遮掩。

"看到我的新玩意儿了?"他扮着洋相,"它还是处女,你知道。"

"宝宝在哭呢!"她气道,但脸上却露出笑容,"把宝宝抱过来。"

"梅里尔!"他叫道。能大声叫出这个名字来多么美好!"梅里尔,

梅里尔,梅里尔。"他叫着,抱着他转着圈圈躺到床上。他俩亲亲热热地争论该用哪一边乳房喂。特林佩尔摸索着哪一边更硬一些,摸起来没个完。

郁金香还在喂奶,这时电话响了。这么早打电话可真少见,不过她一点也没惊讶。她紧紧地盯住特林佩尔,点头示意他接电话。他能感觉到自己在接受某种试探,于是拿起电话,但没出声。

"早上好,年轻的奶妈妈!"拉尔夫·帕克说,"小宝宝好吗?你的乳房怎么样?"特林佩尔咽了口唾沫,而郁金香脸上洋溢着安详的微笑。"玛特杰和我准备过来。"拉尔夫继续说,"你需要什么吗?"

"酸奶。"郁金香对博格斯悄声说。

"酸奶。"特林佩尔对着电话里哑着嗓子说。

"桑普-桑普!"拉尔夫大喊。

"你好啊,拉尔夫。"博格斯说,"我看了你的电影……"

"太糟糕了,是吧!"拉尔夫说,"你到底怎么样,桑普-桑普?"

"我很好。"特林佩尔说。郁金香把尿布从没喂奶的那边乳房拿下来,乳房对准了特林佩尔。"我拿到了博士学位。"特林佩尔朝电话里咕哝道。

"宝宝怎么样?"拉尔夫问道。

"梅里尔很好。"博格斯说。郁金香没喂奶的那边乳房朝他的腿喷了一注。

"我很抱歉错过了你的婚礼,拉尔夫。祝贺你。"

"祝贺你啊。"拉尔夫机灵地说。

"回见。"特林佩尔说,然后挂了电话。

"你还好吧,特林佩尔?"郁金香问道。她打量着他,一只眼睛很冷淡,另一只却很温暖。

"我很好。"他说。他用手覆盖在漏奶的乳房上,问郁金香:"你还好吗?"

"我好多了。"

他摸摸她那里的毛茬,他的手躺在那里。他看着她,就像看着长出一副新胡子的老朋友。他俩都没穿衣服,只除他右脚上的袜子。小小的梅里尔很起劲地吃着奶,但郁金香没看他。她脸上的表情一半是微笑,一半是皱眉,她在审视特林佩尔新的阴茎。

博格斯有点难为情,但却很高兴。他提议他俩也许该穿上点什么,因为拉尔夫和那谁,玛特杰正准备过来。接着他俯下身,轻轻亲吻了她的毛茬。她仿佛也要……不过还是没有回应这羞怯的求爱。她亲吻了一下他的脖子。

好的,博格斯·特林佩尔想道。伤痕组织需要一点时间适应,不过我想要学着适应。

第38章
老朋友们聚首，庆祝感恩节

在萨克王国，他们真的很懂怎么好好地庆祝感恩节。大约节前几周，就把满满的野猪肉腌在腌肉调料汁里；大块的驼鹿肉挂在树上风干；一桶桶的鳗鱼塞满了烟熏炉；一锅锅的兔子，用海盐按摩过，然后跟苹果一起煨在熬炼过的熊脂里；一整只驯鹿——目前已经灭绝的种群，在大桶里炖着，用桨式搅拌器搅动。秋天的水果，尤其是受祝福的葡萄，采收，捣烂，然后发酵，过滤，加了调料；去年的晚熟佳酿装在地窖的桶里被推出，打开，品尝，蒸馏，一次又一次地品尝。（萨克王国最常见的饮料是一种啤酒，尿酸味的浑浊的啤酒，气都泄了的话，与苹果醋混合有点像我们的美国啤酒。萨克王国的特饮是梅子和根茎蔬菜制作的蒸馏白兰地，尝起来像斯利沃威茨和防冻液的混合物）

当然，实际上感恩节的庆祝不止一天。在感恩节前一天的白天，所有人都要品尝各种各样的东西。而感恩节前一晚，每个人都要做好准备尽情玩乐。感恩节早上，要举行小规模的派对，比一比宿醉的程度。节庆一直持续到最主要的庆祝活动——长达大约6小时的不间断的欢宴。接下来，男人们最好来进行充满活力的体力运动。他们可怕的运动员精力需要释放——释放的形式包括对抗赛和性爱。女人们参与后一种，她们还会跳舞，也会半心半意地把城堡里的屎清理掉。

在感恩节的夜晚，所有的贵族和夫人都拖着巨大的食槽和吃剩的残骸穿过村子，向那些可怜的农民的孩子丢些残渣剩饭。这是令人警醒的一部分。但是等到午夜所有人都会回到城堡，为过去的感恩节当中死去的朋友干杯。他们会一直喝酒到拂晓。然后长老会会召开传统的特别法庭，判定在这令人精疲力竭的节日里所有谋杀、强奸和其他小罪过该受到的惩罚。

我们自己的感恩节是经过驯化的，像干巴巴的火鸡一样实在是令人难为情的代用品。所以博格斯·特林佩尔和他的老朋友们下定决心把《阿克海特和古诺》的精髓注入自己的活动。他们筹划了大胆的派对。虽然11月的缅因州天气难以捉摸，但大伙一致决定，唯有库思和比姬的城堡可以容得下这样盛大的庆典。

大型的狗狗使派对活动有了原始的感恩节的特有味道。其中一只狗是拉尔夫的。他买这只狗狗是为了庆祝玛特杰肚子里发育的孩子，也是为了保护她在纽约街道上行走的安全。它叫鲁姆，是只没法归类的巨兽，因此这一趟从纽约到缅因州的旅行相当考验耐性。特林佩尔开着大众汽车，郁金香抱着小宝宝梅里尔坐在他身边，而拉尔夫和怀孕的玛特杰在拥挤的后座上跟鲁姆斗智斗勇。车顶的行李架负担沉重，上面载着梅里尔的摇篮、厚衣服、一篮子一篮子的红酒、烈酒和半熟乳酪以及熏肉等比姬和库思在缅因州吃不到的东西。主菜由比姬来负责。

另外一只狗，则是特林佩尔送给柯尔姆的生日礼物，已经到了缅因州。这是一只切萨皮克海湾寻回犬，一身厚重的油亮皮毛像用过的门垫。库思叫它大狗戈布。

特林佩尔和郁金香没有狗狗。"一个小孩，外加四十条鱼和十只乌龟足够了。"博格斯说。

"可是你应该有条狗，桑普－桑普。"拉尔夫说，"如果没有狗就不成为家。"

"说起来，你倒是应该弄辆车，拉尔夫。"特林佩尔说，开着塞得满满当当的大众汽车走上缅因州高速公路，"一辆漂亮的大车，拉尔夫。"后座上的小兽鲁姆的口水沿着脖子流下来。

"也许该弄辆巴士，拉尔夫。"郁金香说。

等开到波士顿，前排的杂物箱里已经没地方了，再也装不下小梅里尔可怕的尿布，而玛特杰因为怀孕，中途上了八次厕所。特林佩尔高速地行进，目光呆滞地盯向正前方，对梅里尔的哭闹，拉尔夫没完没了地抱怨腿没地儿搁，以及鲁姆不祥的呼吸声，一律置之不理。我到底在想什么？博格斯奇怪地想道。他们终于抵达笼罩在海雾中被雨雪装点的船屋时，那简直就是奇迹。

戈布和鲁姆两只狗狗一见如故，它们嬉笑打闹，雪水和烂泥滩的脏污混着口水。柯尔姆为了管住这两只牲畜简直发狂了。

在感恩节前一天，大伙都待在家里。男人们结对打起台球，你一句我一句地逗乐谁买了什么。

"波本威士忌在哪儿？"博格斯问道。

"大麻在哪儿？"拉尔夫问道。

"我们没有黄油了。"比姬告诉库思。

"浴室在哪儿？"玛特杰问道。

比姬和郁金香认真讨论了一下玛特杰的肚子大小。她像鹪鹩般娇小，虽然已经几乎足月，但肚子只像一只小小的甜瓜。

"老天爷，我当时可比这大多了。"

"好吧，可是你的体格就很大啊，比格。"博格斯说。

"你的也比这大多了。"拉尔夫对郁金香说。她瞧了瞧博格斯,看出来他可能对自己第二个老婆给他生的第二个儿子的孕期没有记忆感觉很糟,所以就过去悄悄拧了拧他。

接着,所有的男人都围着玛特杰转,你一下我一下摸她的肚子,借口说想知道孩子的性别。"我真不想说的,拉尔夫,"博格斯说,"不过,我觉得玛特杰可能会生颗葡萄。"

女人们合力把安娜宝宝和梅里尔宝宝放在厨房的边柜上对着摆拍。安娜稍微大一点点,但他们俩都还处在需要大人哄睡、咕嘟咕嘟和洗屁屁的阶段。

天气这么恶劣,他们不得不把围观两个奶妈妈的胸脯和玛特杰涨大的葡萄肚当作观光。这样一来,台球打得很糟,酒却喝得很好。拉尔夫第一个感受到这样做的效应。"我必须得告诉你,"他严肃地对库思和博格斯说,"我喜欢我们所有的女士。"

而外面海雾翻滚,雨雪纷纷,大狗戈布和没法归类的小兽鲁姆在雪水中打闹。

只有柯尔姆情绪糟糕。首先,一下子来了这么多客人他根本不适应;其次,小宝宝安静乏味,不适合一起闹着玩,而狗狗们在情绪激动的时候很危险,也不适合一起闹着玩。而且,平常的时候,当柯尔姆见到他的父亲时,父亲都会全心全意地关注他,但现在却有这么一大群愚蠢的大人在说说笑笑。天气糟透了,但待在外面比里面还是好。所以为了告诉大家他有多无聊,柯尔姆会把许多雪水引到房子里,施些妙招让玩野的狗狗进来,几乎是要怂恿狗狗把皮尔斯伯里的珍贵花瓶打翻。

大人们终于敏感地意识到柯尔姆的问题,轮番上阵,带他到漫天风雪里散步。他会把大人一个接着一个弄到一身透湿再带回来。"这回谁想跟我一起?"柯尔姆挑战道。

终于正日子快到了。该准备做些东西，晚上小小地做个热身。当然，没法跟明天的正式派对相比。

郁金香从纽约带来一些肉。

"啊，纽约的肉！"拉尔夫一边说，一边掐了郁金香。玛特杰用瓶塞钻钻了他一下。

晚餐过后，几乎是天下太平。宝宝们上床了，男人们肚子塞得饱饱的，昏昏欲睡。但柯尔姆累过头了，比姬要他上楼睡觉，他很烦躁。比姬想哄他，但他就是不肯从桌边挪开一步。接着博格斯提议抱他上楼，因为他很累了。

"我不累。"柯尔姆不讲道理地说。

"来给你讲讲莫比·迪克好吗？"博格斯问他，"来吧。"

"我想要库思抱我上床。"柯尔姆说。

很显然，他只是那股劲儿上来了。于是库思抱起他，跟他一起上楼。"我来抱你上床，要是你想的话。"他告诉柯尔姆，"但我可不知道莫比·迪克，也不会像博格斯那样给你讲故事……"可是柯尔姆已经酣然入睡。

博格斯坐在桌旁，恰好一边是比姬，一边是郁金香。博格斯感觉到比姬的手从桌底下伸过来，摸摸他的膝盖。几乎是同时，郁金香轻轻摸了摸他另一边的膝盖。她俩都觉得他可能很受伤，于是他反过来又安慰她俩："柯尔姆只是在发脾气。今天这一天对他来说太热闹了。"

晚饭桌一片狼藉，拉尔夫坐在对面，手放在玛特杰的"葡萄"上。"你知道，桑普－桑普，"他说，"我们完全可以在缅因州这里做这部电影。毕竟，这儿可以说是个城堡……"

他在说下一个电影项目：《阿克海特和古诺》。这部片子已经安排好了。等特林佩尔写完了剧本，他们就去欧洲，慕尼黑的制作公司已经承诺资助。他们也要带上各自的妻子和小宝宝,不过特林佩尔已经恳求拉尔夫把鲁姆留在家里。他们甚至考虑把库思也算进来,要他来当摄影。但库思不感兴趣。"我是静物摄影师。"他指出,"而且我住在缅因州。"

有那么一瞬间,特林佩尔小气了,觉得库思对电影不感兴趣的真正原因其实是比姬。博格斯隐隐约约地觉得比姬仍然很不赞同他,但有一次对郁金香提起这事时,却被郁金香的反应弄糊涂了。"要我直说,"郁金香告诉他,"我很高兴库思和比姬不来。"

"你不喜欢比姬?"博格斯问道。

"不是这样,"郁金香说,"我当然喜欢比姬。"

这会儿,原先那种困惑就像醉鬼脸上的酡红,再次涌上博格斯的心头。

到睡觉的时候了。几个人昏昏沉沉地面对宏伟的皮尔斯伯里大厦里不熟悉的楼梯,不时在门厅里迷路,跌跌撞撞地闯进别人的卧室。

"我该去哪儿睡?"拉尔夫不停地问,"啊,老天爷,带我去吧……"

"想想看,这是感恩节前的最后一天。"库思哀怨地说。

比姬正在自己的浴室里安安静静地撒尿,博格斯突然闯了进来。他像平常一样又不关门。

"见鬼你到底在做什么,博格斯?"她一边问他,一边设法把自己遮起来。

"我只是想要刷牙,比格。"博格斯说。他似乎没意识到自己已经不是她的丈夫了。

库思从开着的门口探了一眼,有些惊讶但并不过分。"他在做什么?"他问他的老婆。

"他在刷牙,我觉着。"比姬答道,"看在老天爷的分上,至少把门关严实!"

就在每个人似乎都走上正轨，待在自己应该待的房间里时，拉尔夫·帕克却光着身子出现在门厅。他身后的卧室门开着，能听见玛特杰在质问他知不知道自己到底在干吗。"我不打算从窗口尿出去，"他大喊，"这该死的城堡里有的是卫生间，我打算找到它！"比姬很和善地领着光身子的拉尔夫找到了地儿。

"我很抱歉，比姬。"玛特杰说，拿着他的内裤匆匆忙忙跟在拉尔夫后面。

"Es ist mir Wurst."比姬说，满心喜爱地摸摸玛特杰的肚子。要是特林佩尔在，他一定会听懂比姬的奥地利方言。它的意思是"没关系"，不过直译过来是，"这在我看来是香肠"。

特林佩尔离得远远的，听不见她说了什么。他正在享受和郁金香香甜的做爱。虽然他其实已经醉到没法懂得她的好，但的确产生了很莫名其妙的后遗症。他感到自己完全醒了，甚至酒劲也过了。他清清楚楚地坐了起来。郁金香在他身边睡得很深沉，但当他亲吻她的脚表示感激时，她微微笑了。

然而他根本睡不着。他亲吻郁金香全身，但就是没法唤起她。

他非常非常清醒，于是起身穿得暖暖和和。他很希望已经到了早晨。他蹑手蹑脚进了柯尔姆的房间，轻轻吻了吻孩子，给他掖掖被子。他去看了看宝宝，然后聆听其他大人睡着的呼吸，可是这仍然不够。他又蹑手蹑脚进了比姬和库思的房间，看着他们俩温暖地纠缠在一起。库思被弄醒了。"就在隔壁，沿着门厅。"他说，他以为博格斯在找卫生间。

特林佩尔四处转悠，找到了拉尔夫和玛特杰的房间，也去拜访了一下。拉尔夫叉开手脚趴在那里，他的手和脚都掉到了床外面。而在他宽厚多毛的脊背的对面，娇小的玛特杰躺在那里，像堆肥上的一朵花。

在楼下，博格斯打开台球室的落地窗，让空气透进来。外面很冷，海雾从海湾里升起，慢慢飘到外面。特林佩尔知道在海湾的中央有个荒凉的岩石岛。他眼下看到的就是这座岛，在升腾的雾气中忽隐忽现。可是如果他使劲盯住，这个岛似乎在翻身、升起又落下。如果他再用力看，仿佛能看到宽阔平直的尾巴拱起然后用力拍打海面。它那么用力，狗子都听到了，在睡梦中发出哀鸣。"你好啊，莫比·迪克。"特林佩尔悄声跟它打招呼。戈布发出低沉的吼声，鲁姆摇摇晃晃地站起来，然后又倒了下去。

在厨房里，博格斯找到几张纸，坐下来开始写。他写出的第一句他之前写过："是她的妇科医生把他推荐给我的。太讽刺了，纽约最好的泌尿科医生居然是个法国人。让·克劳德·维吉农博士只接受预约。于是我跟他约好时间。"

这是什么的开头？他不禁想。他也不知道。他把写着这么潦草的开头的这张纸放进口袋，等到自己有更多的话想说的时候。

他真希望他能明白是什么让他这么总待不住。接着他突然觉察到，其实这是他这辈子头一次跟自己平和相处。他意识到他有多么渴望平和，但这种感觉跟他所期待的并不相同。他以前认为平和是一种可以实现的状态，但现在感受到的平和更像某种他为之臣服的力量。老天，为什么平和会让我沮丧？他想道。但他其实并不沮丧，准确地说。没有什么是准确的。

他在台球杆头上擦着巧克粉，思考着想让球怎样散开。这时他突然意识到在这所沉睡的房子里他并非唯一醒着走来走去的人。"是你吗，比格？"他悄声地说，并未转过身去。（后来，他有一整晚没有睡着，奇怪地想为何他会知道是她。）

比姬说话很小心，她绕着主题拐弯抹角——柯尔姆正在经历一个怎样的阶段。在他这个年龄，男孩会更自然地转向父亲而不是母亲。

"我知道这对你来说很痛苦,"她告诉博格斯,"但柯尔姆正在越来越多地跟库思亲近。当你在这里的时候,我能看出来这孩子很迷惑。"

"我很快就要去欧洲了。"特林佩尔愤愤地说,"所以有很长时间我都不会在这里,也不至于再把他搞糊涂了。"

"我很抱歉。"比姬说,"我真的很高兴见到你。我只是不喜欢你在我身旁,有时候是你给我带来的那种感受。"

特林佩尔感到心头涌上一股奇怪的恶意,他很想告诉比姬她只是不高兴看到他跟郁金香在一起有多幸福。但这简直是疯了。他根本不想跟她说这样的话——他甚至都不相信。"我也会困惑。"他告诉她,而她点了点头,疯狂地表示同意,以至于他都觉得不好意思了。然后她就留下他一个人在那里,飞快地逃上楼去。他觉得一定是为了别在他面前哭出来,或是笑出来!

他在想,其实他心里也认同比姬说的——他也乐于看到她,但并不喜欢他在她身旁时的那种感受。这时,他听见有谁回到了楼下,他以为还是她。

但这一次来的是郁金香,而特林佩尔一眼就看出她已经独自醒来一会儿了,而且刚刚很可能碰上了上楼的比姬。

"真糟糕。"他说,"有时候弄得这么复杂。"他赶紧朝她走去抱住她。她看上去非常需要某种肯定。

"我想明天就走。"郁金香说。

"可这是感恩节。"

"那就吃完饭,"她说,"我再也不想多待一晚。"

"好的,好的。"他安慰她,"我知道,我知道。"他继续说着没意义的话,只是为了安慰她。他知道回到纽约得花一周才能消化,但现在去想感恩节假日之后将会发生什么,也无益。对他来说,跟任何别的人类结婚而成功地幸存似乎是不可能的。但是那又怎样?他想道。

"我爱你。"他对郁金香悄声说。

"我知道。"她说。

他又把她带回楼上,送到床边,她正要睡过去,却迷迷糊糊地问他:"为什么做爱之后你不能干脆在我身边睡着?为什么你做爱之后总是会醒?我做爱之后会睡着,可是你却始终醒着。这不公平,因为等我过会儿醒来的时候,床总是空的……我发现你在跟鱼大眼瞪小眼或者看宝宝睡觉,要么跟你原先的老婆打台球……"

他躺在那里睁着眼睛直到清晨,努力想弄明白这是为什么。郁金香睡得很香,直到柯尔姆出现在他们床边才醒过来。柯尔姆在睡衣外面穿着一层层毛衣、涉水靴,戴着毛线帽。"我知道,我知道,"特林佩尔悄声说,"如果我去外面的码头,你也可以一起过来。"

外面很冷,不过他们穿了很多层衣服。雪水已经冻成了冰,他们用屁股坐在陡峭的石板路上滑过去。阳光被薄雾所笼罩,但内陆和整个海湾的空气都很纯净。海那边,浓雾正缓缓而来,还需要一段时间才会飘到他们这里,现在属于他们的是这一天最晴好的部分。

他俩分了一个苹果。头顶上的屋子里小宝宝刚刚醒,短暂地哭了一下,接着是吃到各自的乳房而重新安静下来。柯尔姆和博格斯一致同意小宝宝都很乏味没趣。

"我昨天晚上看到了莫比·迪克。"博格斯决定告诉柯尔姆,他听了半信半疑。"当然也许只是个岛。"特林佩尔坦白道,"但我听见很大的声响,像尾巴拍打水面的那种。"

"是你编出来的,"柯尔姆大喊,"不是真的!"

"不是真的?"特林佩尔说。他还从未听柯尔姆说过"真的"这个词。

"对。"柯尔姆说,但小家伙的注意力已经开始游移——他对自己的父亲感到乏味——而博格斯迫切想活跃他们之间的气氛。

"你最喜欢什么书?"他问柯尔姆。刚刚说完他就想,天哪,我居然已经沦落到要跟儿子寒暄的地步!

"嗯,我还是喜欢《白鲸》。"柯尔姆说。他是不是有意做好人?("对你的父亲好一点。"他们所有人刚刚到的时候,博格斯听见库思告诉柯尔姆。)"我是说,我喜欢这个故事。"柯尔姆说,"但它只是故事呀。"特林佩尔跟儿子坐在码头边,努力克制住突然涌出的泪水。

他们头顶上的一屋子凡人很快就会醒来,然后沐浴,进餐,助人、行善。在这样舒服的混乱中很容易丧失对事物敏锐的感知。但在外面的码头上,看着阳光慢慢被卷入晨雾,特林佩尔感到明亮而清爽。到现在海雾已经覆盖了海湾入海口,势不可当地朝他们涌来;浓雾沉沉,看不清里面裹的是什么。但在这片刻的清光里,特林佩尔感觉到仿佛能看清楚自己的头脑。

博格斯和柯尔姆听见冲马桶的声音,接着是拉尔夫在房子里大喊:"哦,这该死的狗狗!"

楼上一扇窗户打开了,比姬的身影出现在窗子里,手上抱着安娜。"早上好!"她冲底下喊道。

"感恩节快乐!"博格斯大喊,而柯尔姆也接着继续大喊。

另一扇窗户开了,玛特杰像只长尾小鹦鹉从笼子里探头探脑。楼下,郁金香打开了台球室的落地窗,让梅里尔呼吸一下她头顶的空气。库思出现在比姬的窗户里。所有人都想在浓雾袭来之前最后感受一下清晨的气息。

厨房门一下子开了,戈布、鲁姆和拉尔夫像子弹一样弹出来。他大吼:"这些该死的狗狗在洗衣房里吐了!"

"那是你的狗,拉尔夫!"库思从他的窗户里大喊,"我的狗狗从来不会吐!"

"那是特林佩尔!"郁金香从台球房里大喊,"他整晚没睡!他想干坏事！特林佩尔在洗衣房里吐了！"博格斯申辩着，说他怎样无辜，但所有人异口同声称他有罪。柯尔姆对成年人这种奇异的表现似乎很开心。狗狗们开始了一天的嬉戏，朝冰面一下下地跌过去。博格斯拉住儿子的手，他俩小心翼翼，一步一滑地朝船屋走过去。

厨房里的交通十二万分繁忙。狗狗在门外打得不可开交，而柯尔姆似乎还嫌不够乱，又尖声吹起了哨子。拉尔夫宣布玛特杰的葡萄又长大了。女人们要求除小孩子之外的所有人不能吃早饭，她们已在着手准备中午的盛大宴会。比姬和郁金香两人都招摇着懒洋洋耷拉着的乳房，每人托着一个贪吃的宝宝在忙碌。玛特杰给柯尔姆做了早饭，又责备拉尔夫没跟在狗狗的后面清扫。

拉尔夫、库思和博格斯在四处晃悠，身上带着刚起床的微微难闻的气息，模样也不好惹。玛特杰、比姬和郁金香头发蓬乱，穿的甚至不是正式衣服，而是浴袍和柔软的睡衣，周身带着温馨的皱巴巴肉乎乎的感觉。

博格斯好奇着到底自己当时想要的是什么。但厨房太忙乱，容不下太多思考，到处都是人。那么洗衣房里还残留着看不见的狗狗吐出来的玩意儿又有什么关系呢?！跟好人在一起，我们就有勇气。

想到他的伤疤、他的老捕鲸叉和各种东西，博格斯·特林佩尔朝他周围所有好心的凡人们谨慎地微笑起来。

图书在版编目（CIP）数据

水人 /（加）约翰·欧文著；彭燕译. -- 北京：国文出版社有限责任公司，2024. --ISBN 978-7-5125-1632-8

Ⅰ. I711.45

中国国家版本馆 CIP 数据核字第 2024T4H993 号

北京市版权局著作权合同登记 图字 01-2024-3724

The Water-method Man by John Irving
This edition arranged with Intercontinental Literary Agency Ltd. through Big Apple, Inc., Labuan, Malaysia.
Simplified Chinese translation copyright © 2024
by Beijing Xiron Culture Group Co., Ltd.
All Rights Reserved.

水人

作　　者	［加］约翰·欧文
译　　者	彭　燕
责任编辑	张　茜
责任校对	叶　青
出版发行	国文出版社
经　　销	国文润华文化传媒（北京）有限责任公司
印　　刷	三河市中晟雅豪印务有限公司
开　　本	880 毫米 × 1230 毫米　　32 开
	13.5 印张　　350 千字
版　　次	2024 年 12 月第 1 版
	2024 年 12 月第 1 次印刷
书　　号	ISBN 978-7-5125-1632-8
定　　价	65.00 元

国文出版社
北京市朝阳区东土城路乙 9 号　　　邮编：100013
总编室：（010）64270995　　　　　传真：（010）64270995
销售热线：（010）64271187
传真：（010）64271187-800
E-mail：icpc@95777.sina.net